SCHATTENDIEBIN

FLIRTEN MIT MONSTERN
BUCH 1

EVA CHASE

EINS

Sorsha

ie Geschichte darüber, wie ich die Welt retten wollte, begann nicht mit einem Knall oder einem Wimmern, sondern mit einem Klappern.

Das Klappern kam vom Riegel eines altertümlichen Fensterschlosses, der beim Aufschieben gegen den Fenstersims schlug. Ich brachte mich auf dem äußeren Sims in Position und zog mein ebenso uraltes Brecheisen und meinen Meißel – geeignetes Werkzeug zu haben, war unerlässlich – unter dem Fensterflügel hervor. Auf einen Ruck hin glitt das Fenster mit einem leisen Knarren nach oben.

Der Flur auf der anderen Seite war noch dunkler als der Hinterhof unter mir, der vom Schein der Sicherheitslampen erhellt wurde. Weniger Arbeit für mich. Von Kopf bis Fuß in Schwarz gekleidet, mit Handschuhen, um keine Fingerabdrücke zu hinterlassen, und das leuchtend rote Haar unter einer Strickmütze versteckt, verschmolz ich mit der Dunkelheit.

Ich glitt aus der lauen Sommerbrise in die Stille des Flurs und schob das Fenster zu. Die Decke ragte hoch über mir auf. Der scharfe Geruch von Holzpolitur kitzelte meine Nase. Die Dielen, die unter dem Perserteppich hervorlugten, glänzten bei Tageslicht bestimmt.

Der dicke Teppich dämpfte meine Schritte, als ich durch das Zimmer schlich, während ich die Türen betrachtete. Hätte ich von draußen eine gute Sicht gehabt, wäre ich direkt in das Zimmer eingestiegen, in das ich wollte. Da die Vorhänge vor allen anderen Fenstern jedoch zugezogen waren, war es unmöglich zu wissen, ob ich den Jackpot knacken oder Bewohnern in die Arme laufen würde, denen ich nicht begegnen wollte.

Als ich mich jetzt umsah, bemerkte ich einige Anzeichen dafür, dass dies nicht die Wohnung eines typischen Sammlers war. Die meisten Sammler bewahrten im Großteil des Wohnbereichs nichts auf, was auf ihre geheimen Interessen hinweisen könnte, ein Porträt der Normalität. In diesem Haus dagegen hingen überall Bilder von unheimlichen Gestalten mit glühenden Augen an den Wänden. Weiter unten zog sich ein breiter dunkler Streifen über die helle Decke, als wäre sie angesengt worden. Was zum Teufel hatte dieser Kerl hier getrieben?

Doch dann entdeckte ich die Tür, die zu seinem Sammelraum führen musste, und die Frage ging in einem Kribbeln der Begeisterung unter.

Erst als ich nähertrat und den dünnsten Strahl meiner Taschenlampe einschaltete, erkannte ich, mit welchen Sicherheitsmaßnahmen ich es zu tun hatte. Bei dem Anblick, der sich mir bot, verzog ich das Gesicht. Ach du liebe Zeit!

Meiner Erfahrung nach gab es zwei Arten von Sammlern. Die einen waren traditionsbewusst und bevorzugten esoterische Vorrichtungen und Geräte aus alten Zeiten – je älter, desto besser –, um der Natur der Kreaturen gerecht zu werden, die sie gefangen hielten. Andere wiederum setzten mehr auf moderne Technik als auf ein stimmiges Gesamtbild und sicherten ihre Sammlungen mit der neuesten Elektronik.

Mir war Ersteres lieber. Es war viel befriedigender, sich mit konkreten Objekten zu beschäftigen, als mit einem Puzzle, das man zusammensetzen … oder, was häufiger vorkam, auseinandernehmen musste.

Dieser Typ tendierte eindeutig auch in diese Richtung. Nur, dass er sich viel zu weit aus dem Fenster lehnte. Mit einem Blick auf die Menge ineinandergreifendem Metalls rund um den Türgriff erkannte ich, dass ich mit meinem Standard-Werkzeug bei diesem Schloss nicht weiterkommen würde. Bisher waren mir noch nicht viele Fälle untergekommen, bei denen gewaltsame Methoden erforderlich waren. Der Sammler von heute Abend schien furchtbar paranoid zu sein, was den Schutz seiner Schätze betraf.

Oder er hatte etwas ganz Besonderes da drin, das den Aufwand rechtfertigte, den er betrieben hatte.

Ein nervöser Schauer lief mir über den Rücken. Kennt ihr das Gefühl, wenn ihr merkt, dass euer Vorhaben eigentlich eine schreckliche Idee ist, ihr jedoch bereits so entschlossen seid, dass es kein Zurück mehr gibt? Ja. Ich hatte dieses Gefühl so oft, dass es sozusagen mein ständiger Begleiter war.

Also schüttelte ich das Unbehagen ab und griff in den Stoffbeutel, der an meinem Gürtel befestigt war. Ich hatte Mittel und Wege, selbst ein lächerlich übertriebenes Schloss wie dieses zu knacken, und ich würde mich nicht von einem Möchtegern-Meister des Makabren aufhalten lassen. Wenn ich mir einmal etwas vorgenommen hatte, dann zog ich es auch durch. Und bisher hatte ich jede Mission *erfolgreich* gemeistert, egal wie knifflig manche davon gewesen waren.

Ich löste eine erbsengroße Kugel von meinem Klumpen

explosiver Dichtungsmasse und schob sie in die tiefste Ritze in der Mitte des Mechanismus. „Ich mach dich fertig mit etwas Glibber, friss dich satt", sang ich flüsternd zu der Melodie von Duran Durans „A View to a Kill". Die Texte von 80er-Jahre-Songs zu verdrehen, heiterte mich immer auf.

Jeder braucht schließlich ein Hobby.

Ich konzentrierte mich, hielt mein Feuerzeug an die Ritze und entzündete die Flamme. Die Kittmasse explodierte mit einem leisen Knistern und einer Rauchwolke – und mit dem Klirren etlicher antiker Armaturen, die zersplitterten. Mehrere Sekunden lang verharrte ich völlig regungslos und horchte auf Anzeichen, dass jemand im Haus das Geräusch bemerkt hatte, doch alles blieb still im Flur.

Als ich die Klinke nach unten drückte, knarrte das Schloss. Auf einen kräftigeren Ruck hin wackelte und knirschte es. Und auf meinen Druck hin schwang die Tür auf.

Heilige Mutter der Makrelen! Trotz der vielen Sammlungsräume, die ich bereits gesehen hatte, konnte ich nicht umhin, zu staunen.

Der „Raum" sah aus, als ob er mal aus drei oder vier Zimmern bestanden hatte, deren Wände eingerissen worden waren, sodass er nun die weitläufigen Dimensionen eines Ballsaals hatte. Einbauregale aus Holz, randvoll mit Büchern, Schmuckstücken und anderen Gegenständen, säumten die Wände auf beiden Seiten vom Boden bis zur gewölbten Decke. Vor den Regalen wurden mehrere Käfige von kugelförmigen Lampen erleuchtet, die Ähnlichkeit mit Vogelkäfigen hatten. Ihre vertikalen Stäbe wölbten sich nach oben hin, und die Grundflächen variierten von der Größe meiner Handfläche bis zur Länge meines Arms.

Ich zählte mindestens ein Dutzend Exemplare, deren Käfige im Raum verteilt waren. Es war selten, dass ein Sammler es schaffte, mehr als ein paar Schattenwesen in die Finger zu bekommen. Dieser Kerl war fleißig gewesen.

Ich wandte meinen Blick von den Käfigen ab, um die

Wand zu betrachten. Da fielen mir die dicken Samtvorhänge ins Auge, die sich vor den schmalen Fenstern in den wenigen Lücken zwischen den Regalen befanden. Das waren meine potenziellen Fluchtwege.

Auf der anderen Seite des Raumes hing ein weiterer, noch schwererer Samtvorhang, der sich über die gesamte Breite des Zimmers erstreckte. Was in Petes Namen lag da wohl dahinter?

Ich bemerkte einen rötlichen Fleck in der Mitte des blau-gold gemusterten Teppichs. Dieser rotbraune Ton stammte eindeutig von Blut. Der Fleck war so groß, dass ich mich hätte darauf legen können, ohne ihn komplett zu verdecken.

Wieder verspürte ich ein flaues Gefühl im Magen. Es war nicht ungewöhnlich, dass Sammler mit allen möglichen vermeintlich übernatürlichen Ritualen experimentierten, einschließlich blutbasierter Zaubersprüche, doch dieser Kerl schien aufs Ganze gegangen zu sein. Und er hatte nicht einmal versucht, die Sauerei zu beseitigen. Stattdessen hatte er die Beweise regelrecht ausgestellt, als wären sie ein wertvoller Teil der Sammlung.

Das war unheimlich. Womöglich hatte der Kerl Spaß daran, die Haut anderer Leute als dreiteiligen Anzug zu tragen.

Bevor ich mich wieder den Käfigen zuwandte, nahm ich mir ein paar Minuten Zeit, um die Regale zu durchstöbern und Artefakte aus der Sammlung des Kerls einzustecken, die nicht lebendig waren. Ich nahm alles mit, was wertvoll aussah und gleichzeitig nicht so auffällig war, dass es beim Verkauf auf dem Schwarzmarkt Aufmerksamkeit erregte. Ich entschied mich für einen goldenen Armreif, einen großen, in Ebenholz gefassten Rubin und eine Handvoll antiker Münzen.

Davon sollte ich ein paar Monate lang leben können, bis ich meinen nächsten Raubzug planen konnte. Von irgendetwas musste ich schließlich die Miete bezahlen. Es schien passend, dass die Sammler indirekt meine Bemühungen finanzierten, sie auszuschalten. Ich war sozusagen die weibliche Robin Hood der Monsterbefreiungsbewegung.

Denn das war es, was sich in diesen Käfigen befand. Zumindest bezeichneten die Sammler sie als Monster. Und fairerweise musste man sagen, dass die meisten Kreaturen, die sich durch die Risse aus der Schattenwelt in unsere irdische Welt schlichen, die Standardkriterien erfüllten.

Diejenigen unter uns, die von der Existenz dieser Geschöpfe wussten – und sich die Mühe gemacht hatten, mit denen zu sprechen, die dazu fähig waren –, verwendeten eine etwas respektvollere Terminologie. „Schattenwesen" gab es in allen Formen, Größen und Ausprägungen, und die meisten von ihnen waren weitaus *weniger* monströs als einige Menschen, mit denen ich zu tun gehabt hatte.

Es war schwer zu sagen, was genau dieser Typ in seiner umfangreichen Menagerie hatte. Schattenwesen konnten buchstäblich mit den Schatten unserer Welt verschmelzen und sich durch sie hindurchbewegen, daher der Name. Dazu mussten sie jedoch erst einmal in der Lage sein, diese Schatten zu erreichen. Die Scheinwerfer waren so positioniert, dass sie jeden Käfig und den Raum hinter den Gittern vollständig ausleuchteten, um eine derartige Flucht zu verhindern.

Aufgrund ihrer Gefangenschaft und des ständigen grellen Lichts schrumpften die Kreaturen in sich zusammen. Ich konnte nur einen undeutlichen, flackernden Fleck in der Dunkelheit ausmachen: einen flüchtigen Blick auf die Stacheln hier, ein Aufblitzen von Reißzähnen dort. Wenn die Sammler ihre Beute bewundern wollten, dämpften sie das Licht gerade so weit, dass sich ihre Gefangenen deutlicher zeigten, ohne dass ein Schatten in ihre Nähe fiel.

Die Gitterstäbe und Käfigböden bestanden aus Silber und Eisen – denn, wie die Mythologie besagte, schreckten die meisten jenseitigen Wesen tatsächlich vor einem oder beiden Metallen zurück. Kreaturen dieser Größe waren normalerweise nicht stark genug, um durch die engen Lücken zwischen den Gitterstäben in den Schatten zu entwischen, selbst wenn es Schatten gegeben hätte, durch die sie sich hätten fortbewegen können. Das bedeutete, dass die Befreiung in mehreren Schritten erfolgen musste.

Ich wandte mich dem ersten Käfig zu, zog ein schwarzes Tuch aus der größeren Tasche an meinem Gürtel und wickelte es um die Lampe, um die Lichtquelle vollständig zu verdunkeln. Das Ding zu zerbrechen, wäre natürlich schneller gegangen, doch selbst Antiquitätenliebhaber griffen oft auf modernere Technik zurück, wenn es darum ging, sicherzustellen, dass ihre wertvollsten Besitztümer nicht abhandenkamen. Die Wahrscheinlichkeit war groß, dass eine Unterbrechung im Stromfluss einen Alarm ausgelöst hätte.

Das Gleiche galt für die Käfigtüren. Statt am Schloss herumzufummeln, zückte ich das aufgerüstete Messer, das ich an meiner Hüfte trug, drückte auf den Knopf, um die Klinge zu erhitzen, und hielt es an die Gitterstäbe.

Die Titanklinge war nicht nur auf dem Schwarzmarkt, sondern auch durch die übernatürlichen Bemühungen eines Zauberers verbessert worden. Die glühende Klinge durchtrennte fünf der Stäbe in weniger als einer Minute. Sobald man sie mit der flachen Seite der Schneide anstieß, bogen sie sich nach oben.

Als ich das Messer sinken ließ, sprang die eingesperrte Kreatur durch den Spalt. Endlich konnte ich sie genauer erkennen – ein struppiges, graues Fellknäuel mit sechs spindeldürren Beinen, zwei fledermausartigen Flügeln und funkelnden gelben Augen. Rasch huschte das Wesen in die dunklen Schatten in die Freiheit.

Ich ließ die Schultern kreisen, um sie zu lockern, und atmete aus. Das war erst der Anfang gewesen.

Mit der gleichen Vorgehensweise arbeitete ich mich Käfig

für Käfig durch den Raum. Erst nachdem ich den dreizehnten Käfig geknackt hatte – ausgerechnet Nummer dreizehn –, blickte ich auf und stellte fest, dass ich am Ende der Reihe angelangt war. Na ja, fast. Ich war an dem großen Vorhang angelangt.

Ich wappnete mich, schob ihn etwas zur Seite und erstarrte. Das Licht von noch mehr Scheinwerfern fiel auf unzählige weitere Gitterstäbe aus Silber und Eisen. Doch die drei Käfige, die mich dort erwarteten ... So etwas hatte ich noch nie gesehen. Sie befanden sich am hinteren Ende des Raumes, gut fünf Meter von mir entfernt. Dabei reichten fast bis an die Decke und waren breit genug, dass ich selbst mit ausgestreckten Armen nicht von einer Seite zur anderen hätte greifen können.

Mir stockte der Atem, als ich hinter den Vorhang schlüpfte und auf die Käfige zuging. Was versteckte der Kerl da hinten wohl *noch*? Als hätte ihm die Aufgabe nicht genügt, seine dreizehn kleinen „Monster" richtig zu füttern und zu pflegen, damit sie nicht völlig verkümmerten. Alle Kreaturen, die groß genug waren, um solche Käfige zu benötigen, hätten ihn bei der kleinsten falschen Bewegung verschlingen können. Und man musste sie nicht lange in einen Käfig sperren, um diesen Wunsch in ihnen zu wecken.

Ich hatte den Sammler schon vorher für übertrieben ehrgeizig und möglicherweise verrückt gehalten. Doch jetzt war ich mir sicher, dass er völlig irre war.

Wie die kleineren Schattenwesen hatten sich auch die Kreaturen in den größeren Käfigen zu unscharfen, dunklen Formen zusammengezogen. Ich konnte nicht erkennen, ob die Höhe der Käfige übertrieben war oder ob sich die drei einfach so sehr zusammengekauert hatten. Sie sahen alle wie große Kugeln aus, nun ja, zusammengekrümmte Schatten im unteren Drittel des Käfigs. Die Kugel auf der linken Seite war etwa doppelt so groß wie die in der Mitte. Die auf der rechten Seite lag irgendwo dazwischen. Ich erhaschte einen Blick auf helles Haar und funkelnde, neongrüne Augen …

Als ich mit einem Fuß auf den kleineren Teppich zwischen mir und den Käfigen trat, ertönte ein schriller Alarm, der meine Ohren klingeln ließ.

Verdammt! Ich sprang so schnell zurück, dass ich es mit einer professionellen Stepptänzerin hätte aufnehmen können, doch der Alarm schrillte weiter durch den Raum und zweifellos durch die ganze Villa. Wahrscheinlich war er durch einen Drucksensor unter dem Teppich ausgelöst worden. Daran hatte ich nicht gedacht, was ziemlich *dumm* von mir war, wenn man bedachte, mit was für einem Verrückten ich es hier offensichtlich zu tun hatte.

Doch ich hatte keine Zeit, ihn zu verfluchen. Keine Zeit, um irgendetwas anderes zu tun, als das Minimum zu erledigen, weswegen ich gekommen war. Was auch immer in diesen Käfigen war, hatte die Freiheit genauso verdient wie die kleineren Wesen, die ich freigelassen hatte.

Da der Alarm ohnehin schon losgegangen war, konnte ich meine Vorsicht in den Wind schlagen. Ich sprintete zum ersten Käfig, bearbeitete das Schloss mit meinem Hitze-Messer und schaffte es, es mit mehreren Sägebewegungen zu knacken. Auf mein kräftiges Ziehen hin öffnete sich die Tür. Um dem gefangenen Wesen die Flucht zu erleichtern, warf ich mein Verdunkelungstuch auf die Lampe über mir. Es bedeckte den Scheinwerfer nur einen Augenblick lang, bevor es herunterrutschte und ich es wieder auffing. Doch dieser kurze Moment reichte aus, und eine große Kreatur, die mir so nah war, dass sich meine Nackenhaare sträubten, flitzte an mir vorbei.

Allerdings blieb keine Zeit für eine offizielle Vorstellung. Ich rannte zum zweiten Käfig und knackte das Schloss etwas schneller als das Erste. Nachdem ich mir mein Tuch wieder geschnappt hatte, rannte ich zum dritten, ohne mich mit Höflichkeiten aufzuhalten. Durch das Heulen des Alarms drangen keine Geräusche eines nahenden Unheils an meine Ohren, was allerdings kein wirklicher Trost war. Es ging nicht darum, *ob* der Herr des Hauses auf den Raum zustürmte, sondern nur darum, wie schnell er hier sein würde – und wie tödlich die Verstärkung sein würde, die er mitbringen würde.

Als ich zum dritten Mal nach meinem Verdunkelungstuch griff, kramte ich bereits mein letztes Hilfsmittel aus meiner Tasche. Der Flaschendeckel knackte und ich gab einen Spritzer Kerosin auf den verräterischen Teppich. Dann hielt ich die Flamme meines Feuerzeugs dagegen.

Der feuchte Fleck fing zischend Feuer. Ich schaute mich ein letztes Mal um und vergewisserte mich, dass nichts mehr Lebendiges hier war – ich hoffte, dass mein Abschiedsgeschenk möglichst viel von seiner *leblosen* Sammlung zerstören würde, wenn man bedachte, wofür er sie verwendet hatte – und stellte fest, dass ich mir in meiner Eile fast den Weg zum nächsten Fenster abgeschnitten hatte.

Hitze leckte über mein Gesicht. Ich sprang beiseite, als die Flammen aufloderten. Rauch brannte in meiner Kehle, und mein Herz pumpte heißes Adrenalin durch meinen Körper. Wenn die Flammen nur so freundlich wären, sich etwas weiter nach rechts, anstatt nach links zu bewegen und die Bücherreihen anzugreifen, bevor sie nach den Vorhängen an den Fenstern griffen ...

Das Glück war auf meiner Seite. Kaum war mir der Gedanke in den Sinn gekommen, züngelten die Flammen in die Richtung der Bücherregale auf der gegenüberliegenden Seite des Raumes, wodurch sich eine kleine Öffnung für mich bildete. Es war schon fast unheimlich, wie sich diese Gelegenheit ergeben hatte, doch ich beschwerte mich nicht. Ich sprang um die wachsende Feuerwelle herum und riss den Vorhang zur Seite.

Ohne nachzudenken, griff ich nach meinem Enterhaken und schlug damit die Scheibe ein, woraufhin das Glas zersprang und Scherben auf die Veranda darunter regneten.

Als ich auf den Sims sprang, hatte ich bereits den Strommasten jenseits der nächsten Mauer im Hinterhof im Visier. Geschickt warf ich den Haken, der sich prompt an der Spitze des Mastes einhakte.

Ein wütender Aufschrei hallte hinter mir durch den Raum. Adios, Arschloch. Das Seil fest umklammert, stürzte ich mich in die deutlich mildere Nachtluft hinaus.

Ich richtete mich im perfekten Winkel aus, um eine der Metallstangen zu erwischen, die weiter unten aus dem Strommast ragten. Ein Kinderspiel. Geschickt löste ich den Enterhaken über mir und befestigte ihn hinten an meinem Gürtel. Ich ließ mich auf den Bürgersteig sinken und verschwand in den Schatten, so wie die Kreaturen, deren Rettung ich zu meiner Aufgabe gemacht hatte. Alle Verbindungen zu dem Haus hinter mir waren gekappt.

Zumindest hatte es bisher immer so funktioniert.

Trotz der merkwürdigen Dinge, die ich auf meiner Mission erlebt hatte, schien meine Flucht reibungslos verlaufen zu sein. In den frühen Morgenstunden kam ich in meiner Wohnung an, wusch mir den Rauchgestank unter der Dusche aus den Haaren und rollte mich im Bett zusammen. Als ich aufwachte, schien draußen die Sonne, die Vögel zwitscherten, und auf meinem Schreibtisch lagen die neuen Schätze, die ich verkaufen wollte.

Ich grinste bei dem Gedanken an das Geld, das sie einbringen würden, und an den Sammler, dem sein Verlust hoffentlich ebensolche Qualen bereitete wie sie seine Gefangenen in ihren Käfigen erlitten hatten. Mit einem 80er-Jahre-Song auf den Lippen, ging ich den Flur hinunter, um zu frühstücken.

Meine Stimme stockte abrupt. Wenige Schritte von meiner Küche entfernt, blieb ich ruckartig stehen, denn dort standen drei unfassbar attraktive – und mir unbekannte – Männer.

ZWEI

Sorsha

Grundsätzlich hatte ich nichts gegen umwerfend gut aussehende Männer einzuwenden. Ich genoss den Anblick – wobei es manchmal nicht beim Anschauen blieb –, wenn sich die Gelegenheit bot. Nur nicht, wenn die Gelegenheit darin bestand, dass sie zufällig in meiner Wohnung auftauchten, uneingeladen und ohne, dass ich auch nur die leiseste Ahnung hatte, wer sie waren.

Die drei schienen sich offenbar wohl bei mir zu fühlen. Der kräftigste von ihnen, ein bulliger Kerl mit mehreren Narben in seinem gemeißelten Gesicht und weißblondem Haar, das ihm über die breiten Schultern fiel, hatte es sich auf einem der Stühle am Küchentisch bequem gemacht. Er saß mit ausgestreckten Beinen da und hielt eines meiner Messer in das Licht, das durch das Fenster fiel.

Neben dem Fenster stand ein junger Mann, der ein Sonnengott hätte sein können, strahlend schön und mit goldenen Locken. Der große, schlanke Mann saß auf dem

Tresen, ein Knie angezogen, während der andere Fuß – unbekleidet – herunterbaumelte. In seinen langen Fingern hielt er meine letzte Banane, die schon halb aufgegessen war.

Neben ihm stand der Letzte des Trios am Spülbecken. Die Ärmel seines Hemdes waren bis zu den Ellbogen hochgekrempelt und seine muskulösen Arme steckten in einem Berg Schaum, der durch das fließende Wasser immer höher wurde. Seine Augenbrauen verschwanden fast im Ansatz seiner zerzausten schokoladenbraunen Wellen, als er meinem Blick begegnete.

„Gut geschlafen?", fragte er mit einer Stimme, die ebenso schokoladig war: weich, dunkel und süß.

Sie alle beobachteten mich jetzt, der Schaum-Fan grinste, der Sonnengott strahlte wie, nun ja, die Sonne, und Mr. Muskelprotz sah aus, als würde er sich sehr bemühen, nicht die Stirn zu runzeln, doch sein Gesicht schien nicht so recht zu wissen, was es sonst tun sollte.

Mein Körper war angespannt, da ich mich in einer unsicheren und potenziell gefährlichen Lage befand und der gute alte Kampf-oder-Flucht-Instinkt eingesetzt hatte. „Was zum Teufel macht ihr ...", begann ich. Dann fiel mein Blick auf ein paar Details, die meine Einschätzung der Situation völlig über den Haufen warfen.

Zwei helle Umrisse, eher karamellfarben als braun, lugten unter dem gewellten Haar des Schaum-Fans hervor. Direkt über seinen Ohren befanden sich zwei kleine, spitze ... Hörner. Und das Sonnenlicht wurde nicht nur von meinem Messer, das der Hüne in der Hand hielt, reflektiert, sondern auch von seinen Fingerknöcheln, deren kristalline Konturen noch härter waren als sein Gesicht und bläulich-weiß schimmerten wie Eis.

Auch wenn man sie als Menschen bezeichnen könnte, hätte sie ein großer Teil der Bevölkerung als Monster betitelt. In meiner Küche hielten sich drei der höheren Schattenwesen auf.

Das warf nicht nur eine Menge Fragen auf, sondern bedeutete außerdem, dass ein vollkommen anderes Maß an Vorsicht geboten war. Ich wich einen Schritt zurück. „Eine Sekunde. Bleibt, wo ihr seid."

Ich eilte zurück in mein Schlafzimmer und schnappte mir das T-Shirt, das ich gestern Abend unter meinem Einbrecher-Outfit getragen hatte. Das Abzeichen aus Silber und Eisen, das ich bei solchen Missionen immer über meinem Herzen trug, war nach wie vor daran befestigt. Schnell nahm ich es ab und fixierte es an der gleichen Stelle an dem T-Shirt, das ich gerade trug.

Das Metall schützte mich zwar nicht vollständig vor den Kräften der Schattenwesen, wehrte jedoch die meisten Übergriffe auf den menschlichen Verstand und die Gefühle ab. Obwohl ich die Ansicht vertrat, dass die Schattenwesen in Freiheit leben sollten, bedeutete das nicht, dass ich darauf vertraute, dass sie ihren Voodoo nicht bei mir einsetzten. Einige von ihnen hatten die Bezeichnung „Monster" verdient. Und selbst die wohlgesonnenen Schattenwesen konnten mit Freundlichkeit und Rücksichtnahme oft nicht so viel anfangen wie wir Sterblichen.

Meine hektischen Bewegungen weckten Pickle, der auf der Fensterbank meines Schlafzimmers in der Sonne gelegen hatte. Das drachenartige Wesen war ungefähr so groß wie ein Kätzchen und hatte aufgrund seiner grünen, höckerigen Schuppen Ähnlichkeit mit einer gepickelten Gurke. Pickle blinzelte mich an, streckte seine Flügel und ging in Sprungposition.

Ich zögerte kurz, bevor ich mich zu ihm hinunterbeugte. „Es ist alles in Ordnung. Es könnte allerdings sein, dass dir nicht gefällt, was da draußen ist." Er wäre keine große Hilfe, wenn es zu einem Kampf käme, doch seine Reaktion auf die Männer könnte mir Dinge verraten, die meine sterblichen Sinne nicht wahrnahmen.

Pickle schwang sich mit einem unbeholfenen Flügelschlag

in die Luft und landete auf meiner Schulter. Er krallte sich im Stoff meines Oberteils fest und stupste mit seiner Schnauze gegen mein Kinn. Manchmal war es schwer zu sagen, ob er mich eher als nützliche Gefährtin oder als Fortbewegungsmittel betrachtete.

Zufrieden ließ er sich nieder und schmiegte seine kühle Wange an meine Halsbeuge, bis ich die Schwelle zur Küche erreichte. Die drei umwerfenden Männer hatten sich nicht vom Fleck gerührt. Wenigstens waren sie in der Lage, direkte Anweisungen zu befolgen.

Pickle zuckte zusammen und flüchtete vor mir – und seinen deutlich größeren Artgenossen –, wobei er ein Kreischen ausstieß, bei dem Funken aus seinem kleinen Maul stoben. Er landete auf der Schulter der Schaufensterpuppe, die momentan im Wohnzimmer stand.

Ich hatte sie aus dem Laden unter meiner Wohnung geholt, der seit langem leer stand. Früher war es ein Stoffladen mit angeschlossener Änderungsschneiderei gewesen. Die kopf- und armlose Figur sah in meiner Wohnung fast genauso unheimlich aus wie in dem verstaubten, dunklen Raum unten. Ich hatte ihr eines meiner ungewaschenen T-Shirts angezogen, sodass mein Geruch daran haftete, und Pickle irgendwo anders hocken konnte als auf mir, wo er sonst ständig sein wollte.

Offenbar bevorzugte er dieses Ersatz-Ich sogar, wenn es bedeutete, dass er dadurch weiter von den Wesen in der Küche wegkommen konnte. Nachdem er auf der Schaufensterpuppe gelandet war, starrte er sie mit seinen schwarzen Augen an und stieß ein weiteres, schrilleres Kreischen aus.

Okay, er fand die Typen wohl unheimlich. Natürlich könnte das mehr damit zu tun haben, dass sie hundertmal größer waren als er selbst, als mit irgendwelchen furchterregenden Kräften, die er gespürt hatte.

Die Männer hatten sich noch immer nicht von der Stelle

gerührt. Die Stirn von Mr. Muskelprotz legte sich in Falten, als er meinen Hausdrachen betrachtete. Der Blick des Schaum-Fans mit dem schokoladenfarbenen Haar und der sanften Stimme verweilte einen Moment lang auf mein Schutzabzeichen, bevor er ihn wieder auf mein Gesicht richtete und spöttisch die Augenbrauen hob.

Ich hatte es absichtlich außen an meinem T-Shirt angebracht, um ihnen zu zeigen, dass ich wusste, womit ich es zu tun hatte und wie ich mich notfalls verteidigen konnte.

Ich verschränkte meine Arme vor der Brust. „Also gut. Was wollt ihr hier?" Abgesehen von Mr. Muskelprotz' Narben wirkten sie bisher relativ zahm, doch bei höheren Schattenwesen konnte man sich nicht auf das Äußere verlassen. Sie waren in der Lage, ihre monströseren Formen unter einer nahezu perfekten menschlichen Fassade zu verbergen, wobei nur ein verräterisches Merkmal wie diese Hörner oder die Fingerknöchel durchschimmerten. Ich könnte es also mit jeder Art von Dämon, Gestaltwandler, Fee, Vampir oder einem viel seltenerem, allerdings ebenso gefährlichen Wesen, zu tun haben.

„Du hast uns befreit", erklärte der schlanke Sonnengott mit heller, ehrfürchtiger Stimme. „Das war fantastisch." Er nahm einen weiteren Bissen von der Banane, und ich bemerkte, dass er sich nicht die Mühe gemacht hatte, sie zu schälen. Er verschlang sie mitsamt der Schale.

Er fuhr sich mit der Zunge über die Lippen – war sie *gespalten*? –, dann schenkte er mir ein schiefes Lächeln. „Das ist auch fantastisch. Wie hieß diese Frucht noch gleich?"

Er warf dem Mann an der Spüle einen Blick zu, der mit offensichtlicher Belustigung antwortete. „Banane. Wenn wir schon bei Wörtern mit B sind, was hältst du von diesen Blubberblasen?" Er hob die Hand und pustete einen Schwall Seifenblasen in die Luft. Sie schwebten mit deutlich mehr Schwung durch den Raum, als ich ihnen durch Pusten hätte verleihen können und der göttliche Kerl betrachtete sie fasziniert. Er streckte die Hand aus, um die glänzende Oberfläche einer Blase zu berühren, und lachte, als sie zerplatzte.

Mr. Muskelprotz, der das Messer inzwischen weggelegt hatte, war aufgestanden, ohne ein Anzeichen dafür zu zeigen, dass er das Geschwätz der anderen mitbekommen hatte. Im Stehen sah er sogar noch größer aus – er war mindestens dreißig Zentimeter größer als ich, und ich war mit meinen knapp ein Meter siebzig nicht gerade klein. Er wippte mit dem Kopf. Seine Miene war unverändert düster und seine Stimme klang tief und kiesig.

„Mein Name ist Thorn, und das sind meine Gefährten Snap" – er deutete auf den Sonnengott – „und Ruse" – der Schaum-Fan. „Nach den Anstrengungen, die Ihr unternommen habt, und den Konsequenzen, die Ihr riskiert habt, um uns zu befreien, sind wir Euch zu großem Dank verpflichtet. Wir werden diese Schuld nach bestem Wissen und Gewissen begleichen, Mylady."

Hatte er mich wirklich gerade wie ein höfischer Ritter mit „Mylady" angesprochen? Ich hätte den Titel infrage gestellt, wäre ich nicht zu sehr von der Bedeutung seiner Worte abgelenkt gewesen. Sie befreit – *oh.*

In meinem Kopf fügten sich die Puzzleteile zusammen. Die drei riesigen Käfige im Sammlungsraum. Der flüchtige Blick auf das helle Haar, den ich erhascht hatte – das hätte das Haar von diesem Thorn sein können. Die funkelnden grünen Augen … Snaps Augen hatten zwar eher eine dunkle, moosgrüne Farbe, es könnte jedoch sein, dass sie in seiner Monstergestalt einen Neonschimmer annahmen. Schattenwesen neigten in ihrem natürlichen Zustand zu Extremen.

Ich hatte die drei befreit. Und dann waren sie mir offenbar nach Hause gefolgt wie ein Rudel verlorener Welpen. Extrem heiße verlorene Welpen, aber dennoch. Ich hatte mit Pickle schon genug Ärger am Hals.

Meine Arme entspannten sich ein wenig, doch ich rührte mich nicht von der Türschwelle. „Ihr hättet mir nicht folgen sollen. Ich will keine Gegenleistung. Ich habe euch und die niederen Wesen befreit, weil ihr es nicht verdient habt, eingesperrt zu sein. Ihr könnt jetzt ins Schattenreich zurückkehren."

Ruse blies einen weiteren Schwall Bläschen in die Luft. „Nein, das geht nicht. Wir haben unseren Boss verloren."

Snaps heitere Miene verfinsterte sich bei dieser Bemerkung. Er schluckte das letzte Stück Banane hinunter, als wäre es ein Tequila-Shot.

„Euren Boss?", wiederholte ich und runzelte die Stirn.

Meines Wissens nach, gab es im Schattenreich keine soziale Struktur, geschweige denn Arbeitsplätze und Arbeitgeber. Es gab lediglich höhere Schattenwesen, die dauerhaft in das Reich der Sterblichen gekommen waren und sich an das Leben unter den Menschen angepasst hatten, was auf dieses Trio definitiv nicht zutraf. So wie Snap die Grundausstattung meiner Küche bestaunte, nahm ich an, dass er kaum Zeit außerhalb des Schattenreiches verbracht hatte. Thorns förmliche Ausdrucksweise und seine Kleidung, die aus einer Tunika und einer Hose bestand, ließ darauf schließen, dass es schon eine Weile her war, seitdem er längere Zeit in dieser Welt verbracht hatte. Ruse hätte möglicherweise ganz gut hierher gepasst, auch wenn er in seinem taillierten Hemd und seiner Hose eher aussah, als wäre er auf dem Weg in einen Club und nicht zur Arbeit, doch er hatte *unseren* Boss gesagt.

„Wir wurden aus einem bestimmten Grund von einem Vertreter unserer Art zusammengebracht, weil er den Verdacht hat, dass einige Sterbliche einen Hinterhalt planen", erklärte Thorn. „Das Schicksal, das ihn ereilte, gibt Anlass zur Vermutung, dass er recht hatte. Bei unserem dritten Zusammentreffen geriet er in einen Hinterhalt und die Angreifer waren hervorragend auf unsere Fähigkeiten vorbereitet. Wir konnten dem Kampf zwar entgehen, doch bevor wir ihn und die anderen aufspüren konnten, wurden wir von einer anderen Gruppe gefangen genommen." Seine Miene verfinsterte sich und er senkte den Kopf.

„Ich habe dir doch gesagt, dass ich ein schlechtes Gefühl bei diesem Gebäude hatte", warf Ruse ein.

Thorn warf dem anderen Kerl einen Blick über die Schulter zu, bevor er sich wieder mir zuwandte. „Die Technologien haben sich verändert, seit ich das letzte Mal mit Sterblichen zu tun hatte. Sie sind viel … wirksamer geworden." Er setzte sich wieder hin, als wäre er von diesem Eingeständnis überfordert.

Snap erschauderte, als wollte er die Anspannung des Augenblicks abschütteln, und sprang von der Theke. Er griff in meine Obstschale auf dem Tisch, und das neugierige Leuchten kehrte in seine Augen zurück, als er seinen Fund untersuchte. „Wie heißt das hier?"

„Das ist ein Pfirsich", antwortete Ruse trocken. „Die schmecken auch gut."

Snap nahm einen Bissen und gab einen genüsslichen Laut von sich. Ich bemühte mich, nicht auf seinen blassen Hals und das himmlische Gesicht zu starren, als er die Frucht hochhielt, um den Saft in seinen Mund tropfen zu lassen. Ich hatte diese Gäste zwar nicht eingeladen, doch ich sollte zumindest so höflich sein, sie nicht offen anzugaffen.

„Omen hat uns zusammengebracht", fuhr Thorn fort, der immer noch auf seinem Stuhl saß. Betrübt betrachtete er das Messer, als wäre die stumpfe Klinge für seine Misere verantwortlich. „Ohne ihn können wir nicht zurückkehren. Und wenn er recht hat, was die Leute angeht, die ihn gefangen genommen haben, sind noch viel mehr unserer Art in Gefahr."

Ein unbehaglicher Schauer lief mir über den Rücken. Sammler und die Jäger, die sie belieferten, handelten normalerweise nicht mit höheren Schattenwesen. Es war zu riskant und zu aufwendig. Wenn eine Art organisierte Kampagne im Gange war, um diese Wesen gefangen zu nehmen, und das es offensichtlich schon ausreichend Vorfälle gegeben hatte, dass sogar die Schattenwesen etwas davon mitbekommen hatten ... dann verhieß es nichts Gutes, dass keinem der Leute, mit denen ich zusammenarbeitete, etwas aufgefallen war.

Ich verlagerte mein Gewicht von einem Fuß auf den anderen. „Ich kann eure Bedenken verstehen. Das Letzte, was ich will, ist, dieser Mission im Weg zu stehen. Also zieht ruhig los und sucht ihn." Ich würde mich bei meinen Kontakten erkundigen, ob sie etwas darüber wussten.

„Natürlich werden wir weitersuchen", erklärte Thorn. „In der Zwischenzeit können wir jedoch dafür sorgen, dass Ihr beschützt werdet und die nötige Unterstützung erhaltet."

Drei unverhoffte, monströse Hausgäste – damit hatte ich nicht gerechnet. „Das ist wirklich nicht nötig", sagte ich und hob meine Hände. „Ich komme schon zurecht. Ihr müsst euch meinetwegen keine Sorgen machen."

„Oh, aber wir stehen in deiner Schuld", beharrte Ruse mit seiner sanften Stimme. Ich glaubte, einen neckischen Unterton darin zu hören. „Wenn es einfacher für dich ist, könnten wir uns in die Schatten zurückziehen, um dich nicht zu behelligen."

„Ja, denn das wollen wir auf keinen Fall", murmelte Snap. Er blickte von dem halb aufgegessenen Pfirsich zu mir, bevor er auf mich zuging und eine rötliche Locke anhob, die mir über die Schulter gefallen war. Er legte den Kopf schief und rieb sie zwischen seinen schlanken Fingern.

Mein Herzschlag beschleunigte sich. Thorn mochte rau und gut aussehend sein und Ruse auf eine teuflische Weise umwerfend, doch aus der Nähe war Snaps göttliches Gesicht buchstäblich atemberaubend.

„Es hat fast die gleiche Farbe", stellte er fest und klang zufrieden mit seiner Beobachtung. Er hielt die Strähnen gegen die rötliche Haut des Pfirsichs. „Und es ist genauso weich."

Ich schaffte es, wieder zu Atem zu kommen, außer einem „Äh" kamen jedoch keine Wörter aus meinem Mund. Wahrscheinlich sollte ich von ihm wegtreten, doch irgendwie gelang es mir nicht, meinen Beinen diese Botschaft zu vermitteln.

Ruse gluckste. „Ich wette, sie schmeckt auch genauso süß."

Obwohl die Anzüglichkeit dieser Bemerkung unverkennbar war, drehte sich Snap ruckartig zu ihm um. „Du kannst sie nicht essen!"

Thorn rührte sich, als ob er zum ersten Mal etwas von den Bemerkungen seiner Gefährten mitbekommen hätte. „Niemand sollte auch nur daran *denken*, jemanden zu essen", mahnte er.

Ruse verdrehte die Augen. „Ich habe in meinem ganzen Leben noch nie einen Menschen gegessen – jedenfalls nicht so." Er zwinkerte mir zu. „Ich bitte um Entschuldigung für die Unfähigkeit meiner Kollegen, eine Metapher zu erkennen."

Ich hob die Hände und überzeugte meine Füße davon, von Snap zurückzuweichen. „Schluss damit. Lasst mich nachdenken."

Ich wollte auf keinen Fall, dass diese Typen in den Schatten lauerten und mich zu meinem „Schutz" im Auge behielten, ohne zu wissen, wo genau sie waren. Meine Privatsphäre war mir wichtig, also nein, danke. Solange sie sichtbar waren, wusste ich wenigstens, wann ich tatsächlich allein war.

Wie das Gespräch gezeigt hatte, hatten die Schattenwesen nicht dieselben Vorstellungen von gesellschaftlichen Gepflogenheiten wie wir Menschen … oder von grundlegenden rechtlichen Dingen, um genau zu sein. Die Tatsache, dass es theoretisch illegal war, sich Zutritt zu einer fremden Wohnung zu verschaffen, und dass ich vielleicht nicht wollte, dass sie eine Schuld bei mir beglichen, bedeutete ihnen rein gar nichts. Wenn sie also beschlossen hatten, mich vorübergehend unter ihre Fittiche zu nehmen, war ich mir nicht sicher, ob ich etwas dagegen tun konnte. Zumindest nicht, ohne Feindseligkeiten zu riskieren, auf die ich nicht vorbereitet war.

Da ich hartnäckig war, musste ich einen letzten Versuch unternehmen. „Könnt ihr denn nicht verstehen, dass es mir lieber wäre, wenn ihr eure ganze Energie in die Suche nach eurem ‚Boss' stecken würdet, anstatt euch um mich zu kümmern?"

Thorn blinzelte mich an, als hätte ich etwas völlig Absurdes gesagt. „Es geht nicht darum, was wir *verstehen*. Es geht darum, was richtig ist."

Er sagte es mit einer solchen Ernsthaftigkeit, dass ich mir ein Lachen kaum verkneifen konnte. Er schien es richtig zu finden, in das Haus einer Frau einzudringen, die sie kaum kannten, und darauf zu bestehen, sie trotz ihrer Proteste zu bewachen. Willkommen in der Schattenlogik.

Ruse und Snap wirkten ebenso unwillig, nachzugeben. Ich atmete scharf ein und straffte meine Schultern. In diesem Fall würde ich einfach tun müssen, was ich konnte, um sie dazu zu bringen, ihren anderen Pflichten nachzukommen.

„Gut", erklärte ich schließlich. „Ich werde mich heute Abend mit ein paar Leuten treffen, die möglicherweise Informationen haben, die euch bei eurer Suche nach diesem Omen helfen könnten. In der Zwischenzeit wäre es mir lieber, wenn ihr mich von der Küche aus beschützt."

Ich durchquerte rasch die Küche, um mir einen Muffin zu schnappen, bevor ich Pickle auf meine Schulter winkte und zurück in mein Zimmer ging, um mir zu überlegen, wie ich die drei wieder loswerden konnte.

DREI

Ruse

„Na, das ist ja super gelaufen", meinte ich und lehnte mich gegen den Küchentisch unserer Retterin.

„Wirklich?" Snap sah mich hoffnungsvoll an.

Thorn beugte sich in seinem Stuhl nach vorne, als würde er darüber nachdenken, ob er sofort in Aktion treten sollte. „Ich denke schon."

Leider verstanden meine Gefährten Sarkasmus ungefähr so gut wie Metaphern. Ich wischte mir die Schaumreste von den Händen. Der zitronige Geruch juckte in meiner Nase, doch wenigstens hatte das Zeug Snap eine Weile lang abgelenkt. Nicht, dass er sonderlich schwer zu beeindrucken wäre.

„Das war ein Scherz", schnaubte ich. „Sie hat uns praktisch gesagt, dass wir verschwinden sollen. Mehrfach." Ihr scheußliches Abzeichen aus Silber und Eisen hatte meine Fähigkeit, ihre Emotionen zu lesen – wie ich es normalerweise bei Sterblichen konnte – größtenteils unterbunden. Trotzdem war ihre Skepsis uns gegenüber von dem Moment an, als sie mit dem Ding zurückgekommen war, für jeden, der Augen im Kopf hatte, offensichtlich gewesen.

Für alle, abgesehen von diesen beiden. Warum hatte ich mich von Omen wieder mit diesem Gesindel zusammenbringen lassen? Vermutlich, weil ich die Möglichkeit nicht in Betracht gezogen hatte, dass wir in eine Falle geraten und für weiß Gott wie lange in einen Käfig gesperrt werden könnten.

Länger, als es für meine Gesundheit gut war, wie das immer stärker werdende Jucken in meiner Brust erkennen ließ. Der Heißhunger, den ich seit Tagen unterdrückte, krallte sich in meine Eingeweide.

„Sie hat gesagt, dass wir bleiben sollen", gab Thorn zu bedenken, was die denkbar günstigste Interpretation ihrer Anweisung war, in der Küche zu bleiben. „Sie hat sogar angeboten, uns bei der Suche nach Omen zu helfen, obwohl sie das gar nicht müsste."

Ich seufzte. „Ich nehme an, sie rechnet damit, dass wir verschwinden, sobald wir ihn gefunden haben. Und vermutlich würde sie die Sache gerne beschleunigen."

Snaps Augen wurden noch runder als sonst. „Wir können nicht gehen. Was ist, wenn die Sterblichen, die uns angegriffen haben, hinter ihr her sind, weil sie uns befreit hat?"

„Ich denke, sie würde lieber dieses Risiko eingehen, als sich mit uns herumzuschlagen", erwiderte ich, konnte mir jedoch ein Lächeln nicht verkneifen. Unsere Retterin hatte eine Menge Temperament. Ich würde sogar darauf verzichten, sie zu verführen, um zu sehen, wie sie es mit diesen verdammten Jägern aufnahm.

Auf Snaps niedergeschlagenen Blick hin fügte ich hinzu: „Es ist nicht deine Schuld. Sie hat noch nicht gesehen, was wir zu bieten haben."

Da das Reich der Sterblichen neu für ihn war, ließ er sich leicht aus der Ruhe bringen. Er nickte entschieden und schob sich den Rest des Pfirsichs in den Mund. Der Kern knirschte zwischen seinen Zähnen.

Ich brachte es nicht übers Herz, ihm zu sagen, dass man den Kern nicht mitessen konnte. Sein Kiefer würde es verkraften. Schließlich war er ein Verschlinger.

Thorn blickte finster drein. „Ob sie nun damit einverstanden ist, dass wir hier sind oder nicht, wir müssen sicherstellen, dass sie nicht unter dem immensen Gefallen leidet, den sie uns getan hat." Er hielt inne. „Trotzdem müssen wir Omen so schnell wie möglich finden. Die Spur dürfte inzwischen kalt geworden sein. Es ist schon zu lange her."

Sein verkniffener Mund verriet, wie sehr ihn die gegensätzlichen Pflichten belasteten. Loyalität zu empfinden, war furchtbar lästig, soweit ich das beurteilen konnte. Ich war froh, dass ich dieses Gefühl nie kultiviert hatte.

Als ich mich vom Tresen abstieß und aufstand, spürte ich ein Zucken in meinen Beinen. Ich spannte sie an, um sie am Zittern zu hindern. Mein Kiefer verkrampfte sich.

Oh ja, *das* war eine gute Erinnerung daran, warum ich zugestimmt hatte, bei dieser Aktion mitzumachen, und warum ich mich nicht vor der Aufgabe drücken würde, zu der ich mich verpflichtet hatte. Auch wenn die Aufgabe weitaus komplizierter geworden war, als erwartet. Es ging nicht um Loyalität, sondern um Selbsterhaltung.

Thorn konnte sich aus übergeordneten Beweggründen an unseren Auftrag halten, und Snap aus dem Wunsch heraus, zu gefallen, oder was ihn sonst antrieb, doch für mich war die Möglichkeit, zwischen den Welten zu wechseln, eine Frage des Überlebens. Schattenwesen wie ich waren auf die Sterblichen angewiesen, um zu überleben. Auch wenn ich in meiner Heimatwelt nicht *sterben* konnte, war ich mir nicht sicher, ob es besser war, zu einem

Schattenfragment zu verkümmern. Womöglich war das sogar noch schlimmer.

Und auf dieser Seite der Kluft könnte jeder von uns sterben.

Nachdem sich mein Körper beruhigt hatte, ging ich auf den Tisch zu. Mein Hunger grub sich tiefer zwischen meine Rippen. Er würde sich nicht mit einem Stück Obst stillen lassen.

„Es ist doch sonnenklar", sagte ich zu Thorn. „Als wir das letzte Mal auf der Suche waren, wurden wir beim Herumschnüffeln erwischt. Keiner von euch ist wirklich darauf vorbereitet, sich in diesem Reich ohne Führung zurechtzufinden, und ich weiß, dass ihr nicht auf meinen Rat hört. Unsere Gastgeberin kennt diese Welt weitaus besser als wir alle zusammen, einschließlich Omen."

„Was schlägst du vor?"

Ich zuckte mit den Schultern. „Sie hat angeboten, Informationen einzuholen. Sie ist bereit, uns zu helfen. Wir sollten ihr die Führung bei den Ermittlungen überlassen, während wir dafür sorgen, dass ihr nichts passiert. Zwei Fliegen mit einer Klappe, wie die Sterblichen zu sagen pflegen."

„Was sollten Fliegen denn mit einer Klappe?", fragte Snap.

„Es geht eher darum, was die Klappe mit den Fliegen macht." Ich drehte das Messer, das Thorn auf dem Tisch liegen gelassen hatte. Es wirbelte klappernd herum, bis die Spitze auf ihn zeigte. „Und? Findet ihr die Idee sinnvoll, obwohl sie von mir stammt?"

Thorn warf mir einen gequälten Blick zu. Ich hatte viel Übung darin, diese Blicke zu ignorieren, und es schien, als könnte er kein wirkliches Argument vorbringen.

„Dein Vorschlag klingt vernünftig", antwortete er nach kurzem Zögern. „Mal sehen, was ihre Kontakte so hergeben."

„Ausgezeichnet." Ich richtete mich auf und schlenderte an Snap vorbei in Richtung Flur, wobei ich aufmerksam auf jedes erneute Zittern meiner Muskeln achtete. Das Letzte, was ich brauchte, war, dass Thorn meine momentane Schwäche bemerkte.

Sein Blick wanderte zu mir. „Wo willst du hin? Sie sagte doch, dass wir in der Küche bleiben sollen."

Ich lächelte ihn freundlich an. „Wie du weißt, bin ich nicht besonders gut darin, Befehle zu befolgen, denen ich nie zugestimmt habe. Ich will sehen, ob ich unseren Aufenthalt hier vielleicht etwas angenehmer gestalten kann."

Und wenn ich gleichzeitig noch meine lebenswichtigen Gelüste stillen könnte, wäre das umso besser.

VIER

Sorsha

Zu erwarten, dass mein neues Gefolge aus dem Schattenreich meine Anweisungen strikt befolgen würde, war offensichtlich zu viel des Guten. Ich hatte gerade mein Frühstück verschlungen und meinen Laptop aufgeklappt, um mich an die Arbeit zu machen, als es an der Tür klopfte. Ich unterdrückte einen Seufzer und stand auf, um aufzumachen. Ob auch nur die geringste Chance bestand, dass sie mir nur mitteilen wollten, dass sie es sich anders überlegt hatten und jetzt gehen würden?

Fehlanzeige. Vor der Tür stand Ruse. Seine Haltung war lässig und seine Augen trüb. Aus der Nähe konnte ich nicht umhin zu bemerken, dass sich das Schokoladenthema auch auf seinen Duft erstreckte. Ein bittersüßer Geruch wie reiner Kakao gemischt mit Karamell stieg mir in die Nase – und entgegen meines Willens lief mir das Wasser im Mund zusammen.

Er war nicht ganz so groß wie Thorn, aber immer noch

einen halben Kopf größer als ich. Als er auf mich herabblickte, verzogen sich seine Lippen zu einem Lächeln, das ein Grübchen unter einem seiner hohen Wangenknochen zum Vorschein brachte. Es würde mich nicht überraschen, wenn ich herausfinden würde, dass dieses Lächeln schon Tausende von Frauenherzen auf der Welt zum Schmelzen gebracht hatte.

„Es tut mir leid, dass unser erstes Gespräch so unglücklich verlaufen ist", erklärte er mit sanfter, leicht neckischer Stimme. „Deswegen dachte ich, ich sollte einen Versuch unternehmen, mich richtig vorzustellen. Ich kann nicht glauben, dass wir nicht einmal *deinen* Namen erfahren haben. Also …"

Er machte eine elegante Handbewegung und verbeugte sich halb scherzhaft. „Ruse aus dem Schattenreich", sagte er, als er sich wieder aufrichtete. „Es ist mir ein Vergnügen, dich kennenzulernen. Und du bist?"

„Sorsha aus dem Reich der Sterblichen", antwortete ich verwirrt. Ich konnte nicht behaupten, dass es mir ein Vergnügen war.

„Sorsha", wiederholte er, wobei er die Silben auf seiner Zunge zergehen ließ, als wären sie eine seltene Delikatesse. Der Klang, den er ihnen verlieh, jagte mir ein Kribbeln über den Rücken. „Ich glaube, du bist die erste Person mit diesem Namen, der ich begegne."

Es ärgerte mich, dass ich mich plötzlich unbeholfen fühlte. „Er stammt aus einem alten Film." Meine Eltern waren anscheinend genauso besessen von den Medien der 80er Jahre wie Luna. „Ist das alles, was du wolltest – mich fragen, wie ich heiße?"

„Nein, ich muss zugeben, dass ich einen Hintergedanken hatte." Wieder schenkte er mir dieses Lächeln, diesmal noch durchtriebener, und *verdammt*, mein Höschen wurde tatsächlich ein wenig feucht.

Er legte eine Hand auf den Türrahmen und lehnte sich in

den Raum, wie um anzudeuten, dass dieser Teil des Gesprächs nicht für die Ohren der Leute am anderen Ende des Flurs bestimmt war. „Ich befinde mich in einem kleinen Dilemma. Leider bedeutet das, dass ich dich um Hilfe bitten muss, obwohl du bereits so viel für uns getan hast. Ich kann dir jedoch versprechen, dass du ebenfalls davon profitieren wirst."

Ich verschränkte die Arme und zog die Augenbrauen hoch, so wie er es getan hatte, als ich das Trio in meiner Küche vorgefunden hatte. „Ach, ja? Und was genau ist das für ein Gefallen?"

„Das Problem ist, dass mir unser ehemaliger Kerkermeister nicht die Art von Nahrung gegeben hat, die mich tatsächlich am Leben erhält. Ich ernähre mich auf andere Art und Weise."

Ein vielsagender Glanz trat in seine warmen haselnussbraunen Augen, und ich begriff, worauf er hinauswollte.

„Du bist ein Inkubus", sagte ich und ärgerte mich im Geiste, dass ich nicht früher darauf gekommen war. Immerhin strotzte der Kerl nur so vor Sinnlichkeit. „Du brauchst Sex, um zu überleben." So wie ein Vampir Blut brauchte. Na gut. Doch weshalb sollte er – Oh. „Und du willst *mich*?"

Sein Grinsen wurde noch breiter. „Du bist ganz schön clever, Flamme." Er streckte die Hand aus und zupfte sanft an einer Strähne meines Haares, was den Spitznamen ebenso inspiriert haben könnte wie mein Abgang aus dem Sammlungsraum. „Dir wird nichts passieren. Den Menschen, mit denen wir intim werden, geht es danach besser als zuvor, nicht schlechter."

Seine Finger streiften fast meine Wange. Die Nähe löste eine noch stärkere Anziehungskraft aus, als Snaps himmlische Schönheit es getan hatte.

Tatsächlich wäre mir ein Knutschfleck lieber als eine

Bisswunde, und um ehrlich zu sein, hatte ich mich tatsächlich schon ab und zu gefragt, wie Sex mit einem übernatürlichen Wesen wohl wäre. Trotzdem … „Ich fühle mich geschmeichelt, aber nein danke. Wir haben uns gerade erst kennengelernt. Und das könnte die Situation noch komplizierter machen. Ich werde dich jedoch nicht davon abhalten, auf Beutezug zu gehen." Ich deutete auf die Wohnungstür hinter ihm.

Ruse' Mund verzog sich zu einer Grimasse. „In Anbetracht dessen, was meine Gefährten und ich bereits durchgemacht haben, würde ich es lieber nicht riskieren, meine Bedürfnisse auf der Straße zu befriedigen. Jede potenzielle Partnerin, der ich da draußen begegne, ist auch eine potenzielle Kerkermeisterin. Bei *dir* weiß ich wenigstens, dass du nur mein Wohlergehen im Sinn hast."

Ich war mir nicht sicher, ob ich es so ausdrücken würde, doch er hatte nicht ganz unrecht. Das bedeutete allerdings nicht, dass ich mich darauf einlassen musste. „Du hast es so lange ausgehalten. Kannst du nicht noch ein bisschen länger durchhalten, bis wir diese Omen-Sache geklärt haben?"

Er zuckte mit den Schultern, und das Funkeln kehrte in seine Augen zurück. „Ich könnte schon, doch ich wäre lieber bei Kräften, damit ich meinen Beitrag leisten kann. Ist der Gedanke denn wirklich so abstoßend?"

Jetzt zog er mich definitiv auf. Ich bezweifelte, dass er viel von mir spüren konnte, während ich mein Abzeichen trug, doch irgendetwas in mir reagierte auf seinen Charme. Die Hitze, die mir in den Hals kroch, ließ mich vermuten, dass ich errötete. Und Gott allein wusste, wie geweitet meine Pupillen waren, während ich sein markantes Gesicht betrachtete.

Immerhin war ich nur ein Mensch. Und es war Monate her, dass ich es das letzte Mal mit etwas getan hatte, das nicht batteriebetrieben war, geschweige denn mit einem Meister der Sinnlichkeit.

Und genau aus diesem Grund sollte ich der Versuchung

nicht nachgeben, oder? Ich konnte mir nicht sicher sein, dass Ruse *mein* Bestes im Sinn hatte, und ich hatte keine Ahnung, wie klar ich im Eifer des Gefechts noch denken könnte.

Zumindest sollte ich mir etwas Zeit nehmen, um darüber nachzudenken. Seine Freunde und er hatten offensichtlich nicht vor, in nächster Zeit von hier zu verschwinden. Vielleicht hatte jemand vom Bund eine Idee, welche zusätzlichen Vorsichtsmaßnahmen man bei kubischen Schattenwesen treffen könnte.

Vivi würde bestimmt wissen wollen, was der Grund für diese Frage war. Meine beste Freundin durfte auf keinen Fall etwas von dieser unerwarteten Wohnsituation erfahren. Wenn das Trio in etwas Gefährliches verwickelt war, wonach es sich anhörte, dann wollte ich sie auf keinen Fall mit in den Schlamassel hineinziehen. Sie hatte keine Ahnung von meinen illegalen nächtlichen Kreuzzügen.

Ich öffnete den Mund, um meinem potenziellen Liebhaber zu sagen, dass das Ganze mindestens bis morgen warten müsste, als mein Blick an der Hand hängen blieb, die er auf den Türrahmen gelegt hatte. Die Hand, die jetzt nicht mehr einfach ruhig da lag. Ich bemerkte, dass seine Finger kurz zuckten. Er schien das Zittern zu kontrollieren, indem er den Rahmen fester umklammerte, denn einen Augenblick später war seine Hand wieder still, dafür waren seine Fingerknöchel weiß geworden.

In dem Moment, als mein Blick auf seine Hand fiel, riss er sie weg und verbarg sie hinter seinem Rücken in einer weiteren koketten Pose. Jetzt, da ich wusste, was los war, wirkte diese Haltung jedoch eher steif als lässig.

Er hatte geredet, als ginge es ihm gar nicht so schlecht, doch wie sehr spielte er seine Schwäche herunter? Er wollte mich mit seinem Charme für sich gewinnen, nicht mit Mitleid.

Plötzlich nagte Besorgnis an meiner Unschlüssigkeit. Ich ertrug es nicht, jemanden leiden zu sehen. Und ich würde in viel größeren Schwierigkeiten stecken, wenn einer meiner selbsternannten Leibwächter zusammenbrechen würde. Das war der Hauptgrund, warum ich es mir noch einmal überlegte: ein rein praktischer Gedanke.

Ach, kommt schon – wäre eure Entschlossenheit in meiner Lage wirklich unerschütterlich?

Natürlich bedeutete das nicht, dass ich sofort mit dem Kerl ins Bett hüpfen würde. Ich stupste mit einem Finger gegen seine Brust – oh, da waren einige Muskeln unter dem seidigen Hemd. „Vielleicht wäre ich offen für ein bisschen Geknutschte. Nichts zu Intensives. Ich will nicht, dass du irgendwelchen Voodoo-Kram bei mir anwendest. Kannst du dich ernähren, während ich dieses Abzeichen trage?"

Er legte den Kopf schief und betrachtete den Kreis aus verschlungenem Silber und Eisen. „Ein wenig Energie würde durchsickern. Es wäre eher ein kleiner Imbiss als eine Mahlzeit, doch es würde helfen. Und ich kann für reichlich Befriedigung sorgen, ohne dass ein außerweltlicher Einfluss nötig ist. Ich bitte dich nur, die Sache mit dem Schutzamulett noch einmal zu überdenken, nachdem ich das bewiesen habe. Wenn du nicht willst, dass ich deine Gefühle beeinflusse, kann ich mich problemlos zurückhalten."

Das konnte er sagen, so oft er wollte, das hieß noch lange nicht, dass er sich tatsächlich daran halten würde. Bei dem Gedanken, dass er meinen Geist manipulieren könnte, verspürte ich einen kalten Stich der Panik. Ich unterdrückte ihn und den Schauer, der damit einherging. „Das Abzeichen bleibt dran. Das ist im Moment die Grenze meines Vertrauens. Vergiss nicht, dass ihr einfach uneingeladen und ohne zu fragen in meine Wohnung eingedrungen seid."

Gespielt beschämt senkte er den Kopf. „In Ordnung. Du ziehst die Grenzen. Also …" Er grinste mich wieder an, was sein Gesicht nur noch attraktiver machte. Mir schlug das Herz bis zum Hals. Vielleicht war das doch keine so gute Idee …

Aber was soll's. Ich hatte mich doch schon längst

entschieden. Das würde eines Tages eine tolle Geschichte abgeben. *Hab ich dir schon mal erzählt, wie ich mit einem Inkubus geknutscht habe?*

Ich trat von der Tür zurück. „Dann komm rein."

Ruse schlenderte in mein Schlafzimmer und schloss die Tür hinter sich. Seine Augen schimmerten golden, als seine sterbliche Fassade ein wenig verblasste und das Schattenwesen darunter zum Vorschein kam.

Er führte seine Hand wieder an mein Gesicht und strich mit den Fingerknöcheln über meine Kieferpartie, was meine Nerven zum Flattern brachte. Seine andere Hand legte er auf meine Taille. Jetzt, wo unsere Körper nur noch wenige Zentimeter voneinander entfernt waren, überflutete mich die Hitze seines Körpers und Verlangen loderte in mir auf. Ich schluckte schwer und widerstand dem Drang, mit ihm zu verschmelzen, während er mein Kinn anhob und mich küsste.

Heilige Scheiße! Bisher hatte ich geglaubt, dass ich in der Vergangenheit ziemlich gut geküsst worden war, doch allein die Berührung von Ruse' Lippen stellte all meine bisherigen Erfahrungen in den Schatten. Mein Mund kribbelte und die Hitze in meiner Brust schwoll an, als er mich an sich zog. Dabei flatterten meine Nerven nicht mehr nur, sondern fingen regelrecht Feuer.

Bevor ich merkte, dass ich mich bewegte, hatten sich meine Finger in die Vorderseite seines Hemdes gekrallt und hielten ihn fest, als hätte ich Anlass zur Sorge, dass er irgendwohin gehen könnte. Ich erwiderte seinen Kuss mit einem instinktiven Verlangen nach mehr, und er brummte ermutigend. Er legte seinen Kopf leicht schief und schob meine Lippen mit seiner Zunge auseinander.

Wenn er bereits von der Intimität dieses Intermezzos zehrte, so konnte ich es nicht spüren. Alles, was ich spürte, war die wohlige Hitze und die Liebkosungen seiner Zunge. Die Hand an meiner Seite wanderte höher, bis sein Daumen über meine Brust strich.

Bei dieser Berührung sprühten noch mehr Funken in mir. Unwillkürlich begann ich mich zu winden.

Wieder strich er über meine Wange und griff in mein Haar. Die Geste war souverän, kontrolliert und wild zugleich. Die Leidenschaft, die in mir aufstieg, breitete sich weiter aus und sammelte sich zwischen meinen Beinen.

Wie sollte ich jetzt, wo wir angefangen hatten, Nein sagen? Wie sollte ich ihm jetzt sagen, dass er aufhören sollte?

Eine frische Kältewelle durchbrach den Schleier der Lust, der mich verzehrte. Diese Fragen waren der Grund, warum ich damit aufhören musste – und zwar sofort.

Widerwillig zog ich mich zurück. Mein Gesicht war jetzt eindeutig gerötet. Als ich meine Lippen zusammenpresste, kribbelte mein Mund von den Nachwirkungen des Kusses. Ich riss mich zusammen und stieß mühsam hervor: „Das reicht. Dabei sollten wir es belassen."

Der Inkubus machte keine Anstalten, mich vom Gegenteil zu überzeugen. Er betrachtete mich teils belustigt, teils bewundernd. Seine Haut, die zuvor blass gewesen war, hatte ein wenig mehr Farbe bekommen. Ob das ein Zeichen dafür war, dass der „Imbiss" etwas bewirkt hatte?

„Vorerst?", fragte er, wobei die Andeutung mitschwang, dass zu einem späteren Zeitpunkt aus dem Imbiss eine komplette Mahlzeit werden würde.

Ich befeuchtete meine Lippen, ohne es zu wollen, und ein erneuter Schauer der Glückseligkeit durchfuhr mich. „Wir werden sehen", erwiderte ich und ignorierte meinen Körper, der schrie: Ja, bitte, ein volles Fünf-Gänge-Menü!

Zu behaupten, ich hätte dieses kleine Intermezzo genossen, wäre die Untertreibung des Jahres. Dennoch wollte sichergehen, dass ich das Spiel nicht bereuen würde, bevor ich die Würfel erneut rollen ließ.

FÜNF

Sorsha

Sich für Monster einzusetzen, war nicht gerade die Art von Tätigkeit, für die man offen werben konnte. Offiziell nannte sich die Gruppe, der ich nahezu alle meine Kontakte zu verdanken hatte – neben den Tipps für neue Sammler, die ich ins Visier nehmen wollte – „Schutzbund für Schattenwesen". Außerhalb der vier Wände, in denen wir unsere zweimal wöchentlich stattfindenden Treffen abhielten, kürzten wir Schattenwesen für gewöhnlich mit „SW" ab oder bezeichneten die Gruppe einfach als „den Bund".

Diese vier Wände befanden sich in einem Programmkino, in dem ausschließlich Zweitvorführungen liefen. Heute Abend drang der Soundtrack eines Marvel-Films aus dem Vorführungsraum neben uns, eine epische Orchestrierung, die von gelegentlichen Explosionen unterbrochen wurde. Die kleine Popcornmaschine verströmte einen salzigen Buttergeruch – gemischt mit etwas Würzigem, das meine

Nase kitzelte.

Ellen, die Mitinhaberin des Kinos und neben ihrer Frau inoffizielle Mitvorsitzende des Bundes, experimentierte gerne mit neuen Popcorn-Geschmacksrichtungen. Wir Mitglieder des Bundes waren ihre Versuchskaninchen. Als ich durch die Reihen der mit rotem Samt gepolsterten Sitze schlenderte, um ihre neuste Kreation zu probieren, sprang eine zierliche Gestalt mit hüpfenden Locken auf mich zu.

„Sorsha!", rief meine beste Freundin und umarmte mich, was mir ein Lachen entlockte. So begeistert, wie Vivi jedes Mal reagierte, wenn ich auftauchte, hätte man meinen können, dass meine Anwesenheit ein seltenes Ereignis war. In Wahrheit verpasste ich nur selten ein Treffen, da die Leute vom Bund so ziemlich die Einzigen waren, mit denen ich reden konnte, ohne über den größten Teil meines Lebens lügen zu müssen. Und selbst ihnen erzählte ich nicht alles.

Als ich das erste Mal an einem Treffen des Bundes teilgenommen hatte, und noch viel zögerlicher und traumatisiert gewesen war, hatte Vivi mich sofort unter ihre Fittiche genommen. Eine Zeit lang hatte ich sogar bei ihr und ihren Eltern gelebt. Sie war zwei Jahre älter als ich und damit das zweitjüngste Mitglied des Bundes. Trotzdem wirkte sie sehr reif und weltgewandt. In den mehr als zehn Jahren, die seither vergangen waren, hatten wir festgestellt, dass wir beide einen ungewöhnlichen Sinn für Humor sowie eine Vorliebe für kitschige alte Filme und thailändisches Essen hatten, und uns angefreundet.

„Heute Abend gibt es Popcorn mit Chilipfeffer und braunem Zucker", verkündete sie und nickte zu den Tüten, die bereits neben der Maschine standen. „Sie schmecken wie Honigrippchen mit scharfer Barbecue-Soße."

Ich schenkte ihr ein Grinsen, bevor ich eine Cola aus dem Mini-Kühlschrank holte und mir eine Tüte Popcorn nahm. „Danke für die Warnung. Wie ich sehe, hast du überlebt."

„Nur knapp", sagte sie mit dramatischem Unterton, doch

ihre Augen funkelten verschmitzt. Dann stemmte sie eine Hand in die Hüfte und hob die andere in die Luft. „Was hältst du von meinem neuen Outfit?"

Sie trug ein schlichtes, weißes, perlmuttfarbenes Tanktop und eine weiße Caprihose. Vivi trug nur Weiß – „das ist meine Visitenkarte", hatte sie mir mal gesagt. Die Farbe brachte ihre glatte braune Haut unglaublich gut zur Geltung. Außerdem betonte sie ihre Augen mit dick aufgetragenem Kajal und Wimperntusche. Ihr schwarzes Haar war eng an der Kopfhaut zu Zöpfen geflochten, bevor es am Hinterkopf in eine Lockenmähne überging. Am beeindruckendsten war vermutlich die Tatsache, dass sie es irgendwie schaffte, dass ihre weißen Klamotten nie schmutzig wurden.

„Du siehst fantastisch aus", sagte ich, „wie immer. Hast du nachher noch was vor?"

„Ich bin mit einem Typen auf einen Drink verabredet. Wir haben uns im Internet kennengelernt. Ich weiß noch nicht so recht. Es ist schwer zu sagen, was man für eine Person empfindet, bis man sie sehen und riechen kann, oder?"

Meine Gedanken wanderten zurück zu Ruse' bittersüßem Kakaoduft, und eine Wärme, die ich nicht heraufbeschwören wollte, flackerte in meiner Brust auf. Ich unterdrückte sie sofort, aber Vivi kannte mich zu gut.

„Hm", meinte sie und legte neugierig den Kopf schief. „Und was hast *du* so getrieben, Fräulein?"

Ich winkte ab. „Nichts Besonderes. Ich habe nur über die Vergangenheit nachgedacht." Ich musste ja nicht erwähnen, wie lange diese Vergangenheit zurücklag. Zeit für einen Themenwechsel! „Hey, hast du zufällig gehört, dass die Jäger sich organisieren oder dass die Leute versuchen, neben den kleinen Biestern auch höhere Schattenwesen zu fangen?"

Vivi runzelte die Stirn. „Nein. Aber vielleicht jemand von den anderen. Wie kommst du darauf?"

„Es ist nur so ein Verdacht. Jedenfalls sollten wir ein Auge darauf haben." Ich suchte nach einer Ausrede, die Vivis

Neugier nicht zu sehr wecken würde. „Bald ist der Jahrestag von Lunas Tod, wahrscheinlich hat mich das zum Nachdenken gebracht."

Die Miene meiner besten Freundin wurde sofort weicher und mitfühlender. Sie stieß mich sanft mit dem Ellbogen an. „Das ist bestimmt hart. Aber es ist schon lange her, und wir haben keine weiteren Vorfälle dieser Art erlebt, also glaube ich nicht, dass es ein Muster gibt. Es waren einfach nur ein paar Arschlöcher, die es sich wohl anders überlegt haben, nachdem die Sache schiefgelaufen ist."

„Stimmt", meinte ich. Es könnte durchaus sein, dass es sich bei dem, was dem Trio in meiner Wohnung und ihrem „Boss" widerfahren war, um einen Einzelfall handelte, der nichts mit einer größeren Verschwörung zu tun hatte, egal, was ihr Anführer glaubte.

„Es kann allerdings nicht schaden zu fragen, wenn du dich dann besser fühlst. Komm mit." Sie bedeutete mir, ihr in den vorderen Teil des Raums zu folgen, wo mehrere weitere Mitglieder des Bundes auf Klappsitzen saßen, Popcorn knusperten und sich unterhielten. Die Projektionsfläche blinkte kurz auf, da Ellen und Huyen wohl an ihrem wöchentlichen visuellen Bericht herumbastelten, den sie heute präsentieren würden.

Nachdem wir die Hälfte des Ganges zurückgelegt hatten, rappelte sich eine der Gestalten auf und kam auf uns zu. Ich verlangsamte meine Schritte.

„Hey", begrüßte uns Leland, der vor uns zum Stehen kam. Seine Stimme war leise, aber kühl, sein Blick eisig. Unter seinem Poloshirt spannten sich die Muskeln seiner kräftigen Statur, um die ihn jeder Bodybuilder beneidet hätte. Ich rang mir ein Lächeln ab, doch sein Blick ruhte nur eine Sekunde lang auf mir, bevor er zu Vivi huschte und dort verharrte.

Seit wir vor ein paar Monaten unsere Freundschaft plus – die Betonung lag auf „plus" – beendet hatten, oder besser gesagt, seitdem *ich* sie beendet hatte, nachdem er sich beschwert hatte, dass ich ihn nicht anhimmelte, wurde er in meiner Nähe immer zu einem Eisklotz. Und irgendwie konnte er es nicht lassen, mir das mindestens einmal pro Sitzung zu demonstrieren. Dachte er wirklich, ich würde mich deswegen schluchzend in seine Arme stürzen?

Ganz sicher nicht, denn ehrlich gesagt vermisste ich diese unverbindliche Beziehung nicht besonders. Mit seinen weichen Gesichtszügen, der Schuljungenfrisur und seinem muskulösen Körperbau, fand ich Leland schon immer recht hübsch, aber seine Persönlichkeit? Wir waren einigermaßen gut miteinander ausgekommen, solange wir nur darüber reden mussten, wo wir uns nachts treffen würden. Ansonsten hatten wir nicht viel Gesprächsstoff gehabt. Die Tatsache, dass er anscheinend mehr gewollt hatte, hatte mich aus der Bahn geworfen.

Trotzdem ärgerte es mich, dass ich die Anzeichen nicht früh genug erkannt hatte, um seine offensichtliche Kränkung zu verhindern, und dass ich es geschafft hatte, ihn so gründlich zu enttäuschen, obwohl es schien, als wären wir uns einig gewesen … Es war nicht das erste Mal. Egal, in welcher Art von Beziehung ich landete, letzten Endes scheiterte es immer daran, dass ich nicht genug gegeben hatte.

Ich hatte mein Bestes getan, um ihm klarzumachen, dass ich keinen Groll hegte und mir einen friedlichen Umgang wünschte, also ignorierte ich sein abweisendes Verhalten und lächelte einfach weiter. „Hey. Sieht aus, als würden heute Abend viele Leute kommen."

Er antwortete mit einem unverbindlichen Grunzen, nickte Vivi zu und trat näher an die Sitze heran, um uns auf ihrer Seite zu umrunden. Als er vorbeigehen wollte, blieb er offenbar mit dem Fuß am nächsten Stuhl hängen. Ich sah nicht, was genau passierte, doch in der einen Sekunde machte er einen Schritt, und in der nächsten stürzte er mit einem lauten „Huch!" auf Hände und Knie und sein Hintern ragte in die Luft.

Als Leland sich wieder aufrichtete, kicherte einer der älteren Mitglieder, der an der Popcornmaschine stand. „Pass doch auf, Junge!" Verlegen wischte sich Leland den Staub von den Klamotten, und eilte weiter, wobei er einen großen Bogen um die Sitze machte.

Vivi rümpfte die Nase und beugte sich vor, um mir zuzuflüstern: „Wenn er mehr darauf achten würde, wo er hingeht, als darauf, dir die kalte Schulter zu zeigen …"

„Irgendwann wird er mir schon verzeihen", antwortete ich. Das hoffte ich zumindest. Bis dahin konnte ich ihm den Freiraum geben, den er brauchte. Der Raum war groß genug und es gab viele freie Plätze.

Ich schüttelte den Unmut über diese Begegnung ab, und ging weiter zu den anderen vertrauten – und deutlich freundlicheren – Gesichtern, die sich in der Nähe der Leinwand versammelt hatten. Unter Vivis prüfendem Blick erkundigte ich mich vorsichtig nach dem Verhalten der Jäger, doch ich erntete nur Kopfschütteln und zweifelnde Blicke. Falls die Bemühungen, die Schattenwesen in Schach zu halten, größer als gewöhnlich waren, hatte sich das in unserer Gruppe bisher nicht herumgesprochen.

Das bedeutete, dass es entweder gar nicht passierte … oder die Beteiligten ihre Spuren unglaublich gut verwischten.

„Also gut, Leute", rief Ellen, als sie und Huyen aus der Vorführkabine traten. „Mal sehen, was wir heute auf die Beine stellen können. Anfang dieser Woche gab es einen Vorfall, der uns alle daran erinnern sollte, warum es keines der Wesen, die in unsere Welt hinüberwechseln, verdient hatte, in den Händen von Menschen zu bleiben, die sie nur als übernatürliche Sammlerstücke betrachten. Ein Mitglied des Schutzbundes in L.A. hat sich einer Gruppe höherer Schattenwesen auf der Seite der Sterblichen angeschlossen, die einen Jägerring zerschlagen haben. Und Folgendes haben sie dort vorgefunden."

Auf einen Knopfdruck hin wurde ein Video auf die Leinwand projiziert. Es war eindeutig mit einer Handkamera aufgenommen worden, wahrscheinlich mit einem Handy, und die Hand, die es hielt, zitterte.

Die Kamera schwenkte und zeigte einen kleinen, schummrigen Raum. Ein paar Dutzend Käfige standen übereinandergestapelt an der einen Wand. Auf der anderen Seite lagen mehrere pelzige oder geschuppte Gestalten auf einem Stahltisch. Knochen ragten aus ihrem Fleisch.

„Oh mein Gott", murmelte der Kameramann mit offensichtlichem Entsetzen.

Auch mir wurde bei diesem Anblick mulmig zumute. Einige Sammler waren zu ängstlich oder zu penibel, um mit lebenden Schattenwesen zu handeln. Deswegen zerlegten die Jäger ihre Beute und präparierten die Skelette oder stopften sie aus. Zwei Verkäufe für einen Fang. Manche Jäger zogen diese Geschäfte sogar vor.

Es gab nicht viel, was wir Sterblichen tun konnten, um diese Jägerringe – oder die selbstständigen Jäger und ihre Kunden – zu stoppen, vor allem nicht bei einer größeren Operation wie sie auf diesem Video zu sehen war. Sie hatten mindestens einen Hexenmeister in ihren Reihen: einen der wenigen Menschen, die die Kunst beherrschten, Schattenwesen aus ihrem eigenen Reich herbeizurufen und ihre Kräfte dem Willen des Zauberers zu unterwerfen. Mithilfe von Magie konnten sie sämtliche herkömmliche Strafverfolgungsmaßnahmen abwehren, die gegen sie eingeleitet wurden.

Wir Mitglieder vom Bund hatten alle auf unterschiedliche Weise von der Schattenwelt erfahren und konnten damit nicht an die Öffentlichkeit gehen. Wenn die höheren Schattenwesen ihre Kräfte demonstrierten und ihre Existenz beweisen wollten, hätten wir vermutlich mehr erreichen können …

doch verständlicherweise war es für sie von Vorteil, ihre wahre Natur geheim zu halten.

Das Einzige, was wir tun konnten, war, das Jagen und Sammeln so gut es ging auf Umwegen zu stören. Wir sammelten Geld, um gefangene Kreaturen zu kaufen und wieder freizulassen, wenn wir die Gelegenheit dazu hatten. Außerdem informierten wir die höheren Schattenwesen, die in unserer Welt lebten, über die Aktivitäten, die wir aufgedeckt hatten, damit sie eingreifen konnten, wenn es ihnen das Risiko wert war. Wenigstens hatte diese Truppe gehandelt, bevor die Verantwortlichen dieser Einrichtung noch mehr unschuldige Wesen quälen konnten.

Als das Video zu Ende war, herrschte betretenes Schweigen im Saal. Dann erschien ein Diagramm auf dem Bildschirm, das unsere jüngsten Spendenbemühungen zeigte – keine schlechte Woche, wenn man bedachte, dass wir geheim halten mussten, wofür diese Gelder eigentlich gesammelt wurden.

„Eines der großen alten Häuser in Walnut Hill ist letzte Nacht zur Hälfte abgebrannt", sagte jemand, als die Leinwand dunkel wurde. „Wir haben Anzeichen dafür gefunden, dass der Besitzer ein Sammler war. Das ist schon das dritte Feuer in diesem Jahr. Haben wir immer noch keinen Hinweis darauf, wem wir danken sollen?"

Ich biss mir auf die Zunge. Dazu würde ich definitiv nichts sagen.

Wenn ich meine Einsätze im Stil der Selbstjustiz fortführen wollte, war es am besten, wenn niemand sonst wusste, dass ich dafür verantwortlich war. Auch wenn die anderen Mitglieder des Bundes Scherze darüber machten, dem Feuerteufel zu danken, wenn sie wüssten, dass einer von ihnen die Verbrechen beging, würde ich in zwei Sekunden wegen einer „Überschreitung der Grenzen" rausgeschmissen werden. Kurz nachdem ich beigetreten war, war genau das mit einem Kerl passiert, der sich zu sehr in die Selbstjustiz hineingesteigert hatte.

„Wenn es sich um ein höheres Schattenwesen handelt, das die Sache selbst in die Hand nimmt, wie wir bereits erörtert haben, ist es verständlich, dass sie nicht damit hausieren gehen", meinte Huyen.

Ein Mann weiter hinten klatschte in die Hände. „Ich bin dafür, dass wir sie in Ruhe lassen. Sie können selbst bestimmen, was mit ihresgleichen geschieht."

Nachdem ich etwa dreizehn Jahre lang von einem höheren Schattenwesen aufgezogen worden war, war ich doch so etwas wie ein Ehrenmitglied, oder? Es war meine Sache, und dabei sollte es auch bleiben. Tante Luna hatte nicht verdient, was die Bastarde ihr angetan hatten, und ich würde nicht zulassen, dass noch mehr Schattenwesen leiden mussten, wenn ich es verhindern konnte.

Vivi warf mir einen Blick zu und schien meinen nachdenklichen Gesichtsausdruck zu bemerken. „Machst du dir immer noch Sorgen?"

Ich zuckte mit den Schultern. „Ist schon in Ordnung. Wenn niemand etwas gehört hat, dann gibt es wohl auch nichts zu hören."

„Wir könnten das Netz trotzdem etwas weiter spannen. Ich habe mir überlegt, am Freitagabend bei Jade vorbeizuschauen. Möchtest du mitkommen? Es ist sowieso schon viel zu lange her, seit wir uns das letzte Mal so richtig amüsiert haben."

Ja, Jade's Fountain war der perfekte Ort, um ein wenig tiefer zu graben – und hoffentlich die Probleme mit meinen uneingeladenen Monster-Mitbewohnern zu lösen. Ich lächelte. „Du hast recht – ich bin dabei."

SECHS

Popcorn machte nicht wirklich satt, ob es nun scharf war oder nicht. Als ich die Treppe am Stoffladen vorbei zu meiner Wohnung hinaufstapfte, knurrte mein Magen, weil ich das Abendessen so lange hinausgezögert hatte. Ich musste definitiv etwas essen.

Ich steckte meinen Schlüssel in das Schloss und sang vor mich hin: „When the meal's in sight, I'm gonna run all night, I'm gonna run to chew …"

Ich stieß die Tür auf, in der Erwartung, meine neuen Mitbewohner aus dem Schattenreich schwanzwedelnd auf der Schwelle vorzufinden. Stattdessen war der Flur leer, die Wohnung war vollkommen still, keine Bewegung, nicht einmal in der Küche, soweit ich erkennen konnte.

Für den Bruchteil einer Sekunde keimte die Hoffnung in mir auf, dass das Trio es sich anders überlegt hatte und die Rettungsaktion auf eigene Faust durchführte. Die Hoffnung währte jedoch nicht lange, denn einen Augenblick später tauchten drei Gestalten aus dem Schatten der Eingangstür auf, wie Aquarellfarben, die sich zu einem schärferen Bild verdichteten.

Pickle, der aus meinem Schlafzimmer gehuscht war, zuckte zusammen, als er die Schattenwesen sah, bevor er den Rest des Weges auf mich zustürzte. Normalerweise wäre ich überrascht gewesen, dass er nicht gleich in die Schatten flüchtete, doch er hing mittlerweile so sehr an mir, dass er immer in seiner körperlichen Gestalt blieb. Ich war mir nicht sicher, ob er überhaupt noch wusste, wie das Verschwinden im Schatten funktionierte.

Ich hob ihn hoch, um ihn auf seinen Lieblingsplatz auf meiner Schulter zu setzen, und musterte meine eigensinnigen Besucher. „Habt ihr mir aufgelauert?"

Thorn hatte wieder den mürrischen Gesichtsausdruck, der in seine markanten Gesichtszüge eingemeißelt zu sein schien. Er straffte seine breiten Schultern, als ob seine Gestalt aus der Nähe nicht schon einschüchternd genug gewesen wäre. „Es ist einfacher – und diskreter – wenn wir uns im Schatten bewegen."

Snaps moosgrüne Augen funkelten neonfarben. „Was für ein faszinierender Ort", sagte er und schnippte mit der Zunge, die – ja, ich war mir sicher – an der Spitze leicht gespalten war. „So viele Stühle – und warum kann man sie hochklappen?"

Stühle zum Hochklappen ...? Ich versteifte mich, und Pickles Krallen stießen gegen mein Schlüsselbein, als er ebenfalls erschrak. „Ihr seid mir ins Kino gefolgt?"

Thorn warf mir einen unheilvollen Blick zu. „Wir können Euch wohl kaum beschützen, wenn wir in der Wohnung bleiben, während Ihr außer Haus seid, Mylady."

Diesmal hatte ich ihn wirklich richtig verstanden. *„Mylady?"*

„Entschuldige die Archaik", räumte Ruse mit seinem typischen amüsierten Grinsen ein. „Unser Freund hier hat seit dem Mittelalter nicht mehr viel Zeit auf der Seite der Sterblichen verbracht."

Da Thorn es so steif gesagt hatte, vermutete ich, dass er diese Anrede ohnehin ablehnte, nicht, dass ich darum gebeten hätte. „Nun, ich bin nicht deine *Lady*", erwiderte ich. „Außerdem habe ich euch doch gesagt, dass ich euren Schutz nicht brauche. Ihr könnt nicht einfach heimlich Leute verfolgen …"

Nur, dass sie es eben doch konnten, denn sie waren Schattenwesen, und so funktionierten sie nun einmal. Selbst jetzt, angesichts meiner Verärgerung, schienen Thorn und Snap nur ein wenig verwundert zu sein. Ruse schien der Einzige zu sein, der meinen Protest verstand, was allerdings nicht bedeutete, dass es ihn interessierte. Sein Grinsen deutete eher auf das Gegenteil hin.

„Wir haben uns nicht in Eure Angelegenheiten eingemischt", erklärte Thorn. „Trotzdem würde ich gerne erfahren, was diese Versammlung von Sterblichen mit der Schattenwelt zu tun hat."

„Und wie sind diese Bilder an die Wand gekommen?", warf Snap ein. „So groß und – beweglich!"

Er atmete ein, als wollte er noch mehr sagen, doch Thorn warf dem schlankeren Mann einen strengen Blick zu. Snap schloss den Mund und senkte entschuldigend seinen Engelskopf.

Plötzlich war ich noch verärgerter als zuvor. Wer hatte Mr. Muskelprotz zum Anführer ernannt? Wenn ihr „Boss" sie alle drei angeheuert hatte, dann war der Sonnengott hier zweifellos genauso fähig wie die anderen, egal wie sehr ihn die Welt der Sterblichen verblüffte. Ich würde lieber Snaps ehrfürchtige Fragen beantworten, als auf Thorns Forderungen nach Informationen einzugehen.

„Darauf hättest du kommen können, wenn du aufgepasst hättest", sagte ich zu dem kräftigen Kerl und drängte mich an ihm vorbei in die Küche. Sie konnten mich nicht davon abhalten, mir das Abendessen zu holen, auf das ich mich gefreut hatte, auch wenn meine Begeisterung etwas nachgelassen hatte. „Der Bund ist eine Organisation von Sterblichen, die von der Existenz der Schattenwelt wissen und alles tun, um den Kreaturen zu helfen, die hier in Schwierigkeiten geraten sind. Sie könnten am ehesten mitbekommen haben, wer euren Boss verschleppt hat."

Ich holte mir ein Tiefkühlgericht aus dem Gefrierschrank und schob es in die Mikrowelle. Ich war im Moment definitiv nicht in der Stimmung, etwas zu kochen.

Das Trio war mir in die Küche gefolgt, angeführt von Thorn. Er verschränkte seine kräftigen Arme vor der Brust. „Es klang nicht so, als hätten sie Informationen, die uns weiterhelfen könnten."

„Nein", stimmte ich zu. „Denn entweder wurde euer Freund Omen von ein paar gewöhnlichen, wenn auch überaus ehrgeizigen Jägern geschnappt und es ist nur ein Zufall, dass er vorher über Verschwörungstheorien geredet hat, oder die Verschwörer halten ihre Machenschaften sehr geheim. Ich kenne allerdings noch mehr Leute, bei denen ich nachfragen kann."

„Du hast der Frau in Weiß gesagt, dass du sie zu einer gewissen Jade begleiten wirst?"

Heilige Scheiße, wie genau hatte er denn zugehört? Zähneknirschend schnappte ich mir eine Gabel. Die Mikrowelle läutete, keinen Moment zu früh.

„Zu Jade's", sagte ich. „Jade's Fountain ist eine Bar, die von einer eurer Artgenossen geführt wird. Zur Kundschaft gehören sowohl Schattenwesen als auch Sterbliche, von denen die meisten keine Ahnung von der Existenz der Schattenwelt haben. Sie mag es nicht, in Konflikte zwischen den Welten verwickelt zu werden, gibt jedoch Beobachtungen weiter, wenn sie glaubt, dass es nicht auf sie zurückfällt. Manchmal verweist sie mich auch an jemand anderen, der Bescheid weiß."

Thorn sah nicht überzeugt aus. „Seid Ihr sicher, dass dieser Weg zielführend ist? Reden hat uns bisher nicht weitergebracht."

Ich widerstand dem Drang, ihm meine gerade aufgewärmte Portion Pad Thai ins Gesicht zu werfen. So befriedigend das kurzzeitig auch sein mochte, es wäre reine Essensverschwendung.

„Das ist die beste Strategie, die mir einfällt. Wenn ihr euch in der Zwischenzeit nützlich machen wollt, wie wäre es dann, wenn ihr mir morgen die Stelle zeigt, an der Omen überfallen wurde. Womöglich finden wir ja dort etwas?" Vielleicht könnte ich die drei weiterbringen, bevor ich überhaupt im Jade's ankam, dann könnte ich tatsächlich mit Vivi plaudern, anstatt nach Hinweisen zu suchen.

„Ich bezweifle, dass unsere Angreifer Spuren hinterlassen haben", meinte Thorn und seine Miene wurde noch finsterer.

Natürlich reagierte er beleidigt auf die kleinste Andeutung, dass er etwas übersehen haben könnte. Ich zuckte mit den Schultern. „Na ja, vielleicht finde ich ja etwas, was ihr alle übersehen habt. Wenn ihr noch anderen Möglichkeiten nachgehen wollt, dann tut das. Ich werde jetzt zu Abend essen. Und zwar allein."

Da ich in der Küche wahrscheinlich keine Privatsphäre bekommen würde, ging ich zurück in den Flur. Doch meine „Beschützer" verstanden die Anspielung nicht. Sie liefen mir hinterher, als würden sie magnetisch von mir angezogen.

Als ich die Tür zu meinem Schlafzimmer erreichte, drehte ich mich um und wollte sie zur Rede stellen. Doch bevor ich die Gelegenheit dazu hatte, setzte Thorn sein Verhör fort.

„Der junge Mann, mit dem du gesprochen hast, bevor die Bilder an der Wand aufgetaucht sind, wirkte ziemlich feindselig. Hegt er möglicherweise einen Groll gegen die Schattenwelt?"

Ob ich ihn mit meiner Gabel erstechen könnte? Davon hatte ich reichlich. Doch wer wusste schon, ob der Kerl nach einem direkten Angriff noch genauso entschlossen wäre, mich zu beschützen. Ich entschied mich dafür, den Griff fester zu umklammern und ihn mit meinem besten Todesblick anzustarren.

„Lelands Feindseligkeit hat nichts mit seinen Gefühlen euch gegenüber zu tun, sondern ausschließlich mit mir. Glaubt mir, wenn ich ihn für relevant gehalten hätte, hätte ich ihn erwähnt. Doch da gibt es *nichts* Erwähnenswertes, also warum geht ihr nicht alle wieder in die Küche und lasst mich in Ruhe?"

Thorns Gesichtszüge verhärteten sich und er neigte den Kopf. „Wenn es das ist, was Ihr wünscht. Wir werden dafür sorgen, dass Eure Wohnung sicher ist, während ihr speist."

Ich konnte nicht umhin, die Augen zu verdrehen, doch er hatte sich bereits abgewandt. Snap ging ebenfalls davon, immer noch leicht verwirrt, und ich fühlte mich ein wenig schuldig.

Ruse war einen Schritt zurückgewichen, stand jedoch immer noch mit gesenktem Kopf im Flur.

„Du hast sowieso etwas Besseres verdient als diesen Trottel, weißt du", bemerkte er. „Er hat sich nicht im Geringsten um dein Wohlbefinden oder dein Glück geschert, sondern nur um das, was er zu verpassen glaubte."

Meine Nackenhaare stellten sich auf. „Ich habe dir doch gesagt, dass du nicht ..."

Er hob seine Hände und lächelte etwas freundlicher als sonst. „Mein mystisches Gespür war nicht notwendig, um dein Unbehagen zu bemerken", sagte er. „Meine normalen Sinne funktionieren ziemlich gut. Außerdem hast du nicht gesagt, dass ich die Gefühle *anderer* Leute nicht erspüren darf. Seine waren alles andere als subtil. Ich garantiere dir, dass ich dich auf Höhen bringen kann, wie er es nicht einmal versucht hätte.“

Der verführerische Klang seiner Stimme jagte mir einen Schauer über den Rücken und weckte die Erinnerung an unser kurzes Intermezzo heute Morgen. Doch er blieb nicht stehen, um mich zu überzeugen, das zu wiederholen, sondern grinste mich nur an und wandte sich ab, um den anderen zu folgen.

Als ich über die Verachtung nachdachte, die er Leland entgegenbrachte, wurde mir etwas klar. „Du hast ihm ein Bein gestellt, oder? Im Kino?“, fragte ich und erinnerte mich daran, wie Leland aus heiterem Himmel gestolpert war. Er war nie besonders ungeschickt gewesen – und er war an der Stelle vorbeigegangen, wo die Stühle Schatten warfen. Es wäre für ein Schattenwesen ein Leichtes gewesen, einen Sterblichen dort zu Fall zu bringen.

Ruse drehte sich mit einem frechen Lächeln zu mir um. „Ich dachte mir, dass er es verdient hat.“

Er hatte es meinetwegen getan – weil ihn die Art und Weise, wie Leland mich behandelte und über mich dachte, gestört hatte? Wenn es ein Trick gewesen wäre, um meine Zuneigung zu gewinnen, hätte er es selbst angesprochen. Ich hätte es wahrscheinlich nie gemerkt.

Der Inkubus ging weiter. „Warte“, rief ich, bevor er die Küche erreichte.

Er blieb stehen, drehte sich ganz um und hob fragend eine Augenbraue. Normalerweise verschlug es mir in der Gegenwart von Schattenwesen oder, na ja, Leuten generell, nicht die Sprache, doch jetzt war mein Mund völlig ausgetrocknet. Ich bemühte mich, das Durcheinander aus Emotionen und Impulsen zu ordnen, das mich durchströmte.

Ruse brauchte das. Und ich möglicherweise auch. Warum sollte es mich interessieren, was Leland oder irgendein Typ vor ihm gedacht hatte? Wenn mir jemand Höhen anbot, hatte ich nichts dagegen, zu fliegen. Auch wenn ich nicht viel über den Inkubus wusste, war ich mir ziemlich sicher, dass er zumindest nicht darauf aus war, mir in irgendeiner Weise zu schaden.

Und wann würde ich wieder so eine Gelegenheit bekommen? Vielleicht fanden sie schon morgen eine brauchbare Spur und beendeten die Schutzaktion.

„Du glaubst also, du kannst es besser?", fragte ich. „Dann zeig mal, was du draufhast."

Ein zufriedenes Funkeln blitzte in Ruse' haselnussbraunen Augen auf. Er schlenderte zu mir zurück. Auf meine Geste hin sprang Pickle auf das Bücherregal im Schlafzimmer und verkroch sich in der Filzhöhle eines Katzenbettes, das sich auf dem obersten Regal befand und mit Lumpen gefüllt war, die er zerfetzt hatte. Ich hob mein Kinn, um den Blick des Inkubus herausfordernd zu erwidern.

„Ich bin so froh, dass du es dir anders überlegt hast", erklärte Ruse sanft und charmant. Doch ich glaubte, auch einen Hauch von Erleichterung in seinem Gesicht zu erkennen. Der „Imbiss" von vorhin hatte seinen Hunger nur ein klein wenig gelindert. Wenn ich ihm mehr als das geben wollte, mussten wir natürlich erst verhandeln.

Ich ging weiter in das Zimmer hinein, sodass Ruse hinter mir eintreten konnte, und stellte mein Essen auf dem Schminktisch ab. Es konnte noch eine Weile warten, denn in mir regte sich ein ganz anderer Hunger. Ich fuhr über den Stoff meiner Bluse und über das Abzeichen, das ich wieder an meinem Unterhemd befestigt hatte. Auch wenn der Inkubus es nicht sehen konnte, würden die Metalle seine Sinne reizen.

„Die Spezialeffekte machen das Ganze noch interessanter", meinte er. „Falls du Bedenken hast, dass ich etwas von meinem Einfluss einsetzen könnte, kann ich mich auch ohne dein Schutzabzeichen zurückhalten. Ich würde wohl kaum mit meinen Fähigkeiten prahlen, wenn ich nicht wüsste, wie ich sie mit demselben Teil ausüben kann, die ein Sterblicher ebenfalls benutzt."

Meine Hände wanderten zum Saum meiner Bluse. „Du kannst dich ernähren, wie auch immer das genau funktioniert, aber ich will nicht, dass du in meinem Kopf – oder mein Herz – eindringst oder mit deinen Kräften meine Gefühle manipulierst." Eiskalte Panik flackerte in meiner Brust auf. „Nicht einmal ein kleines bisschen. Ist das klar?"

„Glasklar", erwiderte Ruse mit einem Grinsen, das geradezu Funken sprühte. „Ganz wie du willst, Flamme. Mein Bedürfnis wird durch *deine* Befriedigung erfüllt."

Mein Körper zitterte vor Erwartung. Die Hitze, die in mir aufstieg, verdrängte die Kälte meiner Sorgen. Warum sollte ich mir von Ereignissen, die Jahrzehnte zurücklagen, vorschreiben lassen, was ich jetzt genießen konnte?

Ich zog mir die Bluse über den Kopf. Als ich sie über den Bettpfosten geworfen hatte, griff ich nach meinem Unterhemd, doch Ruse berührte meine Hand, um mich zurückzuhalten.

„Darf ich?", flüsterte er so leise, dass die Worte mich regelrecht zu streicheln schienen. Nach einem kurzen Zögern ließ ich meine Arme sinken.

Er beugte sich vor und küsste mich auf den Mund, zärtlich, wie der Flügelschlag eines Schmetterlings. Obwohl mich das nicht großartig beeindrucken sollte, begannen meine Lippen zu kribbeln und in mir regte sich eine Sehnsucht, die stärker war als alles, was ich je zuvor empfunden hatte. Gleichzeitig zog er den dünnen Baumwollstoff meines Unterhemdes hoch, strich über meine Haut und streifte meine Nippel durch den ungepolsterten BH hindurch, gerade fest genug, um Lust in meiner Brust aufflackern zu lassen.

Er zog sich kurz zurück, und trotz meiner Bemühungen entwich mir bei dem Kontaktverlust ein unwilliges Wimmern. Ruse lächelte strahlend, als er auf mich herabblickte.

„Du bist umwerfend", hauchte er.

Ich kicherte. „Ich glaube, wir sind über den Punkt hinaus, an dem du mich verführen musst."

„Das war nur eine ehrliche Feststellung."

Er legte seinen Arm um mich und küsste mich erneut. Mir schwirrte der Kopf, doch ich hatte nicht vor, hier die Einzige zu sein, die nackt war. Während ich in der dunklen Süße seiner Lippen ertrank, fand ich die Kraft, mich an den Knöpfen seines Hemdes zu schaffen zu machen. Als ich den Kragen erreichte, schlüpfte er aus den Ärmeln, ohne seinen Mund von meinen Lippen zu lösen.

Himmelherrgott, seine Brust war genauso atemberaubend wie sein Gesicht, straffe, wohlgeformte Muskeln unter einer weichen Haut. Sie fühlte sich genauso gut an, wie sie aussah, fest und glatt. Die Flammen der Begierde, die zwischen uns loderten, lösten eine weitere Flut von Hitze in meinem Körper aus.

Ruse küsste mich erneut, diesmal so innig, dass mir schwindelig wurde. Dann drückte er sein Gesicht dicht an meins, knabberte an meinem Ohrläppchen und murmelte: „Ich verfüge über eine weitere Macht, die du zu schätzen wissen könntest. Wenn du möchtest, kann ich dafür sorgen, dass kein Ton aus diesem Zimmer dringt, während wir … beschäftigt sind."

Ähm, ja, das schien eine gute Idee zu sein. „Nur zu", stieß ich hervor, während mein Herz wie wild klopfte.

Er machte eine kleine Handbewegung, bevor er den Verschluss meines BHs öffnete. Als die Körbchen von meinen Brüsten rutschten, senkte er seinen Kopf, um erst meinen Kiefer und dann meinen Hals mit großer Hingabe zu küssen.

Seine Lippen trafen exakt die Stellen, die meine Nerven zum Glühen brachten. Er streichelte meine Brüste, wobei seine Daumen gleichzeitig über beide Brustwarzen fuhren, und mir entwich ein zittriges Keuchen. Tatsächlich war ich plötzlich überaus dankbar für seine Fähigkeiten, das Zimmer schalldicht zu machen.

Meine Hände landeten wie von selbst auf dem Kopf des Inkubus. Während er mit seinem Mund über meine Brüste glitt, krallten sich meine Finger in sein dichtes gewelltes Haar – und streichelten die kleinen Hörner, die an beiden Seiten herausragten. Die gewölbte Oberfläche war hart wie Knochen und fühlte sich etwas rau, gleichzeitig aber warm wie Haut, an. Instinktiv umfasste ich sie.

Ruse gab ein bestärkendes Knurren von sich und riss mich von den Füßen. Eine Sekunde lang schwebte ich tatsächlich in seinen Armen, von der Mitte des Zimmers bis zur Mitte meines Bettes.

Dann beugte sich der Inkubus mit konzentriertem Blick über mich. Seine Augen blitzten kurz golden auf, bevor er blinzelte, als wollte er sie bewusst wieder haselnussbraun werden lassen, um sich besser in die Welt der Sterblichen einzufügen.

Ich fuhr mit meinen Fingern an seinen Hörnern entlang und anschließend wieder durch sein Haar. „Du brauchst dich nicht zu verstecken. Ich weiß, was du bist. Du kannst ruhig deine normale Gestalt annehmen, wenn du möchtest."

Ruse lächelte mich schief an. „Lieber nicht. Du bist in keinem Gefühlsrausch, wie ich ihn normalerweise heraufbeschwören würde. Es ist ziemlich … heftig."

Ich musterte ihn. „Musst du die Frauen normalerweise erst mit Magie umhauen, bevor sie mit dir ins Bett gehen?"

Er neigte den Kopf und küsste meine Kieferbeuge, mein Ohrläppchen und meine Wange. „Nein", raunte er zwischen seinen verführerischen Küssen. „Ich suche mir nur Frauen aus, die von ganzem Herzen für diese Erfahrung bereit sind. Scham und Reue verderben die Mahlzeit. Doch bestimmte Aspekte werden vom sterblichen Geist besser akzeptiert, wenn ich meine ganze Kraft einsetzen kann."

Ich wollte gerade einwenden, dass ich auch ohne Voodoo mit heftigen Erfahrungen zurechtkam, als er seine Lippen erneut auf meinen Mund presste. Allein der Druck seiner

Lippen war schon ziemlich heftig. Warum also herumdiskutieren, wenn ich es einfach genießen konnte?

Er streichelte meine Brüste, während sich seine Zunge mit meiner verschlang, abwechselnd sanft und energisch in genau den richtigen Momenten. Meine Haut vibrierte regelrecht, als er an mir hinunterglitt, um einen Nippel in seinen heißen Mund zu saugen. In diesem Moment hätten meine Nerven genauso gut eine Symphonie aufführen können. Das einzige Geräusch, das ich hervorbringen konnte, war ein wortloses Stöhnen.

Seine geschickten Finger machten kurzen Prozess mit dem Verschluss meiner Jeans. Während seine Lippen und seine Zunge jedes Teilchen der Glückseligkeit aus meinen Brüsten saugten und die Empfindungen mit dem Kratzen seiner Zähne immer heißer und intensiver wurden, zerrte er mir die Hose von den Beinen. Dann kehrte eine Hand zu meinen Brüsten zurück und bearbeitete beide gleichzeitig, während die andere sanft über mein Höschen glitt. Wie von selbst hob sich meine Hüfte und verlangte nach mehr.

„Nicht so ungeduldig", murmelte Ruse, und die Vibration seiner Stimme ließ meinen Nippel noch steifer werden. Ich griff in sein Haar. Als er seinen quälend lustvollen Angriff auf meine Brust fortsetzte, stieß ich alle möglichen Laute aus, von denen ich nie gedacht hätte, dass ein Mann sie mir entlocken könnte. Allerdings war er kein Mann, nicht wirklich.

In diesem Moment hätte ich gesagt, dass mir ein Schattenwesen als Liebhaber lieber war als ein Sterblicher.

Gerade als ich kurz davor war, zu betteln, rutschte der Inkubus noch weiter an meinem Körper hinunter, und mir wurde klar, was er damit gemeint hatte, dass es bei dieser Begegnung nur um mich ging. Er zog mein Höschen herunter und kurz darauf kribbelte sein Atem köstlich über meine Mitte. Jeder Zentimeter meines Körpers bebte erwartungsvoll. Ich konnte mich kaum zurückhalten, sein Gesicht an mich zu reißen.

Er dehnte die lustvolle Qual jedoch nicht zu lange aus. Die Spitze seiner Zunge strich genau im richtigen Winkel über meinen Kitzler. Meine Hüften zuckten, und er hielt sie fest, während er sich mit seinem ganzen Mund auf mich stürzte.

Lippen und Zunge und genau die richtige Menge Zähne, von der empfindlichen Knospe bis zu meinem Schlitz und wieder zurück. Die Welle der Lust, die mich überrollte, entlockte mir ein tiefes Stöhnen. Einfach so war ich hin und weg. Ich warf den Kopf in den Nacken und riss die Augen auf. Ich könnte schwören, dass ich Sternschnuppen sah, als ich kam.

Doch Ruse war noch nicht fertig mit mir. Er kicherte an meinem Schritt, während er mich weiterleckte. Ich erschauderte wimmernd und umfasste erneut seine Hörner, während seine Zunge mit einem geschickten Stoß in mich eindrang. Die Wellen des orgasmischen Nachbebens schwollen an und wurden immer höher und schneller, als er seine Hand mit ins Spiel brachte. Die Lust steigerte sich mit jedem Stoß seiner Finger und jedem Druck seiner Lippen, bis ich mich ihm hingebungsvoll entgegendrängte.

Die zweite Welle der Erlösung durchströmte mich vom Kopf bis zu den Zehen, bis sie in einem Schauer der Ekstase versiegte. Ich schrie auf und war kurz davor zu schluchzen. Ich wusste nicht, ob ich diese Glückseligkeit verdient hatte oder ob mich diese Erfahrung für jeden normalen Mann ruinieren würde, doch in diesem Moment hätte ich das Erlebnis nicht für eine Million Dollar eintauschen wollen.

Ruse richtete sich über mir auf. Seine geröteten Wangen und das zufriedene Funkeln in seinen Augen verrieten mir, dass er alles erreicht hatte, was er sich von dieser Begegnung erhofft hatte. Dabei war er nicht einmal gekommen. Er beugte sich vor, um mir einen letzten Kuss auf die Wange zu drücken.

„Das war perfekt. Ich will dich nicht vom Essen abhalten. Adieu, bis zu unseren morgigen Abenteuern."

Seine Finger strichen ein letztes Mal über meine Seite. Dann zog er sein Hemd wieder an und verschwand, wobei sich die Tür mit einem leisen Klicken hinter ihm schloss. Mein Blick verweilte noch einen Moment dort.

Wer hätte das gedacht? Wenn das alles vorbei war, würde ich vielleicht sogar einen dieser Eindringlinge vermissen, zumindest ein bisschen.

SIEBEN

Sorsha

Selbst zur Mittagszeit, als die Sommersonne vom Himmel brannte, begegneten wir auf dem schmalen Pfad, den das Trio durch den größten Park der Stadt führte, ein paar Leuten, die ihre Hunde Gassi führten. Als Thorn zum Stehen kam, befanden wir uns ganz allein in einem dichteren Waldstück. Außer dem Zwitschern der Vögel war nichts zu hören.

Er deutete auf die Stelle, wo der Weg vor uns einen steilen Abhang hinunter und unter einer breiten Betonbrücke hindurchführte. Eine Ranke schmiegte sich an die raue Zementoberfläche und ihre Blätter warfen Schatten auf den Eingang.

„Welcome to the jungle", murmelte ich vor mich hin. Obwohl es taghell war, wirkte dieser Ort düster. „Ist hier irgendwo ein Troll, bei dem wir Wegzoll bezahlen müssen?"

Ruse gluckste, während Thorn mich nur stirnrunzelnd

ansah. „Nein, hier gibt es keine Trolle. Nur feindlich gesinnte Sterbliche, zumindest manchmal."

Der Kerl hatte keinen Sinn für Monsterhumor. Ich blickte mich um. „Hier haben die Jäger – oder wer auch immer sie waren – euren Freund geschnappt?"

Er nickte und drückte eine Hand gegen die andere Handfläche. Um seine außergewöhnlichen Fingerknöchel in der Öffentlichkeit vor unwissenden Sterblichen zu verdecken, hatte er ein Paar fingerlose Lederhandschuhe angezogen. Sie hatten die gleiche rehbraune Farbe wie seine Haut und waren so dünn, dass sie nicht allzu sehr auffielen. Trotzdem schien es ihn zu stören, dass seine Hände eingeengt waren.

„Omen hatte etwas Ungewöhnliches in dieser Gegend bemerkt. Nicht weit von hier gibt es einen Spalt zwischen den Welten, deswegen ziehen oft Schattenwesen durch dieses Gebiet. Wir waren auf Patrouille und haben nach Beweisen gesucht. Er bläute uns ein, immer im Schatten zu bleiben, außer wir müssten physisch mit einem Gegenstand interagieren. Er ist nur einen Augenblick unter der Brücke hervorgeschlüpft, da sind sie auf einmal von allen Seiten auf ihn zugestürmt."

„Und ihr habt nicht bemerkt, dass sie da waren?"

Ruse wies auf die Bäume auf beiden Seiten des Weges. Seine Hörner waren unter einer Baseballkappe versteckt. Die sportliche Kopfbedeckung tat seinem spitzbübischen Aussehen jedoch nicht den geringsten Abbruch. „Wir waren weiter hinten, abseits des Weges", erklärte er. „Ich habe nicht einmal gesehen, was passiert ist, da hatten sie ihn schon in der Mangel. Ich schätze, sie haben oben auf der Brücke gewartet, hinter der Mauer."

Snap hielt inne und verkrampfte sich, als er das Gebäude betrachtete. Auch wenn er beinahe an allem, was ihm in der Welt der Sterblichen begegnete, Freude fand, musste ihn der Angriff hier erschüttert haben.

„Ich könnte die Brücke testen", bot er an, wobei seine

Stimme gedämpfter war als sonst. „Von oben und unten. Wenn ich gründlich vorgehe, kann ich vielleicht noch etwas schmecken, obwohl schon etwas Zeit vergangen ist."

Er ging weiter den Hang hinunter, ohne auf unsere Zustimmung zu warten. Ich wandte mich an Ruse. „Etwas schmecken?"

Der Inkubus schenkte mir ein Grinsen, bei dem trotz der ernsten Lage Hitze in meinem Lendenbereich aufflackerte. Obwohl er seinen geschwächten Zustand gut kaschiert hatte, bewegte er sich seit unserer Begegnung gestern Abend mit mehr Schwung.

„Du wirst schon sehen", sagte er. „Komm mit. Wir sind sofort losgerannt, als wir hörten, dass Omen angegriffen wurde – mal sehen, wie viel wir von der Szene rekonstruieren können."

„Wenn wir sofort eingegriffen hätten, anstatt uns zurückzuhalten ...", brummte Thorn, während wir Snap folgten.

„Das haben wir doch schon besprochen", sagte Ruse. „Selbst du hast dich zurückgehalten, weil Omen uns ausdrücklich befohlen hat, nicht zu kämpfen, wenn wir uns nicht sicher sind, dass wir gewinnen können. Und es war offensichtlich, dass unsere Chancen nicht sonderlich gut standen. Diese Mistkerle waren eindeutig darauf vorbereitet, Schattenwesen zu bekämpfen – und gefangen zu nehmen –, und sie waren mindestens doppelt so viele wie wir. Sie hätten uns alle mitgenommen, und dann hätte uns womöglich in ein schlimmeres Schicksal ereilt als diese lächerlichen Käfige."

Thorn zog eine Grimasse. „Mehr als doppelt so viele. Es waren zehn. Früher hätte ich es allein mit ihnen aufnehmen können. Vielleicht könnte ich es immer noch. Deshalb wollte mich Omen im Team haben."

„Du hast doch gesehen, wie schnell sie Omen überwältigt haben. Dabei ist er durchaus in der Lage, sich zu wehren. Ich erinnere dich noch einmal daran, dass du nur seine Befehle befolgt hast." Wieder breitete sich ein Grinsen auf Ruse' Gesicht aus. Diesmal galt es seinem kräftigeren Begleiter. „Wenn jemand schuld daran ist, dass Omen gefangen genommen wurde, dann er selbst."

Thorn gab einen unverständlichen spöttischen Laut von sich, hörte aber auf zu diskutieren. Bevor ihm noch ein weiterer Grund zum Meckern einfiel, deutete ich in Richtung Brücke. „Was genau habt ihr gesehen, als ihr hier angekommen seid?"

Thorn legte den Kopf schief und dachte nach. Seine Augen, die so dunkel waren, dass ich kaum die Pupillen in der Iris erkennen konnte, wanderten in die Ferne, während er sich erinnerte. Der Wind wehte durch sein Haar, das so hell war wie das Mondlicht.

Wenn er nicht gerade redete oder grimmig dreinschaute, war er ein echter Blickfang. Die Narben auf seiner gebräunten Haut – eine ging quer über den Nasenrücken, eine andere teilte einen der harten Wangenknochen und mehrere Kerben bedeckten seine Stirn und die Kanten seines Kiefers – verliehen ihm die Ausstrahlung eines tapferen Kriegers.

„Sie waren zu zehnt", begann er. „Sie alle trugen eine Art Panzer aus Silber und Eisen, der den gesamten Oberkörper bedeckte, und Helme auf den Köpfen. Als Omen nach ihnen schlug, verbrannte er sich. Dennoch gelang es ihm, einen von ihnen zu Fall zu bringen. Er hat ihm die Kehle aufgeschlitzt – direkt dort." Er deutete auf eine Stelle neben dem Sockel der Brücke. Soweit ich erkennen konnte, war von dem Gefecht nichts übriggeblieben. Allerdings war es auch schon Wochen, vielleicht Monate her. Und diese Leute waren offensichtlich geschickt darin, Spuren zu beseitigen.

„Sie hatten nicht nur Rüstungen", fügte Ruse hinzu. „Sondern auch Waffen. Und Netze – nicht diese mickrigen, die sie für die kleineren Kreaturen benutzen, sondern solche, mit denen man eine Schiffsladung Fische einholen könnte, mit silbernen und eisernen Widerhaken überall. Und diese

Peitschen mit Lichtstrahlen. So etwas habe ich noch nie gesehen. Sie haben Omen eingefangen und gefesselt, bevor er in die Schatten flüchten konnte."

Selbst mächtige Schattenwesen hatten Schwierigkeiten, ihre Kräfte einzusetzen, wenn sie mit Eisen und Silber gefesselt waren. Was den Rest anging ... Thorn reagierte mit einem zustimmenden Grunzen auf Ruse' Bericht und mir lief ein Schauer über den Rücken. *Ich* hatte diese leuchtenden Peitschen schon einmal gesehen. Eine lange zurückliegende Erinnerung tauchte vor meinem geistigen Auge auf: Gemurmelte Befehle, Tante Lunas Schrei und der glühende Bogen aus Lichtstrahlen, die auf sie einprasselten und sie fesselten.

Das musste nicht unbedingt etwas bedeuten. Wenn es neue Waffen gab, die höhere Schattenwesen außer Gefecht setzen konnten, dann war es ganz normal, dass sie von jedem benutzt wurden, der sie fangen oder töten wollte. Es war kein Beweis dafür, dass eine Verbindung zwischen den Gruppen bestand. Ich wollte die Männer gerade zu weiteren Einzelheiten befragen, als Snap sich über das Brückengeländer über uns beugte.

„Ich glaube, ich habe etwas gefunden", rief er, und dann, ich schwöre beim Arsch eines Einhorns, senkte er den Kopf und fuhr mit seiner Zunge über den Beton. Weiter als jede menschliche Zunge schoss sie zwischen seinen Lippen hervor, bevor er mit einem schlangenartigen Zischen die Luft einsog.

„Ähm", sagte ich. Für einen Moment war ich sprachlos.

Ruse grinste. „Ich habe dir doch gesagt, du würdest es sehen. Omen hat ihn nicht ohne Grund an Bord geholt. Eines der Haupttalente seiner Art ist es, an Objekten Eindrücke aus der Vergangenheit aufzunehmen."

Durch „schmecken". Ich hatte noch nie von einem Schattenwesen mit dieser Fähigkeit gehört. Vermutlich gab es nicht viele wie ihn.

Bei dem Gedanken, den schmutzigen Zement abzulecken,

zuckte ich zusammen, was Snap jedoch nicht zu bemerken schien. „Ja", sagte er abwesend. „Eine von ihnen hat hier auf der Lauer gelegen – sie ist mit dem Fuß gegen diese Stelle gestoßen, als alle darüber gesprungen sind. Ein Lederschuh, etwas zu eng geschnürt. Hat sich schnell abgestoßen."

„Wahrscheinlich hat seitdem niemand mehr genau diese Stelle berührt", meinte Ruse. „Deshalb kann Snap noch immer etwas schmecken, obwohl der Angriff schon so lange her ist. Die jüngsten Eindrücke verdrängen nämlich die weiter zurückliegenden."

Snap richtete seinen Blick wieder auf uns. Sein Tonfall war entschuldigend. „Das ist alles, was ich hier oben von dem Überfall finden kann. Es sieht nicht so aus, als würde uns das helfen, Omen zu finden."

„Der eigentliche Kampf fand am Boden statt", gab Thorn zu bedenken. „Vielleicht findest du hier unten etwas."

Snap sprang zu uns herunter und landete leichtfüßiger, als man es von einem so großen Kerl erwarten würde. Er spähte in die Dunkelheit unter der Brücke. Ich ertappte mich dabei, wie ich seine Zunge anstarrte, die zwischen seinen Lippen hervorhuschte, um erst einen Fleck an der Wand und dann einen anderen zu testen.

„Davon kann er doch nicht krank werden, oder?", fragte ich Ruse. Gott allein wusste, welche Mikroben sich dort unten eingenistet hatten.

Ruse gluckste. „So widerlich es auch aussehen mag, er berührt die Stelle nicht, sondern schmeckt nur die Energien, die an der Oberfläche haften. Soweit ich weiß, kann ihm dabei nichts passieren."

Es schien also widerlicher auszusehen, als es eigentlich war. Und ich musste zugeben, dass ich fasziniert war. Vor allem, als sich wieder der verträumte Tonfall in Snaps Stimme schlich.

„Hier hat sich einer im Kampf die Schulter angestoßen – eine Stelle, die nicht von der Rüstung bedeckt war. Sein

Hemd war zerrissen. Ein Fetzen ist heruntergefallen. Es könnte noch …“

Er wühlte mit dem Fuß in den Blättern, Zweigen und anderen natürlichen Abfällen, die sich unter der Brücke angesammelt hatten. Mit einem triumphierenden Aufschrei fischte er einen kleinen Stofffetzen heraus. Er nahm ihn in Augenschein und streckte erneut seine Zunge heraus, berührte den Fetzen jedoch nicht. Stattdessen atmete er tief ein.

„Baumwolle. Blut von einem Schnitt – Omens Klauen. Derjenige, der es trug, hat es gekauft – ich kann den Laden sehen – All Military Surplus.“

Ich war schon ein paar Mal in diesem Laden. Er befand sich in einer großen Lagerhalle im Industriegebiet der Stadt. „Das schränkt die Möglichkeiten nicht wirklich ein. Tausende von Menschen in der Stadt müssen dort einkaufen.“

Snaps Gesicht verfinsterte sich. Er sah so entmutigt aus, dass ich hinzufügen musste: „Es ist erstaunlich, dass du das alles herausfinden konntest.“

„Ich kann mehr schmecken, wenn es eine stärkere emotionale Verbindung gibt“, erklärte er. „Dieses Hemd war ihm nicht besonders wichtig.“

„Du gibst dein Bestes“, beruhigte ihn Ruse. „Jedenfalls könnte diese Information irgendwann nützlich sein, auch wenn wir im Moment noch nicht wissen, wofür.“

„Ich werde versuchen, noch mehr zu finden.“ Snap drehte sich um und ging weiter den Gang entlang.

Ich wandte mich an die anderen. „Könnt ihr euch noch an etwas anderes über die Leute erinnern, die den Überfall inszeniert haben – irgendwelche Besonderheiten, anhand derer man sie identifizieren könnte?“

Der Inkubus breitete seine Arme aus. „Leider haben meine Fähigkeiten nur eine relativ geringe Reichweite. Ich konnte bei keinem von ihnen etwas Genaues wahrnehmen – nichts außer der zu erwartenden Aggression und Angst.“

Thorn ließ seinen Blick erneut über die Umgebung schweifen, als würde er nach etwas suchen, das seinem Gedächtnis auf die Sprünge helfen könnte. „Ihre Gesichter waren größtenteils bedeckt. Ihren Bewegungen nach zu urteilen, waren sie im Kampf geübt. Einige von ihnen waren mit silbernen Dolchen bewaffnet, und einer hatte – ich weiß nicht genau, wie ich es nennen soll. Eine Art Metallstab, aus dessen Ende elektrische Funken sprühten."

„Eine Art Taser."

„Dieses Wort kenne ich nicht." Er runzelte die Stirn. „Wenn ich mich nicht täusche, war eine Art Symbol darauf. Ich habe es nur kurz gesehen – es war größtenteils von der Hand des Kämpfers verdeckt. Aber die Schwerter in dem Muster haben meine Aufmerksamkeit erregt."

Wieder erschauderte ich, diesmal intensiver. „Ein Symbol mit Schwertern?"

„Ja. Wie ein fünfzackiger Stern, nur dass die beiden waagerechten Spitzen als Klingen von Schwertern mit einfachem Gelenkgriff in der Mitte dargestellt wurden."

Er hob einen Stock vom Wegrand auf und steckte ihn in den Boden. Mit mehreren Strichen skizzierte er ein Bild, das mir so vertraut war, dass sich mein Magen verkrampfte.

Der Stern mit den Schwertspitzen. Die Jäger, die damals hinter Luna her gewesen waren – ich hatte einen Blick auf dieses Symbol auf einem der Metallbänder erhascht, die sie um den Kopf getragen hatten. Seitdem war mir dieses Symbol nie wieder untergekommen. Auch nicht bei all den Nachforschungen, die ich in den ersten Jahren nach ihrem Tod angestellt hatte.

Ich hatte es aufgegeben, Gerechtigkeit für sie zu erlangen, abgesehen davon, dass ich gegen Jäger und Sammler im Allgemeinen vorging. Doch die Leute, die sie überfallen hatten, waren nicht nur eine Gruppe außergewöhnlich bösartiger Jäger gewesen. Das Symbol gab Anlass zur Vermutung, dass sie mit den ausgebildeten Kämpfern in

Verbindung standen, die elf Jahre später auch den Anführer des Trios gefangen genommen hatten.

Soweit seine Gefährten wussten, hatten sie Omen nur gefangen genommen, nicht getötet. Vielleicht hatten sie auch nicht vorgehabt, Luna zu töten. Was hatten sie mit dem höheren Schattenwesen vor – und was hatten sie in dem Jahrzehnt dazwischen getrieben?

Meine drei verlorenen Hundewelpen könnten der Schlüssel zu den Antworten sein, von denen ich bisher nicht wusste, dass ich sie brauchte.

Mein Herz hatte angefangen, schneller zu schlagen. „Und ihr seid ihnen nicht gefolgt, um zu sehen, wo sie ihn hinbringen, nachdem sie ihn gefangen genommen haben?"

Thorn schnaubte leise. „So weit wie wir konnten. Wir können uns schnell durch die Schatten bewegen, aber nicht schnell genug, um mit euren motorisierten Fahrzeugen Schritt zu halten."

„Sie sind mit einem großen Lieferwagen weggefahren", erklärte Ruse. „Keine Logos oder sonstige Anhaltspunkte."

Snap tauchte auf der anderen Seite des Durchgangs unter der Brücke auf. Seine Zunge huschte zu einer Stelle an der Ecke und er brummte leise.

„Hier hat sich einer von ihnen kurz angelehnt. Er atmete schwer. Er war zufrieden. Sehr zufrieden und ein wenig erleichtert. Das muss gewesen sein, nachdem sie Omen gefangen hatten." Nach einem weiteren Zungenschlag hielt er inne, und ein schwaches Lächeln huschte über sein Gesicht. „Er hat etwas gesagt. Ganz leise. Zu einem Mann neben ihm. ‚Bringen wir ihn zurück zur Freudenhöhle.'"

Seine beiden Begleiter traten näher. „Das konntest du hören?", fragte Ruse.

„Ja. Der Ton ist etwas undeutlich, doch diese Worte sagte er mit so viel Begeisterung, dass sie nicht zu überhören sind. Ist das gut?"

Thorn klopfte Snap so enthusiastisch auf die Schulter, dass

der deutlich schlankere Mann gleichzeitig strahlte und zusammenzuckte. „Ein Name ist ausgezeichnet! Der Name des Ortes, an den sie ihn bringen wollten." Er sah mich an. „Sagt dir ‚Freudenhöhle' etwas?"

Jetzt hatten die Mistkerle keine Chance mehr. Ich rieb meine Hände aneinander, als ein Hochgefühl meine Brust erfüllte. „Nein, aber ich werde herausfinden, wo dieser Ort ist."

ACHT

Sorsha

Da wir so gut wie keinen Anhaltspunkt hatten, mit wem wir es zu tun hatten, außer dass sie verdammt furchteinflößend waren, schien mir eine gewisse Diskretion ratsam. Ich hielt mich mit allen anderen Fragen zurück, bis wir wieder in meiner Wohnung waren und die Tür hinter uns geschlossen und verriegelt hatten.

„Dieses Symbol, das du auf der Waffe des einen Mannes gesehen hast", wandte ich mich an Thorn. „Der Stern mit den Schwertspitzen. Hast du das schon einmal irgendwo anders gesehen? Irgendjemand von euch?" Ich musterte die beiden anderen Schattenwesen.

Snap schüttelte den Kopf und eine leichte Falte bildete sich auf seiner Stirn. So wie er auf die meisten Dinge in der Welt der Sterblichen reagierte, nahm ich nicht an, dass er vor seinem jüngsten Besuch auf dieser Seite der Kluft viel gesehen hatte. Ruse dachte noch ein paar Sekunden lang über die Frage nach, bevor er sie ebenfalls verneinte.

„Nicht, dass ich wüsste", meinte Thorn. „Warum? Denkt Ihr, dass es von Bedeutung ist, Mylady? Ist es *Euch* denn schon einmal begegnet?" Als er meinen Gesichtsausdruck studierte, wurden seine fast schwarzen Augen noch dunkler.

Meine Brust verkrampfte sich. Ich war mir nicht sicher, wie viel ich ihnen über diesen Teil meines Lebens verraten sollte. Ich hatte selbst Vivi und den anderen Mitgliedern des Bundes keine Details erzählt, obwohl ich zu ihnen gerannt war, nachdem ich Tante Luna verloren hatte – genauso wie sie es mir aufgetragen hatte. Meine Schattenwesen-Wächterin und ich hatten so lange so viele Geheimnisse gehütet, dass es mir schwerfiel, mir die Heimlichtuerei abzugewöhnen.

Doch auch wenn ich die drei kaum als Freunde bezeichnen konnte und sie zumindest nach einigen Definitionen des Wortes Monster waren, so hatten sie mir doch alles anvertraut, was sie über ihre eigene Katastrophe wussten. Ich hatte sie in ihrem verletzlichsten Zustand gesehen, eingesperrt in riesige Käfige, die von Scheinwerfern angestrahlt wurden. Das Erzählen der Geschichte konnte mich nicht mehr verletzen als der Schmerz, der mit der Erinnerung an diese Zeit einherging.

Allerdings war das, was ich wusste, für sich genommen keine große Hilfe. Bevor ich Erkundigungen von außen einholte, sollte ich herausfinden, ob ich hilfreiche Einzelheiten aus der Vergangenheit ausgraben konnte.

„Ich glaube schon", antwortete ich. „Nur einmal, vor langer Zeit. Doch alles, was ich euch über die Leute, bei denen ich es gesehen habe, sagen kann, ist, dass sie hinter einem höheren Schattenwesen her waren. Ich weiß nicht, warum, und ich weiß auch nicht, was sie mit ihr vorhatten. Möglicherweise ..."

Ich warf einen Blick auf Snap. Seit ich sein Talent in Aktion gesehen hatte, beschäftigte mich der Gedanke, wie er es auf andere Weise einsetzen könnte. „Wäre es für dich in Ordnung, ein paar Dinge, die ich hier habe, mit deinen

Kräften zu testen und herauszufinden, welche Eindrücke du daraus gewinnen kannst?"

Er strahlte bei diesem Vorschlag. „Natürlich", antwortete er. Mir fiel auf, dass er sehr vorsichtig sprach, sodass seine gespaltene Zunge kaum zu sehen war. Eines der ersten Dinge, die alle höheren Schattenwesen lernten, war, wie sie ihre wahre Natur verbergen konnten, wenn sie unter Sterblichen waren. „Was soll ich mir ansehen?"

„Ich gehe die Sachen holen. Warum setzt du dich nicht ins Wohnzimmer?" Dort war es nicht so eng wie in meinem Schlafzimmer, zumal die anderen beiden bestimmt dabei sein wollten.

Mit wogenden goldenen Locken senkte er zustimmend den Kopf und stürmte beinahe durch die Tür. Man könnte meinen, ich hätte ihm einen Jahresvorrat an reifen Bananen angeboten und nicht etwa um einen Gefallen gebeten.

Ich verschwand in meinem Schlafzimmer und kramte im hinteren Teil meines Schrankes. Laut des Trios konnte Snap hauptsächlich die letzten Eindrücke aufnehmen, die an Gegenständen hafteten. Damit er überhaupt eine Chance hatte, etwas über Lunas Leben herauszufinden, musste ich ihm Gegenstände geben, die ich in den letzten elf Jahren nicht oft angefasst hatte. Ich schnappte mir einen Amazon-Lieferkarton, den ich noch nicht weggeworfen hatte, und legte ein Paar Glitzerturnschuhe und ein lilafarbenes Scrunchie-Haargummi hinein, um sie beim Hinübertragen nicht anfassen zu müssen.

Meine Aufmerksamkeit blieb an einer kleinen, perlmuttfarbenen Schachtel in der Ecke des Regals hängen. Es gab eigentlich keinen konkreten Grund, sie von Snap testen zu lassen …

Ich zögerte, ein Kloß bildete sich in meiner Kehle. Ohne darüber nachzudenken, steckte ich die Schachtel in die Gesäßtasche meiner Cargohose. Sollte ich es mir doch anders überlegen, musste ich sie ja nicht herausholen.

Im Wohnzimmer hatte Snap auf dem karierten Sofa Platz genommen und wirkte wie ein aufgeregter Welpe. Ruse ließ sich in den überhaupt nicht dazu passenden gepunkteten Sessel fallen, der danebenstand; Thorn lehnte mit verschränkten Armen an der Wand neben der Tür. Ich stellte meine Schachtel auf dem wackeligen Couchtisch vor Snap ab und wandte mich dem CD-Regal neben meinem kleinen Fernseher zu. Ich war mir ziemlich sicher, dass mindestens eine dieser …

Ah ha, das war perfekt! Ich nahm die Hülle heraus, wobei ich darauf achtete, sie so wenig wie möglich zu berühren, und legte sie in die Schachtel.

„Es ist egal, in welcher Reihenfolge du vorgehst", sagte ich. „Schau einfach, ob du irgendetwas über jemanden herausfindest, der sie außer mir angefasst hat. Vielleicht ist da nichts, aber … einen Versuch ist es wert."

Der entschlossene Ausdruck in Snaps göttlichem Gesicht brachte mein Herz trotz meiner Nervosität zum Flattern. „Ich werde mein Bestes tun." Er nahm das Scrunchie-Haargummi in die Hand und inspizierte es neugierig, bevor er es an seinen Mund führte.

Lunas Begeisterung für die Kultur der 80er Jahre beschränkte sich nicht nur auf die Musik, sondern umfasste auch sämtliche Arten von Kunst und Mode. Ich hatte sie nur selten ohne ein Haargummi gesehen, mit dem sie ihre hellbraunen Wellen immer zu einem hohen Pferdeschwanz zusammengebunden hatte. Das lilafarbene war in meiner Notfalltasche gewesen – ich hatte es erst Tage nach meiner Flucht gefunden. Ich wusste nicht, wie oft sie es getragen hatte, ich hatte es jedoch nie benutzt.

Snaps Zunge schnellte zwischen seinen Lippen hervor, und seine moosgrünen Augen trübten sich. Ich stand neben dem Couchtisch und bemühte mich um eine entspannte Haltung, doch meine Schultern versteiften sich trotz aller Bemühungen.

Ich hatte ihm gesagt, er solle nach Eindrücken suchen, die nichts mit mir zu tun hatten, das bedeutete allerdings nicht, dass er sie nicht trotzdem aufschnappen würde. Als ich das Ding vor elf Jahren aus meiner Tasche gefischt hatte und begriffen hatte, was es war, hatte ich eine gute halbe Stunde lang geflennt.

Die Chance, dass er das wahrnahm, war die Peinlichkeit wert, wenn er auch etwas spürte, das uns verraten könnte, wer hinter meiner Mentorin her gewesen war – und was sie mit ihr vorgehabt hatten.

Snap atmete tief ein und hielt inne. Seine Mundwinkel zuckten. Er drehte das Haargummi in seiner Hand und kostete erneut die Energien. Ich spürte ein nervöses Kribbeln unter meiner Haut.

Dann weiteten sich seine Augen. Seine Stimme klang wieder genauso verträumt wie auf der Brücke. „Das Ding wurde von einem Schattenwesen getragen. Gelblich-oranges Haar. Eine helle Energie – sie war eine Fee. Einmal hat sie damit eine Blume in ihrem Haar befestigt: eine Iris. *Lila und Lila passt zusammen – so viel Ahnung habe ich zumindest.*"

Obwohl seine Stimme keine Ähnlichkeit mit Lunas hohem Sopran hatte, traf er exakt ihre Sprachmelodie. Mir lief ein Schauer über den Rücken, vor Freude und Schmerz zugleich. Mit einem so starken Echo der Vergangenheit hatte ich nicht gerechnet. Was hätte ich nicht alles dafür gegeben, ihre Stimme wirklich zu hören – sie immer noch bei mir zu haben. Was würde sie wohl von der Frau halten, zu der ich geworden war.

Thorn rührte sich, sein Kiefer bewegte sich, als wollte er etwas sagen, doch er hielt sich zurück, während das andere Schattenwesen seine Untersuchung fortsetzte. Schließlich legte Snap das Haargummi wieder ab. Als er mich ansah, war sein Blick entschuldigend.

Der Kloß in meinem Hals war wieder da. Alles andere,

was er wahrgenommen hatte, musste mit mir zu tun haben. Kein Wunder nach der langen Zeit.

Er mochte zwar in vielen Aspekten, die das Leben Sterblicher betrafen, ahnungslos sein, doch er war klug genug – und rücksichtsvoll genug –, um die privaten Dinge, die er geschmeckt hatte, für sich zu behalten, ohne mehr als diesen Hauch von Anteilnahme und Trauer zu zeigen.

„Mehr konnte ich nicht von ihr wahrnehmen", sagte er. „Ist sie diejenige, von der du gehofft hast, dass ich etwas spüren würde?"

Ich nickte, da ich nicht darauf vertraute, dass meine Stimme ruhig bleiben würde. Thorn räusperte sich eindringlich, bevor Snap nach dem nächsten Gegenstand greifen konnte. „Wer war diese Fee? Glaubt Ihr, sie wurde von derselben Gruppe gefangen genommen, die Omen entführt hat?"

Ich atmete langsam ein und vergewisserte mich, dass ich mich im Griff hatte, bevor ich seinem prüfenden Blick begegnete. *Halt dich an die Fakten, fass dich kurz.* Es gab keinen Grund, deswegen emotional zu werden. All das lag ohnehin schon mehr als ein Jahrzehnt zurück.

„Meine Eltern sind gestorben, als ich drei Jahre alt war", erklärte ich. „Sie haben sich für die gleiche Sache eingesetzt wie der Bund – sie haben den Schattenwesen geholfen. Eine von ihnen war eine Feen-Frau namens Luna. Ich erinnere mich nicht mehr genau an damals, doch ich weiß, dass sie eng mit ihr befreundet waren. Sie kam oft zu uns nach Hause und spielte mit mir … Sie war bei mir, als meine Eltern angegriffen wurden, und hat mich von dort weggebracht."

Dieser Tag hatte sich in meiner Erinnerung auf ein paar Bruchstücke reduziert: die Jagd nach Glühwürmchen im Garten, ihr Leuchten und das Schlagen ihrer Flügel gegen meine Hände, ein Schrei, der durch die Hintertür drang, die raue Stimme meiner Mutter, die rief: „Luna, lauf!" Lunas dünne Arme, die mich umschlossen, als sie mit übernatürlicher Geschwindigkeit aufsprang, um mit mir über den Zaun zu springen und wegzulaufen.

„Luna hat nicht gerne darüber gesprochen, doch soweit ich weiß, haben ein paar Jäger herausgefunden, dass meine Eltern ihnen auf die Spur gekommen waren, und haben sich an ihnen gerächt. Danach hat sie mich aufgezogen. Wir sind oft umgezogen, weil sie immer besorgt war, dass uns jemand aufspüren könnte. Lange Zeit hat uns niemand belästigt … bis ich sechzehn war. Irgendwie hat sie geahnt, dass jemand kommen würde – wir packten unsere Sachen, um zu fliehen. Doch sie hatten das Haus schon erreicht."

„Sie haben sie mitgenommen, genauso wie Omen", ergänzte Thorn.

Ich schüttelte den Kopf. „Ich weiß nicht, was sie mit ihr vorhatten. Damals dachte ich, sie wollten sie töten, weil sie ein Schattenwesen war und sich als Mensch ausgab. Sie gingen mit diesen Lichtpeitschen auf sie los, und einer von ihnen hatte dieses Sternsymbol an seiner Kleidung … Sie hatten es fast geschafft, sie zu fesseln, als sie beschloss, ihren Tod selbst in die Hand zu nehmen. Dadurch waren sie so abgelenkt, dass ich fliehen konnte."

Diese Erkenntnis erfüllte mich mit Schuldgefühlen. Ich schluckte schwer und schaffte es, fortzufahren. „Mit ihrer Magie … Sie explodierte, wie ein Feuerwerk."

Es war atemberaubend schön und erschreckend zugleich gewesen. Ich war selbst so verblüfft, dass ich auf der Stelle erstarrte. Glücklicherweise hatte Lunas letzter Akt auch ihre Angreifer buchstäblich gelähmt. Sie waren so perplex, dass ich genug Zeit hatte, um mich daran zu erinnern, dass ich von dort verschwinden musste, wenn ich wollte, dass sie nicht umsonst gestorben war.

„Vielleicht wollten sie Luna auch nur gefangen nehmen", fügte ich hinzu. „Falls es überhaupt dieselben Leute waren, die euren Boss überfallen haben. Verdammt, wenn sie schon länger in irgendwelche größeren illegalen Geschäfte verwickelt sind, könnte es sein, dass meine Eltern ihre Operationen gestört haben – möglicherweise sind es sogar die Gleichen, die meine Eltern ermordet haben."

„Bist du *sicher*, dass deine Eltern tot sind?", fragte Ruse vorsichtig.

„Ja. Luna hätte mich nicht von ihnen ferngehalten. Und mein Vater … Sie haben ihm den Kopf abgeschlagen."

Ich hatte keine visuelle Erinnerung mehr an diesen Moment. Ich wusste nur noch, dass ich es gesehen hatte und wie sein Kopf auf dem Boden aufschlagen war, als sie ihn aus dem Fenster geschleudert hatten. Nachdem ich wochenlang fast jede Nacht schluchzend und hysterisch aus Albträumen über diesen Moment aufgewacht war, hatte Luna ihre Magie eingesetzt, um das Bild aus meinem Gedächtnis zu löschen. *Ich will die Erinnerung nicht komplett löschen*, hatte sie gesagt. *Du musst dich daran erinnern, warum es wichtig ist, dass wir auf der Hut sind. Aber die Bilder sind zu viel.*

Meine drei Gäste schwiegen. Das Gewicht ihres Unbehagens erfüllte den Raum. Ich machte eine vage Handbewegung, als ob ich ihre Reaktion wegwischen könnte. „Wenn es dieselben Leute sind, helfe ich euch gerne, sie aufzuspüren. Ich wollte nur herausfinden, ob an Lunas Sachen Eindrücke zu finden sind, die uns helfen könnten."

Snap verstand den Wink mit dem Zaunpfahl und machte weiter. „Dann werde ich es mal bei den anderen versuchen." Er griff nach der CD-Hülle und schwenkte sie in seinen Händen.

Luna hatte mir viele ihrer Vorlieben nahegebracht, doch mit Def Leppard hatte ich nie etwas anfangen können. Immer wenn sie das Album eingelegt hatte, als ich ein Kind war, hatte ich so lange herumgejammert, bis sie nachgegeben und es ausgeschaltet hatte. Ich vermutete, dass sie *die Band* nur wegen des Namens mochte – sie hatte nämlich auch eine Schwäche für große Katzen.

Da es sich ihrer Meinung nach um „lebenswichtige Musik

handelte", hatte sie es natürlich in meiner Notfall-Tasche aufbewahrt. Offenbar war es eines ihrer zwanzig Lieblingsalben.

Snap untersuchte die Hülle genauso gründlich wie das Haargummi und runzelte die Stirn. „Ich höre ein Lachen und spüre, wie sie es ein paar Mal öffnet, mehr allerdings nicht."

„Das ist in Ordnung. Ich wusste, dass ich mir keine großen Hoffnungen machen sollte."

Die Turnschuhe hatte er sich bis zum Schluss aufgehoben. Ich war mir nicht sicher, ob ich mir von ihnen mehr oder weniger erhoffen sollte.

Luna hatte sie geliebt und sie „Feenstaubschuhe" genannt … allerdings hatte ich sie während des traumatischsten Moments meiner Jugend getragen. Da ich gerade in meiner rebellischen Teenager-Phase gewesen war, hatte ich als Sechzehnjährige meine Schuhe nicht an der dafür vorgesehenen Stelle gelassen. Deswegen hatte ich sie in der Nacht, in der wir fliehen mussten, nicht griffbereit gehabt. Lunas unzählige Vorsichtsmaßnahmen waren mir einfach lächerlich erschienen. Anstatt zu warten, bis ich die Kleiderstapel in meinem Zimmer durchsucht hatte, hatte Luna mir auf dem Weg zur Tür ihre Schuhe zugeworfen.

Sie waren mir mindestens eine, vielleicht sogar zwei Nummern zu klein. Deswegen war das Zwicken meiner eingeschnürten Zehen, das mit jedem Schritt stärker wurde, ein prägnanter Teil meiner Eindrücke an die Flucht aus dem Haus, das sie gemietet hatte.

Zweifelsohne hatte Snap diesen unangenehmen Eindruck als erstes geschmeckt. Er blickte mich noch einmal an und ein kurzer Anflug von Traurigkeit huschte über sein göttliches Gesicht, bevor er mit seiner Untersuchung fortfuhr. Ich widerstand dem Drang, herumzuzappeln.

„Es sind nur Bruchstücke", sagte er nach einer Weile. „Vermutlich, weil es so lange her ist – tut mir leid. Sie war sehr glücklich, als sie die Schuhe trug. Und … ich spüre, dass sie jemanden vermisst hat, an den sie die Schuhe erinnert haben. Möglicherweise eine andere Fee? Hatte sie Freunde aus der Schattenwelt? Vielleicht jemand, der ebenfalls entführt wurde?"

„Ich weiß es nicht." Ich schämte mich ein wenig dafür, dass es mir nie in den Sinn gekommen war, mir Gedanken über Lunas Sozialleben oder das Fehlen desselben zu machen. „Außer, wenn ich in der Schule war, war sie immer bei mir, und wir haben nie jemanden besucht. Wir sind nie länger als ein paar Jahre in einer Stadt geblieben, daher haben wir auch keine engen Freundschaften geschlossen."

Doch vielleicht gab es jemanden, den sie in einer dieser Städte – oder womöglich sogar im Schattenreich – zurückgelassen und mir gegenüber nie erwähnt hatte. Ein weiteres Opfer, das sie gebracht hatte, ohne dass ich es je erfahren hätte.

„Diese Art der Untersuchung scheint nicht sehr zielführend zu sein", bemerkte Thorn unwirsch. Er schlenderte zum Fenster hinüber, um auf die Straße zu blicken, als ob er glaubte, dort mehr Anhaltspunkte zu finden.

„Es war keine schlechte Idee", entgegnete Ruse. „Bei so wenig Hinweisen, darf man nichts unversucht lassen." Er schenkte mir ein Lächeln, bevor er aufstand.

Als der Inkubus aus dem Zimmer ging, legte Snap die Schuhe beiseite. Er seufzte. Die Begeisterung über seinen Beitrag war mit einem Mal verflogen, und er stand auf. Ich hatte ein flaues Gefühl im Magen, doch immerhin hatte er bewiesen, dass er meine Traumata respektierte. Thorn schien ohnehin nicht darauf zu achten – und was kümmerte es mich, was *dieser Miesepeter* dachte?

Ich berührte Snaps Arm. „Warte. Ich habe noch etwas. Es hat nichts mit Luna zu tun und möglicherweise ist es noch abwegiger, doch alles, was du schmeckst und was nicht mit mir zu tun hat, könnte hilfreich sein."

Ich zog das Schmuckkästchen mit der perlmuttartigen Ummantelung aus meiner Hosentasche. Snap nahm es behutsam entgegen. Er musterte das Kästchen kurz und sah mir dann in die Augen.

„Das gehörte nicht der Fee", mutmaßte er. „Ist es von deinen Eltern?"

„Ja", antwortete ich. „Es ist das Einzige, was mir von ihnen geblieben ist. Sie hatten es Luna gegeben, damit sie es für mich aufbewahrt, nur für den Fall."

Darin befand sich ein Brief, den ich so oft überflogen hatte, dass ich mir nicht vorstellen konnte, dass er irgendwelche Eindrücke enthielt, die nicht von mir stammten. In dem Brief stand, dass es ihnen leidtat, dass sie nicht bei mir sein würden, wenn ich ihn las, und dass sie hofften, dass ich bei Luna in Sicherheit wäre. Dass es das Wichtigste für sie sei, dass ich mein Leben so uneingeschränkt wie möglich leben könnte.

Sie hatten gewusst, dass die Jäger zurückschlagen würden. Sie waren darauf vorbereitet gewesen. Im Gegensatz zu mir. Ich erinnerte mich deutlicher an den Schrei meiner Mutter und an das Geräusch des Todes meines Vaters als an irgendein anderes Erlebnis mit ihnen.

Snap senkte seinen Kopf so tief, dass es fast einer Verbeugung gleichkam. „Ich weiß es zu schätzen, dass du mir das anvertraust. Ich werde rücksichtsvoll mit dieser Information umgehen."

Er begann seine Prüfung noch langsamer als zuvor, seine Zunge huschte hin und her, während er ein- und ausatmete. Ich steckte meine Hände in meine Taschen und wartete. Schließlich ließ er das Kästchen sinken.

„Du hast recht", sagte er. „Es ist nicht viel. Doch sie hatten starke Gefühle in Bezug auf diesen Gegenstand, deshalb ist sogar nach so vielen Jahren noch etwas davon übriggeblieben. Die Vorstellung, dass du es einmal erhalten würdest, hat sie sehr traurig gemacht. Sie hatten Angst, nicht viel Zeit mit dir verbringen zu können, jedoch nicht wegen des Weges, den sie eingeschlagen hatten. Sie waren stolz darauf, Risiken eingegangen zu sein ..." Wieder näherte sich seine Zunge dem Kästchen. „Ich glaube, dass sie das Gefühl hatten, sie hätten dich gar nicht in ihrem Leben, wenn sie diese Risiken nicht eingegangen wären."

„Vielleicht haben sie sich durch den Bund kennengelernt, durch die Arbeit mit den Schattenwesen", überlegte ich.

„Das macht Sinn." Er gab mir das Kästchen zurück. Unsere Hände berührten sich, als ich es entgegennahm, und er schenkte mir ein so mitfühlendes und gleichzeitig strahlendes Lächeln, dass mir der Atem stockte, wie am ersten Morgen, als er mein Haar mit einem Pfirsich verglichen hatte. „Eines kann ich mit Sicherheit sagen: Sie haben dich mehr geliebt als alles andere auf der Welt."

Ich schluckte. „Danke. Für alles. Ich werde tun, was ich kann, um diejenigen zu finden, die euren Boss entführt haben."

„Ich weiß, dass du das wirst." Er lächelte mich weiter an, als er mein Haar erneut flüchtig berührte. „Das dachte ich schon, als du meinen Käfig aufgebrochen hast, doch jetzt bin ich mir noch sicherer. Du bist dazu bestimmt, Gutes zu tun, Pfirsich."

Mit diesen Worten ging er davon und ließ mich mit der Frage zurück, warum ich das Gefühl hatte, dass ich das so dringend hatte hören müssen.

NEUN

Thorn

äre ich unserer Retterin nicht zu Dank verpflichtet, hätte ich mich über vieles beschweren können, was diese sterbliche Frau betraf. Die Art und Weise, wie sie mit den Enden von zwei zweigähnlichen Dingern, die sie „Essstäbchen" nannte, gegen die Schachteln klopfte, in denen unser Essen geliefert worden war. Das Quietschen der Füße des Küchenstuhls, wenn sie sich darauf zurücklehnte. Die kleinen Lacher, die sie von sich gab, während sie auf ihrem „Laptop" nach Informationen suchte, die offenbar eher amüsant als für unsere Suche nützlich waren.

Die Frau machte ständig Witze. Hier in ihrem Haus, draußen auf der Brücke, in dem großen Raum mit den gepolsterten Stühlen, wo sie sich mit den anderen vom Bund traf. Außerdem sang sie ständig ihre albernen Lieder. Als ob Omens Leben nicht davon abhinge, wie schnell wir herausfinden konnten, was mit ihm geschehen war. Als ob nicht so viele andere Leben davon abhängen würden, was wir in Erfahrung brachten.

Doch nichts von alledem war es wert, in Worte gefasst zu werden, nicht, wenn ich wusste, dass ich ohne sie immer noch in einem Käfig eingesperrt wäre. Auch wenn ich ihre Vorgehensweise nicht guthieß, würde ich dafür sorgen, dass ihr unter meiner Aufsicht kein Leid zugefügt wurde. Obwohl es mich ärgerte, dass ich im Moment nicht die Straßen nach unserem Anführer absuchte, musste ich mich daran erinnern, dass die Sterbliche gestern weit mehr Verbindungen aufgedeckt hatte als wir in den vielen Wochen zuvor. Die Tatsache, dass wir den Großteil dieser Zeit in Gefangenschaft verbracht hatten, machte dieses Versagen nur noch schlimmer.

Omen hatte sich auf uns verlassen. Besonders auf *mich*. Darauf, dass ich unsere Gruppe verteidigen und alle Feinde, denen wir begegneten, ausschalten würde. Es spielte keine Rolle, was der Inkubus sagte – es lag in seiner Natur, zu schmeicheln und zu beschwichtigen. *Ich* hatte wieder einmal versagt, und wenn ich diesen Fehler nicht schnell korrigierte, könnte es zu einer noch größeren Katastrophe kommen als beim letzten Mal.

„Ah ha!", krähte die Frau und fuchtelte wild mit ihrer Hand vor dem Gerät mit dem leuchtenden Bildschirm herum. „Es gibt einen Flohmarkt in einer Stadt in der Nähe, der Freudenmarkt heißt."

Ich konnte mir nicht vorstellen, dass die Nachfrage nach Flöhen unter Sterblichen besonders hoch war, doch sie schien mit dieser Entdeckung zufrieden zu sein. Ich rührte mich auf dem Stuhl gegenüber von ihr. „Glaubt Ihr, dass Omen dort festgehalten wird?"

„Ich weiß es nicht." Eine feine Linie bildete sich auf ihrer blassen Stirn, während sie mit einem der Stäbchen gegen ihre Lippen tippte. „Es sieht nicht nach einem Ort aus, von dem aus Jäger oder jemand anderes, der mit der Schattenwelt zu tun hat, operieren würde … Allerdings kann man nicht immer nach dem Äußeren gehen. Möglicherweise ist genau das die Tarnung. Im Moment ist er geschlossen. Aber wir können später hin. Ins Jade's kann ich sowieso erst abends."

Ruse richtete sich auf und lehnte sich gegen den Türrahmen. „Ein kleiner Ausflug. Ich freue mich schon darauf."

Seit wir mit dem Essen fertig waren, trieb sich Snap im Wohnzimmer der Sterblichen herum und befragte den Inkubus über jeden Gegenstand, den er fand. Jetzt steckte der Verschlinger seinen Kopf in die Küche, die Augen vor Begeisterung weit aufgerissen. „Ein Ausflug? Heißt das, wir nehmen eins von diesen … Autos?"

Die Frau schnitt eine Grimasse. „Ich habe keins. Und man braucht auch keins, wenn man in der Stadt wohnt. Ich habe nicht einmal einen Führerschein." Sie wirkte etwas verlegen über dieses Eingeständnis, als ob es eine Ehre wäre, Benzin durch eine Metallhülle zu jagen, damit sich ein paar Räder drehten.

„Ich nehme an, es wäre zu viel des Guten, zu hoffen, dass es Pferde gibt, die wir nehmen könnten?", fragte ich.

Ihr Mundwinkel zuckte, offenbar fand sie meine Bemerkung amüsant. „Tut mir leid, aber nein. So wie es aussieht, gibt es einen Bus, der direkt davor hält."

„Sollten wir jemals ein Auto haben, kann ich auch fahren", bot Ruse an. „Vielleicht kann ich sogar helfen, eines zu besorgen."

Immer noch lächelnd, warf sie ihm einen skeptischen Blick zu. „Meinst du damit, du würdest jemanden verführen, damit er uns seinen Wagen gibt?"

Er breitete seine Arme aus und erwiderte das Lächeln. „Ich würde es eher so sehen, dass ich jemanden an seine potenzielle Großzügigkeit erinnern könnte."

Wieder rutschte ich auf meinem Stuhl umher, um meinen

Unmut zu zügeln. Der Inkubus nahm auch nie etwas so richtig ernst. Seine Fähigkeit, Emotionen zu lesen und zu manipulieren, *wäre* nützlich gewesen, wenn wir bei unseren Ermittlungen mit Omen weitergekommen wären, doch bei einem Kampf war er völlig nutzlos.

„Mal sehen, ob ich noch etwas anderes finden kann, falls der Flohmarkt nicht das ist, wonach wir suchen", meinte die Frau und wandte ihre Aufmerksamkeit wieder dem Computer zu.

Snap spähte immer noch in die Küche. „Was ist ein Bus?", fragte er.

Ruse bedeutete ihm mit einem Winken, dass er wieder ins Wohnzimmer gehen sollte, und folgte ihm. „Lass Sorsha ihre Computerzauberei machen. Ich erkläre es dir."

„Der Computer läuft mit *Magie*?"

Der Inkubus gluckste, bevor ihre Stimmen mit dem Schließen der Tür verklangen. Ein Lächeln umspielte die Lippen der Frau. „Manchmal kommt es mir tatsächlich so vor. Manchmal war diese Maschine genau so unberechenbar wie Magie. Oh, hey, Pickle."

Sie schnalzte mit der Zunge, und das kleine grüne Wesen, das ihr durch die ganze Wohnung zu folgen schien, kletterte erst auf ihren Schoß und dann auf ihre Schulter. Sie zupfte einen letzten Bissen Hühnerfleisch mit Soße aus der Packung und bot es ihm an. Er schluckte es hinunter, wobei sein langer Hals zuckte und seine Brustplatten zufrieden klirrten.

Ich konnte mir eine bissige Bemerkung nicht verkneifen.

„Ihr habt uns und die kleineren Wesen aus den Käfigen dieses Sammlers befreit", sagte ich. „Warum haltet Ihr diese Kreatur dann als Sklaven fest?"

Sie hob die Hand, um das kleine Schattenwesen unter dem Kinn zu kraulen. „Als Sklave? Du hast wohl nicht aufgepasst, wenn du glaubst, dass Pickle mir dient."

„Er ist hier eingesperrt, oder? Ihr lasst ihn nicht weg." Ich hatte ihn noch nie in die Schatten eintauchen sehen, obwohl ich keine Anzeichen dafür erkennen konnte, dass sie seine physische Anwesenheit erzwang.

Die Sterbliche sah mich an und blinzelte verwirrt. „Er bleibt freiwillig hier. Es ist ein ziemlich guter Deal – Verpflegung und Streicheleinheiten für einen halbherzigen Job als Wachdrache."

Glaubte sie etwa, dass sie ihn deshalb besitzen durfte? „Der ‚Sammler', der uns gefangen hielt, hat uns auch gefüttert."

Ihre freie Hand ballte sich zur Faust. „Du vergleichst mich ernsthaft mit diesen *Schweinen*? Soll das ein Witz sein?"

Jegliche Spur von Humor war aus ihrer Stimme verschwunden. Ich hatte sie eindeutig beleidigt. Das war nur fair, denn der Anblick, wie sie ihr Lieblingsschattenwesen mit sich herumschleppte, verletzte mich mindestens genauso sehr.

„Ihr könnt mich gerne darüber aufklären, was genau der Unterschied ist", sagte ich.

Ihr Kiefer verkrampfte sich. Eine Sekunde lang glaubte ich, ein Aufflackern von Wut zu sehen, das ebenso feurig war wie ihr Haar. Dann schien sie sich zusammenzureißen und streichelte die Flanke der Kreatur.

„Ich muss mich vor dir nicht rechtfertigen", antwortete sie und ihre Stimme war eher kalt als feurig. „Doch da du es angesprochen hast – Pickle ist allein nicht überlebensfähig. Der Jäger, der ihn verkauft hat, oder der Sammler, der ihn gekauft hat, hat ihm die Flügel gestutzt, sodass er kaum fliegen kann, und er ist nicht dafür geschaffen, zu laufen – sofern man dieses Watscheln überhaupt als Laufen bezeichnen kann. Würde im Schattenreich irgendjemand dafür sorgen, dass er etwas zu essen bekommt und nicht wieder durch einen Spalt in die Falle eines Jägers stolpert?"

Mir war aufgefallen, dass die Kreatur ihre Flügel kaum benutzte, doch ich musste zugeben, dass ich angenommen hatte, dass er während seiner Gefangenschaft einfach faul geworden war, und nicht, dass es sich um eine Behinderung handelte. Was ihre Frage anging ... Ich biss die Zähne zusammen, bevor ich antwortete: „Nein, ich glaube nicht, dass das jemand tun würde."

„Ganz genau. Ich wollte nie ein Haustier, und schon gar keins, das ich vor jedem normalen Menschen verstecken muss, der zu mir in die Wohnung kommt. Er war in einem der Häuser, die ich vor ein paar Jahren angezündet habe. Und da er offensichtlich völlig hilflos war, wollte ich ihn nicht einfach sich selbst überlassen."

Sie wedelte mit ihren Stäbchen in meine Richtung. „Du solltest froh sein, dass ich nicht die Angewohnheit habe, Schattenwesen im Stich zu lassen, sonst kannst du dir vorstellen, wo du jetzt vielleicht wärst. Wenn du auf jemanden wütend sein willst, dann auf die Arschlöcher, die dachten, Pickles Körper zu verstümmeln wäre eine vernünftige Art, ein anderes Lebewesen zu behandeln."

Die Frau war offensichtlich wütend auf sie. Auch wenn ihre Stimme flach geblieben war, hatte sich ein bitterer Unterton hineingeschlichen, und das Aufblitzen ihrer kupferbraunen Augen – ich war mir nicht sicher, ob ich einen Sterblichen beneiden würde, der sich mit ihr anlegte. Unvorstellbar, was sie mit einem Schwert anrichten könnte.

Vielleicht machte sie sich unter den Scherzen und der Frivolität tatsächlich Sorgen.

„Verzeihung", sagte ich mit einer Steifheit, die ich nicht aus meiner Stimme vertreiben konnte. „Ich hätte nicht so vorschnell urteilen sollen. Ihr wart sehr großzügig zu uns – und wie es scheint, seid Ihr es auch zu Eurem kleinen grünen Gefährten."

Sorsha sah mich noch einen Moment lang an, als wollte sie sich vergewissern, dass ich ehrlich war. Dann entspannte sie sich. Jetzt, da ich wusste, dass sie das Wesen beschützte und nicht gefangen hielt, war die Zuneigung, mit der sie ihre

Wange an die Schnauze des Wesens schmiegte, nicht zu übersehen.

Nein, ich war ganz und gar nicht fair gewesen. Bei der Erkenntnis überkam mich ein Anflug von Unbehagen, und ich beugte mich vor. Wenn sie mich so überraschen konnte, würde ich gerne erfahren, was mir sonst noch entgangen sein könnte.

„Erzählt mir doch bitte mehr über diesen ‚Flohmarkt', Mylady."

ZEHN

Sorsha

Sobald wir am Tor des Flohmarkts aus dem Bus stiegen, zog Thorn an seinen fingerlosen Handschuhen, als würden sie ihn weniger stören, wenn er sie zum hundertsten Mal zurechtzupfte. Ich überprüfte Ruse' Mütze, um sicherzustellen, dass seine Hörner komplett darunter verborgen waren. Als er meinen Blick bemerkte, tippte er gegen die Krempe und grinste mich an.

„Alle monströsen Züge gut versteckt", sagte er.

Unter uns vieren hatten wir uns ein wenig darüber gestritten, ob sie mich überhaupt begleiten sollten. Das Trio hatte versprochen, ihre Identität geheim zu halten, doch angesichts Ruse' lässiger Einstellung und der Unerfahrenheit der anderen mit dem modernen Leben war ich nicht überzeugt, dass sie sich daran halten würden. Ich hatte mehrmals betont, dass die meisten meiner sterblichen Mitmenschen im einundzwanzigsten Jahrhundert nicht mit der Vorstellung, dass es übernatürliche Wesen in ihrer Mitte geben könnte, umgehen konnten.

Ich zeigte mit dem Finger auf ihn, ohne damit zu wackeln. „Ich werde dich im Auge behalten."

In gewisser Weise war es für Snap am einfachsten und am schwierigsten zugleich. Um seine Zunge zu verbergen, waren keine peinlichen Modestatements nötig. Andererseits musste er jedoch seinen Enthusiasmus zumindest ein wenig zügeln – und darauf verzichten, seine Kräfte einzusetzen. So wie er sich umsah, als wir unter die Markise traten, die Schatten auf die Außenseite des Marktes warf, hätte er gerne alle möglichen Objekte um uns herum getestet.

„Denkt daran", sagte ich leise zu dem Trio. „Wir suchen nach Anzeichen von Schattenwesen oder dem Schwertstern-Symbol. Also konzentriert euch."

Ruse zeigte mir einen Daumen nach oben. Thorn runzelte die Stirn, als ob er sich über meine Ermahnung ärgern würde, und ging etwas vor dem Rest von uns her.

Ich musste Snap einen kleinen Schubs geben, damit er sich wieder in Bewegung setzte. Neugierig legte er den Kopf schief, um sich eine alte Telefonzelle und einen mit Duftkerzen bestückten Stand anzusehen. Ein Stück weiter schwangen Pendel an kunstvoll geschnitzten Holzuhren. Er konnte es nicht lassen, dem Takt einer dieser Uhren ein paar Sekunden lang zu folgen.

Als ich ihn durch den überfüllten Gang zerrte, lehnte er sich dicht an mich. Sein warmer Atem kitzelte mein Ohr. „Es gibt so viele Dinge hier – und jedes Sortiment ist einzigartig. Werden diese Gegenstände wirklich alle verkauft? Was waren die tickenden Dinger mit den Zahlen?"

„Uhren", antwortete ich und musterte die Käufer und die Stände um uns herum. „Daran kann man die Zeit ablesen. Und ja, hier wird so ziemlich alles angeboten – sie würden wahrscheinlich sogar die Tische verkaufen, wenn ihnen jemand Geld dafür bieten würde."

„Die Zeit ablesen", wiederholte Snap verblüfft.

„Ja, wie spät es ist. Wir haben zum Beispiel eine Stunde gebraucht, um mit dem Bus hierher zu kommen."

„Ah! Das ist praktisch, um den Überblick zu behalten." Er warf einen so enthusiastischen Blick über seine Schulter zurück auf den Stand, dass ich fast glaubte, er würde wieder hinüberlaufen und sich eine holen. Ich vermutete, dass sich Schattenwesen nicht viel aus dem Vergehen von Stunden – oder Tagen oder manchmal sogar Jahren – machten, während sie in ihrem eigenen Reich waren. Soweit Tante Luna es mir erzählt hatte, funktionierten die Dinge dort nicht auf eine Weise, die sterbliche Sinne verstehen konnten.

Es ist wie eine riesige, dunkle Höhle, in der man weder die Wände noch den Boden erreicht, hatte sie gesagt. *Man ist sich bewusst, wer und was um einen herum ist, doch alles fühlt sich irgendwie ... flach an. Man könnte fast sagen, es ist wie ein Traum, in dem die einzelnen Ereignisse ohne viel Logik ineinander übergehen.*

Vermisst du es?, hatte ich sie gefragt, und sie hatte gelacht und gesagt: *Nicht, solange ich hier bei dir sein kann.* Doch nach dem, was Snap aus ihren Glitzerschuhen herausgelesen hatte, war ich mir nicht sicher, ob das die Wahrheit gewesen war. Wie flach und willkürlich das Schattenreich auch sein mochte, wie konnte man den Ort, für den man bestimmt war, nicht vermissen?

Sie hätte diesen Markt geliebt. Als ich noch ein Kind war, hatte sie mich immer zu Flohmärkten, Kirchenbasaren und dergleichen geschleppt. Überallhin, wo man nie wusste, worüber man stolperte und wo man Schnäppchen machen konnte. Nicht, dass sie jemals echtes Geld benutzt hätte. Mit ihrer Illusionsmagie hatte sie leere Blätter in Geldscheine verwandeln können. Womöglich hatte sie sogar ihre Feenstaubschuhe auf einem dieser Märkte gekauft.

Als ich ins Teenageralter kam, waren diese Dinge für mich nicht mehr als ein Haufen Ramsch gewesen. Ich war seit

Jahren nicht mehr auf so einem Markt gewesen. Und bis jetzt hatte ich noch nichts gesehen, was darauf hindeutete, dass außer meinen drei Begleitern, jemals Schattenwesen hier gewesen waren.

Snaps schlanke Finger ergriffen meinen Unterarm und drückten ihn sanft. „Was sind das für Dinger?", nuschelte er und seine Augen wurden fast rund.

Er betrachtete einen Stand mit Fahrrädern und – es war kaum zu glauben – Einrädern in der Ecke des Marktes. Der Mann hinter dem Stand winkte einem Jungen zu – vermutlich seinem Sohn – der auf ein kleines Einrad sprang und seine Kunststücke vorführte, während er in die Pedale trat. Irgendwie gelang es Snap, seine Augen noch weiter aufzureißen.

„Diese Dinger werden heutzutage kaum noch benutzt", erklärte ich. „Jedenfalls nicht die mit einem Rad. Die zweirädrigen sind für die Fortbewegung gedacht, wie Busse und Autos, nur dass sie nicht so schnell fahren."

„Warum verwendet man sie dann noch?", fragte Snap, als ich ihn drängte, weiterzugehen.

„Nun, Geschwindigkeit ist nicht alles. Sie laufen ohne Treibstoff, das spart Geld. Außerdem ist es ein gutes Training, um sich fit zu halten. Und man braucht keinen Führerschein, was weniger Aufwand und Papierkram bedeutet."

„Papierkram." Wieder klang er völlig verwirrt.

Ich stieß ihn spielerisch mit dem Ellbogen an. „Glaub mir, *damit* willst du nichts zu tun haben. Komm schon, lass uns zu Thorn und Ruse gehen."

Die anderen beiden waren zwar nur etwa drei Stände vor uns, trotzdem nahm Snap die Warnung sehr ernst. Er flitzte zwischen den anderen Käufern hindurch, um zu ihnen aufzuschließen, und zwar so schnell, dass ich keine Chance hatte, mit ihm mitzuhalten. Dann blieb er vor einem Stand stehen, an dem stapelweise Honiggläser angeboten wurden.

Die Frau hinter dem Tisch hielt ihm einen kleinen Plastiklöffel hin. „Möchten Sie probieren?"

Snap nahm das Angebot an, als wüsste er nicht, womit er dieses Glück verdient hatte. Er nahm den Löffel vorsichtig in den Mund, damit seine gespaltene Zunge nicht auffiel. Oh, Mann.

Wenn ich geglaubt hatte, dass sein Gesicht vorhin vor Freude gestrahlt hatte, so war das nichts im Vergleich zu dem Ausdruck, den ich jetzt sah. Seine Augen funkelten förmlich. Er schaute zu mir herüber, nicht nur, weil er in der Süße schwelgte, sondern weil er sie mit mir teilen wollte, und mein Herz setzte einen Schlag aus.

Oh, Mann, tatsächlich. Es war nicht nur Bewunderung, die sein umwerfender Anblick bei mir auslöste. Nein, das schwindelerregende Kribbeln, das mich durchströmte, hatte mindestens genauso viel mit fleischlichem Verlangen zu tun. Wie wäre es wohl, den Honig von diesen perfekten Lippen zu lecken und seine göttliche Begeisterung auf alle möglichen anderen Arten zu erleben?

Ich schüttelte das Schwindelgefühl und die Fragen so schnell ab, wie sie gekommen waren. Jetzt war nicht der richtige Zeitpunkt für derartige Gedanken. Doch als ich meinen Blick von Snap abwandte, blieb er an Ruse hängen. Er beobachtete mich mit einem wissenden Grinsen.

Ich verpasste ihm einen leichten Hieb, als ich ihn einholte. „Halt die Klappe."

„Ich habe nichts gesagt", erwiderte der Inkubus unschuldig, grinste mich jedoch an.

„Du hast sehr laut gedacht."

Ruse legte seinen Arm um meine Taille, als wären wir ein Paar. Als seine Hand über meinen Rücken glitt, spürte ich erneut ein Kribbeln.

„Das ist nichts, wofür man sich schämen müsste", murmelte er leise. „Der Junge hat etwas. Wenn ich Männern zugetan wäre, würde ich auch versuchen, ihn ins Bett zu kriegen."

Ich widerstand dem Drang, ihn zusätzlich zu dem Hieb auch noch zu treten. „Ich habe gesagt, du sollst die Klappe halten!" Was, wenn Snap das gehört hatte? Ob er wüsste, worüber wir geredet haben? Ich hatte wirklich keine Lust, auch noch mit *solchen* Fragen konfrontiert zu werden.

Soweit ich das bisher beurteilen konnte, war Sex im Schattenreich nicht wirklich ein Thema. Schattenwesen wurden aus dem Äther, oder wie auch immer man es nennen wollte, geboren und nicht gezeugt. Die Kubis mussten sich in die Welt der Sterblichen begeben, um ihren Hunger zu stillen. In Snaps Verhalten hatte ich bisher allerdings noch nie so etwas wie eine fleischliche Begierde gesehen. Vermutlich hatte er keine Ahnung, dass diese Art von Vergnügen überhaupt existierte.

Wie ekstatisch wäre er wohl, wenn er es entdeckte?

Nein, nein, diese Gedanken brachten mich im Moment nicht weiter. Ich schenkte Snap ein Lächeln, als er wieder zu uns stieß und sich über den Löffel Honig freute. Seine freudige Begeisterung war ansteckend.

Vielleicht gab es auf diesen Märkten ja doch nicht nur Ramsch. Ich sollte nicht zulassen, dass mein früherer jugendlicher Zynismus meine jetzige Sicht der Dinge beeinflusste. Die Schätze, über die man hier stolpern konnte, hatten etwas Magisches an sich – erst recht, wenn alles ganz neu für einen war.

Ich hatte den Großteil meines Lebens mit paranormalen Kreaturen aus einer jenseitigen Welt verbracht. Ich hatte einen *Minidrachen* als Haustier, um Himmels willen. Ich sollte diese Magie ein wenig mehr genießen, selbst inmitten all der Schwierigkeiten.

Thorn war weiter in die Menge vorgedrungen. Kurz vor dem Eingang zum Hauptmarkt machte er kehrt.

„Hast du etwas entdeckt?", fragte ich.

Seine Miene war etwas ernster als sonst. Langsam lernte ich, Thorns Gefühlspalette zu deuten. Sie reichte von vagem Unbehagen (seinem glücklichsten Zustand) bis hin zu „die Apokalypse naht" (seinem schlimmsten Zustand, von dem ich hoffte, dass ich ihn nie erleben würde).

„Keine Spur, die uns weiterbringen würde", antwortete er. „Ich habe jedoch das Gefühl, dass wir verfolgt werden. Und zwar von dem Mann, der ein paar Schritte hinter dir steht."

Ich widerstand dem Drang, mich umzudrehen. Uns anmerken zu lassen, dass wir einen potenziellen Verfolger bemerkt hatten, wäre ein Anfängerfehler gewesen. „Wie sicher bist du dir? Alle bewegen sich in die gleiche Richtung entlang der Stände."

Thorns Blick verfinsterte sich. „Meine Instinkte sind unglaublich scharf. Ich werde ihn genauer beobachten."

Er ging davon, bevor ich noch etwas sagen konnte. Ich warf Ruse einen Blick zu. „Meinst du, wir sollten lieber von hier verschwinden?"

Der Inkubus zuckte mit den Schultern. „Selbst wenn uns jemand verfolgt, kann er eigentlich nicht wissen, wonach wir suchen, da wir bisher nichts gefunden haben. Ich habe bei niemandem, böse Absichten wahrgenommen. Und unsere Verkleidung ist perfekt." Er zupfte an seiner Mütze. „Meines Erachtens ist alles in Ordnung. Lass uns weitergehen und sehen, was passiert."

Das klang nach einem vernünftigen Plan. Zumal Snap, während wir abgelenkt waren, bereits das weitläufige Gebäude betreten hatte, in dem sich die andere Hälfte des Marktes befand. Ich ging etwas schneller, um ihn einzuholen, bevor er vor Staunen so überwältigt war, dass er vergaß, seine Begeisterung auf ein unauffälliges Maß zu dämpfen.

Alte Lederjacken schienen ihn ebenso sehr zu faszinieren wie die Bilder auf den Hüllen von Retro-Videospielen. Wir sorgten jedoch dafür, dass er in Bewegung blieb, während wir die Stände sowie die Wände und Decke des Gebäudes betrachteten. Nachdem wir zwei der vier Gänge passiert hatten, kam Thorn zurück.

„Hast du unsere Ehre ausreichend verteidigt?", wollte Ruse wissen.

Thorn funkelte ihn an, wenn auch nicht besonders überzeugend. „Der, von dem ich dachte, dass er uns folgt, ist in eine andere Richtung gegangen und verschwunden."

„Ah. Also ist er entweder sehr schlecht in dieser ganzen Verfolgungssache, oder er hat sich von vornherein nicht für uns interessiert."

„Möglicherweise habe ich die Situation falsch eingeschätzt", gab Thorn zu. „Doch ich denke, es könnte auch sein, dass uns jemand anderes beobachtet hat und ich das Gefühl einfach der falschen Person zugeschrieben habe."

Ich ließ meinen Blick über die Menge schweifen. „Hast du *im Moment* auch das Gefühl, dass wir verfolgt werden?"

Er hielt inne und ließ seinen Blick über den Markt schweifen. „Ich bin mir nicht sicher. Es ist auf jeden Fall nicht stark genug, um die Quelle einzugrenzen."

Ruse tätschelte ihm den Arm. „Das, mein Freund, nennt man ‚Paranoia'."

Die Bemerkung brachte ihm ein böses Funkeln ein. Bevor sie einen ausgewachsenen Streit vom Zaun brechen konnten, gab ich den beiden einen Schubs. „Kommt schon. Wenn wir so weitermachen, verlieren wir Snap. Lasst uns einfach den Rest des Marktes auskundschaften."

Meine Erwartungen waren ohnehin schon niedrig. Als wir aus der Hintertür des Marktgebäudes traten, hatten sie einen Tiefpunkt erreicht. Sogar Snaps gute Laune verblasste, als er unsere Mienen sah.

„Es war also nicht der richtige Ort?", meinte er.

Er war derjenige, der uns den Namen gegeben hatte. Ich konnte mich nicht dazu durchringen, ihm zu sagen, dass unser Besuch hier vollkommen vergeblich gewesen war. „Es könnte sein, dass die Schwertsternbande nur dieses eine Mal hier war, um Omen an jemand anderen zu übergeben, oder um sich ein anderes Fahrzeug zu beschaffen, um ihn zu transportieren. Es sieht nicht so aus, als ob jemand, der Verbindungen zur Schattenwelt hat, hier regelmäßig präsent wäre."

„Ich werde …", begann Thorn, bevor er innehielt. Er runzelte die Stirn, als sein Blick auf mich fiel, und wich zurück. „Ich werde mich bemühen, ein oder zwei Schattenwesen zu finden, die den Markt in den nächsten Tagen inspizieren, um diese Schlussfolgerung zu bestätigen."

Ich vermutete, er hatte erst sagen wollen, dass *er* den Markt im Auge behalten würde, bis ihm eingefallen war, dass er ja mich bewachen musste. Da er es nicht direkt gesagt hatte, war es allerdings schwierig, mit ihm darüber zu diskutieren.

„Überlass es mir, jemanden zu überreden", sagte Ruse. „Schließlich ist das *mein* Spezialgebiet. Ich bin mir sicher, dass ich einen willigen Kandidaten finden werde." Als wir uns wieder in Richtung Bushaltestelle bewegten, steckte er die Hand in seine Tasche. „Außerdem war unsere Expedition nicht völlig umsonst. Zumindest nicht für Mylady."

Er reichte mir die Hand und machte eine kleine Verbeugung. Es war offensichtlich, dass er sich über Thorns förmliche Höflichkeit lustig machte. Eine goldene Kette mit einem Anhänger baumelte von seinen Fingern: Ein Anhänger in Form eines zusammengerollten Drachen, dessen einziges sichtbares Auge ein funkelnder Rubin war.

„Angesichts der Wahl deines Haustieres dachte ich, sie würde dir gefallen", sagte er und grinste mich an.

Die Geste war so charmant, dass meine Brust flatterte, gleichzeitig jedoch auch völlig inakzeptabel. Ich bewunderte die Halskette noch einen Moment lang, bevor ich sie ihm wieder reichte. „Du hast sie gestohlen, oder?"

„Ich habe sie aus ihrem Regal befreit."

Ich verdrehte die Augen. „Nur damit du es weißt,

gestohlene Dinge sind kein gutes Geschenk. Man kann sich nicht einfach nehmen, was man will." Das war eine Sache des Anstands, die kein Schattenwesen beherzigen würde.

„Du hast unserem Sammler auch ein paar hübsche Schmuckstücke gestohlen", bemerkte er.

Mir war nicht klar gewesen, dass er das bemerkt hatte. Das änderte jedoch nichts an meiner Antwort. „Das ist nicht das Gleiche. Der Sammler hatte so viel Geld, dass es ihm aus dem Arsch gequollen ist. Außerdem hat er es für grausame Dinge verwendet. Die Verkäufer auf diesem Markt kommen meist kaum über die Runden. Und selbst wenn, haben sie es nicht verdient, ausgeraubt zu werden. Gib sie zurück."

Ruse schnaubte, seine Augen strahlten jedoch weiterhin freudig. „Wie die Dame wünscht." Er schritt auf die Bäume neben dem Gehweg zu und verschwand in den Schatten.

Snap hatte den Kopf schief gelegt. „Quillt Sterblichen wirklich Geld aus dem …"

„Das sagt man nur so", unterbrach ich ihn schnell. „Mach dir keine Gedanken darüber." Vor allem, weil es im Moment genug andere Dinge gab, um die wir uns Gedanken machen mussten. Ich konnte nicht umhin, die Straße um uns herum zu beobachten, für den Fall, dass Thorns imaginärer Verfolger uns hierher gefolgt war.

Doch niemand schien uns zu beachten, abgesehen von einem Mädchen im Teenageralter, das Thorn und Snap im Vorbeischlendern unverhohlen anstarrte. Was ich ihr allerdings nicht verübeln konnte.

Nun, unser weiteres Vorgehen war bereits beschlossen. Ich atmete aus und flehte das Schicksal an, dass der heutige Tag kein völliger Reinfall gewesen war. „Wir haben immer noch die Bar heute Abend. Im Jade's haben wir sowieso bessere Chancen als auf dem Markt."

ELF

Sorsha

Auch wenn ich das Jade's Fountain nicht gerade als *nobel* bezeichnen würde, hatte die Bar ein gewisses Ambiente, das einen bestimmten Dresscode erforderte, wenn man keine negative Aufmerksamkeit erregen wollte. Originell und niveauvoll war wohl die beste Beschreibung. Obwohl ich mich nicht oft in Schale warf, hatte ich mir im Laufe der Jahre ein paar Klamotten für meine Ausgeh-Abende mit Vivi zugelegt.

An diesem Abend entschied ich mich für das waldgrüne Kleid, dessen quadratischer Ausschnitt mein Haar und mein Schlüsselbein betonte. Das geometrische Element wiederholte sich in der schwarzen Schnalle des breiten Gürtels und dem Ausschnitt im unteren Saum des knielangen Rocks. Durch diese Ausschnitte blitzten meine Oberschenkel in der schwarzen Seidenstrumpfhose hindurch, als ich mich vor meinem Schlafzimmerspiegel drehte.

Mein Outfit und das Make-up, das ich sorgfältig

aufgetragen hatte, lag irgendwo zwischen extravagant und übertrieben und sah weitaus eleganter aus, als ich mich normalerweise fühlte. Luna hätte es gefallen, auch wenn es nicht die grellen Farben waren, die sie so geliebt hatte. Ich rückte die Flügelärmel meines Kleides zurecht und summte die Melodie von Eurythmics' Sweet Dreams, um mich in Stimmung zu bringen.

Meine Aufmachung fand offenbar nicht nur bei der Klientel des Jade's Anklang. Als ich aus dem Schlafzimmer trat, stieß Ruse, der an der Wohnzimmertür lehnte, einen anerkennenden Pfiff aus. „Nicht, dass ich vorher Grund gehabt hätte, mich zu beschweren, aber du siehst wirklich umwerfend aus, Flamme."

Ich griff mir an die Brust und tat so, als würde ich ohnmächtig werden, obwohl mir sein Kompliment tatsächlich einen wohligen Schauer über den Rücken jagte.

Der Inkubus machte einen Schritt auf mich zu. Als er mich musterte, konnte ich seinen Blick beinahe wie eine flüsternde Liebkosung auf meiner Haut spüren. „Ich hoffe, du hast neben all deiner harten Arbeit auch Lust auf ein wenig Spaß. Du hast es dir verdient."

„Nicht in der Bar", erinnerte ich ihn und wackelte mit meinem Zeigefinger. „Ihr bleibt schön hier." Ich hatte darauf bestanden, dass meine Entourage mich diesen Teil der Ermittlungen allein bewältigen ließ. Auch wenn sie unter Unwissenden als Sterbliche durchgehen konnten, würden bestimmt ein paar Schattenwesen in der Bar sein – Jade selbst natürlich eingeschlossen.

Außerdem war da noch Vivi. Wenn meine beste Freundin von meinen neuen Mitbewohnern erfuhr, würde ich sie niemals aus dem Schlamassel heraushalten können, in den ich hineingeraten war.

Ruse zwinkerte mir zu. „Dann werde ich wohl auf dich warten müssen."

Thorn, der den Stuhl in der Küche zu seiner offiziellen

Domäne erklärt zu haben schien, kam heraus, um zu sehen, was es mit dem Tumult auf sich hatte. Sein Blick glitt über mich hinweg zu dem Inkubus.

„Sie geht nicht aus, um sich zu amüsieren oder intime Beziehungen zu knüpfen", schimpfte er. „Sondern um Omen zu finden und zu retten."

Ruse verdrehte die Augen. „Vergebt mir, Mylord, dass ich es gewagt habe, die schöne Maid von ihrer Mission abzulenken. Dann werde mir wohl eine andere junge Dame suchen müssen, der ich meine Zuneigung schenken kann." Er schlenderte zurück ins Wohnzimmer und schnappte sich Pickles Schaufensterpuppe.

„Du siehst heute Abend absolut hinreißend aus, mein Schatz", rief er. „Einfach umwerfend. Darf ich um diesen Tanz bitten?"

Ich hielt mir die Hand vor den Mund, um ein Kichern zu unterdrücken. Der Inkubus neigte die kopflose, armlose Gestalt tief nach unten und füllte seine Stimme mit übertriebener Leidenschaft. „Du bist einfach unwiderstehlich! Doch wie soll ich dich küssen, wenn du keinen Mund hast? Es bricht mir das Herz!"

Mein Kichern verwandelte sich in ein lautes Lachen. Thorns Miene wurde noch finsterer. „Du machst dich lächerlich", meinte er an Ruse gewandt, bevor er sich wieder zu mir umdrehte. „Und Ihr seht aus, als hättet Ihr Euch zurechtgemacht, um Aufmerksamkeit zu erregen."

Seine Worte versetzten meiner guten Stimmung einen Dämpfer. Ich verschränkte die Arme vor der Brust. „Ich wüsste nicht, inwiefern meine Kleidung ein Problem sein sollte. Außerdem solltest du nicht vergessen, dass ich wesentlich besser weiß, was mich erwartet als du. Mein Outfit ist perfekt für das Jade's. Die Leute werden mir mehr vertrauen, wenn ich so aussehe, als würde ich dazugehören, und nicht, als wäre ich ein ahnungsloser Neuling."

Thorn gab ein Grunzen von sich, das nicht gerade

versöhnlich klang. Er richtete seinen Blick auf Ruse, bevor er sich wieder auf mich konzentrierte. „Ich nehme an, es ist das Beste, dass der hier nicht dabei sein wird, um Euch abzulenken."

Etwas in seinem Tonfall machte mich stutzig. Er hatte bisher kein Wort darüber verloren, dass er wusste, was Ruse und ich in meinem Schlafzimmer getrieben hatten. Da er jedoch über die Natur des Inkubus Bescheid wusste, war es wohl nicht sonderlich schwer, es zu erraten. Plötzlich war ich mir sicher, in seiner Aussage eine Missbilligung gehört zu haben.

Als ob etwas dagegen spräche, dass ich diese ungebetene Gesellschaft, ein wenig genoss. Besonders, wenn ich in der gesamten Stadt herumlief, um nach Anhaltspunkten zu suchen, die ihnen beim Lösen ihres Rätsels helfen könnten.

Meine Lippen verzogen sich zu einem Grinsen, das dem von Ruse Konkurrenz machte. „Vielleicht sollte ich *dich* mitnehmen. Es könnte dir nicht schaden, etwas lockerer zu werden. Nur weil du dich ständig so benimmst, als hättest du gerade deinen besten Freund unter die Erde gebracht, werden wir euren Boss auch nicht schneller finden, weißt du."

Jetzt bekam ich das volle Ausmaß des Thorn-Blicks zu spüren. „Habt Ihr ein Problem mit meinem Benehmen, Mylady?", fragte er steif.

„Ja, das habe ich. In Anbetracht der ganzen Gefallen, die ihr von mir verlangt, könntest *du* wenigstens so tun, als ob du dich ein bisschen über meine Hilfe freuen würdest."

„Und wie sollte es Eurer Meinung nach aussehen, wenn ich mich ‚freue'?"

Ich winkte mit dem Arm in seine Richtung. „Indem du zur Abwechslung mal etwas sagst, das nicht kritisch ist oder andere herumkommandierst. Oder indem du dein Gesicht dazu bringst, etwas weniger düster auszusehen als ein Grabstein. Um nur ein paar Möglichkeiten zu nennen."

Thorn richtete sich noch gerader auf, was bei seiner

beachtlichen Körpergröße bedeutete, dass sein Kopf fast die Oberkante des Türrahmens berührte. Selbst Ruse, der die Schaufensterpuppe wieder an ihren Platz gestellt hatte, verkrampfte sich bei diesem Anblick. Snap spähte aus dem Wohnzimmer und verschwand prompt wieder, um zum Fernseher zurückzukehren, in den er sich verliebt hatte.

„Ich wollte Euch nicht verärgern", sagte Thorn, seine Stimme war noch tiefer und kiesiger als sonst. Er deutete auf das Wohnzimmer. „Im Gegensatz zu diesen beiden bin ich kein Freund von Geschwätz. Ich komme sofort auf den Punkt, wenn es um wichtige Angelegenheiten geht. Und die Situation, mit der wir im Moment konfrontiert werden, gibt mir keinen Anlass zur Freude. Mein Boss, der mich auf diese Suche geschickt hat, ist verschwunden, und ich wurde so lange von meinen Versuchen, ihn ausfindig zu machen, abgehalten, dass die Spur kalt geworden ist. Außerdem könnte ich jeden Moment auch einen von euch verlieren ..."

Er hielt inne und seine Miene verfinsterte sich, als hätte er mehr gesagt, als er beabsichtigt hatte. Dieses Mal hatte ich definitiv mehr gehört, als er tatsächlich gesagt hatte, doch es war kein Spott gewesen. Stattdessen schwangen Schmerz und Angst in seiner Stimme mit.

Er gab sich selbst die Schuld für das, was mit Omen geschehen war. Er fühlte sich für seine Gefährten verantwortlich – und für mich – und er würde sich zweifellos wieder Vorwürfe machen, wenn einer von uns verletzt werden würde.

Obwohl ich das bereits vermutet hatte, war mir bis eben nicht klar gewesen, wie intensiv seine Scham und seine Schuldgefühle waren. Es war nicht nur eine abstrakte Idee von Loyalität, die er strikt befolgte. Er machte sich tatsächlich Sorgen, ob wir Omen finden würden. Genauso wie darüber, dass mir heute Abend in der Bar etwas zustoßen könnte, oder Ruse und Snap, wenn wir das Geheimnis nicht rechtzeitig lüfteten.

Mein eigener Ärger ließ nach. Ich verspürte zwar immer noch den Drang, den Kerl zu provozieren und ihm ein Lächeln zu entlocken, doch ich akzeptierte, dass das nicht passieren würde. Und warum sollte es auch? Als ich Luna verloren hatte, war mir auch nicht nach Scherzen, Plaudern oder irgendetwas anderem zumute gewesen, außer danach, um mich zu schlagen.

„Wenn du ab und zu etwas mehr Emotionen zeigen würdest, wäre es leichter, die Schwermut zu ertragen" erklärte ich, ohne einen Hauch von Bissigkeit in der Stimme. „Ich bewundere dein Engagement. Deine Bemühungen, uns alle zu beschützen, sind beeindruckend. Vielleicht waren wir alle aus gutem Grund ein wenig angespannt."

Seine Haltung entspannte sich ein wenig. „Vielleicht."

„Nun, dann kann ich dir nur sagen, dass ich mich schon siebenundzwanzig Jahre länger um meine Sicherheit kümmere als du. Du kannst also darauf vertrauen, dass ich mich auf diesem Gebiet bestens auskenne. Und mich in einer Bar umzuhören, stellt absolut kein Problem dar." Ich deutete auf meine Kleidung und konnte es mir nicht verkneifen, eine Augenbraue hochzuziehen. „Ich verspreche, dass ich nicht zu spät nach Hause kommen werde."

Ruse gab einen dumpfen Laut von sich, der wie ein Kichern klang. Thorn legte seufzend den Kopf schief. Und ich griff mit einem plötzlichen Anflug von Nervosität nach der Eingangstür.

Ich war schon dutzende Male im Jade's gewesen und hatte dort noch nie Probleme gehabt. Trotzdem wurde ich auf dem Weg zum Treppenhaus die Angst nicht los, dass Thorns Sorge berechtigt sein könnte und möglicherweise alles furchtbar schiefgehen würde.

ZWÖLF

Sorsha

Eine Bar wie das Jade's gab es garantiert kein zweites Mal. Und zwar nicht nur wegen des Schattenwesens, dem sie gehörte, sondern auch wegen der menschlichen Gäste, die auf ihre eigene Art und Weise einzigartig waren.

Jade hatte den Namen „Fountain" sehr ernst genommen. Über die glänzenden Granitsteine an der hinteren Wand lief ein Wasserfall aus gefiltertem Wasser. Jade ermutigte die Gäste, ihre Becher dort nachzufüllen, damit sie zwischen den Cocktails und Shots genug Wasser tranken. Außerdem hatte sie in der Mitte des Raums einen kleinen, knietiefen Pool eingerichtet, der von passenden Granitfliesen und geschwungenen Kalksteinbänken gesäumt wurde. Die Leute nutzten ihn sowohl als Wunschbrunnen als auch zum Planschen, wenn sie betrunken genug waren.

Solche Besonderheiten zogen einen ziemlich ungewöhnlichen Haufen an, was Jade jedoch zugutekam. Auf diese Weise fielen sie und die anderen nicht menschlichen Kunden, die ebenfalls ihre Macken hatten, egal wie gut sie sich an das Leben auf der Seite der Sterblichen angepasst hatten, nicht auf.

Als ich durch die Eingangstür trat, waren etwa die Hälfte der Kalksteintische besetzt, die in unregelmäßigen Abständen im ganzen Raum verteilt waren. Das Plätschern des Wasserfalls war durch das muntere Geplapper zu hören, und die säuerlichen Aromen von Bier und Schnaps vermischten sich mit dem mineralischen Geruch in der Luft. Ich atmete tief ein und spürte, wie der Geruch meine schlimmste Nervosität vertrieb. Es war schwer, sich im Jade's gestresst zu fühlen.

Da ich weder eine dichte Lockenmähne noch ein auffallend weißes Outfit entdecken konnte, nahm ich an, dass Vivi noch nicht da war. Mit der Pünktlichkeit nahm sie es nicht so genau wie mit ihrer Kleidung.

Doch das störte mich nicht. Ich hatte sogar damit gerechnet und es war eine gute Gelegenheit, mit Jade unter vier Augen zu sprechen.

Obwohl Jade das Lokal gehörte, packte sie selbst mit an. Abends – außer samstags, wenn am meisten los war – war sie allein hinter der Theke. Im Moment kassierte sie gerade die Rechnung eines Pärchens ab, das wohl auf einen frühen Drink gekommen war, bevor es zu anderweitigen nächtlichen Unternehmungen aufbrach. Ihr dunkelgrünes Haar, das fast denselben Farbton wie mein Kleid hatte, fiel in ordentlichen Locken über ihren schlanken Rücken.

Die meisten Leute dachten wahrscheinlich, dass sie die Farbe passend zu ihrem Namen ausgewählt hatte. Ich vermutete, dass es genau andersherum war. Wenn sie jemand fragte, behauptete sie immer, es sei ein spezielles Färbemittel, das ihr Friseur extra für sie gemischt hatte, doch ich wusste zufällig, dass es ihre natürliche Haarfarbe war. Es war das einzige Merkmal des Schattenwesens, das sie in ihrer sterblichen Form nicht verbergen konnte. In diesen Kreisen zuckte niemand deswegen auch nur mit der Wimper. Die Farbe passte zu ihrer glatten Haut, die den gleichen satten Braunton hatte wie der Tequila, den sie gerade einschenkte.

Ich setzte mich auf den Hocker am Ende des glänzenden Tresens, der aussah, als wäre er aus einer einzigen riesigen Quarzplatte gehauen worden. Der Hocker war etwas abseits von den anderen und wurde von etwas Übernatürlichem umgeben, was jeden Sterblichen, der kein Abzeichen wie das meine trug, davon abhalten würde, darauf Platz zu nehmen. Alle, die mit Jade über Angelegenheiten rund um die Schattenwelt sprechen wollten, konnten sich dort hinsetzen und warten, bis sie Zeit hatte.

Schon nach wenigen Minuten, kam sie mit einem schiefen Lächeln auf mich zu. „Sorsha. Lange nicht gesehen. Gut siehst du aus. Was gibt es so Neues bei dir?"

„Nicht viel, doch ich hatte gehofft, etwas mit dir besprechen zu können." Ich deutete auf das Getränkeregal an der Wand hinter ihr. „Whiskey Cola, bitte." Nur ein Geizkragen würde nach Informationen fragen, ohne vorher sein Wohlwollen zu demonstrieren.

Mit anmutiger Leichtigkeit mischte Jade den Drink und schob ihn mir über den Tresen zu. Ich nahm einen Schluck und genoss das süßsaure Brennen in meinem Magen. Sie knauserte nie mit der Qualität ihrer Zutaten, was ein weiterer Grund für die Beliebtheit ihres Lokals war.

Sie stützte sich mit dem Ellbogen auf die Theke. „Was hast du auf dem Herzen?"

Wenn man mit ihr über den Bund oder Ähnliches sprach, war Vorsicht geboten. Auch wenn Jade ein Schattenwesen war, und ich mir sicher war, dass sie sich zumindest ein wenig um das Wohlergehen ihres Volkes sorgte, stand ihr eigenes Überleben und das ihrer engsten Freunde bei ihr weit über dem Allgemeinwohl. Wenn sie mir helfen konnte, ohne dass es Konsequenzen für sie hatte, war sie gerne dazu bereit. Doch, wenn das Thema auch nur im Entferntesten riskant klang, hielt sie sich lieber raus, so wie die meisten höheren Schattenwesen, die in die Welt der Sterblichen übergetreten waren.

„Ich habe einen Tipp bekommen, dass es sich lohnt, sich an einem Ort namens ‚Freudenhöhle' umzusehen", sagte ich, so leise, dass nur sie es hören konnte. „Möglicherweise ist es nur ein Deckname, nichts Offizielles. Hast du eine Ahnung, was es damit auf sich hat, oder wo ich diesen Ort finden kann?"

Jades dünne Augenbrauen zogen sich zusammen. Sie klopfte mit dem gläsernen Rührstäbchen gegen ihre Lippen. „Da klingelt nichts", antwortete sie mit aufrichtigem Bedauern. „Soll ich den Bund anrufen, falls mir etwas einfällt?"

„Das ist eher eine Privatangelegenheit", erklärte ich. „Ruf lieber direkt mich an."

„Kein Problem."

Ich saugte an meiner Unterlippe, während ich überlegte, wie ich die nächste Frage formulieren sollte, ohne dass sie bedrohlich klang. „Sind dir sonst irgendwelche Neuigkeiten zu Ohren gekommen? Ein ungewöhnliches Verhalten der Jäger oder etwas in dieser Richtung?"

Ein nachdenklicher Blick trat in ihre hellblauen Augen, dann blinzelte sie, als hätte sie gerade einen Geistesblitz gehabt. „Falls jemand fragt, weißt du es nicht von mir, aber ich habe tatsächlich gehört, dass in letzter Zeit Anzeigen geschaltet wurden, in denen Sammlern viel Geld geboten wird, wenn sie ein besonders starkes Schattenwesen in ihrem Vorrat haben. Es hörte sich an, als wolle ein Mega-Sammler einen ultimativen Zoo zusammenstellen." Sie erschauderte.

Hm. Ich war durch Nachrichten über mögliche Transaktion zum Kauf von Schattenwesen auf den Mann aufmerksam geworden, der mein Trio gefangen gehalten hatte. Aufgrund der Formulierung der Anzeigen, die ich gesehen hatte, war ich davon ausgegangen, dass es sich bei dem Sammler um den Käufer handelte. Möglicherweise hatte er jedoch auch einen oder mehrere seiner Trophäen verkaufen wollen. Höhere Schattenwesen waren unglaublich mächtig. Vielleicht konnte einer meiner Schwarzmarktkontakte herausfinden, wer auf der anderen Seite dieses Austauschs gestanden hatte.

„Danke", sagte ich. „Das könnte genau das sein, was ich brauche."

„Genau das, was du wofür brauchst?" Im selben Moment, als ich die helle Stimme vernahm, legte sich ein schlanker Arm um meine Schultern. Vivi beugte sich neben mir über die Theke und grinste Jade an. „Hey, Jade. Sieht aus, als würdet ihr beide euch gut unterhalten. Ist irgendetwas Interessantes vorgefallen, Sorsh?"

Ich sah Jade eindringlich in die Augen und zuckte mit dem Mund, in der Hoffnung, sie würde die Bitte verstehen, Vivi nichts von meinen Nachforschungen zu verraten. „Nichts Besonderes", entgegnete ich. Ich nahm einen Schluck von meinem Drink. „Was willst du trinken? Die erste Runde geht auf mich."

„Na, das ist ein Angebot, das ich nicht ablehnen kann." Meine beste Freundin lachte und trommelte mit ihren Händen auf den Tresen. „Einen Cosmo, bitte, mit extra viel Limette."

Als Jade sich daran machte, den Drink zuzubereiten, neigte Vivi ihren Kopf zu mir. „Jetzt komm schon. Es hörte sich an, als hätte sie etwas gesagt, das du für relevant hältst. Gibt es einen großen, bösen Jäger, den wir uns vorknöpfen können? Eine illegale Auktion, die wir sprengen sollten?"

Ich schüttelte den Kopf. Ich konnte ihr nicht alles verschweigen, durfte jedoch nicht riskieren, dass sie auf die Idee kam, mitzumachen. Es schien mir die beste Taktik zu sein, ihr nur einen Bruchteil der Wahrheit zu verraten.

„Es war nichts für den Bund", sagte ich. „Nur eine

Information, die mir helfen könnte, etwas mehr über Lunas Leben allgemein zu erfahren.“

„Oh, toll! Ich wollte schon immer mehr über sie wissen. Ein Schattenwesen, das ein sterbliches Kleinkind aufnimmt und dann jahrelang großzieht, ist keine alltägliche Geschichte.“

Mir schnürte sich die Kehle zu. Zum Teil lag es daran, dass ich mich nicht ganz wohl dabei fühlte, die Details, die ich über Luna hatte, mit meiner besten Freundin zu besprechen. Für Vivi war es einfach eine faszinierende Geschichte. Für mich war es mein Leben.

Vivis Kindheit war auch nicht gerade normal gewesen. Ihre Eltern waren beide Mitglieder des Bundes gewesen, wodurch sie in diese Welt hineingeraten war. Trotzdem *hatte* sie menschliche Eltern, die noch lebten – und seit zwei Jahren einen überraschend gewöhnlichen Ruhestand in Florida genossen. Und sie hatte nie wirklich mit höheren Schattenwesen zu tun gehabt.

In gewisser Weise hoffte sie wahrscheinlich, dass meine seltsame Geschichte etwas Würze in ihr Leben bringen würde, genauso wie ich von ihrem relativ normalen Leben fasziniert war.

„Ich möchte mir die Sache selbst ansehen, zumindest erst einmal“, erklärte ich so freundlich, wie ich konnte. „Es ist ziemlich persönlich, und da ich nicht genau weiß, worauf ich stoßen werde …“

„Oh, klar, natürlich.“ Vivi tätschelte mir die Schulter, während sie mit der anderen Hand ihren Drink von Jade entgegennahm, doch mir entging nicht, dass sie bei meiner Abfuhr kurz zusammenzuckte. Mein Magen verkrampfte sich und Schuldgefühle stiegen in mir auf, weil ich wusste, dass ich sie nicht nur abwimmelte, sondern geradezu anlog. Auch wenn es in meinem Leben viele Dinge gab, die sie nicht hundertprozentig verstehen konnte, war sie meine beste

Freundin. Und als ich mich dem Bund angeschlossen hatte, hatte ich das mehr als alles andere gebraucht.

„Wie war dein Date?", fragte ich, um das Gespräch auf ein sichereres Thema zu lenken.

Vivi verzog das Gesicht und nippte an ihrem Getränk. „Als würde man Farbe beim Trocknen und Gras beim Wachsen beobachten. Warum entpuppen sich immer alle als *langweilig*, wenn ich sie erst einmal kennengelernt habe?"

„Vielleicht, weil du ein ungewöhnlicheres Leben führst als die meisten Menschen?"

„So viel verlange ich doch gar nicht." Sie seufzte. „Außerdem sind die Sachen, die wir machen, meistens gar nicht so aufregend. Spendensammeln und anonyme Tipps weitergeben – sehr spannend! Meine Eltern haben in ihrer Jugend ganze Jägerringe auffliegen lassen."

Meine Mundwinkel zuckten. „Ich bin mir ziemlich sicher, dass sie das nur ein einziges Mal gemacht haben – sie erzählen die Geschichte nur furchtbar gerne. Ich habe sie bestimmt hundertmal gehört, wenn ich bei dir war."

„Das mag sein. Aber im Ernst. Ich werde in ein paar Monaten dreißig und habe noch nie so etwas gemacht." Sie stützte ihren Ellbogen neben meinem auf und beugte sich verschwörerisch zu mir. „Erinnerst du dich an all die Pläne, die wir damals geschmiedet haben – epische Rettungsmissionen zur Befreiung der Schattenwesen, Sabotageaktionen gegen die Jäger?"

Ich würde die langen Nächte nie vergessen, in denen wir uns in Vivis Zimmer bis spät in die Nacht unterhalten hatten, bis ihre Eltern an die Tür geklopft und uns befohlen hatten, endlich schlafen zu gehen. Sie war meine erste richtige Freundin gewesen, die erste Person, mit der ich offen über mein Leben gesprochen habe, abgesehen von Luna.

„Wie wollten wir uns noch nennen?", fragte ich. „Die Schatten-Rächer?" Auch wenn wir zu alt waren, um den Namen wirklich ernst zu nehmen, bestand die Idee im

Grunde genommen darin, loszuziehen und buchstäblich für Gerechtigkeit zu kämpfen – diese rebellische Begeisterung unserer Teenagerzeit hatte bis heute angehalten.

Ich hatte es so gut wie möglich durchgezogen, allerdings ohne sie.

Vivi lachte. „Ja. Wie Superheldinnen." Dann trübte sich ihre Laune. „Außerdem wollten wir die Leute aufspüren, die Luna angegriffen haben. Weißt du, es tut mir wirklich leid, dass der Bund sie nie erwischt hat. Man sollte meinen, dass wir wenigstens das schaffen müssten."

Bei ihrem bedauernden Blick schnürte sich mir die Kehle zu. Auch wenn sie vielleicht nicht in vollem Ausmaß verstand, was Luna mir bedeutet hatte, wusste Vivi, wie sehr mich ihr Verlust erschüttert hatte. Und sie wollte alles tun, um es wieder gutzumachen. Auf einmal verspürte ich den Drang, sie doch in mein Vorhaben einzuweihen und ihr wenigstens zu sagen, dass ich diesen Mistkerlen möglicherweise auf der Spur war. Es wäre *schön*, meine Hoffnungen und Sorgen mit ihr teilen zu können.

Während ich mit dem Gedanken spielte, rempelte ein Mann mit einem lila Zylinder Vivi im Vorbeigehen an. Sie prallte gegen den Tresen. „Hey, pass mit deinem Drink auf!", schnauzte sie und schaute über ihre Schulter, um sicherzugehen, dass er sein Bier nicht auf ihren elfenbeinfarbenen Overall geschüttet hatte. Meine Lippen blieben verschlossen.

Wenn ich Vivi etwas erzählte, würde sie alles wissen wollen. Konnte sie wirklich mit dieser Situation umgehen? Möglicherweise hatten wir es mit denselben Leuten zu tun, die nicht nur Omen und Luna überfallen, sondern auch meine Eltern abgeschlachtet hatten. Es wäre egoistisch von mir, sie einzuweihen. Zumindest dieses eine Mal sollte ich die Person schützen, die mir am Herzen lag.

Ich hob mein Glas und entschied mich für Ablenkung statt

eines Geständnisses. „Genug von der Vergangenheit – trink aus! Es ist Zeit, auf die Tanzfläche zu gehen."

In dem offenen Bereich neben dem Pool wiegten sich bereits ein paar der Gäste zur Musik. Nachdem Vivi und ich unsere Cocktails ausgetrunken hatten, schob ich Jade einen Zwanziger über den Tresen zu, sagte ihr, sie solle das Wechselgeld behalten, um mich unter die Tanzenden zu mischen.

Vivi nahm meine Hand und wirbelte mich lachend herum. Die breiten Hosenbeine ihres Jumpsuits schwangen um ihre Waden. Ich konzentrierte mich halb darauf, mit ihr Schritt zu halten, während ich gleichzeitig die Gäste um uns herum beobachtete.

Jade war nicht die Einzige hier, die Informationen haben könnte – und ein anderes Schattenwesen, das nicht so sehr an diesen Ort gebunden war, war womöglich bereit, mehr zu verraten. Der knifflige Teil war, die echten Monster unter den Sterblichen zu erkennen, die sich nur verkleidet hatten.

Ich musterte einen Mann mit gelben Katzenaugen – Kontaktlinsen, da war ich mir ziemlich sicher – und eine Frau mit einem Wolfsschwanz, der hinten an ihrem Rock befestigt und bei näherem Hinsehen eindeutig nicht echt war. Dann fiel mein Blick auf eine ältere Frau, deren Nacken mit schimmernden Schuppen übersät war, die nur sichtbar wurden, wenn sich ihr Haar bewegte. Es hätte zwar eine Tätowierung sein können, doch wenn dies tatsächlich der Fall wäre, hätte sie diese sicherlich mehr zur Schau gestellt.

Bevor ich mir eine Ausrede einfallen lassen konnte, um mich kurz davonzustehlen, um zu ihrem Tisch zu schleichen, marschierten vier neue Gestalten durch die Eingangstür der Bar. Mit „marschierten" meine ich, dass sie wie eine Militärstaffel aussahen.

Ein beklemmendes Gefühl beschlich mich, als ich zusah, wie sich das Quartett in ihren legeren Business-Outfits an die Bar stellte. Jeder von ihnen blieb in der Nähe eines anderen

Gastes stehen, doch es schien, als ob sie diese Typen kennen würden. Ich hatte den Eindruck, dass die vier so viele Fragen stellen würden, wie ich es gerne getan hätte.

Es gab keinen Grund zur Annahme, dass ihre Ankunft etwas mit mir zu tun hatte. Die Kundschaft hier hätte in alle möglichen ungewöhnlichen Geschäfte verwickelt sein können. Dennoch kam mir Thorns Warnung, dass wir auf dem Markt verfolgt worden waren, plötzlich wieder in den Sinn und ich erschauderte. Jeden Moment würde einer dieser Kerle in unsere Richtung kommen und mich entdecken. Was würden sie dann tun?

Es erschien mir klüger, nicht hierzubleiben und es herauszufinden. Zumindest sollte ich mich zum vorderen Teil der Bar schleichen und sie in Ruhe beobachten – um zu sehen, ob sie sich auf jemand anderen konzentrierten, und wenn nicht, wohin sie gingen, nachdem sie ihre Runde beendet hatten.

Ich checkte mein Handy, tat so, als hätte ich eine Nachricht bekommen, und rümpfte die Nase. „Ich muss los. Tut mir leid, dass ich nicht länger bleiben kann."

„Kein Problem, wir hatten doch trotzdem Spaß", meinte Vivi, doch es lag nach wie vor ein neugieriger Blick in ihren Augen. „Brauchst du Hilfe?"

„Nein, alles in Ordnung. Ich gehe hinten raus, um nicht durch die Menge zu müssen."

„Dann bis bald. Und du weißt ja, dass du auf mich zählen kannst, wenn du mich brauchst." Sie hauchte mir einen Luftkuss auf die Wange. „Dito."

Meine Mundwinkel verzogen sich zu einem Lächeln. „Dito." Das war unsere Art zu sagen: „Ich hab dich lieb!", seit wir uns vor langer Zeit zusammen den Film *Ghost – Nachricht von Sam* angesehen hatten.

Ich winkte ihr kurz zu und verschwand, so schnell ich konnte zur Hintertür, ohne die Blicke der Schnösel-Schwadron auf mich zu ziehen.

DREIZEHN

Snap

Der Ort, den Sorsha als „Bar" bezeichnet hatte, sah ganz anders aus als die langen, geraden Metallstücke, für die ich dieses Wort in der Vergangenheit verwendet hatte. Selbst aus dem Schatten betrachtet, wo alles leicht verzerrt und die Geräusche und Gerüche gedämpft waren, war dieser Ort viel interessanter. Interessant genug, dass ich mich nicht dazu durchringen konnte, Thorn zu fragen, ob es wirklich eine gute Idee war, durch die Schatten zu schleichen.

Sorsha hatte darauf bestanden, dass es nicht sicher wäre, wenn wir mitkämen. Ich war der Meinung, dass sie es wissen sollte, da sie schon einmal hier gewesen war und wir nicht. Doch Ruse kannte sich mit der Welt der Sterblichen ziemlich gut aus, genauso wie Thorn mit Gefahren, und keiner der beiden schien sich Sorgen zu machen, dass wir hier in Schwierigkeiten geraten könnten. Also war ich ihnen gefolgt.

Vor allem, wenn es bedeutete, so viele neue Aspekte des Lebens auf der Seite der Sterblichen kennenzulernen.

Ich schlüpfte durch einen Fleck Dunkelheit unter einen leeren Tisch, um ein Glas in Augenschein zu nehmen, das einer der Sterblichen dort abgestellt hatte, und an dessen Boden ein Rest bernsteinfarbener Flüssigkeit klebte. Ich konnte nichts schmecken, solange ich im Schatten blieb, weder direkt noch mit meinen tieferen Sinnen, doch der säuerliche Geruch kitzelte meine Nase.

„Warum trinken sie diese Flüssigkeiten?", fragte ich Ruse. „Es riecht nach verfaulten Pflanzen."

Wie aus weiter Ferne ertönte das Kichern des Inkubus. „In gewisser Weise sind sie das auch. Das nennt man Fermentierung. Durch diesen Prozess entstehen interessante Eigenschaften, die den Sterblichen helfen, sich zu entspannen und mutiger zu werden."

Ich betrachtete die Leute um uns herum. „Rüsten sie sich für eine Schlacht?" Ungeachtet der Andeutungen, die Thorn gerne über seine vergangenen Abenteuer in diesem Reich machte, wirkte Sorshas Welt auf mich nicht wie ein Ort, an dem Massen von Kriegern regelmäßig mit Schwertern aufeinander losgingen.

Ruse lachte wieder. „Sie kämpfen nur mit ihrem Selbstwertgefühl und der Meinung anderer Leute über sie. Die Sterblichen kommen in solche Etablissements, um sich mit Freunden zu amüsieren und um potenzielle Partner kennenzulernen. In der Regel sind es nur kurzfristige Liebschaften, doch aus irgendeinem Grund scheinen manche das zu bevorzugen, anstatt einen langfristigen Lebensgefährten zu finden."

Lebensgefährten. Wie das Pärchen da drüben, zwei Männer, die sich umschlungen zur Musik hin und her wiegten, ein paar Schritte von Sorsha und ihrer Freundin entfernt. Es war deutlich zu erkennen, dass sie im Gegensatz zu Sorsha und ihrer Freundin Gefährten waren, weil sie sich so nahe waren ... und sie eine gewisse Energie umgab, die ich schmecken konnte, ohne meine Zunge zu benutzen.

Manchmal war diese Energie auch zwischen Ruse und Sorsha zu spüren. Allerdings nicht immer. Ich verstand nicht ganz, was es damit auf sich hatte, außer dass sie es zu genießen schienen, was möglicherweise Grund genug war, es zu wollen. So wie Essen, das ich eigentlich nicht brauchte, mir aber trotzdem gut schmeckte.

Hatten sie beschlossen, diese Energie zu erzeugen, oder passierte das einfach? Wie fühlte sie sich an? Ich glaubte nicht, dass ich sie schon jemals selbst gespürt hatte.

Als ich gerade fragen wollte und mich in Ruse' Richtung drehte, entdeckte ich ein weiteres Schattenwesen – nicht im Schatten wie wir, sondern an einem der Steintische sitzend, mit einem Getränk in der Hand. Das Schuppenmuster auf ihrer Haut und ihre Haltung ließen mich vermuten, dass sie eine Reptilienwandlerin war.

„Es sind noch mehr Schattenwesen hier", sagte ich und nickte in ihre Richtung. „Sollten wir uns von ihr fernhalten?" Wir wussten bereits, dass das Wesen, das hinter dem glänzenden Tresen Getränke verteilte, eine unseresgleichen war, doch sie blieb auf der anderen Seite der großen, geschliffenen Kristallplatte.

Thorn rückte näher an mich heran, seine Präsenz war im Schatten ebenso spürbar wie auf der physischen Ebene. „Sorsha sagte, dass häufig Schattenwesen hierherkommen. Warum sollten sie es seltsam finden, dass wir auch hier sind? Das war doch nur ein Vorwand, um uns fernzuhalten."

„Sie hätte es wirklich besser wissen müssen, als anzunehmen, dass wir uns an diese Anweisung halten würden", stimmte Ruse mit einem neckischen Schnalzen seiner Zunge zu.

Warum wollte sie nicht, dass wir in die Bar gehen? Vielleicht hatte ich vorhin auf dem Markt zu viele Fragen gestellt. Es gab einfach so viele Dinge hier, die ich nicht verstand, jedoch unbedingt erleben wollte.

Wie der junge Mann, der Münzen in den Wasserkreis zu unserer Linken warf. Ich schaute erst ihn und dann die Münzen an, die im schwachen Unterwasserlicht glänzten. „Das ist doch Geld, was er da wegwirft, oder? Warum werfen sie es ins Wasser? Bezahlen sie damit diese entspannenden Mutmachdrinks?"

„Sie bezahlen die Getränke an der Theke", erklärte Ruse. „Meist mit Papierscheinen oder Plastikkarten. Mit den Münzen kann man nicht viel kaufen. Sie werfen sie zum Spaß ins Wasser, weil sie denken, dass dadurch alles in Erfüllung geht, was sie sich wünschen."

Mein Blick huschte zurück zu den Münzen. „Funktioniert das?" Bisher war ich noch keinem Sterblichen begegnet, der irgendeine Art von Magie ausüben konnte, geschweige denn in diesem Ausmaß.

„Nein, natürlich nicht. Es macht ihnen nur Spaß, so zu tun, als ob."

Sterbliche waren in vielerlei Hinsicht seltsam. Bevor ich weiter darüber nachdenken konnte, machte Thorn einen Schritt vorwärts. Ich blickte in die Richtung, in die er ging.

Sorsha entfernte sich von ihrer Freundin mit den wuscheligen Kleidern und Haaren. Obwohl sie lächelte, war ihre Haltung angespannt. Mir wurde flau im Magen. „Wo geht sie hin? Stimmt etwas nicht?"

„Das scheint sie zumindest zu glauben." Ich konnte spüren, wie sich Thorns kräftiger Körper anspannte. „Vor einer Minute sind vier Männer hereingekommen. Ihre Bewegungen scheinen sehr zielgerichtet zu sein. Vielleicht hatte sie schon einmal mit ihnen zu tun oder ihr ist etwas anderes Verdächtiges aufgefallen."

„Sie geht auf den Hintereingang zu", sagte Ruse. „Wir sollten besser dranbleiben, meint ihr nicht?"

Thorn warf noch einmal einen Blick in den vorderen Teil

des Raumes, bevor er sich umdrehte und Sorsha folgte, wobei er von einem Schatten zum nächsten sprang. Ruse und ich liefen hinter ihm her. Falls einer der Neuankömmlinge versuchte, ihr etwas anzutun, standen wir jetzt zwischen ihr und ihnen. Es war auf jeden Fall gut, dass wir hergekommen waren.

Der Inkubus hatte recht gehabt mit der Tür. Eine leise Melodie vor sich hin murmelnd drehte Sorsha den Knauf und stieß sie auf. Wir sprangen ihr hinterher in die tiefe Dunkelheit einer Gasse.

Eine völlig andere Kombination von Empfindungen überkam mich: die schwache Kälte der Nacht, der Kontrast zwischen dem dunklen, engen Raum und dem gelben Schein der Straßenlaternen ein paar Häuser weiter, sowie ein feuchter, eindeutig fauliger Geruch, der aus der Mülltonne drang, um die Sorsha herumschlich. Ich brauchte einen Moment, um mich an die neue Umgebung zu gewöhnen – dann bemerkte ich die Gestalt, die sich hier draußen in der Gasse aufgehalten hatte.

Der Mann sah so ungepflegt aus, dass ich ihn für einen Werwolf gehalten hätte, wenn nicht alles andere an ihm *sterblich* geschrien hätte. Er hatte weiter unten in der Gasse gestanden, doch als Sorsha hinausging, drehte er sich um und wankte taumelnd auf sie zu. Eine Flasche mit einer dieser säuerlich riechenden Flüssigkeiten baumelte lose in einer Hand. Auf mich wirkte er weder entspannt noch mutig, sondern unsicher. Und darauf bedacht, unsere Retterin einzuholen.

„Was hat er ...", begann ich zu fragen und verschluckte den Rest des Satzes zusammen mit meinem Atem, als ich ein Messer aufblitzen sah, das er aus seiner Tasche gezogen hatte.

Er wollte ihr wehtun. Wir mussten ihn aufhalten. Diese Gedanken schossen mir durch den Kopf, klarer als alles andere, und mein Körper erstarrte. Ein unbehagliches, flaues Gefühl machte sich in meinem Magen breit. Es war so intensiv, dass es sogar meine Erinnerungen an die Köstlichkeiten auslöschte, die ich auf dem Markt und später beim Abendessen genascht hatte.

Ich *könnte* ihn aufhalten. Ich könnte es – wie das andere Mal. Doch trotz meines Drangs, die Frau zu beschützen, die uns gerettet hatte, zog sich bei diesem Gedanken jede Faser meines Körpers vor Entsetzen zusammen.

Es war gut, dass ich nicht der Krieger unter uns war. Als ich erstarrte, stürzte Thorn nach vorne.

VIERZEHN

Sorsha

In dem kurzen Gang, der zur Hintertür der Bar führte, hielt ich gerade lange genug inne, um einen Blick über meine Schulter zu werfen. Keiner der Kerle, die meine Alarmglocken ausgelöst hatten, schien mich entdeckt zu haben. Soweit ich das beurteilen konnte, waren sie immer noch im vorderen Bereich der Bar, ohne sich umzusehen oder in meine Richtung zu kommen. Das war gut.

In meinem Outfit fühlte ich mich schrecklich verletzlich. Während mich das Abzeichen an meinem BH vor den Kräften der Schattenwesen schützte, war es gegen menschliche Waffen völlig wirkungslos. Nach den verschiedenen Kampfsportarten, die ich bereits in jungen Jahren auf Lunas Drängen hin erlernt hatte – *Man weiß nie, wann man mal auf einen Feind trifft, der rohe Gewalt dem Hokuspokus vorzieht*, hatte sie gesagt –, konnte ich mich ganz gut selbst verteidigen. Dennoch standen meine Chancen bei vier Gegnern nicht besonders gut.

„Oh, girls just wanna have guh-uns", sang ich leise, als ich mich in die Seitengasse schlich, nicht dass ich wüsste, wie man eine Waffe abfeuert.

Die Gasse war dunkel und feucht. Vor einem der Gebäude lungerte ein Obdachloser herum und trank einen Schluck aus einer Wodkaflasche, die ich aus drei Metern Entfernung riechen konnte. Zum Glück war es nur ein kurzer Weg bis zu dem beleuchteten Teil der Straße. Wenn ich die Bar erst einmal von draußen beobachten konnte, wo mich niemand vermutete, würde ich mich bestimmt besser fühlen.

Als ich auf den Bürgersteig zueilte, war ich fest davon überzeugt, alles unter Kontrolle zu haben. Bis ungleichmäßige, schlurfende Schritte hinter mir ertönten. Der Betrunkene taumelte ebenfalls in diese Richtung. Ich beschleunigte mein Tempo, um Abstand zwischen ihn und den Gestank zu bringen, der von ihm ausging. Dann stürzte er sich jedoch unvermittelt mit einer Geschwindigkeit auf mich, mit der ich nicht gerechnet hätte.

Das Geräusch von splitterndem Glas ertönte, als die Wodkaflasche zu Boden fiel. In der Sekunde, in der sich die Hand des Kerls um mein Handgelenk schloss – fester, als ich es aufgrund seines vermeintlichen trunkenen Zustandes erwartet hatte – trat mein Kampfinstinkt in Aktion. Mein Körper drehte sich und mein Bein schoss nach oben, um das einfachste aller Selbstverteidigungsmanöver auszuführen: einen Knieschlag in die Eier.

Das einzig Positive an der Situation war, dass sein Geschlechtsteil genau dort war, wo es hingehörte. Als ich ihm mein Knie in die empfindlichste Stelle seines Körpers rammte, stieß er ein schmerzerfülltes Grunzen aus. Er stolperte rückwärts und versuchte, sein Gleichgewicht zu halten. In seiner anderen Hand blitzte ein Messer auf.

Heilige Mutter des Hackfleischs, was hatte er mit diesem Ding vor? Betrunkener Obdachloser, von wegen. Dieser Kerl hatte nur so getan, während er einem Opfer aufgelauert hatte.

Hatte er speziell auf mich gewartet, oder hatte ich heute Abend einfach besonders viel Glück?

Ich hatte keine Gelegenheit, ihn danach zu fragen. Ich verlagerte mein Gewicht nach hinten, die Fäuste erhoben, bereit, ihm eine Lektion darüber zu erteilen, warum man nicht versuchen sollte, unschuldige Frauen abzustechen, da teilte sich die Luft plötzlich mit einem zischenden Geräusch, bei dem sich die Härchen auf meinen Armen aufrichteten. Eine riesige, bullige Gestalt, die gerade einen Schlag ausführte, kam zum Vorschein.

Thorns Faust traf das Gesicht meines Angreifers genau in dem Moment, als der „Betrunkene" wieder auf mich zustürmte. Seine kristallinen Fingerknöchel bohrten sich durch das Fleisch der Wange und der Nase des Kerls bis hin zu einem schimmernden Knochen. Der Mistkerl begann gerade, einen Schmerzensschrei auszustoßen, als der Schattenkrieger ihm mit einem Hieb seiner anderen Hand *buchstäblich* die Kehle durchschlug. Der Hieb ging geradewegs durch den Hals des Kerls, sodass der Schrei in einem Gurgeln und einem Schwall Blut verstummte.

Mein Angreifer sackte auf dem Boden zusammen, und um ihn herum bildete sich eine Blutlache. Mit einem zufriedenen Schlag seiner Fingerknöchel gegen seine Handfläche wich Thorn zurück und – heilige Scheiße.

Ich starrte ihn an, kurz abgelenkt von dem Gemetzel. Die Brust des Kriegers war mit dem Blut des Mannes bespritzt … Seine nackte muskulöse Brust, die in voller Pracht zu sehen war. Tatsächlich war er von oben bis unten nackt.

Wenn sich Schattenwesen durch ihr Reich oder durch die Schatten unserer Welt bewegten, legten sie ihre körperliche Gestalt ab, einschließlich der Kleidung, die sie getragen hatten. Offenbar war Thorn zu sehr darauf konzentriert gewesen, sich ins Getümmel zu stürzen, dass er nicht daran gedacht hatte, mehr als seinen Körper zu materialisieren, zur Hölle mit der Sittsamkeit. Und, wow, die Ausrüstung zwischen seinen Beinen wurde dem Rest seiner beeindruckenden Gestalt definitiv gerecht.

Nach einem kurzen Moment des Staunens wandte ich meinen Blick ab, doch Thorn hatte ihn bereits bemerkt. Er schaute an sich hinunter und stieß einen erschrockenen Laut aus. Aus dem Augenwinkel sah ich, wie seine übliche Weste und Hose aufblitzten und den köstlichen Anblick verdeckten. Eine Schande.

Was definitiv eine Schande war, war der verstümmelte Körper, der nur ein paar Meter von mir entfernt lag und den ich jetzt erneut anstarrte. Mir drehte sich der Magen um. Ich trat beiseite, um einem Rinnsal Blut auszuweichen, das über den Boden sickerte. „Was zum Teufel war das?", fragte ich. Nach dem Kampf schlug mein Herz auf Hochtouren – möglicherweise hatte der unerwartete Augenschmaus auch einen Teil dazu beigetragen.

Zwei weitere Gestalten, von denen ich hätte wissen müssen, dass sie dabei sein würden, bewegten sich in der Dunkelheit. Ruse legte den Kopf schief, als er den toten Mann betrachtete. Dann klatschte er leise in die Hände. „Hervorragende Schläge. Eine Eins plus für die Technik. Die Nacktheit war möglicherweise etwas übertrieben, doch ich bin der Letzte, der das kritisieren würde."

Thorn warf ihm einen Blick zu und verzog ein wenig verlegen den Mund. Er drehte sich zu mir um. „Ich entschuldige mich, dass ich nicht früher eingegriffen habe, Mylady. Und für das … unglückliche Versehen bei meinem Auftauchen."

„Darüber beschwere ich mich nicht", sagte ich und warf Ruse einen Blick zu, den er mit einem Grinsen erwiderte. „Keiner von euch sollte überhaupt hier sein – ich habe euch doch gesagt, dass ihr in meiner Wohnung bleiben sollt! Und du – du hast diesen Kerl massakriert." Es gab wirklich kein besseres Wort dafür.

„Er hat versucht, Euch zu verletzen", verteidigte sich

Thorn und ignorierte meinen ersten Punkt völlig. „Er hatte eine Waffe. Ich habe ihn nur daran gehindert, sie zu benutzen." Er sah mich stirnrunzelnd an, als wäre er verärgert darüber, dass ich mich noch nicht bei ihm bedankt hatte.

Gewissermaßen war ich ihm vermutlich tatsächlich zum Dank verpflichtet. Trotzdem ... „Danke, aber ich wäre auch gut alleine zurechtgekommen. Du kannst nicht einfach Leute *umbringen*, obwohl sie sich wie Idioten aufführen. Solange jemand nicht kurz davor ist, mich umzubringen, kannst du ihn einfach verprügeln und in die Flucht schlagen. Oder noch besser: Du überlässt es *mir*, sie fertigzumachen und sie in die Flucht zu schlagen."

Thorn legte seine Stirn in Falten. „Ich hätte wohl abwarten können, ob ein Angreifer zu einem tödlichen Schlag ausholt. Er war ein Missetäter. Was macht es schon, wenn er tot ist?"

Ich starrte ihn mehrere Sekunden lang an, während ich versuchte, mir eine Antwort einfallen zu lassen, die er mit seiner Schattenwesen-Sichtweise verstehen würde. Er vertrat eindeutig nicht die Auffassung, dass das Leben heilig war, unabhängig davon, was die betreffende Person mit diesem Leben anstellte. Ehrlich gesagt war ich nicht wirklich traurig, dass dieses Arschloch tot war, auch wenn der Anblick seines zugerichteten Körpers grauenhaft war.

Ich hatte noch nie jemanden sterben sehen, außer Tante Luna, und ihr Abgang war eher glitzernd als blutig gewesen.

„Auf dieser Seite der Kluft töten wir nicht einfach jeden, der uns auf die Nerven geht", sagte ich schließlich. „Es gibt Gesetze und ein gewisses Moralempfinden ... Ob du nun damit einverstanden bist oder nicht, aber es wäre für alle besser, wenn du das wenigstens ein bisschen respektieren würdest."

„Ich respektiere, was Euch und uns am Leben erhält", erwiderte Thorn. „Das ist wichtiger als die Gesetze der

Sterblichen oder Eure Bedenken hinsichtlich unserer Anwesenheit."

Ich widerstand dem Drang, noch einmal darauf hinzuweisen, dass ich auch zurechtgekommen wäre, wenn er mir nicht zu Hilfe geeilt wäre. Dank meiner Kampfsportfähigkeiten sollte ein Mann mit einem Messer kein Problem darstellen. Natürlich hatte niemand wissen können, ob mein Angreifer mehr als ein Messer gehabt hatte. Bei all dem blutigen Durcheinander war ich vielleicht sogar ein wenig gerührt, dass Thorn sich so um meine Sicherheit sorgte.

Sie *alle* eigentlich. Snap trat neben Ruse und betrachtete mich mit besorgter Miene. „Geht es dir *gut*? Er ist ziemlich schnell auf dich losgegangen."

„Ja, alles in Ordnung." Ich strich mir über die Arme, um meiner Aussage Ausdruck zu verleihen.

„Falls es dich beruhigt, es war kein großer Verlust." Ruse deutete auf den zugerichteten Körper. „Ich habe einiges von ihm aufgeschnappt, bevor unser faustschwingender Freund hier sich der Sache angenommen hat. Du bist nicht die erste Frau, die er angegriffen hat – und wenn er seinen Willen bekommen hätte, hätte er dich gegen die Wand gedrückt und sich an dir vergangen." Er zog eine Grimasse, als würde es ihn anwidern, diese Möglichkeit auch nur laut auszusprechen.

Diese Enthüllung jagte mir einen eiskalten Schauer über den Rücken. Doch so wie der Kerl auf mich losgegangen war, und erst so getan hatte, als wäre er betrunken, hatte es sich nicht wie ein zufälliger Vergewaltigungsversuch gefühlt. „Ist das alles, was du wahrgenommen hast?", fragte ich.

„Ich hatte nicht viel Zeit, um seine Gefühle und Beweggründe zu ermitteln, bevor er und sie aufhörten zu existieren."

„Warum seid Ihr überhaupt durch den Hinterausgang

gegangen?", fragte Thorn. „Ist Euch drinnen etwas Verdächtiges aufgefallen?"

Oh, Mist. Ich hatte mein ursprüngliches Ziel völlig vergessen. „Es sind vier Männer reingekommen, die nicht zu Jade's üblichen Gästen gehören. Ich hatte den Eindruck, dass sie auf der Suche nach jemandem waren. In Anbetracht der Sache, in die ihr drei mich verwickelt habt, und deiner Vermutung, dass wir heute Nachmittag verfolgt wurden, dachte ich, dass ich dieser Jemand sein könnte. Deswegen wollte ich sie von draußen durch das Fenster beobachten."

Ich zögerte kurz, warf einen Blick auf die Leiche und eilte dann den Rest des Weges zur Straße. Als ich den Eingang der Bar erreichte, hielt ich mich seitlich am Fenster fest und spähte hinein.

Von hier aus konnte ich nicht jede Ecke des Lokals erkennen, doch ich musste nur einen kurzen Blick auf die Gäste werfen, um festzustellen, dass keiner der schnöseligen Typen, denen ich entwischt war, zu sehen war. Was bedeutete, dass sie wahrscheinlich gar nicht mehr da waren – es war unwahrscheinlich, dass sich alle vier in eine der Ecken gequetscht hatten, die ich nicht sehen konnte. Mein Kiefer verkrampfte sich.

Mein Schattenwesen-Trio hatte sich hinter mir versammelt. „Sieht so aus, als wären sie abgehauen, während wir mit dem Idioten in der Gasse beschäftigt waren", sagte ich. „Jetzt haben wir keine Möglichkeit, herauszufinden, was sie vorhatten." Wenn Ruse seine Fähigkeiten an *diesen* Kerlen hätte anwenden können, wäre ich möglicherweise froh gewesen, dass meine ungebetenen Beschützer zu mir gestoßen waren. „Ich bin mir nicht sicher, ob sie nach mir gesucht haben – es schien nur besser, vorsichtig zu sein."

Snap spähte an mir vorbei in die Bar. „Ja, deshalb sind wir ja hier. Um auf dich aufzupassen."

Es war schwer, ihm böse zu sein, wenn er das mit seiner sanften, melodischen Stimme sagte.

Seufzend ging ich zurück zur Gasse. „Na gut. Wir werden einfach alle besonders vorsichtig sein, bis wir herausfinden, wie viel Aufmerksamkeit wir bereits auf uns gezogen haben. Und wenn wir nicht noch mehr Ärger verursachen wollen, solltest du besser die Sauerei aufräumen, die du hier veranstaltet hast." Ich warf Thorn einen strengen Blick zu. „Ich hoffe, du bist genauso gut darin, Leichen zu beseitigen, wie darin, sie zu erschaffen."

FÜNFZEHN

Sorsha

Als wir wieder in meiner Wohnung ankamen, war es kurz vor Mitternacht. Normalerweise wäre ich nach einer Nacht mit Vivi angenehm erschöpft und bereit, ins Bett zu fallen. Nach den Ereignissen des heutigen Abends war mir jedoch unwohl zumute. Ich konnte mir nicht vorstellen, bald ins Traumland abzudriften.

Das Aufräumen selbst war gar nicht so schlimm gewesen. Lebende sterbliche Wesen konnten nicht in die Schattenwelt gelangen, leblose Körper hingegen schon, und mein Angreifer hatte nach Thorns brutaler Verteidigung definitiv kein Fünkchen Leben mehr in sich gehabt. Während der Krieger den Körper „der Dunkelheit übergeben" hatte, was auch immer das genau bedeutete, hatten Ruse und Snap irgendwie ein paar Eimer Wasser herbeigezaubert. Dem Chlorgeruch nach zu urteilen, vermutete ich, dass das Wasser aus dem öffentlichen Schwimmbäd stammte, das sich ganz in der Nähe befand.

Wir hatten die Eimer auf dem Bürgersteig ausgekippt, um die restlichen Blutspuren in den Regenwasserkanal zu spülen. Und voilà! Es war, als hätte der Kerl nie einen Fuß in die Gasse gesetzt, geschweige denn versucht, mir dort ein Messer an die Kehle zu setzen.

Das bedeutete nicht, dass es mir egal war, wie gefühllos Thorn ihn getötet hatte … oder dass mich der Angriff und das, was mich überhaupt erst in die Gasse getrieben hatte, nicht beschäftigten. Entweder hatte ich einfach nur einen sehr schlechten Tag, gepaart mit einer Prise Paranoia, oder jemand hatte etwas von unseren Ermittlungen mitbekommen. Ich war mir nicht sicher, was wahrscheinlicher war, doch die Tatsache, dass Letzteres überhaupt eine Möglichkeit war, nagte an mir.

Luna hätte gesagt, es sei Zeit abzuhauen. Verdammt, Luna wäre mit gepackten Notfalltaschen zur Tür hinausgelaufen, sobald die drei in der Küche aufgetaucht waren. Da sie selbst ein Schattenwesen war, hatte es mehr Gewicht, wenn sie mich vor anderen ihrer Art warnten. *Für die meisten von ihnen bist du nichts weiter als eine Unannehmlichkeit oder ein Abendessen*, hatte sie mir mal gesagt. *Ich traue keinem von ihnen, von dem ich nicht weiß, dass er es verdient, und du solltest das auch nicht tun.*

Doch so fragwürdig ich ihre Methoden auch finden mochte, das Trio hatte bewiesen, dass sie sich um mein Wohlergehen sorgten … und ich hatte nicht einmal mehr eine Notfalltasche. Ich hatte in den letzten elf Jahren keine gebraucht. Eigentlich hatte ich noch nie eine gebraucht, außer in jener Nacht, als die Jäger Luna angegriffen hatten. Als ich jetzt den Flur entlangschlenderte, ertappte ich mich dabei, wie ich den Riemen meiner Handtasche umklammerte, als wollte ich mich daran festhalten, um sicherzugehen, dass alles in Ordnung war.

Snap beugte sich vor und betrachtete mein Gesicht. Bei der plötzlichen Nähe seines göttlichen Antlitzes stieg Hitze in mir auf, die offenbar nicht meine Wangen erreichte, denn er legte besorgt die Stirn in Falten. „Du siehst ein wenig blass aus. Vielleicht solltest du etwas essen?"

Natürlich war das seine Lösung für jedes potenzielle Problem. Ich überlegte, ob ich darauf hinweisen sollte, dass es in meiner Küche vermutlich nichts mehr zu essen gab, nachdem die drei – allen voran er – sie geplündert hatten, doch ich wollte ihm kein schlechtes Gewissen machen.

„Nein, das ist es nicht." Ich ließ mich auf das Sofa fallen. „Ich bin nur etwas angespannt nach … allem. Ich werde mir einfach etwas Unsinn im Fernsehen ansehen und mich ein bisschen entspannen, dann wird das schon wieder." Zumindest hoffte ich das.

Ruse brummte vor sich hin, als er nach uns in das Zimmer schlenderte. „Ich wüsste da etwas *Besseres*, um dich aufzumuntern." Er fuhr mit den Fingern über die Regale neben dem Fernseher und zog eine CD heraus. Mit geschickten Fingern legte er die Scheibe in den alten Ghettoblaster, der auf einem der Beistelltische stand.

Die beschwingten Klänge eines 80er-Jahre-Songs dröhnten aus den Lautsprechern. Ruse kam auf mich zu und reichte mir seine Hand, um mir aufzuhelfen. „Du hattest heute kaum Gelegenheit zum Tanzen – nicht, dass die Bar ein idealer Ort dafür gewesen wäre. Eigentlich tanzt du lieber zu dieser Musik, oder?"

Ich ließ mich von ihm hochziehen, wobei ich ihn misstrauisch musterte. „Hast du in meinem Kopf herumspioniert? Ich habe dir doch *gesagt*, dass …"

Kichernd winkte er ab. „Flamme, ich muss deine Gedanken nicht lesen, um zu wissen, was für Musik du magst. Deine CD-Sammlung spricht für sich."

Da hatte er nicht ganz unrecht. Da es schon seit Jahren keine CDs mehr gab, besaß ich fast ausschließlich Alben aus Lunas ursprünglichem Vorrat. Er hatte sich eine Top Dance Hits ausgesucht – sie hatte jedes Album von '80 bis '89 besessen, doch nur '86 hatte es in die Notfalltasche geschafft.

„Na gut", sagte ich, nur ein wenig verärgert.

Er grinste mich an. „Wer hat überhaupt noch CDs? Hängst du genauso an der Technik von früher wie an der Musik?"

So schnell sich meine Laune mit der Musik gehoben hatte, so rasch sank sie bei dieser Frage wieder. „Sie haben meiner Tante gehört – ich meine, der Schattenwesen-Frau, die mich großgezogen hat."

Dem Blitzen in Ruse' Augen nach zu urteilen, bemerkte er, dass er auf ein heikles Thema gestoßen war. Er griff nach meiner Hand und zog mich in die Mitte des Raumes. Seine Stimme wurde sanfter, es schwang jedoch weiterhin sein typischer neckender Unterton darin mit. „Da hat also deine Besessenheit begonnen. Du ehrst sie gut, indem du diese Ära genauso genießt wie sie."

Die Sichtweise gefiel mir. „Ich bin mit diesen Liedern aufgewachsen", erklärte ich zu meiner Verteidigung. „Und sie sind viel eingängiger als viele der neueren Songs."

„Da widerspreche ich dir nicht. Du kannst von Glück reden, dass ich überhaupt weiß, wie man das Ding bedient." Er deutete auf den Ghettoblaster. „Damals, als diese Geräte beliebt waren, habe ich eine Zeit lang in der Welt der Sterblichen verbracht."

Er war schon vor ein paar Jahrzehnten in unsere Welt gekommen, um Sterbliche zu verführen und sich zu ernähren. Seinem Aussehen nach würde ich ihn auf Anfang dreißig schätzen, doch bei Schattenwesen konnte man nicht danach gehen.

Ich warf ihm einen scharfen Blick zu. „Wie alt *bist* du genau?"

„Das verrät ein Gentleman nicht." Er blinzelte. „Doch ich kann dir sagen, dass ich bei einem meiner ersten Ausflüge über die Kluft mit Leonardo da Vinci Schweineschwarten gegessen habe."

Meine Augenbrauen schossen in die Höhe. „Dann bist du

also einige Jahrhunderte älter als ich. Ich hätte nie gedacht, dass ich auf so viel ältere Männer stehen würde."

„Es hat sich doch für dich gelohnt, oder? Außerdem spielt das Alter nur für Sterbliche eine Rolle. Im Schattenreich merken wir kaum, dass die Zeit existiert. Gemessen an meinen Besuchen in eurer Welt, wäre ich gerade einmal ein paar Jahre alt."

Ich gab ihm mit der freien Hand einen Schubs. „Wenn das so ist, habe ich mich mit einem Vorschulkind eingelassen. Keine Ahnung, ob das so viel besser ist."

Als das nächste Lied begann, wiegte der Inkubus meine Hand im Rhythmus der Melodie. „Was spielt das für eine Rolle? Tu mir den Gefallen. Du willst doch nicht, dass ich mit der Schaufensterpuppe tanzen muss, oder?"

Eigentlich hätte ich das gerne gesehen, doch der Rhythmus bahnte sich einen Weg durch meine Glieder. Er wartete geduldig. „Ich denke, ich kann dir diesen Tanz schenken. Mal sehen, was du draufhast."

Grinsend wirbelte Ruse mich herum, und die Bewegung raubte mir für einen Moment den Atem. Als er mich wieder zu sich zog, legte ich meine freie Hand auf seine muskulöse Brust. Ich blickte in sein unverschämt hübsches Gesicht mit dem Grübchen und es fiel mir schwer, wieder zu Atem zu kommen.

Ich zwang mich, einen Schritt von ihm wegzutreten, wobei der Rhythmus meine Füße bewegte. Er arbeitete sich von den Zehen bis zum Kopf durch meinen Körper. Meine Arme hoben sich in die Luft, meine Hüfte wiegte sich hin und her, und mit einem leisen, ermutigenden Laut begann er ebenfalls das Tanzbein zu schwingen.

Wir standen einander gegenüber, stießen die Hüften aneinander und umkreisten uns, während ein Lied in das nächste überging. Ich fing an zu schwitzen, während der Inkubus von der Anstrengung nicht im Geringsten betroffen zu sein schien. Er ergriff wieder meine Hand, um mich an sich zu ziehen, bevor er einen Arm um meine Taille legte und meinen Oberkörper in Richtung Boden senkte, wie er es vorhin mit der Schaufensterpuppe getan hatte. Mir entwich ein Lachen.

Snap hatte von der Seitenlinie aus zugesehen, doch irgendetwas an diesem Moment schien ihn zum Handeln anzuspornen. Er trat von der Tür weg und fing an, sich im Takt der Musik zu wiegen, wobei seine goldenen Locken im Licht der Deckenbeleuchtung schimmerten. Obwohl ich noch nie jemanden so tanzen gesehen hatte wie ihn, bewegte er sich so fließend zu der Melodie, dass ich meinen Blick nicht von ihm abwenden konnte. Sein geschmeidiger Stil war so natürlich, dass er eher anmutig als ungelenk wirkte.

Ruse stieß mit der Faust in die Luft. „Jetzt ist es eine Party!"

Wie zur Bestätigung huschte Pickle ins Zimmer. Der kleine Drache hüpfte um meine Füße herum und flatterte mit seinen gestutzten Flügelchen. Ich hob ihn hoch, setzte ihn auf seinen Lieblingsplatz und hielt meine Hand an meine Schulter, damit er nicht herunterfiel, während ich herumwirbelte.

Thorn stand in der Tür, als würde er Wache halten. Seine Blicke folgten unseren Bewegungen, und seine verkniffene Miene verriet mir, dass er diese Art von Frivolität nicht guthieß. Andererseits konnten wir mitten in der Nacht sowieso keiner Spur nachgehen, und ehrlich gesagt war es viel wahrscheinlicher, dass ich etwas in Erfahrung brachte, wenn ich nicht vor lauter Anspannung völlig aufgekratzt war. Ab und zu musste man sich einfach mal gehen lassen, um nicht den Verstand zu verlieren.

Ich drehte mich und tänzelte um Ruse herum. Pickle wippte im Rhythmus mit dem Kopf. Ruse legte einen Moment lang seinen Arm um meine Taille, senkte seinen Kopf und drückte mir einen schnellen Kuss auf die andere Seite meines Halses. Hitze schoss durch meinen Körper, und sie hatte nichts mit der körperlichen Anstrengung zu tun.

Als Ruse mich losließ, drehte ich mich zu Snap um, wobei ich seine Bewegungen so gut wie möglich nachahmte. Wahrscheinlich sah ich neben seiner göttlichen Gestalt wie ein Idiot aus, aber egal. Die Hitze strömte weiter durch mich hindurch – zusammen mit einem seltsamen Kribbeln, das in meinen Verstand hineinsickerte. Ich hätte es auf das Verlangen geschoben, wenn es meine Sinne nicht eher getrübt als geschärft hätte.

Ich schüttelte den Kopf, um ihn wieder freizubekommen, und mir wurde schwindelig. Als ich über meine Füße stolperte, fing mich Ruse von hinten auf. „Vorsicht", sagte er mit seiner schokoladigen Stimme, doch mein Herz hatte aus Gründen, die nichts mit seinem Sexappeal zu tun hatten, zu rasen begonnen.

„Ich glaube …" Auch das Sprechen fiel mir schwer. Ich erschauderte. Irgendetwas stimmte definitiv nicht.

Der Raum drehte sich – oder lag es an mir? Ich drückte meinen Handballen gegen meinen Kopf, doch das Schwindelgefühl ließ nicht nach, und Nebel hüllte meine Gedanken ein. Mein Bauch kribbelte, als würde ich in einem Boot auf rauer See stehen.

„Ich fühle mich nicht so gut", stieß ich hervor, bevor ich umkippte und auf allen vieren auf dem Boden landete.

SECHZEHN

Sorsha

Die Wucht meines Sturzes schoss durch meine Glieder. Mir wurde flau im Magen, und fast hätte ich den Rest meiner Whiskey Cola auf den Dielenboden des Wohnzimmers erbrochen. Mein Kopf sank nach unten.

Bevor ich auf dem Boden aufschlagen konnte, hielten mich zwei Hände fest. Die Musik verstummte. Ruse' Stimme drang durch den Dunst, der meinen Verstand einhüllte. „Sorsha? Was ist los?"

Dann ertönte die leise, aber deutliche Stimme von Snap. „Etwas liegt in der Luft. Ich kann nicht genau sagen, was es ist, aber der Geschmack gefällt mir nicht. Dort drüben ist er intensiver, ich glaube, es kommt aus dem Flur."

Ich konnte meine Zunge nicht bewegen, um etwas zu sagen. Schwere Schritte, bei denen es sich nur um die von Thorn handeln konnte, entfernten sich.

Ruse strich mir beruhigend mit der Hand übers Haar.

„Sorsha, stehst du vielleicht unter dem Einfluss einer Droge? Ich sollte in der Lage sein, deinen Geist teilweise zu klären, damit sie dich nicht völlig ausschaltet. Dazu muss ich allerdings erst einmal hineingelangen. Da dein Abzeichen meine Kraft blockiert, kann ich nichts ausrichten. Schaffst du es, es abzunehmen?"

Mir stockte der Atem. Mein Abzeichen. Er konnte es nicht berühren – keiner von ihnen – zumindest nicht, ohne dass sie dabei zu Schaden kommen würden. Die einzige Möglichkeit, wie *er* die Brosche entfernen könnte, wäre, mir das Kleid und den BH auszuziehen.

Bestimmt würde ich es schaffen, sie abzunehmen, oder? Ich musste mich nur darauf konzentrieren, meine Hand vom Boden zu meiner Brust zu bewegen. Unter den Stoff meines Kleides. Und dann das Abzeichen abnehmen. Ganz einfach.

Zumindest sollte es einfach sein, doch ich schwankte, als ich die Hand hob. Obwohl Ruse mich stützte, gelang es mir erst nach mehreren Versuchen, meine Finger an meinen Ausschnitt zu führen, und bis dahin hatte ich schon halb vergessen, warum ich überhaupt dorthin gefasst hatte.

Ein metallisches Klappern ertönte aus der Ferne. Dann polterten Thorns Schritte wieder auf uns zu. „Da war ein Gerät an der Tür, das eine Art Gas unter der Tür durchgeblasen hat. Ich habe es die Treppe hinuntergestoßen. Keine Spur von der Person, die es dort angebracht hat ..." Er hielt inne. „Da kommt jemand."

„Nimm dich vor den Waffen in Acht", warnte Ruse ihn. Sein Griff um meine Schulter wurde fester. „Der Anstecker, Sorsha. Du schaffst das."

Stimmt. Genau. Ich bewegte meine Hand zu meinem BH. Meine Finger ertasteten den metallenen Anstecker und griffen nach den Rändern. Da war ein Clip, genau ... *da.*

Mit einem Klicken löste ich den Anstecker von dem BH-Körbchen. Ich warf ihn mit einer unbeholfenen Handbewegung auf den Boden, und einen Augenblick später breitete sich ein warmes Kribbeln auf meiner Kopfhaut aus. Das Gefühl sickerte durch meinen Schädel und durchdrang meinen vernebelten Geist.

Innerhalb von Sekunden fühlte sich der Boden unter mir fester an, und die Geräusche um mich herum wurden deutlicher. Ich hob den Kopf und blinzelte. Ruse kauerte neben mir, sein Blick war aufmerksam. Snap stand wie angewurzelt an der Tür, seine Augen huschten zwischen uns und dem Flur hin und her. Thorn bewachte inzwischen vermutlich die Eingangstür.

Dann fiel die Tür mit einem lauten Knall ins Schloss. „Sie kommen hoch", rief unser Krieger. „Es sind viele – ich kann nicht erkennen, was für Waffen sie haben. Ich kann …"

„Nein", schnauzte Ruse mit rauer Stimme. Inzwischen war ich wieder so weit bei Bewusstsein, um mich zu fragen, wie sehr ihn der Voodoo erschöpft hatte, den er an mir angewendet hatte. Ich nahm an, dass er seine Kubikräfte normalerweise nicht für so etwas einsetzte. „Es müssen dieselben Leute sein, die Omen geholt haben. Du weißt, dass sie gut genug vorbereitet waren, um uns alle auszuschalten. Außerdem ist Sorsha immer noch außer Gefecht." Sein Ton wurde milder, als er sich wieder mir zuwandte. „Komm, ich helfe dir, aufzustehen."

Es war ihm nicht gelungen, die Droge vollständig aus meinem Körper zu entfernen. Ich schwankte, als er mir auf die Beine half und einen Moment lang sah ich doppelt. Meine Gedanken waren klarer, doch jedes Mal, wenn ich den Kopf drehte, wurde mir schwindelig.

Etwas schlug so heftig gegen die Tür, dass die Scharniere knarrten, und mein Herz setzte einen Schlag aus. Ruse packte mich am Arm. „Ich glaube nicht, dass du in der Lage bist, zu kämpfen, Flamme. Gibt es außer dieser Tür noch einen anderen Weg hier raus?"

Ich konnte klar genug denken, um diese Frage zu

beantworten. „Die Feuerleiter. Draußen vor meinem Schlafzimmerfenster."

„Alles klar. Lasst uns von hier verschwinden."

Er nickte Snap zu, der vor uns hinausschlüpfte. Ich griff nach dem Riemen meiner Handtasche, die ich auf dem Sofa liegen gelassen hatte. Pickle flitzte neben mir her und zog ängstlich den Kopf ein.

Im Flur stand Thorn wie angewurzelt vor der Tür. Sie bebte erneut, und seine Hände, die er vor der Brust erhoben hatte, ballten sich zu Fäusten. Entschlossenheit blitzte in seinen dunklen Augen auf, doch als er sich zu uns umdrehte und merkte, dass ich fast gestolpert wäre und Ruse mir aufhalf, wechselte sein Gesichtsausdruck von ernst zu erschrocken und wieder zurück.

„Was ist mit ihr?", fragte er und drehte sich wieder zur Tür um, als könnte er die Angreifer auf der anderen Seite allein mit der Kraft seines Blickes ausschalten.

„Ein Betäubungsmittel, nehme ich an. Entweder haben sie gedacht, es würde auch bei Schattenwesen wirken, oder sie wussten nicht, dass wir hier sind." Ruse drängte mich ins Schlafzimmer. „Komm mit."

„Wenn sie nicht wussten, dass wir hier sind, hatten sie es vielleicht nicht …"

„*Komm schon*", drängte Ruse. „Wir haben jetzt keine Zeit, uns darüber Gedanken zu machen. Ist es das Risiko wert, dass wir alle wieder in Käfigen landen – oder sterben? Weißt du noch, wer das letzte Mal recht hatte, als wir überwältigt wurden?"

Fluchend drehte sich Thorn zu uns um. In derselben Sekunde sprengte ein letzter Schlag gegen die Tür die Scharniere, wenn auch nicht den Riegel. Als sie sich in den Flur hineinwölbte, zerrte mich Ruse durch die Schlafzimmertür.

„Mach das Fenster auf", befahl er Snap.

Snap schob die Scheibe mit einem knirschenden Geräusch

nach oben. Mein Blick fiel auf meinen Rucksack, der unter dem Bett hervorlugte, und ein kalter Schock der Panik durchfuhr mich.

„Da sind Beweise drin – wenn sie die sehen, wissen sie es ganz sicher – ich muss …".

Meine Gedanken kreisten so schnell, dass ich beschloss, dass es besser war, einfach zu handeln, anstatt mich zu erklären. Ich schnappte mir den Rucksack, warf ihn mir über die Schulter und sah ich mich hektisch im Zimmer um.

Was könnte sonst noch herumliegen, das den Eindringlingen verriet, dass ich mich nicht nur für Omen interessierte, sondern in den letzten Jahren die Besitztümer von mindestens einem Dutzend großer Sammler befreit hatte? Scheiße, Scheiße, Scheiße.

Wenn herauskam, dass ich der Feuerteufel mit den klebrigen Fingern war, würden alle Jäger und Sammler des Staates, womöglich sogar des ganzen Landes, Jagd auf mich machen. Ich könnte mich auch nicht an den Bund wenden, da sie mich wahrscheinlich verleugnen würden.

Die Tür fiel krachend zu Boden, und aus dem Flur ertönten Schreie. Thorn gab ein wortloses Grollen von sich, und es folgte ein Aufprall, der sich anhörte, als würden seine Fingerknöchel auf Fleisch treffen. Anschließend ertönte jedoch sein eigenes schmerzhaftes Grunzen, was bedeutete, dass sie etwas hatten, das ihn verletzen konnte.

Ich hatte keine Zeit, mir einen Fünf-Punkte-Plan mit sorgfältig durchdachten Maßnahmen zu überlegen. Also besann ich mich auf die Strategie, die mich bisher jedes Mal gerettet hatte, wenn ich meine Spuren verwischen musste.

Als Ruse mich zum offenen Fenster zerrte, wo ein Schwall warmer Sommerluft die klimatisierte Kälte wegspülte, kramte ich meine Kerosinflasche und mein Feuerzeug aus dem Rucksack. In einem großen Bogen spritzte die Flüssigkeit über den Waschtisch, das Bücherregal und das Bett. „Thorn!", rief ich und zündete das Feuerzeug an.

Die Flamme sprang auf mein Ziel über, noch bevor meine Hand den Waschtisch erreicht hatte. Mit einem Schwall intensiver Hitze leckte die Flamme über die polierte Oberfläche und folgte der Kerosinspur über den Boden und meine zerwühlten Laken.

Ruse stieß ein heiseres Glucksen aus. Ich schnappte mir Pickle und stopfte ihn in meine Handtasche, dann folgte ich dem Inkubus zum Fenster hinaus. Snap war bereits irgendwo in der Tiefe verschwunden.

Hinter uns ertönten weitere Schreie, Schläge und Schnauben. Die Flammen loderten zischend höher – dann stürmte Thorn durch sie hindurch. Seine Fäuste waren blutig und ein dunkler Fleck zog sich quer über seinen Kiefer. Ich vermutete, dass an dieser Stelle eine weitere Narbe entstehen würde.

Er drehte sich um, als er das Fenster erreicht hatte, und stieß einen heftigen Atemzug aus. Die Flammen peitschten über den gesamten Boden und krochen an den Wänden bis zur Decke hinauf. Ein paar Gestalten, die ich durch die Lichtblitze und die Rauchschwaden nur verschwommen erkennen konnte, blieben auf der Schwelle stehen. Ich riss meinen Blick von ihnen los und stürzte auf die Leiter zu.

Das Feuer würde sie nur kurz aufhalten. Wenn sie feststellten, dass sie nicht hindurchstürmen konnten, würden sie nach unten rennen und versuchen, uns auf der Straße den Weg abzuschneiden.

Ein Schrei von unten verriet mir, dass unsere Angreifer uns einen Schritt voraus waren. An der Feuerleiter war ein weiterer Angreifer postiert. Ich schwankte, als ich die klapprige Metallleiter hinunterstieg, und Thorn brach durch das Fenster.

Er sprang über mich hinweg. Bevor ich auch nur blinzeln konnte, stürzte er sich von der Plattform im zweiten Stock nach unten und kam mit den Füßen auf dem Pflaster auf.

Fleisch knirschte. Knochen knackten. Ich kletterte die

Leiter hinunter, so schnell es meine Glieder zuließen, und Ruse folgte mir ebenso zügig. Thorn stieß einen erstickten Laut aus, und mit einem dumpfen Schlag prallte ein kleinerer Körper gegen die Wand.

Sobald meine Füße den Boden berührten, packte mich der Krieger am Handgelenk und zerrte mich auf die Straße. Er hinkte und ein großer Riss klaffte in seiner Hose knapp unterhalb des Knies.

Schattenwesen bluteten nicht so wie wir, wie Thorn gerade sehr anschaulich demonstrierte. Aus der Wunde unter dem Stoff sickerte keine Flüssigkeit, sondern schwarze Rauchschwaden, die von der Dunkelheit der Nacht verschluckt wurden.

Ich erhaschte einen Blick auf zwei Leichen, eine, die an der Wand zusammengesackt war und aus deren Kopf ein Klumpen Hirn quoll, und eine weitere ganz in der Nähe, deren Rücken in einem Winkel verrenkt war, bei dem mir übel wurde. Oben heulten die Rauchmelder und graue Schwaden waberten aus dem offenen Fenster.

Bald würden unsere Angreifer nicht mehr die Einzigen sein, die hier einfielen. Ich rannte mit den Schattenwesen in Richtung Straße und dankte dem Himmel, dass ich mich für flache Schuhe zu meinem Kleid entschieden hatte.

Verschwinde von hier – sofort! Die eindringliche Stimme in meinem Kopf trieb mich weiter an. Konnte ich diesen Jägern – oder was auch immer sie waren – in meinem derzeitigen Zustand wirklich entkommen?

Wir sprinteten die Straße hinunter, und mein Magen rumorte, sowohl wegen des Betäubungsmittels, das meinen Körper nach wie vor schwächte, als auch wegen der grausigen Szene, die Thorn hinterlassen hatte. Mein Rucksack schlug gegen meine Seite. Dann entdeckte ich ein wahres Geschenk der Götter: Ein Fahrrad, das am Zaun eines Hauses auf der anderen Straßenseite lehnte und nicht angekettet war.

Ich hatte vielleicht keinen Führerschein, aber ich konnte

verdammt gut in die Pedale treten. Ich rannte auf die andere Straßenseite, schnappte mir das Rad, das am Zaun lehnte, und sprang auf.

Ein wütender Aufschrei drang an meine Ohren – vermutlich der Besitzer des Fahrrads – doch ich raste bereits über den Bürgersteig. Inmitten des anhaltenden Dunstes war mein Geist voll und ganz auf eine Sache konzentriert: so weit wie möglich von den Angreifern in meiner Wohnung wegzukommen.

Die Gebäude und Straßen sausten verschwommen an mir vorbei. Obwohl meine Oberschenkel brannten, trat ich so schnell wie möglich in die Pedale, wobei das Rad stark hin und her schwankte. Um diese Zeit war kaum noch jemand unterwegs. Als vor mir eine Ampel auftauchte, bog ich erst in eine und dann in eine weitere Seitenstraße ab, bis eine perfekt getimte grüne Ampel mir die Chance gab, die stark befahrene Straße zu überqueren.

Ab und zu bog ich in eine Gasse ein oder fuhr über einen Parkplatz – wobei ich Wege nahm, die größere Fahrzeuge nicht benutzen konnten, falls ich unwillkommene Verfolger aufgegabelt hatte. Nachdem ich mehrere dieser Abzweigungen genommen hatte und meine Beine immer stärker schmerzten, ließ meine Panik nach. Ich strampelte noch mindestens zehn Minuten weiter, bevor ich schließlich an der Ecke eines Wohnblocks mit niedrigen Gebäuden zum Stehen kam.

Mein Kleid klebte schweißnass an meinem Rücken. Die Nachtluft brannte in meiner rauen Kehle, als ich tief einatmete. Allmählich beruhigten sich meine Atemzüge und mein Puls. Pickle, der in meiner Handtasche zappelte, stieß ein klägliches Quieken aus.

Er war noch da. Mein Portemonnaie, mein Handy und andere wichtige Dinge, darunter meine Einbrecher-Ausrüstung, waren in meinem Rucksack. Alles andere …

Drei Gestalten tauchten aus den Schatten um mich herum

auf. Als das letzte Adrenalin versiegte, traf mich das volle Ausmaß dessen, was ich in den *Flammen* zurückgelassen hatte, mit einer solchen Wucht, dass ich dem Trio keine Beachtung schenkte.

Lunas CD-Sammlung. Ihre Feenstaub-Schuhe und ihr Haargummi. Meine eigenen Klamotten waren mir scheißegal – die konnte ich ersetzen –, doch die wenigen Überbleibsel ihres Lebens, die ich hatte retten können …

Das Perlmutt-Kästchen mit dem Brief meiner Eltern. Diese Erkenntnis traf mich wie ein Schlag in die Magengrube. Beinahe wäre ich auf dem Fahrrad nach vorne gekippt.

Ich hatte das Kästchen wieder in den Schrank gestellt. Daran hatte ich in der ganzen Eile gar nicht gedacht. Das Feuer hatte alles in diesem Zimmer, wenn nicht sogar die ganze Wohnung verbrannt. Das einzige Geschenk, das mir meine Eltern hinterlassen hatten, war für immer weg und konnte nie wieder ersetzt werden.

Meine Eingeweide fühlten sich an, als hätten sie sich zu einer festen Masse aus Trauer verknotet. Darauf war ich nicht vorbereitet gewesen, auf nichts von alledem. Mehr als ein Jahrzehnt in derselben Stadt, drei Jahre in derselben Wohnung – ich war bequem geworden. Und das, obwohl Luna mich eines Besseren gelehrt hatte.

„Sorsha?", fragte Snap zögernd und strich sanft über meine Schulter.

Ich holte tief Luft und zwang mich, mich aufzurichten. Der Schmerz in meinen müden Beinen war nichts im Vergleich zu dem brennenden Schmerz des Verlustes in meiner Brust, doch die drei würden nicht verstehen, warum ich mir so viele Gedanken über diese Dinge machte. Ich würde den Kummer einfach hinunterschlucken müssen, so wie ich Lunas Tod und alle anderen Verluste seither hinuntergeschluckt hatte …

Als ich vom Fahrrad stieg, kam Thorn auf mich zu. Der Riss in seiner Hose war immer noch da, doch aus seinem

Unterschenkel kam kein Rauch mehr. Das war ein gutes Zeichen. Schattenwesen heilten normalerweise schnell.

„Ihr solltet das hier lieber an Euch nehmen", sagte er und streckte eine seiner kräftigen Hände aus. „Es scheint mir sehr ... zerbrechlich zu sein. Es hat meine Kämpfe nicht ganz unbeschadet überstanden – ich bitte um Entschuldigung."

Er hielt mir das Kästchen hin, um das ich gerade noch getrauert hatte. Der perlmuttfarbene Deckel hatte einen Sprung, und eine Ecke war abgesplittert, doch es war *da*. In einem Stück und ohne Brandflecken.

Hastig riss ich es ihm aus den Händen, und öffnete es. Der Brief lag noch immer darin, mit der krakeligen Handschrift meiner Mutter auf dem Briefpapier. Mit der irrationalen Angst, dass ein plötzlicher Windhauch mir den Schatz doch noch stehlen könnte, klappte ich es wieder zu.

Mit einem Kloß im Hals blickte ich zu Thorn auf. „Wann hast du das mitgenommen?" Und die noch wichtigere Frage lautete: *Warum?*

Seine harten Gesichtszüge offenbarten nicht mehr als seine übliche Grimmigkeit. „Ich habe es in Eurem Schrank gesehen, als ich ins Schlafzimmer kam. Ich hatte den Eindruck, als ob es Euch wichtig wäre, deswegen dachte ich, Ihr würdet es vor den Flammen retten wollen."

Mir war nicht bewusst gewesen, dass er mir überhaupt zugehört hatte, als ich mit Snap darüber gesprochen hatte, geschweige denn, dass er die Tiefe meiner Verbindung zu einem Gegenstand erkannt hatte, der für ihn vollkommen bedeutungslos aussehen musste. Er hatte ein paar Sekunden in der Schlacht riskiert, um das Kästchen für mich zu retten. Das war viel mehr wert als alle Schädel, die er meinetwegen zertrümmert hatte.

„Danke", sagte ich und schluckte schwer. „Ich dachte schon, ich hätte es für immer verloren. Ich weiß nicht, wie ich dir jemals dafür danken soll."

Als ich in seinem Gesicht nach dem Mitgefühl suchte, das

er empfunden haben musste, verhärtete sich seine Miene unter meinem prüfenden Blick.

„Das war nichts", sagte er schroff. „Jedenfalls nicht im Vergleich zu der Schuld, die ich noch zu begleichen habe. Wir sollten uns lieber nicht länger hier draußen aufhalten."

Seine schroffe Zurückweisung ließ mich innerlich zusammenzucken. Vielleicht hatte er einfach nur daran gedacht, wie viel er mir dafür schuldete, dass ich ihn und die anderen aus diesen Käfigen befreit hatte. Wie auch immer er zu mir stand, er wollte offensichtlich keine Zeit damit verschwenden, meinen Dank anzunehmen.

Ich verstaute das Kästchen in einem Sicherheitsfach meines Rucksacks. „Du hast recht. Wir müssen uns einen Unterschlupf für die Nacht suchen. Ich bin total fertig – morgen früh können wir Bilanz ziehen und Pläne schmieden."

Ruse nickte zu den Wohnhäusern neben uns. „Sieht so aus, als hätten wir eine große Auswahl an möglichen Verstecken. Mal sehen, welches wir nutzen können."

SIEBZEHN

Sorsha

Als wir eines der Häuser erreichten, kramte ich in meinem Rucksack nach meinem Schlossknacker-Werkzeug. Noch bevor ich danach greifen konnte, schlüpfte Ruse durch den Schatten einer Topfpflanze auf der anderen Seite der Eingangstür. Schwungvoll öffnete er sie für uns. „Meine Herren, Madam."

Einbrechen war verdammt viel einfacher, wenn man übernatürliche Kräfte auf seiner Seite hatte. Damit konnte selbst meine Ausrüstung nicht mithalten.

Dafür konnten mir weder Scheinwerfer noch Eisen und Silber etwas anhaben, also konnte man vielleicht einfach sagen, dass wir unterschiedliche Stärken hatten.

Nur weil wir es geschafft hatten, in das Gebäude zu gelangen, waren allerdings noch lange nicht alle unsere Probleme gelöst. „Wir können nicht einfach in eine beliebige Wohnung eindringen", flüsterte ich. „Die Mieter werden ungebetene Gäste nicht so freundlich empfangen, wie ich es bei euch drei getan habe."

„Wir können herausfinden, welche unbewohnt sind", bot Ruse an und wandte sich an Snap. „Wenn du die Türen erschmeckst, kannst du vielleicht feststellen, wann die Bewohner zurückkommen wollten."

Snap nickte, wie immer begierig darauf, uns mit seinen Fähigkeiten zu unterstützen.

Als wir den Flur mit den Wohnungen, die von der schäbigen Lobby abzweigten, inspizierten, sah sich Thorn immer wieder prüfend um, seine Haltung war angespannt, als ob er einen weiteren Angriff erwartete. Dem abgewetzten Teppichboden und dem leicht muffigen Geruch nach zu urteilen, handelte es sich eindeutig nicht um eine Fünf-Sterne-Residenz – was für uns in puncto Sicherheit ohnehin besser war. Durch die Atmosphäre in Verbindung mit der Szene, aus der ich gerade geflohen war, breitete sich trotzdem an meinem ganzen Körper eine Gänsehaut aus.

Mit dem nächsten Atemzug begann ich eine leise Melodie vor mich hinzusummen. Ruse zog eine Augenbraue hoch, und ich schnitt eine Grimasse. „Das hilft mir, mich zu entspannen."

„Was immer dich glücklich macht, Flamme", meinte er grinsend und schlüpfte durch die Schatten hinter der ersten Tür. Sekunden später kam er kopfschüttelnd zurück, und wir gingen zur nächsten.

„Wie viele Leute wissen von Eurer Beteiligung an diesem ‚Bund' und wo Ihr wohnt?", fragte Thorn leise, um keine Aufmerksamkeit zu erregen.

„Niemand außerhalb des Bundes weiß vom Bund", erklärte ich. „Nun, abgesehen von einigen der höheren Schattenwesen, die auf der Seite der Sterblichen leben, wie Jade. Und auch den Jägern und Sammlern ist zumindest vage bekannt, dass es uns gibt. Seit ich Pickle adoptiert habe, war niemand mehr bei mir zu Hause." Ich griff in meine Handtasche, um dem Drachen zwischen den Flügeln den Rücken zu kraulen, woraufhin er ein Brummen von sich gab, das fast wie ein Schnurren klang. „Selbst die Leute vom Bund wären nicht wirklich damit einverstanden, dass ich ihn behalte."

„Jemand, der Euch vorher schon einmal besucht hat, könnte sich jedoch daran erinnern, wo Ihr wohnt."

„Möglicherweise. Das sind allerdings nicht viele Leute – und niemand, der mir einfällt, würde meine Adresse an einen Fremden weitergeben." Besorgt biss ich mir auf die Unterlippe, als Ruse aus der fünften Wohnung zurückkam. Er gab Snap ein Zeichen, und wir warteten, während das gottgleiche Schattenwesen seine Kräfte einsetzte.

„Wer auch immer hinter mir her ist – oder mich zum Schweigen bringen will – wäre sowieso nicht darauf angewiesen, Informationen von meinen Freunden zu erhalten", fuhr ich fort. „Wenn uns jemand an der Brücke oder auf dem Markt gesehen hat oder mitbekommen hat, dass ich in der Bar war und Fragen gestellt habe, wäre es nicht sonderlich schwer, meinen Namen herauszufinden. Leider ist es ein ziemlich seltener Name. Jeder, der eine Verschwörung gegen höhere Schattenwesen inszenieren kann, sollte damit problemlos in der Lage sein, meine Adresse herauszufinden." Meine Schwarzmarktkontakte hatten das Gleiche mit Sammlern gemacht und das mit weitaus weniger eindeutigen Informationen.

Snap zog sich zurück, nachdem er mit seiner Zunge mehrmals gegen den Türknauf geschnalzt hatte. „Der hier kommt erst Morgen zurück", verkündete er schließlich. Das würde reichen.

„Die eigentliche Frage", sagte Ruse, als wir weitergingen, „lautet, warum unsere Feinde sich so sicher waren, dass du ihnen Ärger machen würdest."

„Möglicherweise überwachen sie die Aktivitäten des

Bundes. Vielleicht haben sie herausgefunden, dass ich etwas damit zu tun habe, und sind nervös geworden, als sie mitbekommen haben, dass ich herumgeschnüffelt habe." Umso erleichterter war *ich*, dass ich Vivi aus diesem Schlamassel herausgehalten hatte. Wenn sie bei unseren früheren Ermittlungen dabei gewesen wäre, hätten sie dann auch ihre Wohnung gestürmt? Sie hätte keine Wächter aus dem Schattenreich gehabt, die sie beschützt hätten.

Nein, ich konnte nicht zulassen, dass meine beste Freundin etwas davon erfuhr, nicht solange die Arschlöcher, die es heute Abend auf mich abgesehen hatten, noch auf freiem Fuß waren.

„Die Schwertsternleute sind sehr mächtig", meinte Thorn düster. „Wir wissen nicht, was sie herausfinden oder tun könnten." Wieder warf er einen Blick über seine Schulter.

„Sie hätten auf keinen Fall vorhersehen können, dass wir *hierherkommen*", gab ich zu bedenken. „Ich weiß ja nicht einmal, wo wir sind."

„Wir waren nicht darauf vorbereitet, dass sie einen Angriff auf Eure Wohnung starten würden. Es hätte viel schlimmer kommen können. Ich werde mich nicht noch einmal überrumpeln lassen."

Ich hatte keine Lust, mich mit ihm zu streiten. So sehr ich mich über meine ungebetenen – und hartnäckigen – Gäste geärgert hatte, heute Abend war ich dankbar, dass sie hier waren.

„Nächstes Mal", fügte der Krieger hinzu, „wenn sich eine Gelegenheit ergibt, die unser unversehrtes Entkommen nicht gefährdet, werde ich einen der Angreifer mitnehmen und verhören. Ruse kann ihn zum Reden bringen."

„Du bringst mir den Kerl, und ich setze meine Magie ein", stimmte der Inkubus zu, der aus der letzten Wohnung im ersten Stock huschte. „Sieht so aus, als würden wir nach oben gehen."

Ein mulmiges Gefühl beschlich mich, als wir die Treppe

hinaufstiegen, doch nach einigen weiteren unbrauchbaren Wohnungen fand Ruse schließlich eine, die gerade nicht bewohnt war. „Am Kühlschrank hing ein Kalender, auf dem die nächste Woche als Urlaub eingetragen war", berichtete er. „Das könnte der Jackpot sein! Snap, wärst du so nett?"

Snap beugte sich vor, um die Eindrücke an der Tür aufzunehmen. Mit einem strahlenden Lächeln richtete er sich auf. „Sie haben an einen Flug und Strände gedacht. Einer von ihnen hat jemand anderen gefragt, ob er daran gedacht hätte, einen Lagerantrag bei der Post zu stellen, bis sie zurück sind."

„Das heißt, es wird auch niemand vorbeikommen. Perfekt." Ruse klatschte in die Hände und verschwand wieder in den Schatten. Eine Sekunde später öffnete er uns von innen die Wohnungstür.

In der Wohnung eines Fremden zu übernachten, war mir in der Theorie wie eine gute Idee erschienen. Zu jemandem zu gehen, den ich kannte, war viel zu riskant, und ich hatte hier in der Nähe keine Hotels gesehen. Als ich über die Türschwelle in die fremde Wohnung trat, lief mir jedoch ein unbehaglicher Schauer über den Rücken.

Überall, wo ich hinsah, erblickte ich die persönlichen Besitztümer der Bewohner. Eine grellrosa Jacke mit Kaninchenfellbesatz an der Kapuze hing an einem der Haken im Eingangsbereich neben einem abgenutzten Ledermantel. Am Morgen vor ihrer Abreise mussten sie Speck gefrühstückt haben, denn der salzige, fettige Geruch hing immer noch in der Küche. Im Wohnzimmer entdeckte ich einen alten Plattenspieler und einen Stapel Papphüllen, die sogar noch älter waren als meine CDs.

Als ich in der Wohnzimmertür stand, überkam mich wieder ein Gefühl von Trauer. Die CDs waren weg – wahrscheinlich im Feuer verbrannt. Genauso wie alle meine Kleider, außer den Sachen in meinem Rucksack. Die Möbelstücke, die nicht zueinander gepasst hatten, da ich sie nach ihrer Bequemlichkeit ausgesucht hatte. Mein Laptop, der auf meinem ungemachten Bett lag, wo ich ihn zuletzt benutzt hatte. Die alberne, handbemalte Tasse, die Vivi mir vor einigen Jahren zu Weihnachten geschenkt hatte.

Alles, was ich besaß und nicht gerade bei mir trug, vom Praktischen bis zum Sentimentalen, war verbrannt. Selbst wenn das Feuer nicht jeden Winkel der Wohnung erreicht hätte, wäre es zu gefährlich gewesen, zurückzugehen und etwas herauszuholen. Zum ersten Mal traf mich die Gründlichkeit, mit der ich das Leben, das ich mir dort aufgebaut hatte, mit voller Wucht weggeworfen hatte. Ich hielt mich an dem Türrahmen fest, während die Welle des Verlustes über mich hinwegrollte.

Ich hatte schon einmal die Scherben meines Lebens in eine einzige Reisetasche voller Besitztümer und Willensstärke gepackt. Ich würde es wieder schaffen. Außerdem konnte ich nicht behaupten, dass ich die Entwicklungen bereute, die zu dem heutigen Angriff geführt hatten. Lunas Tod auf den Grund zu gehen, bedeutete mir mehr als dieses ganze *Zeug*.

Trotzdem war es *mein* Zeug gewesen. Es war mein Zuhause gewesen, das Erste, in dem ich mich wirklich wohlgefühlt hatte, nachdem ich von einem Bund-Mitglied zum anderen gepilgert war und anschließend Anfang zwanzig mit meinem einzigen ernsthaften Partner zusammengewohnt hatte. Ich atmete ein und aus, während ich versuchte, die Beherrschung nicht zu verlieren und die Tränen zurückzuhalten, die in meinen Augenwinkeln zu brennen begannen.

Bevor mein Schattenwesen-Trio meine momentane Labilität bemerken konnte – oder zumindest, bevor sie Fragen stellen konnten, die die Schleusen öffneten –, setzte ich meinen Weg über den Flur fort.

Gott sei Dank gab es zwei Zimmer. Das erste, in das ich hineinspähte, war ein kleiner, fensterloser Raum, der wahrscheinlich als Arbeitszimmer gedacht war. Er bot gerade genug Platz für ein Doppelbett und einen winzigen Birkentisch, die beide so aussahen, als wären sie von Ikea.

Ich vermutete, dass dieses Zimmer für Gäste gedacht war, denn das Hauptschlafzimmer nebenan strotzte vor Persönlichkeit. Ein pinkfarbener Zottelteppich, Blumenaufkleber an den Wänden, eine Lavalampe auf der Kommode, eine orange-rosa gemusterte Tagesdecke, umrahmt von Samtkissen – ein Traum im Stil der 60er Jahre.

„Also, da drin kann ich unmöglich schlafen", verkündete ich und war dankbar für die Ausrede. In einem fremden Bett zu schlafen, war mir noch unheimlicher, als eine fremde Wohnung zu betreten. „Das ist zu viel für meine Empfindsamkeit."

„Es hat ziemlich viel Charakter", meinte Ruse amüsiert.

Thorn verlagerte sein Gewicht von einem Fuß auf den anderen. „Ich werde einen Rundgang durch die Nachbarschaft machen", kündigte er an. „Mich vergewissern, dass dort keine weiteren Gefahren lauern."

Er schritt davon, ohne auf eine Antwort zu warten. Snap hatte sich bereits in die Küche verzogen. Die Schranktüren quietschten, als er sie öffnete und den Inhalt begutachtete. Wahrscheinlich hätte ich ein schlechtes Gewissen haben sollen, weil er sich an den Lebensmitteln vergreifen würde, doch in diesem Moment konnte ich mich nicht dazu durchringen, mir darüber Gedanken zu machen. Ich hatte soeben den größten Teil meines weltlichen Besitzes verloren. Da konnten die 60er-Jahre-Fanatiker, die hier lebten, bestimmt ein paar Vorräte entbehren.

Ich ging über den Flur zum anderen Schlafzimmer und stellte meine Tasche ab. Pickle sprang heraus, schüttelte sich und trottete den Gang entlang, um sich zu Snap zu gesellen und vermutlich selbst ein spätes Abendessen zu sich zu nehmen.

Ruse war mir nicht von der Seite gewichen. Als ich mich

zu ihm umdrehte, musterte er mich mit seinen warmen, haselnussbraunen Augen. „Du solltest dich etwas ausruhen. Wenn du etwas brauchst, weißt du ja, wo du uns findest."

„Ja", antwortete ich mit stockender Stimme. Der Inkubus hatte sich schrecklich viel Mühe gegeben, mich heute Abend aufzuheitern – bis seine Bemühungen durch diesen unerwarteten Angriff auf die Wohnung zunichtegemacht worden waren. Er hätte nicht versuchen müssen, mich aufzumuntern.

Auf einmal war ich mir sicher, dass ich im Moment nicht allein sein wollte. Ich wollte mit jemandem zusammen sein, dem mein Wohlergehen am Herzen lag.

Er senkte den Kopf, drückte mir einen leichten Kuss auf die Stirn und ließ seine Finger seitlich an meinem Gesicht entlanggleiten. Dann drehte er sich auf dem Absatz um und ging. Ich hielt seine Hand fest, bevor er auch nur einen Schritt gemacht hatte. Er warf mir einen fragenden Blick zu.

„Es gibt da ein paar Dinge, die ich gerne in diesem Bett machen würde, bevor ich mich ausruhe", sagte ich.

Ruse schenkte mir ein schiefes Lächeln. „Ein großzügiges Angebot, aber das ist nicht nötig. Nach unserem letzten Intermezzo sollte ich mindestens für ein paar Wochen in Topform sein."

Oh. War es ihm bei der Begegnung neulich tatsächlich nur darum gegangen, sich zu ernähren? Peinlichkeit schnürte mir die Brust zu.

Es war albern von mir, etwas anderes zu denken, oder? Er war ein Inkubus – das war es, was Sex für ihn bedeutete. Nur weil es ihm Spaß gemacht hatte, die improvisierte Tanzparty zu veranstalten, hieß das nicht, dass er an intimen Aktivitäten interessiert war, wenn er sich nicht ernähren musste.

Ich ließ seine Hand los und zog mich zum Türrahmen zurück. „Natürlich. Wenn du nicht willst …"

Etwas blitzte in Ruse' Augen auf, als er meinen Blick sah. Er ließ seine Hand an meinem Arm entlanggleiten, und ergriff meinen Ellbogen. Wieder näherte sich sein Kopf meinem Gesicht. Mein Puls stotterte vor Verlangen, das ich nicht unterdrücken konnte, doch vielleicht musste ich das auch gar nicht.

„Ich kann mir nichts vorstellen, womit ich meine Zeit lieber verbringen würde, als mit dir ein Feuer anderer Art zu entfachen, Flamme", raunte er. „Ich möchte nur nicht, dass du dich verpflichtet fühlst."

Also gut. Ich ertappte mich dabei, wie ich ihn angrinste, vielleicht ein wenig albern, doch konnte man es mir wirklich verdenken? Es war an der Zeit, dass ich ein paar gute Nachrichten bekam.

Ich legte meine Hand auf seine feste Brust. „Du hast mir den besten Sex versprochen, den ich je hatte, und bisher war das, was du mit mir gemacht hast, ziemlich vielversprechend, dabei hatten wir noch nicht einmal richtig Sex. Ich verspreche dir, dass mein Vorschlag nichts mit Verpflichtung zu tun hat."

„Wenn das so ist ..." Er stieß mich rückwärts ins Zimmer und trat die Tür hinter uns zu.

In dem beengten Bereich neben dem Bett umfasste er mein Gesicht und beugte sich vor, um mir einen richtigen Kuss zu geben. Der Druck seines Mundes, heiß und entschlossen und gleichzeitig zärtlich, entzündete jeden Zentimeter meines Körpers.

Obwohl es eine lange, nervenaufreibende Nacht gewesen war, war ich nicht zu müde, um mich ein wenig von den Strapazen abzulenken.

Und ich wollte nicht, dass es dieses Mal nur um mich ging. Ich hatte vor, die volle Inkubus-Erfahrung zu machen – na ja, abgesehen von der emotionalen Manipulation.

Während ich den Kuss erwiderte, glitten meine Finger an seinem Hemd hinunter und knöpften es auf. Als die Muskeln zum Vorschein kamen, konnte ich nicht widerstehen, meinen Kopf zu senken, um ihn direkt unter der Schulter zu küssen und seinen bittersüßen Kakaoduft einzuatmen. Lecker.

Ruse fuhr mit seinen Fingern durch mein Haar. Sobald ich mich zurückzog, hob er mein Kinn an, um meinen Mund zurückzuerobern. Während sich seine Zunge mit meiner verschlang, ertastete er den Reißverschluss am Rücken meines Kleides und zog ihn quälend langsam auf.

Nach jedem Zentimeter strich sein Daumen über die nackte Haut, die er entblößt hatte. Als er unten angekommen und nur noch eine Handbreit von meinem Po entfernt war, wölbte sich mein Körper ihm entgegen, ich wollte mehr: mehr Nähe, mehr Wärme, mehr von diesen verlockenden Berührungen.

„Das sah wirklich hinreißend an dir aus", murmelte er, als der Stoff an meinen Schenkeln hinunterglitt und auf den Boden fiel, „doch ich glaube, ohne gefällst du mir noch besser."

„Genauso wie du mir ohne *deine* Klamotten", erwiderte ich und zerrte an seinem Hemd.

Er gluckste und zog es rasch aus. Als er mich zurück auf das Bett sinken ließ, griff ich nach dem Reißverschluss seiner Hose, und heute Abend hielt er mich nicht auf. Offenbar hatte er verstanden, dass es mir jetzt um den ganzen Akt ging.

Und ihm offensichtlich auch. Durch den Stoff seiner Unterwäsche – ein Inkubus, der einen Slip trug, wer hätte das gedacht – ertastete ich seine steife Länge. Ein zufriedenes Brummen drang aus Ruse' Kehle, als ich mit meinen Fingern darüberfuhr. Er senkte währenddessen seinen Kopf, um die Schale meines BHs mit seinen Zähnen herunterzuziehen, und bei allen Göttern, ich hatte noch nie etwas Heißeres gesehen.

Er nahm einen Nippel in seinen Mund, und für einige Minuten lenkte mich das Vergnügen, das er in meine Brüste zauberte, von meiner eigenen Mission ab. Keuchend ließ ich mich zurück in die Kissen sinken. Als er seine Zunge über einen steifen Nippel gleiten ließ und daran knabberte, griff ich in sein Haar und ertastete seine Hörner.

Aus Ruse' Brust drang ein tiefes Brummen. Er schob

meinen BH beiseite und widmete seine Aufmerksamkeit meiner anderen Brust.

Jede Bewegung seiner Zunge machte mich heißer, trotzdem verlor ich mein Ziel nicht aus den Augen. Als er mit seiner Hand an meiner Seite entlangfuhr, um mir den Slip auszuziehen, setzte ich mich auf, um sicherzugehen, dass er ebenfalls den Rest seiner Kleidung auszog. Er wich zurück, um aus seiner Hose und seinem Slip zu schlüpfen, dann kniete er in seiner ganzen Pracht vor mir. Sein Schwanz ragte so steif in die Höhe, dass ich den Drang verspürte, ihn wie einen Schnaps an der Bar zu schlucken.

Einer der Vorteile am Sex mit Schattenwesen – über den ich mir bisher noch nie Gedanken machen musste – war, dass sie keine Kinder zeugen konnten. Sie entstanden einfach, anstatt geboren zu werden. Es gab keine Aufzeichnungen darüber, dass Sex mit einem Menschen zu einer Schwangerschaft geführt hätte. Und das war auch gut so, denn natürlich hatte ich nicht daran gedacht, Kondome einzupacken.

Die atemberaubende Aussicht, die sich mir bot, war jedoch nicht seine wahre Pracht. Es war nur die menschliche Erscheinung, die er annahm, um nicht aufzufallen. Ich lenkte meinen Blick von dem Körperteil, von dem ich hoffte, dass es bald in mich eindringen würde, auf sein Gesicht.

„Gefällt dir, was du siehst?", fragte er mit seinem typischen Grinsen.

Ich ließ meine Finger über seine Brust gleiten und fuhr seine definierten Muskeln nach, bis ich seinen Schwanz erreichte. Ich konnte nicht widerstehen, die weiche Haut, die das steife Glied bedeckte, eifrig zu streicheln, während ich ihm tief in die Augen sah.

„Allerdings", sagte ich. „Doch ich würde dich noch lieber so sehen, wie du wirklich bist."

Ruse spannte sich an – nur ganz leicht, doch aufgrund

seiner Nacktheit war es deutlich zu sehen. Er atmete ein, was sich wie ein Protest anhörte.

Bevor er etwas sagen konnte, hob ich meine Hand, um ihn zu stoppen. „Ich habe viel mehr gesehen als jede andere Frau, mit der du bisher zusammen warst. Wenn sie damit umgehen konnten, während sie von deinen verführerischen Kräften berauscht waren, bin ich mir sicher, dass ich auch nüchtern damit klarkomme. Und mittlerweile bin ich auch wieder genug bei Sinnen, um diese Entscheidung treffen zu können." Die Nachwirkungen des Betäubungsmittels hatten sich während meiner rasanten Fahrradfahrt verflüchtigt.

Ruse musterte mich einen Moment lang. „Warum?", fragte er schließlich.

Ich zuckte mit den Schultern. „Du siehst mich auch so, wie ich bin. Da ist es nur fair, wenn ich dich auch so erleben darf, wie du bist. Außerdem macht es sich besser, wenn ich sagen kann, dass ich es mit einem vollwertigen Inkubus getrieben habe und nicht nur mit einem Kerl mit Hörnern." Spielerisch stieß ich mit meinem Knie gegen seine Hüfte.

Irgendetwas an meiner Erklärung schien ihn zu überzeugen. Sein Lächeln kehrte zurück. „In Ordnung", sagte er. „Sag nicht, ich hätte dich nicht gewarnt."

Er schloss die Augen und sein Körper begann zu leuchten. Ein mattes, goldenes Glühen ging von seiner Haut aus, als wäre er ein Glühwürmchen. Seine kleinen Hörner verlängerten sich und bogen sich zu einer Schleife, bis die Spitzen wieder zur Decke zeigten. Auch sein Schwanz wölbte sich und sein Schambein stand nun weiter hervor. Als er die Augen öffnete, waren seine Pupillen geweitet und auch die Regenbogenhaut hatte sich vergrößert und füllte das Weiße fast komplett aus. Seine Augen schimmerten golden, so hell, als würde sich die strahlende Sommersonne darin spiegeln.

„Und?", fragte er mit einem leicht rauchigen Unterton in der Stimme, der mich einzuhüllen schien.

Das war in der Tat ein Moment, den ich nie vergessen

würde. Hatte er wirklich gedacht, ich würde *davor* weglaufen?

Ich hob meine Hand, um seine glühende Wange zu berühren. „Du warst vorher schon sehr attraktiv. Jetzt bist du einfach umwerfend."

Sein Lächeln wurde breiter. Er senkte den Kopf und küsste mich leidenschaftlich, die prickelnde Hitze seiner Lippen breitete sich auf meinen aus und durchdrang meinen gesamten Körper. „Dann lass uns weitermachen", murmelte er an meinem Mund.

Er gab mir einen sanften Schubs und beugte sich über mich, sobald ich auf dem Rücken lag. Überall, wo sich unsere Haut berührte, durchzuckten mich kleine Schockwellen der Glückseligkeit. Er war noch nicht einmal in mir, und der Rausch meiner Erlösung steigerte sich bereits zu einem Höhepunkt.

Wir küssten uns wieder und wieder, bis die brennende Lust meine Gedanken vernebelte. Seine Hand tauchte zwischen meine Beine, sein Daumen strich über meinen Kitzler, und einfach so kam ich, mit einem zittrigen Stöhnen, wobei ich unglaublich dankbar für die schalldämpfende Magie des Inkubus war.

Kaum hatte der Laut meine Lippen verlassen, schob Ruse seine Finger in mich hinein. Mit ein paar schnellen Stößen kam ich kurz nach meinem ersten Orgasmus erneut, und mein Körper zitterte vor Ekstase. „Oh mein Gott", keuchte ich.

Ruse küsste mich mit einem Glucksen, das in mir vibrierte. „Ich würde es vorziehen, wenn du dieses Lob mir zollen würdest."

Ich stieß ein Lachen aus, das in ein Stöhnen überging, als er mit der Spitze seines Schwanzes über meinen Schlitz rieb und in mich eindrang. Meine Finger gruben sich in seine Schultern, als hätte ich Angst, von der Ekstase weggespült zu werden, wenn ich mich nicht festhielt. Das nächste Geräusch, das meinen Lippen entwich, hatte peinliche Ähnlichkeit mit einem bedürftigen Wimmern.

„Keine Sorge, ich halte dich", murmelte Ruse mit der rauchigen Stimme, die mich noch mehr in Wallung brachte. Er drang tiefer in mich ein, und ich erkannte, was an seiner offiziellen Inkubus-Ausrüstung so besonders war. Sein Schwanz war so gebogen, dass er genau den heißen Knopf der Glückseligkeit tief in mir traf. Außerdem streifte sein hervorstehendes Schambein bei jedem Stoß meinen Kitzler. Eine ungeahnt intensive Lust durchströmte mich und wurde mit jeder Sekunde heißer und brennender.

Ich wölbte mich ihm entgegen und wollte mich so gut wie möglich mit meinen begrenzten menschlichen Mitteln bei ihm revanchieren. Mir fiel ein, wie er reagiert hatte, als ich vorhin seine Hörner berührt hatte, und hob meine Hände zu seinem Kopf. Ich fuhr mit meinen Fingern durch sein Haar und ertastete die anmutig gewundenen Hörner.

Als ich sie drückte, stöhnte Ruse auf und stieß noch härter in mich hinein. Ein weiterer Orgasmus durchfuhr mich, katapultierte mich in die Höhe und zog mich dann in die Tiefe, wie ein Sog der Glückseligkeit. Und als ich einmal zu kommen begonnen hatte, konnte ich nicht mehr aufhören. Bei jedem Stoß seines Schwanzes erlebte ich eine weitere Ekstase, wobei ich zwischen den Höhepunkten gerade genug Zeit hatte, um nach Luft zu schnappen. Jede Faser meines Körpers kribbelte vor Lust.

Im Sturm der Lust bekam ich gerade noch vage mit, dass sich der Inkubus mir im Hinblick auf seine eigene Erlösung nicht angeschlossen hatte. Ich schaffte es, meine zitternden Beine bis zu seiner Taille zu heben, um ihn noch tiefer in mich aufzunehmen, während ich ein Horn ergriff und mit meinen Fingernägeln über seine Rückenmuskeln fuhr.

„Komm", murmelte ich. „Komm mit mir."

Als Ruse das nächste Mal stöhnte, erschauderte er am ganzen Körper. Sein Mund stürzte sich auf meinen. Mit einer

Bewegung seiner Hüften erfasste mich erneut ein Gefühl der Glückseligkeit. Schließlich folgte er mir in einer Flut von prickelnder Hitze, die über mich hereinbrach.

Als er schließlich innehielt, konnte ich nicht umhin zu denken, dass dies alles in allem doch keine so schlechte Nacht gewesen war.

ACHTZEHN

Ruse

Es gab nichts Schöneres als eine Frau, die sich im Nachglühen der Ekstase sonnte – einer Ekstase, zu der *ich* sie gebracht hatte. Möglicherweise war es sogar noch befriedigender, diese Erlösung bei Sorsha zu sehen als bei jeder anderen Frau zuvor. Sie war die Erste, die ich in diese Höhen geführt hatte, während sie wusste, was ich war. Und dennoch hatte sie sich auf die Erfahrung eingelassen.

Sie lag ausgestreckt auf dem Bett, ihre rosigen Wangen waren vielleicht sogar noch reizvoller als ihr wallendes rotes Haar, das auf den Kissen ausgebreitet war. Ihre Brust hob und senkte sich unter meinem Arm, der knapp unter ihren Brüsten lag. Ich strich mit meinen Fingern über ihre Seite, nur um noch einmal ihre warme, glatte Haut zu berühren. Warm und glatt – und mit straffen Muskeln darunter. Ich mochte Frauen, die sowohl weich als auch stark waren. Ihr feurig-süßer Duft verweilte in meiner Nase.

Auch meine Haut kribbelte noch immer von den Nachwirkungen meines Orgasmus. Ich hatte das Glühen wieder in mich hineingezogen und meine sterbliche Gestalt angenommen, da es für keinen von uns klug war, sich daran zu gewöhnen, in dieser Welt au naturel herumzulaufen. Ich hatte diese menschliche Tarnung schon oft genug benutzt, sodass sich dieser falsche Körper in der Luft der Sterblichen angenehmer anfühlte als mein richtiger, außer wenn ich meine Kräfte einsetzte.

Ich hatte *meine* Erlösung sehr genossen. Zu sehen, wie Sorsha sich dem Akt so vollkommen hingab, zu hören, wie sie mich anflehte, mich ebenfalls fallenzulassen, zu wissen, dass sie diese Begegnung genauso gewollt hatte wie ich – ich glaubte nicht, dass ich jemals so heftig gekommen war.

Doch der Moment war vorbei, und sie sollte sich wirklich ausruhen, damit ihr sterblicher Körper sich nach dieser langen, chaotischen Nacht erholen konnte. Ich küsste eine ihrer rosigen Wangen und machte Anstalten, mich aufzurichten.

Doch als ich mich aufsetzen wollte, spürte ich Sorshas Hand auf meinem Arm, als wollte sie mich aufhalten. Als ich ihr in die Augen blickte, durchfuhr mich ein leichtes Kribbeln, und ehe ich mich zurückhalten konnte, hatte ich einen Blick in ihre Gedanken geworfen.

Die Emotionen im Vordergrund waren leicht zu erkennen: ein angenehm schläfriger Schleier und die Sehnsucht, beim Einschlafen meine Wärme zu spüren.

Als ich mich wieder aus ihrem Geist zurückzog, spürte ich ein Flattern in meiner Brust. Meine Anwesenheit verschaffte ihr tatsächlich eine gewisse Zufriedenheit, selbst jetzt, nachdem der Akt vorbei war, in dem ich am talentiertesten war. Dieses Wissen weckte in *mir* ein wenig mehr Zufriedenheit, als mir lieb war. Und als ich mich neben ihr zurücklehnte, verwandelte sich das Flattern in einen Stich der Schuld.

Ich hatte ihr versprochen, ihre Privatsphäre zu respektieren, und nicht in ihren Geist einzudringen. Sie hatte sehr deutlich gemacht, dass diese eine Bedingung nicht verhandelbar war, egal welche körperlichen Intimitäten wir teilten. Wenn sie wüsste, dass ich mein Versprechen gebrochen hatte …

Mein erster Instinkt – und eigentlich auch mein zweiter und dritter – war es, dieses Geheimnis in die Schatten zu verdrängen, wo sie es nie erfahren musste. Warum sollte ich ihr etwas erzählen, das sie aufregen würde? Doch als sie sich auf die Seite rollte und meinem Blick mit einem verträumten Lächeln begegnete, war der Schmerz zu tief, als dass ich ihn ignorieren konnte.

Sie war mir gegenüber aufrichtig und offen gewesen. Sie hatte trotz ihrer Vorbehalte zugelassen, dass ich mich von ihr ernährte – sie hatte mir mehr Vertrauen entgegengebracht, als sie musste. Verdammt, sie hatte mich buchstäblich vor der Gefangenschaft und dem drohenden Hungertod gerettet.

Da war ich doch wohl Manns genug, ihr den Respekt zu zollen, den sie verdient hatte, oder? Selbst wenn die Konsequenzen nicht zu meinen Gunsten ausfallen würden.

„Sorsha", begann ich vorsichtig. „Ich habe – gerade eben – deine Gefühle gelesen. Nur kurz, nur ein paar."

Bevor ich fortfahren konnte, wich sie vor mir zurück und setzte sich auf. Ihr rotes Haar fiel ihr wie Flammen oder Blutrinnsale über die Schultern. Ihrem Gesichtsausdruck nach zu urteilen, hätte ich ihr genauso gut die Haut aufgeritzt haben können. „Was?"

Ich setzte mich ebenfalls auf und suchte nach einer akzeptablen Erklärung. „Das wollte ich nicht – es ist eben meine zweite Natur. Es war ein Versehen, und als ich es gemerkt habe, habe ich mich sofort zurückgezogen. Es wird nicht wieder vorkommen."

Sie verschränkte die Arme vor der Brust und verbarg ihre reizvollen Brüste. Ihre Stimme klang angespannt. „Wenn es keine Absicht war, wie kannst du dann sicher sein, dass du nicht noch mal aus Versehen in meinen Kopf stolperst?"

Eine berechtigte Frage. „Ich werde besser aufpassen. Ich werde …"

„Nein." Sie rutschte von mir weg und deutete auf die Tür. Ein harter verschlossener Ausdruck war in ihr Gesicht getreten. „Ich will es nicht hören. Geh einfach. Ich …" Ihre Hand tastete eine Sekunde lang über die Bettdecke, bevor sich ihre Faust darum schloss. War ihr gerade die Erkenntnis gekommen, dass sie den Anstecker und damit ihren Schutz in ihrer brennenden Wohnung zurückgelassen hatte, wie so vieles andere auch? Irgendwie erschütterte mich diese kleine Geste mehr als alles andere.

Ich sprang aus dem Bett, wie ich es vorhin bereits tun wollte, wenn auch etwas hastiger. Mit einem Blinzeln und einem Quäntchen Konzentration verschwanden die Kleider, die ich bei unserer Begegnung abgelegt hatte, aus ihrem Durcheinander im Zimmer und legten sich wieder um meinen Körper. Ich riskierte einen weiteren Blick auf Sorsha. „Es tut mir leid."

„Geh einfach", sagte sie mit fester, aber hohler Stimme, als hätte ihr mein Geständnis die ganze Freude genommen, die ich ihr bereitet hatte.

Ich zuckte zusammen und als ich ging, legten sich die Schuldgefühle wie ein Schraubstock um meine Lunge.

Sobald die Schlafzimmertür ins Schloss fiel, hielt ich im Flur inne, um zu Atem zu kommen. Ganz toll gemacht. Sehr feinfühlig. Hoffentlich brauchte ich sie nie wieder, denn sie würde es ganz sicher nie wieder mit mir treiben.

Womöglich würde sie nicht einmal mehr mit mir tanzen oder über meine Scherze lachen oder, verdammt, mich anlächeln.

Nichts davon sollte eine Rolle spielen. Nichts davon war überlebenswichtig für mich. Das versuchte ich mir auf dem

Weg in die Küche die ganze Zeit in Erinnerung zu rufen, bis ich fast überzeugt war. Fast. Nun, ein kurzes Schwätzchen mit Snap würde mich aufmuntern.

Anstatt des Verschlingers fand ich in der Küche allerdings nur Thorn vor, der von seiner Erkundungstour zurück war und so grimmig wie immer aussah, weswegen ich annahm, dass er nichts Auffälliges entdeckt hatte.

Ich nahm ihm gegenüber an der Resopal-Kücheninsel Platz, die aus der Wand herausragte. „Keine Spur von dieser Schwertsternbande?"

„Bis jetzt nicht", antwortete er und klang dabei, als würde er jeden Moment damit rechnen, dass sie hier auftauchten, um noch mehr Unheil über uns zu bringen. Sein Hang zum Pessimismus war geradezu beeindruckend.

In der Mitte der Insel stand eine kleine Porzellanschale, die mit Bonbons gefüllt war. Ich nahm mir eines und drehte es zwischen meinen Fingern, wobei das Zellophan knisterte. Physisches Essen bewirkte bei mir nichts, außer dass es gut schmeckte, und ich war mir nicht sicher, ob ich überhaupt in der Stimmung war, mir etwas in den Mund zu stecken. Nicht, nachdem ich bei der Frau am Ende des Flurs so tief ins Fettnäpfchen getreten war.

Thorn schaute an mir vorbei, als ob er wüsste, woran ich dachte. Sein unergründlicher Blick ruhte auf meinem Gesicht.

Nicht zum ersten Mal wünschte ich mir, ich wüsste, was *er* eigentlich war. In der Welt der Sterblichen hatte er bisher nie seine wahre Gestalt offenbart. Und in den Schatten hatte er keine Eigenschaften, die so ausgeprägt waren, um ihn mit anderen Wesen, denen ich begegnet war, abgleichen zu können. Die Kräfte, die ich bisher bei ihm gesehen hatte, – seine Stärke und Wachsamkeit – hätten zu jeder beliebigen Art gehören können.

Ich war vor Snap noch nie einem Verschlinger begegnet und hatte nur Gerüchte über sie gehört. Möglicherweise war

Thorn auch eine seltene Kreatur, der nur wenige von uns je begegnet waren. Deswegen hatte ich keine Ahnung, welche anderen Kräfte hinter seinem vernarbten Äußeren schlummerten.

Omen hatte die Besten der Besten gewollt, zumindest von den Schattenwesen, die bereit waren, sich seiner Sache anzuschließen. Er vertraute Thorn. Und ich vertraute Omen … mehr als jedem anderen. Es war besser, es dabei zu belassen, als sich Sorgen zu machen.

„Du bist der Sterblichen ziemlich nahegekommen", meinte Thorn und nickte in Richtung Flur.

Ich hob die Augenbrauen. „Das *ist* sozusagen meine Natur, wie du ja weißt. Hast du ein Problem damit?"

Er starrte mich an, ohne auf meine indirekte Provokation einzugehen. „Ich glaube nicht, dass es dadurch einfacher wird, sie zu beschützen. Wenn deswegen deine Konzentration beeinträchtigt wird, könnte es eher das Gegenteil bewirken."

„Meine Konzentration ist hervorragend. Wir Kubis befassen uns mit körperlichen Intimitäten, nicht mit emotionalen Bindungen – daraus machen wir keinen Hehl."

„Dein Interesse an ihr beschränkt sich also ausschließlich auf die körperliche Befriedigung."

Obwohl es keine Frage war, hatte ich das Bedürfnis, zu antworten. „Natürlich mag ich sie, doch ich werde mich wohl kaum in einer Weise an sie binden, die mich aus dem Konzept bringen würde. Omen hat auch *mich* aus gutem Grund ausgewählt. Ich habe alles unter Kontrolle."

Außerdem war es unwahrscheinlich, dass Sorsha nach dem heutigen Abend noch etwas mit mir zu tun haben wollte, was ich Thorn gegenüber natürlich nicht erwähnte. Weder das noch die Tatsache, dass Omen mich möglicherweise nicht ausgewählt hätte, wenn er von meinem Fehltritt in der Vergangenheit gewusst hätte.

Das brauchte *niemand* je erfahren. Ich hatte meine Lektion gelernt.

„Solange das so bleibt", meinte Thorn und stand auf. Er ließ mich allein in der Küche zurück, wo ich mit einem wiedererwachten Unbehagen haderte, das ich nicht ganz abschütteln konnte.

NEUNZEHN

Sorsha

Ich war noch nie nervös gewesen, wenn ich zu einer Sitzung des Bundes gegangen war. Allerdings hatte ich auch noch nie Grund zu der Annahme gehabt, dass das Betreten eines billigen Kinos verdächtig wirken könnte. Doch jetzt, in Anbetracht der jüngsten Ereignisse, wartete ich in einer schummrigen Gasse vier Blocks entfernt, schlurfte über den regennassen Asphalt und betete, dass sich die Wolken, die sich über mir zusammenballten, nicht erneut auftun würden, solange ich hier draußen war. Mein Regenschirm war ebenfalls dem Wohnungsbrand von letzter Nacht zum Opfer gefallen.

Nach dem Regen heute Nachmittag war die Luft feucht, und meine Nase juckte. Jedes Mal, wenn Schritte auf dem Bürgersteig zu hören waren, zog ich mich in die Schatten der Backsteinmauer neben mir zurück. Keiner der Menschen, die an diesem Abend an mir vorbeigingen, hatte bedrohlich gewirkt, doch ich war auch nicht darauf vorbereitet gewesen, dass eine Gruppe organisierter Angreifer in meine Wohnung eindringen würde.

Ich war seit elf Jahren für den Bund tätig, und keines der Mitglieder war jemals auch nur annähernd belästigt worden, außer vielleicht ab und zu von Schattenwesen auf der Seite der Sterblichen, die unsere Hilfsversuche nicht zu schätzen wussten. Niemand in dieser Gruppe kannte auch nur ein Mitglied, das in Ausübung seiner Pflicht verletzt worden war. Ein weiterer Beweis dafür, dass derjenige, der beschlossen hatte, mich aus dem Weg zu räumen, offensichtlich kein typischer Jäger war.

Schließlich tauchte Thorn aus der Dunkelheit vor mir auf. „Ich habe keine Anzeichen einer feindlichen Präsenz wahrgenommen", berichtete er. „Ich denke, Ihr könnt das Gebäude für Euer Treffen gefahrlos betreten. Trotzdem werde ich Euch im Schatten begleiten."

Diesen Punkt hatte er bereits betont, bevor wir unser vorübergehendes neues Zuhause verlassen hatten. Ich nickte und blickte ein paar Sekunden lang in sein strenges Gesicht. Ich suchte nach einem Hauch von Menschlichkeit in seinen kohlschwarzen Augen und seinen harten Gesichtszügen – etwas, das mir versicherte, dass dies zumindest ein wenig mehr war als eine kalter Austausch geschuldeter Gefallen.

In seiner Stimme lag Leidenschaft, aber auch eine gewisse Ernsthaftigkeit, als er davon sprach, mich und seine Kameraden zu verteidigen und seinen Boss zu finden. Er hatte mein einziges Andenken an meine Eltern vor den Flammen gerettet. Hinter all den Muskeln musste sich doch noch etwas anderes verbergen als eiserne Kälte.

Allerdings konnte ich es im Moment nicht erkennen. Wenigstens war auf Eisen Verlass. Wie sich herausstellte, konnte ich das von vielen anderen Dingen nicht behaupten.

„In Ordnung", meinte ich. „Ich gehe dann mal."

Als ich an ihm vorbeiging, verschwand er, doch ich wusste, dass er mir nicht von der Seite weichen würde, auch wenn ich ihn nicht sehen konnte. Der Abend war voller Schatten, sodass er sich problemlos fortbewegen konnte.

Der Geruch von gebuttertem Popcorn mit Minze und – war das *Toffee*? – empfing mich an der Tür zum privaten Kinosaal des Bundes. Bisher waren noch nicht viele Leute da. Die Samstagstreffen waren weniger beliebt als die Zusammenkünfte unter der Woche. Ellen und Huyen saßen drüben bei der Leinwand, und das waren genau die Leute, zu denen ich wollte.

Leider war Vivi auch schon da. Bevor ich mir das Gehör einer unserer Leiterinnen verschaffen konnte, kam meine beste Freundin schon auf mich zugelaufen.

„Hey!", begrüßte sie mich und musterte mich kurz. „Tolle Bluse! Die ist neu, oder? Wo hast du sie her?"

Verlegen zupfte ich am Saum des lila Seidentops. Es war tatsächlich neu, allerdings hatte ich es nicht selbst gekauft. Ich hatte das komplette Outfit heute Morgen nach dem Aufstehen vor meiner Zimmertür gefunden. Theoretisch hätte jeder meines Trios merken können, dass ich mein Barkleid nicht tagelang tragen konnte, und in den Schatten eines Ladens ein paar Klamotten klauen können. Der Hauch von Kakao, der an den Sachen haftete, ließ mich jedoch vermuten, dass es eine Entschuldigung von Ruse war.

Außerdem war er auf Abstand gegangen, was mir sehr entgegenkam. Wenn ich mich an die eindrucksvollen Momente unserer Begegnung gestern Abend erinnerte, überkam mich immer auch ein Anflug von Panik bei dem Gedanken, dass er meinen Verstand und meine Gefühle durchwühlt hatte. Wie konnte ich überhaupt sicher sein, dass es tatsächlich nur ein einmaliges Versehen gewesen war und er nicht die ganze Zeit seine Kräfte auf mich angewendet hatte?

Es waren schon mehr als ein paar hübsche Klamotten nötig, um die Wogen zu glätten, auch wenn ich darin wirklich fantastisch aussah.

Wenn ich Vivi erzählte, dass es ein Geschenk war, würde sie wissen wollen, von wem, und ich würde mich in noch größere Lügen verstricken. Also blieb ich bei einer kleineren. „Ach, das weiß ich gar nicht mehr. Irgendwo im Einkaufszentrum."

„Nun, eine ausgezeichnete Wahl." Sie stupste mich mit der Schulter an. „Schön, dass du gestern gut nach Hause gekommen bist. Ich habe mir Sorgen gemacht, weil du so schnell verschwunden bist."

Ha. Ja, ich war gut nach Hause gekommen. Das *Rauskommen* aus der Wohnung war jedoch weniger gut gewesen. „Ja, alles in Ordnung", meinte ich und hatte das Gefühl, dass sich bei jeder neuen Lüge ein weiterer schwerer Klumpen in meinem Magen bildete. „Ich wünschte, ich hätte länger bleiben können."

„Keine Neuigkeiten hinsichtlich des Tipps, den Jade dir gegeben hat?"

„Nein, ich hatte noch keine Gelegenheit, der Sache nachzugehen."

Ellen unterbrach das Gespräch, das sie und Huyen mit einem der älteren Mitglieder geführt hatten, und kam auf uns zu. Mit einer entschuldigenden Geste wandte ich mich an Vivi. „Ich muss kurz mit der Leiterin sprechen. Kannst du mir etwas Popcorn holen?"

Vivi zögerte einen Moment, als ob sie nur äußerst ungern verpassen wollte, was ich Ellen sagen wollte. Schließlich schenkte sie mir jedoch ein Lächeln und zeigte mir einen Daumen hoch. Als sie wegging, eilte ich rasch auf Ellen zu.

Trotz ihrer Vorliebe für Popcorn in ausgefallenen Geschmacksrichtungen, war unsere Co-Leiterin gertenschlank und hatte krauses, ergrauendes Haar, das sich ständig aus ihrem lockeren Dutt löste. An den Abenden der Treffen wiesen die Flecken auf ihren Fingerspitzen oft auf die neuesten Popcorn-Zutaten hin – die heutige grünliche Färbung stammte eindeutig von der Minze.

Ich hatte nicht viel Zeit, bevor meine beste Freundin zurückkommen und möglicherweise etwas hören würde, das sie noch neugieriger machen würde. „Hey, Ellen", sagte ich und kam gleich zur Sache. „Hast du einen Ersatzanstecker dabei? Ich kann meinen nicht finden." Ich wollte Ruse keine Gelegenheit mehr geben, seine Fähigkeiten bei mir einzusetzen.

„Klar", antwortete die zierliche Frau etwas überrascht. Ich hatte es geschafft, den ersten Anstecker, den sie mir ausgehändigt hatte, in den letzten elf Jahren nicht zu verlegen. Doch theoretisch konnte es jedem von uns passieren. Sie kramte in ihrer Handtasche – natürlich hatte Ellen, die stets auf alle Eventualitäten vorbereitet war, immer einen kleinen Vorrat zur Hand.

„Ist sonst alles in Ordnung?", fragte sie, als sie mir das Schutzabzeichen reichte.

Offenbar war mir meine allgemeine Nervosität deutlicher anzumerken, als mir lieb war. Mit einem verlegenen Grinsen fixierte ich den Anstecker. „Ja, diese Woche war einfach viel los. Außerdem hatte ich gehofft, mich mit der Gruppe in Verbindung zu setzen, die online über Schattenwesen berichtet, doch die Festplatte meines Computers ist kaputt." Eines traurigen, feurigen Todes gestorben. „Könntest du mir die Kontaktinformationen noch einmal geben? Ich habe sie aus Sicherheitsgründen nicht aufgeschrieben, was sich als nicht sonderlich klug herausgestellt hat."

Ich breitete meine Hände aus und versuchte, ahnungslos und unschuldig auszusehen und nicht wie eine Lügnerin. Dem Gewicht auf meinen Schultern nach zu urteilen, könnte ich genauso gut einen Felsbrocken mit mir herumschleppen. Ellen schien von der Bitte nicht beunruhigt zu sein. Schimmernden Robbenwelpen sei Dank! Sie tätschelte mir die Schulter.

„Ich schicke sie dir über eine sichere Verbindung. Hast du immer noch dieselbe E-Mail-Adresse?"

„Ja", antwortete ich mit einem Anflug von Erleichterung.

„Nur damit du es weißt: Sie wollen jetzt mit Bio-Kombucha bezahlt werden – und zwar kistenweise."

Kistenweise Kombucha also.

Als Ellen weiterging, trat Vivi neben mich. Sie reichte mir eine Tüte Popcorn und legte den Kopf schief. „Was habe ich verpasst?"

Ich lächelte sie an. „Nichts." Eine weitere Lüge.

Der Blick meiner besten Freundin wurde ungewöhnlich ernst. Sie hielt eine Sekunde inne, bevor sie sagte: „Egal, was du herausfindest, ich bin da, wenn du mich brauchst. Das weißt du doch, oder?"

Bei diesem nachdrücklichen Angebot zog sich mein Magen erneut zusammen. „Ja", antwortete ich. „Natürlich weiß ich das." Nur, dass ich ihr Angebot auf keinen Fall annehmen würde. Nicht, nachdem ich gesehen hatte, wie brutal meine neuen Feinde sein konnten.

* * *

Vielleicht lag es an ihrer Liebe zu den 60er Jahren, dass die Bewohner der Wohnung den Vermieter nicht aufgefordert hatten, ihre Küchengeräte auszutauschen, denn der Herd sah aus, als wäre er schon mehrere Jahrzehnte alt. Nachdem ich den gefrorenen Schmorbraten, den ich aus dem Gefrierschrank losgeeist hatte, aufgewärmt und zugesehen hatte, wie die Eiskristalle langsam geschmolzen waren, war auf einmal die Hälfte an der Pfanne festgebrannt.

Ich knurrte das Essen an, als könnte ich dadurch verhindern, dass es noch mehr anbrannte. Bevor ich mich entscheiden konnte, ob sich der Versuch lohnte, es zu retten, oder ob ich einfach alles wegschmeißen und von vorne anfangen sollte, ertönte auf dem neuen Laptop, den meine Schattenwesen-Freunde mir besorgt hatten, die Meldung, dass ich eine neue E-Mail erhalten hatte.

Scheiß aufs Abendessen. Ich ließ mich an der Kücheninsel nieder und stieß einen triumphierenden Schrei aus. „Wir haben eine Spur!"

Thorn, der sich mürrisch an der Küchentür herumgedrückt hatte, machte einen zögerlichen Schritt in meine Richtung, als ob es ihm körperliche Schmerzen bereiten würde, mehr Enthusiasmus zu zeigen. Eine Sekunde später gesellte sich Snap zu uns, den ich zuletzt gesehen hatte, als er auf dem Fußboden des Hauptschlafzimmers gelegen und die Lavalampe begeistert hin und her geschwungen hatte.

„Hast du Informationen darüber, wo Omen ist?", fragte er mit leuchtenden Augen.

„Möglicherweise", erwiderte ich zögerlich. Pickle hüpfte von dem anderen Stuhl auf meinen Schoß und spähte über den Rand der Kücheninsel. Ich kraulte sein Kinn, während ich den Bildschirm betrachtete. „Jade hat mir erzählt, dass jemand eine Suchanzeige für ,mächtige' Schattenwesen veröffentlicht hat, was nach der Vorgehensweise der Bande klingt, die ihn überfallen hat. Unsere Kontakte im Dark Web sind ziemlich gut darin, nützliche Nachrichten auszugraben, die eigentlich privat bleiben sollten."

Jäger und Sammler waren natürlich in ihren eigenen Bereichen des Internet-Schwarzmarktes aktiv. So sicher sie diese Kanäle auch zu halten versuchten, gelang es den Hackern, die gegen Bezahlung für den Bund arbeiteten, regelmäßig, ihre Codes zu knacken. In der Regel konnten sie die Benutzernamen zu den Personen zurückverfolgen, die hinter den Verkäufen, Käufen und Beiträgen standen.

Als ich gerade die Datei öffnete, die mir mein Kontakt geschickt hatte, betrat auch Ruse den Raum. Er lehnte sich am weitesten von mir entfernt an den Tresen in der Küche, und nahm eine lässige, aber wachsame Haltung ein.

Ich wusste, dass er mir zuliebe Abstand hielt, nicht weil er es wollte. Ab und zu machte er einen Witz oder eine neckische Bemerkung und beobachtete aufmerksam meine Reaktion, als würde ihm ein Lachen verraten, dass ich ihm vergeben hatte. Wenn er glaubte, dass er mich ein zweites Mal so leicht für sich gewinnen konnte, machte er sich etwas vor.

Meine Hand wanderte automatisch zu meiner Brust, und es beruhigte mich einen Moment lang, mit den Fingerspitzen über die Ränder meines neuen Ansteckers aus Silber und Eisen zu streichen, den ich unter meiner Bluse trug. Ich lehnte mich näher an den Bildschirm. Mein anderer Zeigefinger strich über das Touchpad, während ich die Liste der Namen und die Zusammenfassungen überflog, die der Hacker gefunden hatte.

Fast hätte ich es überlesen. Meine Augen glitten über die Buchstaben und wanderten eine halbe Bildschirmseite weiter nach unten, bevor mich die Erkenntnis traf. Moment mal. Ich ging zurück zu dem vorherigen Eintrag.

Als ich ihn mir genauer ansah, entwich mir ein Glucksen. Beim Sohn eines Keksfressers. Wir waren auf dem völlig falschen Dampfer, doch ich konnte verstehen, wie uns dieser Fehler unterlaufen war.

Ich deutete auf den Namen, der mir ins Auge gefallen war. „Freudenhöhle ist kein Ort, sondern ein Name. John Freudenhöhle. Er steckt hinter einem der Pseudonyme, unter denen in den letzten Monaten Nachrichten gepostet wurden, in denen jemand mit Sammlern über ihre Schattenwesen sprechen wollen.“

Snaps Laune verschlechterte sich sichtlich. „Ich habe dir falsche Informationen gegeben.“

Ich tätschelte ihm beruhigend den Arm. Mensch, der Kerl war wirklich muskulös.

Konzentrier dich, Sorsha.

„Dieser Fehler hätte jedem passieren können“, beruhigte ich ihn. „Und hey, am Ende hat uns die Information trotzdem weitergeholfen.“

Thorn stand über mir und starrte finster auf den

Computer, als würde er am liebsten durch den Bildschirm greifen und unsere Zielperson digital an die Gurgel gehen. „Wo ist dieser ‚John Freudenhöhle'?"

„Mal sehen, was meine Kontaktperson gefunden hat ..." Als ich mir den Eintrag durchlas, ließ meine Zuversicht ein wenig nach. „Er hat nur einen kleinen Fehler gemacht, der es den Hackern ermöglichte, seinen richtigen Namen zu ermitteln. Wahrscheinlich hat er sich irgendwo eingeloggt, wo er es nicht hätte tun sollen, und dabei die gleiche IP-Adresse verwendet. Doch die Adresse war ebenfalls eine Tarnung. Sie waren nicht in der Lage, sie zu einem konkreten Standort zurückverfolgen, der mit dem Mann in Verbindung steht."

„Bei seinem Namen dürfte es doch nicht schwer sein, weitere Details herauszufinden, oder?", fügte Ruse hinzu. Pickle zwitscherte, als würde er dem Inkubus zustimmen.

„Ja, ich kann sie bitten, mehr über ihn in Erfahrung zu bringen. Sie haben noch nicht nach allen Namen gesucht – das ist eher eine Zusammenfassung ..." Ich hielt inne. „Wenn er jedoch mit den Leuten in Verbindung steht, die gestern Abend in meine Wohnung eingebrochen sind, dann wäre es nur logisch, dass sie jeden, der in seinen Angelegenheiten herumschnüffelt, genau im Auge behalten."

Ruse schnaubte. „Du glaubst doch nicht, dass deine Hacker es schaffen, unbemerkt zu bleiben?"

„Das Problem ist eher, dass wir nicht sicher sein können, dass keiner von ihnen auch von anderen Parteien bestochen wird. Sie arbeiten für jeden, der sie bezahlt – sie sind dem Bund gegenüber nicht loyal." Ich lehnte mich in meinem Stuhl zurück, streichelte Pickles Kopf und runzelte die Stirn.

Ich hatte die Informationen so allgemein gehalten, dass es kein größeres Aufsehen erregen sollte. Wenn die Schwertsternbande dieselben Hacker auf mich hetzte, könnten sie wahrscheinlich innerhalb von fünf Sekunden herausfinden, von wo aus ich arbeitete. Die illegalen

Kenntnisse, die ich mir im Laufe der Jahre angeeignet hatte, waren nichts im Vergleich zu ihren.

„Mal sehen, wie viel wir allein herausfinden können, ohne jemanden von außerhalb einzubeziehen", sagte ich. „Das ist sicherer. Falls wir nicht weiterkommen, können wir immer noch ein Risiko eingehen. Wir werden Omen definitiv nicht finden, wenn uns die Arschlöcher zuerst finden. Und diesmal werden sie besser vorbereitet sein als beim letzten Mal."

Ich öffnete ein Suchfenster und begann mein Online-Versteckspiel mit Mr. John Freudenhöhle. Es schien mehrere Personen mit diesem Namen zu geben. Glücklicherweise tauchte nur einer von ihnen auf, als ich den Namen der Stadt in meine Suche einbezog.

Die Ausbeute war ziemlich dürftig. Wer auch immer der Mann war, er hielt sich im Internet sehr bedeckt. Schließlich stieß ich jedoch auf ein Ergebnis, in dem ein gewisser J. Freudenhöhle in Verbindung mit einer Adresse am Stadtrand erwähnt wurde. Als ich die Straßenansicht auf der Karte überprüfte, sah es wie ein Bürogebäude aus – allerdings ohne Schild oder sonstige Anhaltspunkte, die mir verraten würden, was dort vor sich ging. Das war ziemlich verdächtig.

„Diese Daten hättest du wohl lieber nicht schicken sollen, mein Lieber", stieß ich triumphierend hervor. „Jackpot!"

„Haben wir ihn?", fragte Thorn mit grimmiger Begeisterung.

„Wir sind ihm zumindest einen Schritt nähergekommen." Ich wies auf die Online-Karte. „Zückt eure Kalender – wir haben morgen etwas vor."

ZWANZIG

Sorsha

Wenn ich gehofft hatte, dass ich einfach in das Bürogebäude spazieren könnte und mich eine Empfangsdame direkt zu Freudenhöhle bringen würde, ließ ein Blick auf den derzeitigen Zustand des Gebäudes diesen Traum platzen. Natürlich wäre es lächerlich gewesen, einfach hineinzulaufen und zu verlangen, ihn zu sprechen, doch die triste Düsternis, die ich durch die verglasten Fenster erkennen konnte, stimmte mich nicht sonderlich zuversichtlich, dass wir hier überhaupt etwas finden würden.

Thorn hatte bereits mehrere Häuserblocks um das Gebäude herum ausgekundschaftet und nach Hinweisen auf unsere früheren Angreifer Ausschau gehalten. Während die beiden anderen Schattenwesen und ich in einem Café am Ende der Straße warteten, hatte er sich auf die Suche nach dem Gebäude selbst gemacht.

Ruse nippte an dem Espresso, den ihm die Barista spendiert hatte, nachdem er seinen Charme hatte spielen lassen, sah jedoch nicht so aus, als ob er ihn besonders genoss. Selbst Snap war zu unruhig, um mehr als ein paar halbherzige Kommentare über die heiße Schokolade mit Schlagsahne abzugeben, die ihm der Inkubus besorgt hatte.

Ich hatte beschlossen, ganz auf Koffein zu verzichten, da ich meine Nerven nicht noch mehr strapazieren wollte, als sie es ohnehin schon waren. Langsam bereute ich jedoch, dass ich nichts hatte, um meine Hände zu beschäftigen. Während ich an der Serviette herumfummelte, die ich aus dem Serviettenhalter gezogen hatte, und langsam eine Ecke abriss, trat unser abgebrühter Krieger aus dem Schatten auf der anderen Seite des Raumes, als wäre er nicht aus der Dunkelheit, sondern von der Toilette gekommen. Ich war mir ziemlich sicher, dass Ruse ihm diesen Trick beigebracht hatte.

„Der Weg ist frei", teilte er uns mit, als er bei uns ankam. Seine Stimme war leise, aber förmlich wie immer. „Wir sollten lieber den Hintereingang benutzen. Mylady, meine Gefährten und ich werden uns ungesehen durch den Schatten bewegen und Euch dort treffen."

Das machte Sinn. Trotzdem hatte ich das Gefühl, eine Zielscheibe auf dem Rücken zu tragen, während ich draußen herumlief, als würde ich einfach nur diesen schönen Sommertag genießen. Ich hatte schon viele Verbrechen begangen und mich in viele Gebäude geschlichen, in denen ich nicht sein sollte, allerdings immer im Schutz der Nacht. Am helllichten Tag und ohne meine Einbrecherkleidung hätte genauso gut ein Scheinwerfer auf mich gerichtet sein können.

Wenn das Gebäude ohnehin leer war, gab es keinen Grund, tagsüber dort herumzustöbern. Keine Angestellten, die wir belauschen oder gar befragen könnten. Doch jetzt waren wir schon hier. Thorn war sogar noch angespannter als ich – wenn er der Meinung war, dass wir es wagen konnten, war es hier vermutlich sicherer als an einem Strand auf den Bahamas.

Ich würde einfach nicht daran denken, dass er die Jäger nicht bemerkt hatte, die ihn in den Käfig gesperrt hatten, aus dem ich ihn befreit hatte.

Ich spazierte um den Block herum, bevor ich in die Einfahrt neben dem Gebrauchtmöbelgeschäft nebenan einbog. Der Weg über den Parkplatz führte mich geradewegs zu einer imposanten Stahltür auf der Rückseite von Freudenhöhles offensichtlich ehemaligem Arbeitsplatz. Galoppierenden Gremlins zum Dank schien der Verschmelzungsprozess des Eisens zu Stahl die abstoßende Wirkung auf die meisten Schattenwesen aufzuheben.

Ich schaute mich um, um mich zu vergewissern, dass niemand in der Nähe war, der mich sehen könnte, zog meine Handschuhe an und rüttelte am Griff. Er rührte sich nicht.

Huch. Ich hatte erwartet, dass das Trio vor mir da sein würde. Ein mulmiges Gefühl breitete sich in meiner Magengrube aus. Als ich mich noch einmal umblickte und mich halb darauf gefasst machte, loszurennen, drehte sich der Knauf mit einem metallischen Knirschen.

Bevor ich losrennen konnte, schwang die Tür auf und gab den Blick auf Thorns massige Gestalt frei. In seiner starken Hand hielt er den abgebrochenen und verbogenen Türknauf, der sich auf der anderen Seite der Tür befunden hatte.

„Hier gibt es ein paar raffinierte Schlösser, die wir nicht ohne ein gewisses Maß an Zerstörung öffnen konnten", erklärte Ruse mit einem finsteren Blick in Richtung seines größeren Kollegen. „Ich habe *versucht*, diesem Trottel klarzumachen, dass wir uns vergewissern sollten, ob du es für klug hältst, hier buchstäblich einzubrechen, bevor wir uns gewaltsam Zutritt verschaffen."

Thorn winkte mich bereits mit einer energischen Armbewegung herein. „Wir hätten viel mehr Aufmerksamkeit erregt, wenn wir draußen herumgestanden und darüber diskutiert hätten – oder sie draußen stehen gelassen hätten. Jetzt ist sie drin."

Snap schaute sich in dem Lagerraum um. „Sieht so aus, als ob hier schon lange niemand mehr gewesen wäre."

Die Regale im Raum waren größtenteils leer, und die wenigen verbliebenen schmuddeligen Pappkartons enthielten nichts, was mehr verriet, als welche Art von Druckerpapier das Unternehmen verwendet hatte. Dem Datum auf einem Versandetikett nach zu urteilen war eines der Pakete vor fünf Jahren geliefert worden.

Stand dieses Gebäude schon so lange leer? Meine Hoffnung sank weiter.

Der Lagerraum mündete in einen mit Innenfenstern gesäumten Korridor. Bei den Räumen auf der anderen Seite schien es sich um Labore mit glänzenden Metalltischen und Kühlschränken zu handeln, die sich neben offenen Zimmern befanden, in denen lediglich Schrammen auf dem Boden darauf hindeuteten, dass sich dort einst weitere Gerätschaften befunden hatten. Durch die kleinen, hohen Milchglasfenster drang gedämpftes Licht. Ein bitterer chemischer Geruch hing in der Luft.

Thorn hatte hier einen ähnlichen Trick mit dem Schloss angewandt, um uns Zutritt zu verschaffen – sofern man rohe Gewalt als „Trick" bezeichnen konnte. Snap kniete neben den Kratzspuren. Bei dem ersten Schnalzen seiner Zunge zuckte sein schlanker Körper zusammen.

„Silber und Eisen", verkündete er angespannt. „Hier waren Käfige."

Käfige, die speziell für Schattenwesen gedacht waren. Die Schwertsternbande hatte die offensichtlichen Beweise beseitigt. Bestimmt hatten sie nicht damit gerechnet, dass ein Wesen mit Snaps Fähigkeiten das Gebäude durchsuchen würde.

„Kannst du sonst noch etwas über sie herausfinden? Zum

Beispiel, welche Art von Schattenwesen hier gefangen gehalten wurden?", fragte Ruse.

Snap nahm eine weitere zaghafte Kostprobe und schüttelte mit einem Schaudern den Kopf. Er ging weiter und probierte die Luft über und um den Tisch herum, bevor er sich dem Kühlschrank zuwandte. Ein düsterer Ausdruck trat in sein attraktives Gesicht.

„Ich kann nicht viel über die Leute erschmecken, die diesen Raum benutzt haben", sagte er leise. „Nur, dass sie irgendetwas mit den Schattenwesen gemacht haben. Etwas Schmerzvolles."

Thorns Hände ballten sich zu Fäusten. Ebenso wie meine. Wir hatten zwar bereits geahnt, dass diejenigen, die seinen Boss entführt hatten – und wahrscheinlich auch meine Tante Luna – ruchlose Ziele verfolgten, doch wenn sie von diesem Gebäude aus operierten, bestand kein Zweifel mehr an ihren Absichten.

Wir inspizierten einen Laborraum nach dem anderen, wobei sich mein Magen angesichts der wachsenden Anspannung, die sich in Snaps Verhalten zeigte, zusehends verkrampfte. Die Eindrücke von den schrecklichen Experimenten, die er sammelte, zahlten sich aus, als er im letzten Raum mit einem strahlenden Grinsen von einem Schrank zurücktrat.

„Ich habe es gesehen! Jemand, der diesen Schrank hier geöffnet hat – wie lange es auch her sein mag, als er das letzte Mal hier war – hielt einen Ordner in der Hand, auf dem das Sternsymbol mit den Schwertern abgebildet war."

„Dann sind wir hier definitiv richtig." Mit einem weiteren unbehaglichen Schauer betrachtete ich die weißen Wände um uns herum. „Freudenhöhle muss unser Mann sein." Bisher waren wir hier jedoch auf nichts gestoßen, was uns zu ihm führen könnte.

„Im vorderen Teil des Gebäudes war mehr ... Unrat", meinte Thorn. „Vielleicht finden wir dort einen Hinweis."

Es tat mir überhaupt nicht leid, die leeren Labors hinter mir zu lassen. Wir passierten eine weitere Stahltür und gelangten in den vorderen Teil des Gebäudes, das sich zu einem büroähnlichen Bereich öffnete.

Ein paar Dutzend Kabinen waren durch ein Labyrinth von Trennwänden unterteilt, von denen einige umgestürzt waren. Die schlichten Stahlschreibtische waren noch da, seltsamerweise jedoch keine Stühle. Auf einer kleinen Küchenzeile stand eine verstaubte Kaffeemaschine und daneben ein Wasserspender ohne Gallone. Die Türen an der gegenüberliegenden Wand führten in private Büros. Die Namensschilder neben den Türen waren aus ihren Messinghaltern entfernt worden.

Snap machte sich sofort daran, alle Eindrücke zu sammeln, die er finden konnte. Ich ging in eine andere Richtung und durchwühlte die zerknitterten Papiere, die eingetrockneten Stifte und den anderen Müll, den die Angestellten zurückgelassen hatten, für den Fall, dass irgendwo ein Hinweis war, für dessen Interpretation kein übernatürlicher Voodoo erforderlich war.

Ruse folgte mir und inspizierte die Kabinen auf der anderen Seite des Ganges. Als Snap und Thorn sich von uns entfernten und in die andere Richtung gingen, warf er mir einen Blick zu. Ich beugte mich über einen Schreibtisch und versuchte, ein Papier zu erreichen, das zwischen den Schreibtisch und die Trennwand gefallen war, mit der er anscheinend verschraubt war.

Ich erwartete halb, dass er eine freche Bemerkung über meinen Hintern machen würde, doch stattdessen wandte er seinen Blick ab. Das Papier verschwand in den Schatten, und eine Sekunde später stand der Inkubus neben mir und hielt es mir hin.

„Oh. Danke." Ich konnte nicht verhindern, dass sich meine Haltung ein wenig versteifte, als ich die Wärme seines Körpers direkt neben mir spürte.

Ich betrachtete den Zettel, auf dem lediglich ein paar obszöne Schwanzkritzeleien zu sehen waren. Wie unglaublich kreativ.

Ruse wich zurück, sein Mund verzog sich zu einer Grimasse. Seine Lippen öffneten sich, doch dann zögerte er. „Sorsha", sagte er schließlich, als ich mich umdrehte.

„Was?" Das Wort kam schärfer heraus, als ich beabsichtigt hatte, allerdings hatte ich auch nicht vorgehabt, freundlich zu sein.

„Ich ..." Er schnappte nach Luft, und an seinem Gesichtsausdruck konnte ich erkennen, dass er sich über sich selbst ärgerte, nicht über mich. „Du kannst mir ewig böse sein, wenn du willst. Ich behaupte nicht, dass ich keinen Mist gebaut habe. Doch ich möchte, dass du weißt, dass ich dein Vertrauen nicht aus Spaß gebrochen habe, oder um dich zu manipulieren,"

„Nein? Warum hast du es dann getan?"

Trotz meines immer noch gereizten Tonfalls wirkte er erleichtert, dass ich überhaupt gefragt hatte. „Ich weiß, welchen Nutzen ich im Allgemeinen für Sterbliche habe – oder besser gesagt, im Bett. Sobald der Akt vorbei ist, verweile ich für gewöhnlich nicht länger in ihrer Nähe. Niemand hat sich je über mein Gehen beschwert. Als ich den Eindruck hatte, dass du wolltest, dass ich bei dir bleibe, war ich mir nicht sicher, ob meine Vermutung richtig war. Ich wollte mich dir nicht aufdrängen. Also habe ich mich vergewissert, nur um sicherzugehen, dass du das auch wirklich wolltest."

Ich möchte nur nicht, dass du dich verpflichtet fühlst, hatte er neulich gesagt, als ich ihn in mein Bett eingeladen hatte. Als ich mich daran erinnerte und die Reue sah, die in seinem unverschämt gut aussehenden Gesicht irgendwie fehl am Platz wirkte, verflüchtigte sich das Gefühl des Verrats etwas, das ich empfunden hatte.

Wie fühlte es sich wohl an, jahrhundertelang so behandelt

zu werden, als wäre man abgesehen von seiner sexuellen Begabung nichts wert? Auch wenn es für ihn möglicherweise keine so große Rolle spielte wie für einen Menschen, konnten auch Schattenwesen Verlust und Einsamkeit empfinden. Nur Lust, ohne die Nähe und Verbundenheit und anschließend in den Armen des anderen einzuschlafen ... Selbst in den Monaten, in denen ich mit Leland geschlafen hatte, hatte der Mangel an tatsächlicher Intimität irgendwann den Spaß an unserer Vereinbarung getrübt.

Auch wenn Ruse' Fähigkeiten mich umgehauen hatten, würde ich die volle Erfahrung menschlicher Intimität der übernatürlich starken Leidenschaft allein jederzeit vorziehen. Falls ich jemals die Chance bekommen sollte, eine wirklich erfüllende Beziehung zu erleben.

„Okay", sagte ich. „Ich kann verstehen, warum dir das passiert ist. Trotzdem möchte ich nicht, dass es noch einmal vorkommt."

Ich blickte auf meine Hände hinunter, die ich auf dem Schreibtisch abgestützt hatte, und beschloss, ihm auch ein wenig Ehrlichkeit entgegenzubringen, nachdem er sich mir gegenüber geöffnet hatte. „Dass du in meinen Geist eingedrungen bist, ist ein besonders wunder Punkt für mich. Als ich sieben Jahre alt war und eines Abends mit Luna nach Hause gegangen bin, hat uns ein höheres Schattenwesen entdeckt und sich über sie lustig gemacht, weil sie sich um eine Sterbliche kümmerte. Als wir versuchten, einfach von ihm wegzugehen, hat er seine Kräfte gegen mich eingesetzt."

„War er ein Inkubus?", fragte Ruse leise, doch in seinen Augen blitzte ein zorniger goldener Funke auf.

„Ich glaube nicht, aber er hatte Zauberkräfte. Er rief nach mir, befahl mir, herumzuspringen und auf allen vieren zu kriechen. Er hätte mir befohlen, in den Verkehr zu laufen, wenn Luna sich nicht auf ihn gestürzt hätte."

Bei der Erinnerung bildete sich ein Kloß in meinem Hals. „Es war furchtbar, ich wollte mich wehren und hatte Angst vor dem, was er mich tun ließ, doch ich war in meinem Körper gefangen, der seine Befehle befolgte, egal wie sehr ich versuchte, mich dagegen zu wehren. Ich weiß, dass du keine Menschen quälst, doch bei dem Gedanken, dass jemand Einfluss auf meinen Verstand ausübt, kommen die Erinnerungen an dieses schreckliche Erlebnis wieder hoch."

Wäre ich mir vorher nicht schon sicher gewesen, dass Ruse Gewissensbisse hatte, dann würde ich es spätestens jetzt an seinem zerknirschten Gesichtsausdruck erkennen. „Es tut mir leid, dass ich dich an diesen Moment erinnert habe, und dass du mich überhaupt mit diesem Abschaum in Verbindung gebracht hast. Wenn ich das Versprechen, nie wieder einen Fehler zu machen, nicht einhalten kann, kannst du *mich* gerne anzünden und jubeln, während ich verbrenne."

Meine Lippen zuckten bei der Vehemenz, mit der er dieses Angebot unterbreitete. „Ich glaube, ich komme auch darüber hinweg, ohne jemanden lebendig zu verbrennen. Lass uns einfach sehen, wie es läuft. Und fordere dein Glück nicht heraus."

„Verstanden", antwortete der Inkubus mit einem spielerischen Salut, wobei jedoch weiterhin ein ernster Ausdruck in seinen Augen lag. Ich wollte mich gerade auf den Weg machen, um meine Suche fortzusetzen, als eine fröhliche Stimme aus der Büroküche ertönte. Natürlich war Snap eher früher als später dort gelandet.

„Ich habe was!" Sein Gesicht leuchtete ebenso hell wie sein lockiges Haar, als er hinausstürmte. Mit einer Hand hielt er eine Tasse hoch, an deren Rand eine zackige Scherbe fehlte. „Diese Tasse gehörte Freudenhöhle. Er hat sie von zu Hause mitgebracht, und anhand der Eindrücke, die daran haften, kann ich das Haus erkennen."

Aufregung machte sich in mir breit. Ich eilte auf ihn zu. „Bist du dir sicher, dass es seine ist?"

Er drehte die Tasse um, um uns den Boden zu zeigen, und sah dabei so unglaublich selbstzufrieden aus, dass ich den

Drang unterdrücken musste, ihn zu küssen. „Ich kann hören, wie jemand den Namen sagt, während er sie in der Hand hält – und seht nur. Das steht bestimmt für John Freudenhöhle, oder?"

Auf dem Boden der Tasse waren mit schwarzem Filzstift die Initialen J.F. geschrieben.

Ich lachte und begnügte mich damit, Snaps Schulter zu drücken. „Du hast es geschafft. Er sollte sich lieber in Acht nehmen. Wir machen uns auf den Weg zu seiner Wohnung."

EINUNDZWANZIG

Sorsha

Zum Glück hatten wir die Autoschlüssel der Bewohner der Wohnung, die wir uns ausgeliehen hatten, in einer Schale neben der Tür gefunden. Als Ruse den Entriegelungsknopf auf dem Parkplatz hinter dem Gebäude drückte, piepste ein glänzender silberner Geländewagen.

Wir würden gut auf ihn aufpassen, sagte ich mir, als wir darauf zugingen. Als Dankeschön würden wir den Wagen sogar vollgetankt wieder zurückbringen.

Als ich die Beifahrertür öffnete, schossen meine Augenbrauen in die Höhe. „Oh, um Himmels willen!"

Von außen sah er wie ein ganz normaler Geländewagen aus. Das Innere stank nach den 60er Jahren. Buchstäblich. Ein Hauch von moschusartigem, erdigem Patschuli umwehte mich. Ich rümpfte die Nase und betrachtete die knalligen rosa Teppiche auf dem Boden vor den Sitzen sowie das glitzernde Friedenszeichen, das vom Rückspiegel baumelte.

Vielleicht hätten wir lieber zu Fuß gehen sollen.

So wie Snap das Haus anhand von Freudenhöhles Tasse beschrieben hatte, würden wir uns auf den Weg zu einem der noblen Vororte im nördlichen Teil der Stadt machen, und das war selbst mir zu weit zum Laufen. Also nahm ich neben Snap auf dem Rücksitz des Wagens Platz, während Ruse sich hinters Steuer setzte und Thorn seine langen Beine neben dem Inkubus ausstreckte.

Ich hatte nicht vor, die geballte Ladung an 60er Memorabilia ungestraft hinzunehmen, also verband ich mein Handy mit dem Soundsystem des Geländewagens und ließ das Album *Private Dancer* von Tina Turner abspielen. Nehmt das, Blumenkinder.

Als die ersten Töne von „I Might Have Been Queen" aus den Lautsprechern schallten, lachte Ruse wissend. Er steuerte den Geländewagen rückwärts aus der Parklücke, und zwar geschickter, als ich es von einem Mann erwartet hätte, der seine Fahrkünste wahrscheinlich nur einmal alle zehn Jahre einsetzen musste.

Wir waren auf der Suche nach einem großen Haus im Kolonialstil: weiße Wände, Giebelfenster und Säulen auf beiden Seiten der doppelten Eingangstür. Ein großer Rasen mit einem Baum, der Schatten auf die Einfahrt warf. Und, was am wichtigsten war – denn es gab wahrscheinlich tausend Häuser in der Vorstadt, die auf diese Beschreibung passten – Snap hatte auch einen Blick auf die Bronzestatue eines sich aufbäumenden Pferdes erhascht, die neben der Eingangstreppe stand. Wir konnten nur hoffen, dass sie noch da war, egal wie viele Jahre vergangen waren, seit Freudenhöhle das letzte Mal in diesem Bürogebäude gearbeitet hatte.

Ich öffnete meine Karten-App. „Folge dieser Straße weiter nach Norden, bis ich dir etwas anderes sage", wies ich Ruse an. „Wir haben einen weiten Weg vor uns."

„Weis mir den Weg, Flamme!"

Wir wurden nur ein paar Mal angehupt – das Wechseln von Spuren gehörte nicht zu Ruse' Stärken – und schafften es aus der Innenstadt heraus und hinauf in das wohlhabendere Viertel, wo ich mehrere Sammlerhäuser in Brand gesetzt hatte. Während der Inkubus die Straßen auf- und abfuhr, konzentrierten wir anderen uns auf die Häuser.

Ein paar Stunden später begann meine Sicht zu verschwimmen. Snap stieß ein leises Zischen zwischen seinen Zähnen aus. „Ich kann das Haus, das ich an der Tasse geschmeckt habe, nirgends sehen. Ich weiß nicht einmal, ob es in dieser Stadt ist."

„Es könnte sein, dass er etwas weiter außerhalb der Stadt wohnt", gab ich zu. Es würde Tage dauern, den gesamten Großraum zu durchkämmen – und selbst dann war es nicht sicher, ob wir das Haus fanden. Vielleicht würde ich unser Schicksal doch in die Hände einer Hackergruppe auf dem Schwarzmarkt legen müssen.

„Jetzt sind wir schon hier – da können wir auch unser Bestes geben", erklärte Ruse heiter. Ich nahm an, dass ihm das Autofahren Spaß machte.

Wir fuhren weiter, bis mein Magen knurrend verkündete, dass er etwas Nahrhafteres brauchte als die Tüte Grillchips und die Tasse Kaffee, die ich anstatt eines Mittagessens zu mir genommen hatte. Bei einem besonders lauten Rumoren drehte sich Thorn mit einem fragenden Blick zu mir um. Als die letzten Töne von *The Joshua Tree* verklangen, gab ich mich geschlagen. Wir hatten definitiv noch nicht gefunden, wonach wir suchten.

„Lasst uns zurückfahren und etwas zu Abend essen. Anschließend werde ich versuchen, herauszufinden, wie ich meine Internet-Kontakte erreichen kann, ohne dass wir dabei draufgehen."

„Einverstanden", antwortete Ruse. Sogar er klang langsam ein wenig erschöpft.

Wir fuhren eine weitere Anliegerstraße in Richtung Süden

entlang. Gerade als die Häuser kleiner und die Vorgärten ungepflegter wurden, richtete Snap sich ruckartig auf.

„Halt! Dort, in der Straße, an der wir gerade vorbeigefahren sind. Dreh um!"

Ruse' nächstes Manöver wurde mit fünfmaligem Hupen quittiert, als er nach der eindringlichen Aufforderung seines Beifahrers erst eine Kehrtwende und dann eine Linkskurve machte. Snap deutete auf ein Haus an der Ecke: Die weißen Wände waren ein wenig heruntergekommen, an den Säulen auf beiden Seiten der Tür blätterte die Farbe ab und an der Einfahrt stand eine verwahrloste Eiche. Neben der Eingangstreppe glänzte die Statue eines sich aufbäumenden Pferdes im Licht der späten Nachmittagssonne.

Ruse stieß einen leisen Pfiff aus. „Gute Arbeit."

Er war scharfsinnig genug, um noch ein Stückchen weiterzufahren, und dann vor einem Haus auf der anderen Straßenseite zu parken. Blinzelnd betrachtete ich das Gebäude, auf das Snap gezeigt hatte, und bemerkte etwas, das er in seiner Vision nicht wahrgenommen hatte.

„Freudenhöhle bewohnt nicht das ganze Haus. Es ist in mehrere Wohnungen unterteilt. Neben der Tür sind drei verschiedene Briefkästen."

Ruse deutete auf die Einfahrt, die neben dem Haus zu einer Garage weiter hinten führte. „Und dort hinten an der Seite ist noch einer." Oberhalb einiger Betonstufen befand sich eine weitere Tür mit einem eigenen Briefkasten, möglicherweise ein separater Eingang zum Keller oder zu einer Einliegerwohnung.

„Wir können davon ausgehen, dass sich unsere Zielperson irgendwo da drinnen befindet", meinte Thorn. Er sah mich an. „Ihr bleibt hier, während wir uns umsehen, Mylady. Wir wissen nicht, wie gut seine Wohnung überwacht wird. Ihr könnt Wache halten, für den Fall, dass er das Haus verlässt."

„Ich weiß nicht einmal, wie er aussieht", protestierte ich. Ich wollte auf keinen Fall im Auto bleiben, wie ein Kind, das auf seine Eltern wartete, während sie Besorgungen machten. Natürlich konnten die Schattenwesen ungesehen herumschleichen und ich nicht, aber dieser Kerl hatte jahrelang mit – oder an? – Schattenwesen gearbeitet. Womöglich konnte er sie trotzdem aufspüren. Sie sollten nicht das ganze Risiko tragen müssen, vor allem, da es meine Idee gewesen war, auf eigene Faust zu ermitteln.

„Dann merkt Euch eben jeden Mann, der das Gebäude verlässt."

„Aber ..."

Thorns dunkle Augen wurden schwarz wie Obsidian. „Ihr bleibt hier. Es gibt nichts, was Ihr da drinnen tun könntet, um uns zu unterstützen."

Diese Bemerkung tat weh. Ich versteifte mich, während ich fieberhaft überlegte, wie ich ihn davon überzeugen könnte, dass es besser war, wenn ich mitkam. „Er wird wohl kaum offensichtliche Hinweise darauf hinterlassen haben, wo er arbeitet, wenn man bedenkt, wie vorsichtig die Schwertstern-Bande ist. Ich kenne die Stadt, ich kenne die Sterblichen. Womöglich fällt mir etwas Bedeutsames auf, das euch sonst entgehen würde."

„Wenn wir nichts finden, werden wir das in Betracht ziehen."

„Vielleicht ist er zu Hause", räumte Ruse ein. „Du kannst nicht einfach so in seine Wohnung spazieren, wenn er da ist."

Ich seufzte. „Na schön." Als ich mich in den nach Patschuli duftenden Sitz zurücksinken ließ, kam mir eine Frage in den Sinn, an die ich noch gar nicht gedacht hatte. Ich drehte mich zu Snap um. „Wenn Freudenhöhle da drin ist ... kannst du ihn dann testen und Eindrücke von anderen Orten aufnehmen, an denen er war, oder ..."

Als ich sah, wie sich das himmlische Gesicht des Schattenwesens verzog, hielt ich inne. Sein ganzer Körper hatte sich angespannt, seine grünen Augen wurden für einen Moment dunkel und distanziert, als würde er in der Ferne etwas sehen, von dem er sich wünschte, es nie gesehen zu haben. Er erstarrte auf seinem Sitz und blickte zu seinen Begleitern.

„Nein", sagte er, und seine klare Stimme bebte. „Das kann ich nicht. Omen sagte … Wir waren uns einig, dass …"

„Hey", unterbrach Ruse ihn in demselben warmen, sanften Ton, in dem er gestern mit mir gesprochen hatte, als ich das Betäubungsgas eingeatmet hatte. Er griff nach Snaps Hand. „Das würden wir nie von dir verlangen. Mach dir keine Gedanken deswegen. Sie war nur neugierig – sie weiß es nicht."

Ich blickte zwischen den beiden hin und her. „*Was* weiß ich nicht?"

Snaps Schultern hatten sich bei den beruhigenden Worten des Inkubus ein wenig entspannt. In seinen Augen lag jedoch nach wie vor ein gequälter Blick, als hätte sich ein Schatten über seine übliche Heiterkeit gelegt. Er atmete scharf aus, während er versuchte, die Gefühle, die meine Frage bei ihm hervorgerufen hatte, in den Griff zu bekommen. „Bei Lebewesen verhält sich die Sache etwas anders. Das möchte ich niemals tun."

Wieder konnte ich einen unausgesprochenen Widerstand in seiner Stimme und in der Art, wie er seinen Blick von mir abwandte, wahrnehmen. Etwas an seinen Fähigkeiten … erschreckte ihn? Süßer Hades, wie schlimm musste es sein, dass er so reagierte?

Unter all dieser freudigen Unschuld schien der Sonnengott auch Narben zu haben. Narben und Geheimnisse.

Ich verspürte den Drang, ihn zu berühren, wie Ruse es getan hatte, ihm zu sagen, dass ich wusste, wie es war, Schmerz zu verdrängen – dass ich ihn nicht dafür verurteilte. Doch jetzt war nicht der Moment, um diese Geheimnisse zu lüften. Wir hatten schon genug Zeit hier verschwendet.

Ich drückte kurz seinen Arm. „Es tut mir leid, dass ich es erwähnt habe. Ich hatte keine Ahnung. Ich bin mir sicher, dass du auf deinem üblichen Weg jede Menge schmutzige Informationen ausbuddeln kannst. Schließlich hast du uns hierhergeführt."

Snap blinzelte mich an, und ein Hauch seiner üblichen Neugierde kehrte in sein Gesicht zurück. Er wandte sich an Ruse. „Was sollen wir mit Schmutz anfangen?"

Der Inkubus brach in ein Lächeln aus. „Das ist wieder einer dieser albernen Ausdrücke der Sterblichen. Kommt schon. Wenn wir uns nicht bald auf den Weg machen, explodiert Thorn noch vor Ungeduld."

„So wenig Selbstbeherrschung habe ich auch wieder nicht", brummte der Krieger und verschwand unmittelbar nach Ruse' Bemerkung im Schatten neben seinen Platz. Die beiden anderen entschwanden eine Sekunde später.

Ich weigerte mich, auf dem Sitz zusammenzusacken. Obwohl es vielleicht eine gute Taktik gewesen wäre, um zu vermeiden, dass sich jemand fragte, warum ich hier draußen allein saß. Stattdessen spielte ich an meinem Telefon herum, als müsste ich erst dieses Level von *Wie auch immer dieses angesagte neue Spiel* hieß zu Ende spielen, bevor ich meinen Arsch dorthin bewegen konnte, wo ich hinwollte.

Alle paar Sekunden warf ich einen Blick zum Haus, in dem Freudenhöhle vermutlich wohnte, doch niemand kam aus einer der beiden Türen heraus, und natürlich waren auch meine Schatten-Freunde nirgends zu sehen.

Wie aufs Stichwort vibrierte das Handy in meiner Hand. Ich sah Vivis Nummer auf dem Display. Mir klopfendem Herzen nahm ich den Anruf entgegen, obwohl ich mich eigentlich über die Ablenkung hätte freuen sollen.

„Hey!", sagte ich mit so viel Enthusiasmus, wie ich aufbringen konnte. „Was gibt's?"

„Das wollte ich dich gerade fragen, Süße. Du scheinst in letzter Zeit ständig mysteriöse Unternehmungen zu machen."

Ihr Tonfall war scherzhaft, doch ich zuckte trotzdem innerlich zusammen. „Nicht wirklich. Ehrlich gesagt, hänge ich im Moment nur alleine rum." Das war nicht gelogen! Trotzdem fühlte ich mich nicht ganz wohl dabei.

„Also keine aufregenden Neuigkeiten?"

„Nein. Wenn ich etwas zu erzählen habe, erfährst du es als Erste, das verspreche ich dir." Ich wollte es einfach niemandem erzählen, solange ich nicht wusste, dass die Männer mit dem Gas und den Gewehren nicht Jagd auf alle machen würden, die etwas wussten.

Vivi lachte, was keinen Sinn machte – ich hatte nichts Witziges gesagt. Irgendetwas an dem Laut wirkte gezwungen. Besorgnis stieg in mir auf.

„Wir sollten mal wieder etwas gemeinsam unternehmen", sagte sie, bevor ich fortfahren konnte. „Komm zu mir, dann sehen wir uns einen Film an und bestellen etwas vom Thailänder. Wir könnten beide einen ruhigen Abend gebrauchen, meinst du nicht?"

„Klar", stimmte ich zu. „Du weißt doch, dass ich immer Lust auf einen Film- und Thai-Abend habe." Ich hielt inne. „Ist alles in Ordnung bei dir, Vivi?" Die Bastarde hatten sie doch wohl nicht belästigt, weil sie herausgefunden hatten, dass wir befreundet waren, oder?

„Was? Na klar! Ich vermisse es nur, Zeit mit meiner besten Freundin zu verbringen. Hey, kannst du mir noch mal sagen, wie ich zu diesem Secondhand-Laden am East End komme, von dem du mir erzählt hast? Ich wollte morgen nach der Arbeit shoppen gehen."

Es war keine seltsame Bitte, und ich konnte mir nicht vorstellen, dass sie von zwielichtigen Ganoven dazu gezwungen worden war, doch ihr plötzlicher Themenwechsel kam mir trotzdem seltsam vor. Griff sie nach Strohhalmen, um das Gespräch in Gang zu halten? Während ich ihr den Weg beschrieb, lauschte ich aufmerksam auf Hintergrundgeräusche, die mehr verraten könnten, als sie sagte, doch ich konnte nichts Auffälliges hören.

„Okay, perfekt", sagte sie, als ich fertig war. Dann kicherte sie wieder. „Bist du zu Hause?"

Da ich ihr nicht so ohne Weiteres erklären konnte, wo ich war … „Ja. Ich mache mir gerade etwas zum Abendessen, deswegen muss ich leider Schluss machen." Ich wollte meine beste Freundin nicht noch mehr anlügen müssen. „Wie wäre es mit einem Filmabend am Freitag?" Wenn mein Leben bis dahin immer noch so brenzlig war, konnte ich immer noch absagen.

„Klingt gut. Kann ich dir sonst noch irgendwie unter die Arme greifen? Du solltest das wirklich nicht alles allein bewältigen müssen."

Wieder schwang ein besorgter Unterton in ihrer Stimme mit. Ich zuckte zusammen – dabei war ich genau genommen nicht allein auf dieser Mission, oder? „Ich weiß, Vivi. Danke."

„Bis dann."

Sie legte auf, ohne ihr übliches „Ditto!" zu sagen. Natürlich sagte sie das nicht *jedes Mal,* wenn wir uns verabschiedeten. Vielleicht nicht einmal bei der Hälfte der Gespräche, also hatte das nicht unbedingt etwas zu bedeuten. Nichts an dem Gespräch war offenkundig seltsam gewesen. Möglicherweise übertrug sich die Anspannung der letzten Tage einfach auf meine gesamte Wahrnehmung.

Dennoch überkam mich eine große Unruhe, als ich meine Aufmerksamkeit wieder auf das Haus von Freudenhöhle richtete. Hatten die Jungs etwas gefunden? Waren wir in eine Falle getappt? Warum zum Teufel saß ich nutzlos hier draußen, ohne zu wissen, was mit den Leuten geschah, die mir wichtig waren?

Meine Hand ruhte auf dem Türgriff. Ich wusste, dass es eine schlechte Idee war, da rüberzugehen, doch was, wenn sie in Schwierigkeiten geraten waren?

Ich schwankte immer noch zwischen Vernunft und Ungeduld, als das Trio um mich herum auftauchte, als wären sie nie weg gewesen. Keiner von ihnen sah wirklich glücklich aus, doch immerhin schienen sie alle in einem Stück zurückgekehrt zu sein.

„Und?", fragte ich, bevor sie von sich aus etwas sagen konnten.

„Er wohnt definitiv dort", verkündete Ruse.

Thorns Miene war wie immer ernst. „In der hinteren Wohnung. Wir haben jede Menge Beweise dafür gefunden, aber nichts, was darauf hinweist, wo er sich im Moment aufhält."

Snap machte ein Gesicht, als wäre das seine Schuld. „Dafür wissen wir jetzt, wie er aussieht. Die Eindrücke, die ich aufgeschnappt habe, waren überwiegend von morgens und spätabends. Vielleicht ist er dort, wo Omen ist." Er blickte die anderen hilfesuchend an.

Thorn nickte. „Wir werden morgen wiederkommen und sehen, wohin er geht, nachdem er seine Morgenroutine beendet hat. Dann werden wir herausfinden, wo Freudenhöhle sein Unwesen treibt."

ZWEIUNDZWANZIG

Sorsha

Nachdem wir uns im Drive-in etwas zu essen geholt hatten, kehrten wir zur Wohnung zurück. Es war bereits Nacht. Das einzige Licht war der Schein der Straßenlaternen an den Ecken des Parkplatzes. In der warmen Brise lag ein Hauch von Rauch, vermutlich von einem Feuer in einem Mülleimer. Eine tolle Gegend, in der wir da gelandet waren.

Da wir nun die Schlüssel hatten, ging ich durch die Lobby hinein, als ob ich tatsächlich hier wohnen würde, während das Trio mir durch die Schatten folgte. Es war besser, keine Aufmerksamkeit auf uns zu lenken, denn die Jungs sahen auffallend gut aus und Thorn gab eine nahezu unmenschliche Erscheinung ab.

Eine Frau mittleren Alters in einem türkisfarbenen Kittel stand bei den Briefkästen und blätterte ein paar Umschläge durch. Sie sah nicht einmal auf, als ich an ihr vorbei zur Treppe ging. Ich dachte mir nichts dabei, selbst dann nicht, als sie ein paar Stufen hinter mir ebenfalls die Treppe hinaufging. Erst als sie nach mir den zweiten Stock betrat, wurde mir klar, dass ich ein Problem haben könnte. Vielleicht kannte sie ihre Nachbarn auf derselben Etage gut genug, um zu wissen, dass ich nicht in die Wohnung gehörte, in die ich ging.

Ich musste also auf einen kleinen Trick zurückgreifen. Ich blieb stehen und murmelte einen leisen Fluch, als wäre mir gerade etwas Ärgerliches eingefallen. Dann trat ich näher an die Wand heran, um in meiner Handtasche zu kramen. Die Frau ging vorbei … und weiter bis zum Treppenhaus am anderen Ende des Flurs.

Das war seltsam. Vielleicht war sie einen Umweg in ihr Stockwerk gegangen, weil sie etwas Bewegung brauchte? Meine Haut kribbelte, als ich den letzten kurzen Weg zur Wohnungstür zurücklegte und mich hineinschlich.

Die Jungs tauchten nur wenige Sekunden später auf, und als sie es taten, schienen sie mitten in einer heftigen Diskussion zu stecken.

„Woher sollten sie wissen, dass wir hier sind?", fragte Ruse. „Wir sind doch gerade erst von Freudenhöhles Wohnung zurückgekommen, und sie war schon in der Lobby."

„Vielleicht sind sie uns von dem Bürogebäude aus gefolgt", erwiderte Thorn und drehte sich zu mir um. „Wir müssen hier weg. Die Frau, die Euch gefolgt ist, ist stehengeblieben und hat beobachtet, in welche Wohnung Ihr gegangen seid. Anschließend hat sie sofort ihr Kommunikationsgerät herausgeholt. Sie muss auf uns gewartet haben. Und wenn unsere Feinde wissen, dass wir in diesem Gebäude sind, ist der Rest von ihnen bestimmt auch nicht weit."

Mein Herz raste und Adrenalin rauschte durch meinen Körper. Verdammte Scheiße. Zum Glück hatte ich meinen Rucksack mitgenommen, sodass ich fast alle meine Sachen beisammenhatte. Allerdings konnte ich nicht von hier weg ohne …

„Pickle!", rief ich mit leiser, aber eindringlicher Stimme. „Pickle, komm, wir müssen los."

Der kleine Drache flitzte aus dem Zimmer, in dem ich geschlafen hatte, Federbüschel klebten an seinen Schuppen und schwebten hinter ihm in der Luft. Bestimmt hatte er ein Daunenkissen gefunden und es sich darauf gemütlich gemacht, verdammt noch mal.

Wir hatten keine Zeit, um uns Gedanken über das zerstörte Eigentum unserer ahnungslosen Gastgeber zu machen. Ich bückte mich, hielt meine Handtasche auf und gab ihm ein Zeichen, hineinzuspringen. Er zögerte eine Sekunde lang, bevor er hineinhüpfte. Als ich den Reißverschluss zuzog, ertönte ein Schnauben des Protestes aus dem Inneren.

Während ich ihn eingesammelt hatte, war Thorn wieder in die Schatten entschwunden. Als er wieder im Eingangsbereich auftauchte, war seine Miene noch ernster als zuvor.

„Sie kommen aus den Treppenhäusern an beiden Enden des Flurs", berichtete er. „Mehr als ein Dutzend – und diesmal in voller Ausrüstung, so wie die, die Omen entführt haben."

Ich zog mir den herunterhängenden Riemen meines Rucksacks über die andere Schulter und drückte meine Handtasche fest an meine Brust. „Diesmal gibt es keine Feuertreppe. Meint ihr, wir haben eine Chance, im Flur an ihnen vorbeizukommen?"

„Wir drei könnten durch die Schatten entkommen, aber Ihr …" Thorns Kopf ruckte zur Seite, als hätte er etwas aus dem Flur gehört. Seine Miene war entschlossen. Er richtete sich auf. „Die Fahrzeuge sind … in dieser Richtung." Er packte mich am Handgelenk, um mich mit sich zu ziehen, und sprintete den Flur entlang in Richtung der Schlafzimmer.

„Was …?", stieß ich hervor, als Ruse und Snap ebenfalls losrannten. Bevor ich die Frage beenden konnte, hatte Thorn mich losgelassen und stürmte direkt durch die geschlossene Schlafzimmertür. Das Knacken von splitterndem Holz ertönte, als sie aus den Angeln brach, doch Thorn lief einfach weiter, die Fäuste vor dem Körper erhoben. Er steuerte direkt auf die gegenüberliegende Wand zu.

Er knallte mit den Armen dagegen und krachte direkt hindurch, wobei Putz und Sperrholz um ihn herum zerbröckelten und auf den Boden regneten. Als meine Füße in der Mitte des Raumes zum Stehen kamen, starrte ich auf den Thorn-großen Durchgang, den er zwischen dieser Wohnung und der nebenan geschaffen hatte. Ach du Scheiße! Der Kerl machte wirklich keine halben Sachen. Jetzt war es mehr als nur ein Kissen, für das wir uns entschuldigen mussten.

Jegliche Zweifel, ihm zu folgen, waren wie weggeblasen, als ich den Knall der Wohnungstür hörte, die hinter mir aufflog. Ja, es war *definitiv* Zeit, von hier zu verschwinden. Ich stürzte durch die zertrümmerte Öffnung hinter Thorn her.

Er war bereits durch die Nachbarwohnung gerast und am anderen Ende wieder herausgekommen, wobei er ein klaffendes Loch in der Küchenwand hinterlassen hatte. Schreie drangen aus dem Wohnzimmer und im Vorbeilaufen sah ich eine junge Frau, die auf ihrer Couch auf und ab hüpfte, als hätte sie es mit einer übergroßen Maus zu tun, die ihr das Bein hinaufklettern könnte.

Eine weitere Person, die einen der Entschuldigungsbriefe bekommen sollte, die wir nie abschicken würden.

Schreie ertönten hinter uns und ich stürmte durch das Loch in der Küche und an einem älteren Ehepaar vorbei, das vor Schreck wie erstarrt dasaß, die Essensgabeln in der Luft vor dem Mund. „Tut mir wirklich leid!", rief ich ihnen zu.

„Schicken Sie die Rechnung an die Leute, die uns verfolgen", fügte Ruse mit einem atemlosen Lachen hinzu.

Von draußen strömte ein Schwall Luft durch das Loch in

der Schlafzimmerwand des Paares. Ringsherum ragten gezackte Kanten von Backsteinen und Ziegeln hervor, die die Nacht und die Lichter des Parkplatzes einrahmten. Als ich das Loch erreichte, schluckte ich. Ich hatte gewusst, dass Thorn stark war, aber – verdammt, er war eine Abrissbirne. Gab es irgendetwas, das er nicht einschlagen konnte?

Die Antwort darauf kannte ich bereits: Silber oder Eisen oder beides. Wovon die Kerle, die uns verfolgten, zweifellos eine Menge dabeihaben würden.

Thorn stand zwei Stockwerke tiefer auf dem Boden. Er streckte seine Arme aus. „Springt! Ich fange Euch auf."

Er meinte offensichtlich mich. Snap verschwand in den Schatten und tauchte einen Moment später neben ihm auf. Ruse gab mir einen ermutigenden Schubs.

„Ich habe ihn noch nie so etwas machen sehen, doch ich denke, du kannst dich darauf verlassen, dass er alles daran setzen wird, dass du nicht draufgehst", erklärte er mit einem Augenzwinkern, bevor er sich umblickte. „Im Gegensatz zu unserem hartnäckigen Fanclub."

Mein Selbsterhaltungstrieb war hin- und hergerissen zwischen der Angst vor dem Fall aus vier Metern Höhe und der Furcht vor den Waffen, die unsere Feinde möglicherweise bei sich hatten. Ruse hatte recht, wenigstens lag dem Kerl da unten etwas daran, dass ich *überlebte*. Ich holte tief Luft, drückte meine Handtasche an die Brust und sprang.

Mir schlug das Herz bis zum Hals und meine Haare peitschten mir ins Gesicht. Ich hatte nur eine Sekunde Zeit, um mich zu erschrecken, bevor mein Körper in zwei starke Arme fiel.

Thorn fing mich mit gerade genug Kraft auf, dass bei dem Aufprall nur ein flüchtiger Schmerz in meinem Rücken aufflammte. Anstatt mich abzusetzen, sprintete er mit mir in Richtung des Geländewagens. Er drückte meinen Kopf an seine breite Brust und sein Geruch erfüllte meine Nase, moschusartig mit einer rauchigen Note wie Kohlen, die gerade aufgehört hatten zu glühen: Eine Mischung aus Wärme und Gefahr.

Ruse war durch die Schatten an uns vorbeigehuscht und ließ den Motor an. Snap spähte durch die Heckscheibe vom Rücksitz aus zu uns. Thorn riss die Tür auf der anderen Seite auf, warf mich neben Snap und sprang auf den Beifahrersitz.

Ich landete in der Mitte der Rückbank und stieß mit der Hüfte gegen eine der Gurtschnallen, doch ich konnte mich nicht wirklich über die Eile des Kriegers beschweren. Viel zu dicht hinter uns waren Schreie und dumpfe Schritte zu hören.

Sobald Thorn sich im Fahrzeug materialisiert hatte, gab Ruse Gas. Der Geländewagen schoss rückwärts und drehte sich. Ich fiel zur Seite und stieß gegen Snap. Er griff nach meinem Arm, um mich zu stützen, während Ruse Gummi gab und die Auffahrt hinunter und auf die Straße raste.

„Tut mir leid", sagte ich zu Snap, während ich mit meinem Gepäck herumhantierte. Ich stellte meine Handtasche auf der hintersten Ecke des Zottelteppichs ab, da ich dachte, dass Pickle dort am wenigsten Gefahr lief, zerquetscht zu werden.

„Es ist alles in Ordnung", erwiderte Snap leise. Das Licht der vorbeiziehenden Straßenlaternen spiegelte sich in seinen Augen. Als plötzlich das Dröhnen mehrerer Motoren ertönte, wurden sie weiter. „Glaubt ihr, sie werden uns einholen?"

Ruse stieß ein raues Glucksen aus. „Ich schwöre bei meiner Libido, ich werde alles tun, damit das nicht passiert."

„Wir können nicht in diesem Fahrzeug bleiben", erklärte Thorn. „Sie werden es jetzt überall erkennen. Wir müssen es sobald wie möglich, verlassen und auf ein anderes Fortbewegungsmittel umsteigen."

„Ach was. Ich glaube, ich sollte die mörderischen Verrückten hinter uns erst einmal abschütteln – meinst du nicht auch?"

Thorn grummelte seine wortlose Zustimmung, und Ruse riss das Steuer herum, wodurch wir eine abrupte neunzig-

Grad-Drehung machten – und einen Augenblick später noch eine. Ich hatte noch keine Gelegenheit gehabt, mich anzuschnallen, sodass ich durch den Schwung erneut gegen Snap geschleudert wurde. Diesmal landete ich direkt auf seinem Schoß.

Vermutlich musste ich mich einfach damit abfinden, dass ich diese Fahrt als Ping-Pong-Ball verbringen würde. Das war besser als das, was die Schwertsternbande aus mir machen wollten. „Tut mir leid", sagte ich wieder zu Snap, als er seinen Arm hob, um mich zu stützen. Er schüttelte lächelnd den Kopf, wie um mir zu verstehen zu geben, dass ich mich nicht entschuldigen musste.

Als der Geländewagen durch ein paar weitere schnelle Manöver von Ruse hin- und hergeschüttelt wurde, schwankte ich und hielt mich an Snaps Knie fest. Sobald der Wagen aufhörte, hin und her zu schaukeln, versuchte ich, von ihm wegzurücken, um ihm wenigstens etwas persönlichen Freiraum zu geben. Meine Schulter stieß gegen seine Brust, und mit einem Mal versteifte sich Snaps Körper an meinem.

Ich hielt still und warf ihm einen prüfenden Blick zu, um herauszufinden, ob ich ihn versehentlich verletzt hatte. Ich war seinem göttlich schönen Gesicht noch nie so nahe gewesen, nur wenige Zentimeter lagen zwischen uns. Seine Brust drückte mit einem stotternden Atemzug gegen meinen Arm, und seine moosgrünen Augen blickten mich so verwirrt an, als hätte ich mich plötzlich in ein gepunktetes Karibu verwandelt.

Etwas war offensichtlich nicht in Ordnung. Ich verlagerte mein Gewicht, um von ihm abzusteigen, doch ein weiteres Ausweichmanöver ließ mich zurück in seinen Schoß rutschen. Mein Po landete direkt auf Snaps Leiste – auf etwas Festem, das sogar noch härter war als der Rest von ihm.

Oh. *Oh*. Wieder warf ich ihm einen Blick zu und sah einen hellgrünen Schimmer in seinen Augen aufblitzen. Es war der Neonton, den ich im Haus des Sammlers gesehen hatte. Er legte seine Hand kurz auf meinen Oberschenkel, bevor er sie wieder wegzog, als wäre er sich nicht sicher, wohin er sie legen sollte. Hitze loderte überall auf, wo sich unsere Körper berührten, was zu diesem Zeitpunkt eine ziemlich große Fläche war.

Er war also körperlich dazu in der Lage, Erregung zu empfinden. Seinem unsicheren Gesichtsausdruck nach zu urteilen, war er sich dieser Tatsache ebenso wenig bewusst gewesen wie ich. Doch jetzt, wo ich es bemerkt hatte, war seine Erektion nicht mehr zu ignorieren.

Seine Pupillen waren leicht geweitet, sein Atem ging flacher und schneller als sonst. Ich spürte ein Kribbeln in der Lunge bis hinunter zu meinen Oberschenkeln. Er war wahrscheinlich zum ersten Mal in seinem Leben erregt, und zwar meinetwegen. Und jeder Teil von mir war damit völlig einverstanden. Ich konnte nur nicht sagen, was *er* von der ganzen Sache hielt.

Allerdings waren wir nicht in der Lage, die Möglichkeiten weiter auszuloten. Die unangenehme Intensität des Moments wurde durch das Quietschen der Reifen unterbrochen. Ruse steuerte den Geländewagen in die andere Richtung, und ich wurde von Snaps Schoß auf den Rücken geschleudert, und konnte gerade noch verhindern, dass mein Kopf gegen die gegenüberliegende Tür knallte.

Nach einer letzten Tempoverschärfung trat der Inkubus auf die Bremse und schaltete den Motor ab. „Hier werden sie uns zumindest für eine Weile nicht finden. Jetzt müssen wir uns nur noch überlegen, wo es als Nächstes hingehen soll.“

Wir hatten in einer Einfahrt angehalten, die so schmal war, dass ich mich kaum aus dem Geländewagen zwängen konnte. Gut, dass Schattenwesen, besonders Thorn, nicht auf Türen angewiesen waren. Die Rückseiten der Backsteingebäude ragten zu beiden Seiten um uns auf; das Licht der Straßenlaternen war nur ein schwaches Leuchten in der Ferne. Ich hatte keine Ahnung, wo wir gelandet waren.

Die Gegend wirkte auf jeden Fall nicht so, als würde irgendjemand hier zufällig vorbeikommen.

„Wir brauchen ein anderes Fahrzeug." Thorn wandte sich an Ruse. „Warum schleichst du nicht herum und versuchst, etwas zu finden, das nicht so leicht mit uns in Verbindung gebracht werden kann? Ich werde auf Erkundungstour gehen, um sicherzustellen, dass unsere Feinde uns nicht gefolgt sind." Er warf einen Blick auf mich und Snap. „Ihr zwei macht euch bereit zu fliehen, sollte das nötig sein. Bleibt jedoch erst einmal hier, falls wir nicht rechtzeitig ein anderes Fahrzeug finden. Ich werde nicht lange brauchen. Und Ruse sollte das besser auch nicht."

„Ich bin nicht schwer von Begriff", erwiderte der Inkubus. Beide entschwanden in die Dunkelheit und ließen Snap und mich in der Stille zurück.

Ich öffnete die Tür so weit, wie es der begrenzte Raum zuließ, dann hob ich meine Handtasche vom Boden auf und gab Pickle durch den Stoff einen beruhigenden Klaps. Der Drache brachte brummend seinen Unmut zum Ausdruck.

Snap verschwand im Schatten und tauchte hinter dem Wagen wieder auf. Ich lehnte mich an den Kofferraum gegenüber von ihm und ließ ihm den Platz, den ich ihm im Auto nicht hatte bieten können. Snap richtete seinen Blick auf den fernen Schein aus künstlichem Licht am Ende der Straße. Im Halbdunkel glaubte ich, zu erkennen, dass seine Wangen gerötet waren, doch ein Blick auf seinen Unterleib verriet mir, dass er nicht mehr, äh, strammstand.

Ein paar Minuten lang standen wir schweigend da. Dann sprudelten die Worte aus mir heraus, bevor ich den Impuls überdenken konnte. „Es muss keine große Sache sein, weißt du. Es ist eine ganz natürliche Reaktion, die jeder bei so engem Kontakt haben kann. Etwas Reibung kann einen schon mal etwas aus dem Konzept bringen."

Mit seiner schlangenartigen Anmut drehte er den Kopf, um mich anzusehen. „Etwas Reibung", wiederholte er in einem Ton, den ich nicht deuten konnte. „Ist das alles, was das für dich bedeutet?"

Ich öffnete den Mund und schloss ihn wieder, plötzlich unsicher, wie ich antworten sollte. „Nicht immer", antwortete ich schließlich. „Doch ich kann es so sehen, wenn dir das lieber ist."

Er wandte den Blick ab und fuhr mit der Zunge über seine Lippen. „Ich weiß es nicht. Ich …" Er hielt inne, anscheinend rang er genauso mit seinen Worten wie ich. „Dieses Gefühl ist neu für mich. Es war … unerwartet. Als ich es empfunden habe, wollte ich unbedingt, dass es aufhört und gleichzeitig wollte ich mehr. Ich weiß nicht, welches Bedürfnis stärker war."

Ich ertappte mich dabei, wie ich ebenfalls meine Lippen befeuchtete. Ich wollte ihn auf keinen Fall drängen. „Wenn du irgendwann mehr möchtest, sag mir Bescheid."

Er sog hörbar die Luft ein und lehnte sich gegen den Kofferraum, doch bevor einer von uns noch etwas sagen konnte, tauchte Ruse vor uns auf. Er deutete mit dem Daumen zum Ende der Straße. „Da hinten wartet ein Taxi mit einem sehr freundlichen Fahrer, der unseren Einstiegsort nicht erfassen wird. Wo ist der Muskelprotz?"

„Genau hier." Noch während der Inkubus sprach, trat Thorn aus dem Schatten. „Unsere Verfolger haben es noch nicht so weit geschafft, doch wir sollten uns beeilen. Wir können uns nicht die ganze Nacht in einem Taxi verstecken."

Da kam mir plötzlich eine Idee, eine so gute, dass ich hätte lachen können, wenn ich nicht immer noch einen Kloß im Hals gehabt hätte. „Ich weiß, wo wir hingehen können."

DREIUNDZWANZIG

Sorsha

Trotz Ruse' unbestreitbaren Charmes ließen wir uns fünf Gehminuten von unserem eigentlichen Zielort entfernt vom Taxi absetzen. Der Inkubus verabschiedete sich keck von dem Fahrer und sagte mit schmeichelnder Stimme: „Danke, mein Freund. Und jetzt fahr zurück in die Stadt und vergiss, dass du jemals hierhergefahren bist."

Als das Taxi wegfuhr, wandte Thorn sich mir zu. „Was ist das für ein Ort, den wir Eurer Meinung nach aufsuchen sollten?"

Ich begann zu gehen und deutete auf das Motelschild vor uns, dessen Buchstaben nur teilweise beleuchtet waren, weil die Hälfte der Glühbirnen durchgebrannt war. „Diesen Ort suchen Leute speziell dann auf, wenn sie für eine Weile untertauchen wollen."

Jedes Mal, wenn ich mit Vivi zu den Outlet-Stores weiter unten in diesem Viertel gefahren war, waren wir an dem

Motel mit dem verwitterten Schild vorbeigekommen, in dem man stundenweise absteigen konnte. Es war zu einem Running Gag geworden, während wir überlegt hatten, wer so verzweifelt anonym bleiben wollte, dass er in einem Motel abstieg, das direkt aus einem Horrorfilm stammen könnte. Ein Kerl, der eine Affäre mit der Schwester seiner Frau hatte, die gleichzeitig die Lehrerin seines Kindes und die Freundin seines Bruders war. Ein Mafia-Soldat, der nach einem katastrophalen Zwischenfall, bei dem er einen Teller Cannelloni nach jemandem geworfen hatte, sowohl vor der Mafia als auch vor den Cops auf der Flucht war. Und so weiter.

Jetzt durfte ich diese Verzweiflung am eigenen Leib erfahren. Ich Glückspilz.

Auf dem Schild stand auch, dass die Geschäftsleitung nur Barzahlung akzeptierte. Allein daran war zu erkennen, wie nobel dieses Etablissement war. Als wir auf das Büro zugingen und ich nach meiner Handtasche greifen wollte, winkte Ruse ab. „Ich mach das schon."

In den letzten Tagen hatten sich meine kriminellen Aktivitäten wie die Karnickel vermehrt. Nach einer weiteren knappen Flucht und einem Blick auf die schmuddeligen Schindeln auf dem Dach des Motels, konnte ich mich nicht dazu durchringen, mich für diesen neuesten Betrug zu interessieren. „Nur zu."

Wie wir im Taxi heimlich besprochen hatten, blieben Snap und Thorn in den Schatten, während Ruse und ich hineingingen. Ich betrachtete die flackernde Leuchtstoffröhre an der Decke, das Brett, an dem angelaufene Schlüssel mit nummerierten Anhängern baumelten, und die verblichenen geblümten Vorhänge, die mindestens ein paar Jahrzehnte alt sein mussten, und musste ein leicht hysterisches Kichern unterdrücken. Ich befand mich mitten in einem richtigen Klischee. Das Einzige, was noch fehlte, war, dass ich im Schlaf ermordet wurde, doch das konnte sich ja noch ändern.

Ruse schlenderte auf den Empfangstresen zu, von dem der Lack abblätterte, und schenkte der Frau mit den dunklen Augenringen, ein freundliches Lächeln. „Hallo, Schätzchen", sagte er mit derselben Stimme, mit der er auch den Taxifahrer angesprochen hatte.

Die Frau warf uns einen gelangweilten Blick zu, doch als Ruse mit seinem charmanten Geplauder loslegte, trat eine freundliche Wärme in ihre Augen. Als er sie nach „zwei Zimmern, nebeneinander, mit einer angrenzenden Tür, falls es hier so etwas gibt" fragte, war sie so froh, ihm helfen zu können, dass sie ihm zwei Schlüssel von der Wand reichte, ohne auch nur den geringsten Anflug von Skepsis gegenüber einem jungen Paar zu zeigen, das nach getrennten Zimmern fragte.

„Eins hätte auch gereicht", sagte ich zu ihm, als wir außer Hörweite waren. „Es ist ja nicht so, dass ihr drei ein Bett braucht."

Ruse schnalzte mit der Zunge. „Ich wollte, dass du deine Privatsphäre hast. Außerdem will ich deinen Schlaf nicht stören, wenn ich mir das Nachtprogramm im Kabelfernsehen reinziehe."

Ich verdrehte die Augen, doch die Wahrheit war, dass ich mich tatsächlich wohler fühlte, ein Zimmer für mich allein zu haben. Auch wenn die Stimmung zwischen dem Inkubus und mir jetzt wieder etwas entspannter war, hatte ich kein Interesse daran, heute Nacht etwas *anderes* zu tun, als zu schlafen. Als wir unsere Zimmer erreichten, konnte ich mir ein breites Gähnen nicht verkneifen.

„Ich will die Zimmer erst einmal ansehen, bevor ich mich entscheide, welches meins ist", sagte ich.

Tatsächlich gab es da nicht wirklich viel zu entscheiden. In beiden gab es ähnliche Vorhänge mit Blumenmuster, die inzwischen eher grau als bunt waren, ebenso wie mottenzerfressene Teppiche und fleckige Bettbezüge, die selbst mit Bleichmittel nicht mehr ganz sauber zu werden schienen. Ein chlorartiger Geruch haftete ihnen an, was bedeutete, dass sie zumindest einigermaßen hygienisch sein sollten, wenn auch nicht hübsch anzuschauen.

Da der Fernseher im ersten Zimmer etwas größer war, stellte ich meine Taschen auf dem Bett im anderen Zimmer ab. Thorn folgte mir durch die Nebentür. Er schloss die Tür und inspizierte den Knauf.

„Wir sollten sie von beiden Seiten unverschlossen lassen", sagte er. „Wir werden Euch nicht stören, es sei denn, es geht um einen Notfall. Falls wir jedoch überstürzt fliehen müssen ..."

„Kein Problem." Ich setzte mich auf das Bettende und öffnete meine Handtasche. Pickle hüpfte mit einem verzweifelten, erfolglosen Flügelschlag heraus. Er warf der Tasche einen bösen Blick zu, als wäre sie schuld an seiner Misere, und verschwand in Richtung Bad, um so viel Abstand wie möglich von ihr zu gewinnen.

Thorn streifte durch den Raum und überprüfte jede Wand, jede Ecke und jedes Möbelstück auf Anzeichen von Gefahr. Er zerstörte sogar ein Spinnennetz, das so zerfleddert war, dass ich vermutete, dass die Spinne es schon vor Monaten verlassen hatte.

„Ich bin mir ziemlich sicher, dass sich keine Serienmörder unter dem Bett versteckt haben", stichelte ich, was ihn allerdings nur dazu veranlasste, vorsichtshalber tatsächlich unter dem Bett nachzusehen.

Während er mit seiner Inspektion beschäftigt war, schob ich den Riegel der Außentür vor und ging ins Bad, um ein Glas Wasser für Pickle zu füllen. Der kleine Drache nahm einen Schluck, ließ sich von mir ein paar Mal den Hals streicheln und zerrte dann eines der Handtücher in die Wanne, um sich ein kuscheliges Nest zu bauen.

Als ich wieder herauskam, stand Thorn bei der Tür zwischen unseren Zimmern. Als ich mich an der Stelle niederließ, an der ich zuvor gesessen hatte, verweilte er in einer seltsam zögerlichen Haltung an seinem Platz.

„Mylady", sagte er und hielt inne. Als ich den Kopf hob, um seinen Blick zu erwidern, räusperte er sich und blickte kurz zu Boden, bevor er fortfuhr.

„Als wir zu Euch kamen, wollte ich Euch vor Gefahren bewahren. Ich habe nicht damit gerechnet, dass unsere Anwesenheit Euch in Schwierigkeiten bringen würde. Ihr habt Euer Zuhause verloren, ebenso wie die meisten Eurer Besitztümer, Ihr wurdet betäubt und zweimal innerhalb von drei Tagen fast gefangen genommen ..."

„Ich weiß", sagte ich, als er abbrach. „Ich war dabei."

Er gab einen frustrierten Laut von sich, seine Hände ballten sich zu Fäusten. Seine Stimme klang noch rauer als sonst. „Was ich damit sagen will, ist, dass ich mich entschuldigen möchte, dass ich die Bedrohung falsch eingeschätzt habe – und dass Ihr möglicherweise recht hattet, als Ihr wolltet, dass wir verschwinden. Ich kann nicht wiedergutmachen, was bereits geschehen ist, doch ich kann dafür sorgen, dass wir Euch nicht erneut in Gefahr bringen. Wir nähern uns Omens Entführern, während sie versuchen, sich uns zu nähern. Ihr habt uns mehr geholfen, als ich jemals verlangt hätte. Wenn wir morgen Freudenhöhles Spur folgen, könnt Ihr Euren eigenen Weg gehen, getrennt von uns."

Langsam dämmerte mir die Erkenntnis, dann traf sie mich wie ein Schlag ins Gesicht. „Was?", stammelte ich. „Willst du damit sagen, ich soll abhauen?"

Thorn schnitt eine Grimasse. „Wir würden dafür sorgen, dass Ihr alles bekommt, was wir Euch bieten können – Ruse sollte in der Lage sein, Euch mit Geld und möglicherweise anderweitigen Mitteln zu versorgen. Und natürlich werden wir die Aufmerksamkeit unserer Feinde auf uns lenken, um Euch Zeit zur Flucht zu verschaffen. Falls das nicht ausreicht ..."

„Es geht nicht darum, ob es *ausreicht*." Ich stieß mich vom

Bett ab und richtete mich auf, die Hände zu Fäusten geballt. „Willst du mich verarschen? Ich habe meine Wohnung verloren, meine einzige Freundin belogen und bin von ein paar bösen Jungs quer durch die Stadt gejagt worden, und du denkst wirklich, ich werfe nach all dem einfach das Handtuch?"

Der Krieger blickte verwirrt drein. „Ihr hättet Euch von allein nie in solch tückische Gewässer begeben."

„Vielleicht habe ich nicht genau das erwartet, trotzdem war ich mir durchaus bewusst, dass es Risiken gibt. Ich habe gesehen, was diese Schwertstern-Arschlöcher mit Luna gemacht haben. Also was macht es schon, wenn die Gewässer ein wenig ‚tückisch' geworden sind? Wann genau habe ich dir den Eindruck vermittelt, dass ich die Art von Mädchen bin, die den Schwanz einzieht und davonläuft, wenn es schwierig wird?"

Thorn schwieg einen Moment lang. „Ihr seid gekränkt", sagte er. „Ihr seid wütend auf mich."

„Ja, ich bin verdammt wütend." Gab es irgendetwas in der Nähe, das ich auf sein ernstes, stoisches Gesicht werfen konnte? Das weiche Kissen wäre nicht sonderlich zufriedenstellend. „Ich habe beschlossen, herauszufinden, was zum Teufel hier los ist, und das werde ich auch. Und zwar nicht nur deinetwegen, du Blödmann. Diese Arschlöcher sind schuld daran, dass Luna tot ist. Möglicherweise haben sie sogar meine Eltern getötet. Und wer weiß, wie viele andere Menschen und Schattenwesen sie davor und danach verletzt haben. Und du glaubst wirklich, dass ich jetzt einfach abhaue?"

Natürlich hatte ich ihn hin und wieder verärgert – immerhin hatte ich mich auch oft über sein Verhalten geärgert –, dennoch hätte ich gedacht, dass er inzwischen der Meinung war, dass sie sich ein wenig auf mich verlassen konnten. Ich war weggelaufen, als die Jäger Luna angegriffen hatten und es ohnehin zu spät gewesen wäre, ihr zu helfen. Das hatte mich fertiggemacht. Jetzt, wo wir sie im Visier hatten, würde ich die Bastarde auf keinen Fall davonkommen lassen.

Trotzdem schien er gedacht zu haben, ich würde sein Angebot annehmen und gehen. Möglicherweise hatte er sogar erwartet, dass ich ihm dafür *dankbar* sein würde. Ich knirschte mit den Zähnen.

„So habe ich das Ganze noch gar nicht gesehen", meinte der Krieger steif. „Ich war lediglich um Euer Wohlbefinden besorgt, und um die Gefahr, der wir Euch ausgesetzt haben."

Da ich nichts nach ihm werfen konnte, stemmte ich nur die Hände in die Hüften. „Deine Sorgen kannst du dir sonst wohin stecken. Ich werde nicht wegschauen, wenn da draußen jemand Wesen wie dich in Käfige sperrt und ihnen wer weiß was für Grausamkeiten antut. Du kannst also vergessen, dass ich mich raushalten werde. Ich *habe* geholfen, sehr sogar, so lästig mein sterblicher Körper für euch alle auch sein mag."

„Das würde ich niemals bestreiten. Ohne Eure Hilfe hätten wir bei unserer Suche nicht annähernd so viel erreichen können."

„In Ordnung. Dann geh einfach davon aus, dass ich euch weiterhin unterstützen werde, und behalte deine Vorstellungen darüber, welche Art von ‚Gefahr' ich bewältigen kann, für dich, es sei denn, ich frage dich explizit nach deiner Meinung. Verstanden?"

Thorn senkte den Kopf. Als er ihn wieder hob, waren seine Lippen zu einer noch schmaleren Linie verzogen als sonst. „Mylady", sagte er und zögerte, bevor er meinen Namen hinzufügte. „Sorsha. Ich bitte um Verzeihung. Ich verspreche, dass ich nicht die Absicht hatte, Euch zu kränken, obwohl ich jetzt verstehe, wie beleidigend mein Vorschlag war. Ich hoffe, Ihr akzeptiert, dass mein Fehltritt meiner unzureichenden Überlegung geschuldet war und nichts damit zu tun hat, dass ich Euren Mut und Eure Widerstandsfähigkeit nicht zu schätzen weiß."

Die Wut, die in mir aufgeflackert war, legte sich etwas, obwohl ich mir nicht sicher war, ob er diese Worte tatsächlich ernst meinte oder mich nur beschwichtigen wollte. Es war schwer, seine stets ruhige Stimme zu deuten.

„Also gut", sagte ich. „Entschuldigung angenommen. Und hör mal, ich kann dir eins versprechen – sobald wir Omen und die anderen Schattenwesen gefunden haben, die diese Arschlöcher gefangen halten, werde ich alles niederbrennen, was *ihnen* gehört, so wie ich es mit dem Haus eures Sammlers getan habe. Das ist das Mindeste, was sie verdient haben."

Thorns Mundwinkel verzogen sich für eine Sekunde zu etwas, das fast wie ein Lächeln aussah. „Darauf freue ich mich schon", erwiderte er ebenso nüchtern. „Ich werde mich jetzt zurückziehen, damit Ihr Euch ausruhen und auf den morgigen Tag vorbereiten könnt."

„Tu das", sagte ich, doch mein Grummeln war halbherzig. Er trat hinaus und schloss die Tür mit einem Klicken hinter sich. Ich ließ mich auf das Bett sinken, mein Herz fühlte sich plötzlich schwer an.

Ich würde diese Sache bis zum bitteren Ende durchziehen. Daran hatte ich nicht den geringsten Zweifel. Die einzige Frage war, wie viel von meinem früheren Leben in Trümmern liegen würde, bevor diese Mission zu Ende war – sofern ich sie überhaupt überleben würde.

VIERUNDZWANZIG

Snap

Als Thorn aus Sorshas Zimmer in unseres kam, wirkte er seltsam gereizt und belebt zugleich. Sein Kiefer war angespannt, seine Augen so dunkel wie immer, doch er bewegte sich mit einer fast eifrigen Zielstrebigkeit.

Ruse schaute von dem durchgesessenen Sessel auf, wo er saß und Knöpfe auf dem kleinen Kasten drückte, der den Fernseher steuerte. Er sah unseren Kollegen mit hochgezogenen Augenbrauen an.

„Habt ihr euch nett unterhalten?", fragte er, wobei ein Unterton in seiner Stimme mitschwang, der andeutete, dass es abgesehen von einem Gespräch vielleicht noch anderweitige Intimitäten gegeben hatte. Ich nahm an, das war Teil seines besonderen Talents. Bei dieser Andeutung wäre ich fast zusammengezuckt, obwohl sie nicht mir gegolten hatte.

Thorn sah ihn böse an. „Das haben wir in der Tat. Und *jemand* musste prüfen, dass ihr Zimmer sicher ist. Wir haben schon genug Unheil über sie gebracht."

„Trotzdem musst du zugeben, dass sie sich ganz gut geschlagen hat.“

Thorn hielt einen Moment inne. „Ja, das hat sie.“ Er drehte sich abrupt auf dem Absatz um. „Ich werde eine kleine Erkundungstour durch die umliegenden Straßen machen. Seid wachsam und bereit, euch und die Sterbliche zu verteidigen. Und *du* solltest dir überlegen, wie wir Freudenhöhle ohne Fahrzeug verfolgen können, ohne entdeckt zu werden.“

Der letzte Satz war eindeutig an Ruse gerichtet. Wenn ich mehr Erfahrung mit der Welt der Sterblichen gehabt hätte, hätte ich vielleicht mehr bei der Planung helfen können, doch so wie die Dinge lagen, würde ich keinem von ihnen wirklich von Nutzen sein, bis wir direkt vor Ort waren.

Das war in Ordnung. Ich hatte meinen Teil beigetragen, genau wie Omen es von mir erwartet hatte. Ich hoffte, dass es ihm gut ging, wenn wir ihn fanden, und dass er es nicht bereuen würde, mich für diese Mission ausgewählt zu haben.

Das bedeutete allerdings, dass mir im Moment nichts anderes übrigblieb, als meinen Gedanken nachzuhängen. Nachdem Ruse Thorn zum Abschied schüchtern zugewinkt hatte, wanderte der Blick des Inkubus zu mir. Wieder kribbelte meine Haut. Er war ein Experte für alles, was mit körperlichem Vergnügen zu tun hatte. Hatte er bereits eine Veränderung der Energien zwischen Sorsha und mir bemerkt?

Ich würde ihm lieber keine Zeit geben, es zu bemerken, falls er es noch nicht getan hatte. Ich stand vom Bett auf und schüttelte meine Glieder aus, als wären sie steif, weil ich zu lange an der gleichen Stelle gesessen hatte. Dann sagte ich: „Ich denke, ich werde mich in die Schatten zurückziehen.“

Ruse zuckte mit den Schultern. „Wie du willst, aber dann verpasst du gleich ein sehr gutes Fernsehprogramm.“ Er deutete auf das Gerät. „Spätnachts laufen all die Dinge, von denen die Sterblichen denken, dass sie niemand sehen will, die aber trotzdem gesendet werden müssen."

Ob das nun stimmte oder nicht, es gab da etwas, das ich genauer beobachten wollte. Oder besser gesagt, jemanden. Die seltsame Stimmung, mit der Thorn Sorshas Zimmer verlassen hatte, machte mir zu schaffen. Er war vorher hart zu ihr gewesen – er war generell hart. Hatte sich seine Laune gebessert, weil er es diesmal geschafft hatte, sie mit seiner Kritik zu treffen?

Ich schlüpfte in die Schatten, die sich hier und da im Raum befanden, doch dann zögerte ich. Ich hatte mehr gesehen, als ich wollte, als ich das letzte Mal nach unserer sterblichen Begleiterin gesehen hatte. Doch jetzt wusste ich, wo meine beiden Kollegen waren. Ich könnte mich sofort zurückziehen, falls es nötig wäre.

Mit einem Kribbeln im Bauch sprang ich vom Fußende des Bettes in die Dunkelheit, die die angrenzende Tür umgab. Dann spähte ich in Sorshas Zimmer, das fast genauso aussah wie unseres.

Sie lag auf dem Rücken auf dem Bett, eine Hand hinter ihrem Kopf, die andere auf ihrem Bauch. Ihre kupferfarbenen Augen waren offen und starrten an die Decke. Ihr Blick war trüb, weswegen ich vermutete, dass sie tief in Gedanken versunken war. Wenigstens sah sie nicht verärgert aus, sondern nur nachdenklich. Zwischen ihren Augenbrauen hatte sich eine Falte gebildet.

Soweit ich erkennen konnte, hatte sich an ihrem Äußeren nichts geändert. Ich hatte sie schon immer hübsch gefunden, mit ihrem rötlichen Haar, der hellen Haut und dem lebendigen Funkeln, das so oft in ihren Augen aufleuchtete. Viel interessanter als ein Pfirsich, so köstlich die Frucht auch sein mochte. Doch jetzt, seit dieser unerwarteten Entwicklung während unserer überstürzten Flucht …

Mein Blick wanderte über ihren Körper, über ihre Brust

und ihre Hüften, die meine Aufmerksamkeit plötzlich stärker auf sich zogen als je zuvor. Sie stützte sich auf einen Ellbogen, und ich konnte nicht umhin, der Bewegung ihrer Brüste zu folgen. Dann wanderte mein Blick zu ihren Schenkeln, die gegeneinander glitten, als sie sich wieder bewegte.

Ein seltsames Gefühl der Wärme breitete sich in mir aus und ich verspürte den Wunsch, herauszufinden, ob sich die Stellen unter ihrer Kleidung genauso weich anfühlten wie ihr Haar. Ich wollte sehen, wie sich ihr Gesichtsausdruck veränderte, wenn ich diesem Wunsch nachgab.

Ich wandte meinen Blick ab und konzentrierte mich wieder auf mein Zimmer. Es war einfacher, die Gefühle zu beherrschen, die mich durchströmten, wenn ich sie nicht sehen konnte. Trotz der Hitze, die in mir loderte, lief mir ein kalter Schauer über den Rücken.

Irgendwo in der Sehnsucht konnte ich den Beginn eines Kontrollverlusts erahnen. Würde ich mich davon erholen können, wenn ich mich fallen ließ?

Falls ich es nicht schaffte … Das eine Mal, als ich die Kontrolle verloren hatte …

Mein Verstand wehrte sich gegen die Erinnerung.

Die neuen Gefühle waren nicht aus dem Nichts aufgetaucht. Sie waren dem physischen Körper entsprungen, der mich mit dieser Welt interagieren ließ. Wenn ich verstand, wie alles zusammenhing, was es *bedeutete*, wäre es vielleicht nicht so beunruhigend.

Unsere Badezimmertür war bereits geschlossen. Ich trat aus dem Schatten, und die Luft wurde fester um meine Gestalt. Durch das kleine Fenster neben dem Waschbecken drang nur schwaches Licht aus der Stadt, doch ich wollte das Licht nicht anmachen, damit Ruse sich nicht fragte, was ich hier drin tat.

Das Glied zwischen meinen Beinen hing jetzt schlaff in meiner Hose. Ich legte eine Hand darauf, doch es rührte sich nicht. Ich hatte nicht viel über dieses Körperteil nachgedacht, seit wir zum ersten Mal mit Omen in dieses Reich hinübergewechselt waren, abgesehen von den Gelegenheiten, bei denen ich so viel Zeit außerhalb der Schattenwelt verbracht hatte, dass ich mich erleichtern musste – und während Thorns anfänglicher, strenger Ermahnung, dass ich im Falle eines Kampfes aufpassen sollte, dort keinen Schlag abzubekommen, da der Schmerz mich sonst vorübergehend lahmlegen würde.

Es war noch nie so steif geworden oder hatte sich so aufgestellt wie im Auto, als Sorsha darauf gesessen hatte.

Die Erinnerung an ihren festen, runden Po, an meinen Arm um ihren Rücken und ihr Haar, das meine Wange streifte, schoss mir durch den Kopf, ebenso wie ihr Duft, der meine Nase erfüllt hatte. Und was für ein Duft das war: Süß wie der Honig, den ich auf dem Markt gekostet hatte, doch mit einer Schärfe, die so beißend war wie die Flammen, die sie nach unserer ersten Flucht entzündet hatte. Ich fragte mich, ob ihr Aroma genauso berauschend wäre, wenn ich mit meiner Zunge über ihre Wange streichen würde, ohne dabei meine Kräfte einzusetzen?

Und dann hatte dieses Anhängsel, das Ruse als „Schwanz" bezeichnet hatte, gezuckt und sich mit einer Flut von Lust versteift, die völlig anders war als alles, was ich bisher erlebt hatte, heiß und hungrig und beunruhigend intensiv.

Selbst jetzt bei der Erinnerung drückte er steif gegen meine Hand. Ich schluckte schwer und fuhr mit meinen Fingern darüber. Ich dachte an Sorsha, wie sie auf dem Bett lag.

Er stellte sich noch höher auf und drückte gegen den Reißverschluss meiner Hose. Mit jeder Berührung meiner Fingerspitzen breiteten sich Wellen der Lust und des Verlangens in meinem Körper aus. Ich schloss die Augen, wieder gefangen zwischen der Sehnsucht nach mehr und dem Schrecken, der aus meinem tiefsten Inneren aufstieg.

Mein erster – und einziger – Verschlingungsakt hatte mir ein gewisses Vergnügen bereitet. Ein kalter, bodenloser Hunger hatte mich innerlich zerrissen, und als er Stück für Stück gestillt worden war, hatte mich eine eisige Glückseligkeit überkommen. Beides zusammen hatte mich immer weiter getrieben …

Bei der Erinnerung wurde mir übel.

Doch das war noch nicht das Schlimmste. Der Akt des Verschlingens war schrecklich und entsetzlich gewesen … und der Teil von mir, der in seinem ätherischen Rachen versunken war, verlangte danach, sich noch einmal zu sättigen.

Meine Finger waren über meinem erigierten Glied erstarrt. Die Gedanken an diese Erinnerung hatten es erschlaffen lassen. Ich strich noch einmal darüber, um die ferne Vergangenheit zu vertreiben.

Dieses Gefühl war nicht die gleiche Art von Vergnügen. Es war nicht dasselbe Verlangen. Als sich das heiße Kribbeln in meiner Leiste ausbreitete, wollte ich mich jedoch nicht selbst befriedigen, sondern eine Lust erzeugen, die auch sie befriedigen würde.

Sie hatte sich nicht an der Idee gestört. Bei der Erinnerung an ihr Angebot, dass ich mich bei ihr melden sollte, wenn ich mich entschied, meinem Verlangen nachzugehen, wurden meine Brust und meine Wangen heiß.

Ich war mir nicht sicher, ob ich dieses Gefühl kontrollieren konnte. Und ich hatte keine Ahnung, was passieren würde, wenn ich mich darauf einließ. Doch es fühlte sich eher wie ein Anzünden als ein Auslöschen an. War es nicht vielleicht möglich, dass bei dieser ganzen Sache auch etwas Gutes herauskommen könnte?

Ich könnte abwarten und sehen, wie die Dinge bei

Tageslicht aussehen würden. Mit Vorsicht vorgehen – bis sich irgendwann jegliche Bedenken in Luft auflösen würden.

Meine Gedanken wanderten wieder zu Sorsha: zu der Wärme, die sie mir entgegenbrachte, zu ihrem Lachen, zu ihrer beständigen Stärke trotz aller Gefahren, denen wir begegnet waren. Wenn ich dieser Sache nachging, dann nur mit ihr. Ich wusste bereits, dass niemand sonst dieses Risiko wert wäre.

FÜNFUNDZWANZIG

Sorsha

„Ich hätte ein Fernglas mitnehmen sollen", brummte ich und lehnte mich gegen den Ledersitz, während der Neuwagengeruch in meiner Nase kribbelte.

Ruse, der auf dem Fahrersitz saß, schnaubte. „Geduld, Flamme. Unser Job ist es, bereit zu sein, wenn der unglaubliche Hulk das Kommando gibt."

Er meinte Thorn, der am Ende der Straße vom Schatten aus beobachtete, was in Freudenhöhles Wohnung vor sich ging. Diejenigen von uns, die nach wie vor in einem Körper steckten, waren in einer Einfahrt ein paar Blocks entfernt postiert. Ruse war sogar demonstrativ aus dem Auto gestiegen und zur Rückseite des Hauses gegangen, für den Fall, dass uns jemand beobachtete und unsere Ankunft für seltsam gehalten hätte.

Danach war er wieder im Schatten verschwunden, und dank der getönten Scheiben der Limousine waren weder ich noch meine Schatten-Freunde zu sehen. Es kam mir vor, als ob ich direkt aus einem Horrorfilm in einen Spionage-Krimi gestolpert wäre.

Das Auto war ziemlich schick. Ohne mich aus meinem Sitz zu erheben, schaute ich Ruse an: „Bist du sicher, dass der Verkäufer nicht aus deinem kleinen Zauberspruch erwacht und merkt, dass er einen großen Batzen Geld verloren hat, plus Provision?"

„Zunächst einmal kann ich dir versichern, dass mein Zauberspruch nicht ‚klein' ist", erklärte Ruse. „Und ja, du kannst beruhigt sein. Er denkt, *er* hätte einen guten Deal gemacht."

„Hat er aber nicht, was die Mitarbeiter im Autohaus auch irgendwann merken werden."

„Dein sterbliches Gewissen ist so süß." Ruse' Grinsen wurde weicher und ich konnte einen Hauch von Zuneigung darin erkennen. „Wenn alles gut geht, brauchen wir dieses schöne Fahrzeug nur ein paar Tage. Dann stelle ich es auf dem Parkplatz ab. Als wäre nichts passiert!"

Abgesehen von dem potenziellen Schaden, den wir ihm zufügen würden, was nach den Erfahrungen der letzten Tage eine ganze Menge sein könnte. Da die Alternative jedoch darin bestand, in einem Horrorfilm-Motel herumzusitzen und Däumchen zu drehen, hielt ich den Mund.

Ich vermutete, dass der einzige Grund, warum Thorn überhaupt zugestimmt hatte, dass ich mitkam – abgesehen von der gestrigen Entschuldigung wegen der Fehleinschätzung meines Engagements – der war, dass er sich *mehr* Sorgen machte, mich allein zu lassen, als mich dorthin mitzunehmen, wo er ein Auge auf mich haben konnte. So lästig sein Verhalten auch sein mochte, er nahm die ganze Sache mit dem Schutz sehr ernst.

Gegenüber von mir drehte Snap seinen Kopf und blickte einem grauen Minivan nach, der vorbeifuhr.

„Die falsche Richtung für Freudenhöhle", sagte ich. „Und eher ein Auto, wie es die Familien fahren würden, die in den Häusern mit den weißen Zäunen hier wohnen, als ein Zusammenschluss von Schattenwesen-Jägern."

Er nickte. Falls ihn die Situation von gestern Abend immer noch belastete, hatte er sich das bisher nicht anmerken lassen. Vielleicht hatte er beschlossen, so zu tun, als wäre das mit seiner Erektion nie passiert, und zu beten, dass es nie wieder vorkam.

Tatsächlich war ich darüber ein wenig enttäuscht.

„Vielleicht verstehe ich es nicht, weil ich nicht genug Zeit in diesem Reich verbracht habe", sagte er, „doch ich kann mir nicht vorstellen, was diese Leute von uns wollen. Von den höheren Schattenwesen allgemein. Was *machen* sie mit Omen und den anderen, die sie entführt haben, und warum?"

„Der Sammler, der uns gefangen hatte, war furchtbar stolz auf die Macht, die er über uns hatte, weil er uns gefangen hielt", erklärte Ruse. „Weißt du noch, wie oft er kam, um sich damit zu brüsten? Sterbliche können genauso süchtig nach Macht sein wie Schattenwesen – vielleicht sogar noch mehr."

Snap brummte. „Es sah nicht so aus, als ob das Gebäude, das wir vorhin durchsucht haben, nur dazu diente, gefangene Schattenwesen zu verwahren und auszustellen. Sie sind viel weiter gegangen als das."

„Everybody wants to rule the world, jeder will die Welt beherrschen", sagte ich leichthin.

Das göttliche Schattenwesen blinzelte mich an. „Ach ja? Ich nicht."

„Nein, es ist nur … es ist ein Text aus einem Lied. Schon gut." Ich winkte vage mit der Hand. „Wer auch immer diese Leute sind, sie sind wahrscheinlich auch machthungrig. Nur, dass es ihnen um eine andere Art von Macht geht. Das Jägermodell hat sich doch schon mal weiterentwickelt, oder? Nach allem, was ich gehört habe, waren sie früher nur daran interessiert, euch aufzuspüren und abzuschlachten. Es dauerte eine Weile, bis sie begriffen, dass sie mit der Jagd tatsächlich Geld verdienen konnten – vor allem, wenn sie die gefangenen Wesen am Leben ließen."

„Es hat schon immer Sammler gegeben", meinte Ruse. „Genauso wie es schon immer Hexenmeister gegeben hat." Er warf einen Blick auf Snap. „Die Sterblichen haben ein System entwickelt, um Schattenwesen so zu manipulieren, dass sie ihre Kräfte zugunsten des Zauberers einsetzen. Ich erinnere mich jedoch daran, dass ich in meiner Anfangszeit von Sammlern gehört habe … Es gab nur wenige von ihnen, und ohne Internet und dergleichen war es für sie schwieriger, die Käufe zu arrangieren, nehme ich an. Außerdem waren die Sterblichen damals im Allgemeinen viel blutrünstiger gegenüber allem, was auch nur im Entferntesten mit Übernatürlichem zu tun hatte."

„Wenn die Kreaturen in Käfigen sind, kann ich sie wenigstens wieder rauslassen." Ich trat gegen die Rückenlehne von Thorns freiem Sitz und blickte finster auf die Straße hinaus. „Diese Schwertstern-Leute sind ein völlig anderes Kaliber. Sie sind viele und unglaublich gut organisiert. Außerdem versuchen sie, Schattenwesen *von* den Sammlern zu bekommen, statt für sie. Und den Eindrücken nach zu schließen, die du in diesem Labor gesammelt hast, Snap, gefällt mir die Sache nicht, so viel ist sicher."

Der Inkubus öffnete den Mund, als wollte er noch etwas hinzufügen – und der graue Minivan, der uns vor wenigen Minuten überholt hatte, kam wieder in Sicht und bog an der Kreuzung zwischen ihm und uns in Richtung Freudenhöhles Wohnung ab. Ich setzte mich aufrechter hin und betrachtete ihn. Warum war er zurückgekommen?

Der Minivan kam am Ende des nächsten Häuserblocks zum Stehen, und aus einer der Einfahrten eilte eine Gestalt auf ihn zu. Ich spannte mich noch mehr an. „Lass den Motor an", sagte ich instinktiv zu Ruse, eine Sekunde bevor Thorn auftauchte und wieder verschwand, um uns zu signalisieren, dass wir ihn abholen sollten.

„Thorn ruft uns!", sagte Snap.

Ruse fuhr aus der Einfahrt heraus und die Straße entlang, nur ein klein wenig über dem Tempolimit, trotz der Dringlichkeit, die er ebenso zu spüren schien wie ich. Wenn es so *aussähe*, als würden wir den Minivan verfolgen, wäre die ganze Sorgfalt, die wir in unsere Tarnung gesteckt hatten, umsonst gewesen.

Ich hielt mich an der Tür fest, mein Herz pochte. Ein himmelblauer Kleinwagen war hinter uns vom Bordstein weggefahren. Toll, jetzt mussten wir uns gleich um zwei Gruppen von Zuschauern kümmern, ganz zu schweigen von denen, die aus den Fenstern ihrer Häuser blickten.

Der Inkubus wurde nicht einmal langsamer, als wir Thorns Posten passierten. Der Krieger musste von einem Schatten zum anderen in die Limousine gesprungen sein. Innerhalb eines Augenblicks saß er auf dem Beifahrersitz, als wäre er nie weg gewesen.

Er klopfte mit der Hand gegen die Windschutzscheibe. „Freudenhöhle ist in diesen Wagen gestiegen. Fahr ihm hinterher. Aber achte darauf, dass sie nicht merken, dass wir sie verfolgen."

„Ich erinnere mich an den Plan", sagte Ruse milde. An einem Stoppschild trommelte er mit den Fingern auf das Lenkrad, das einzige äußere Zeichen seiner Ungeduld. Der Minivan bog ab und verschwand außer Sichtweite. Ich unterdrückte ein Knurren.

Da die Leute im Van uns nun nicht mehr sehen konnten, trat Ruse ein wenig kräftiger aufs Gaspedal. Als er um dieselbe Kurve bog, kam das Fahrzeug wieder in Sichtweite. Der graue Lack glänzte in der Vormittagssonne, etwas mehr als einen Block vor uns.

Ich stieß einen Atemzug aus, und als ich das nächste Mal Luft holte, stockte mir der Atem, als ich eine Farbe im

Seitenspiegel aufblitzen sah. Als ich den Hals reckte, sah ich den himmelblauen Kleinwagen hinter uns abbiegen. Mich beschlich ein unbehagliches Gefühl. „Ich glaube, *wir* werden auch verfolgt."

Thorn warf einen Blick zurück und seine Miene verfinsterte sich. „Es scheint nur ein Fahrer zu sein, keine Passagiere. Ich könnte ihn bei Bedarf erledigen."

Mit zusammengekniffenen Augen musterte ich die Gestalt. Da das Licht von der Windschutzscheibe reflektiert wurde, und der Fahrer seine helle Kapuze tief in die Stirn gezogen hatte, konnte ich jedoch nicht einmal erkennen, ob es ein Mann oder eine Frau war. „Gestern Abend war es auch erst nur eine Person und dann ist plötzlich eine ganze Truppe aufgetaucht", erinnerte ich ihn.

„Wir sollten noch keine voreiligen Schlüsse ziehen", meldete sich Ruse zu Wort. Der Minivan drehte nach rechts ab, was wir ihm einige Sekunden später gleichtaten. Ich atmete langsam aus – dann tauchte das blaue Auto wieder hinter uns auf.

Der Inkubus verzog den Mund. „Okay, vielleicht sollten wir einen Zahn zulegen."

„Wir können dem Van nicht weiter folgen, wenn wir selbst verfolgt werden", sagte ich. „Noch hat niemand gesehen, wer wir sind, doch je offensichtlicher es wird, was wir tun, desto eher werden sie Alarm schlagen."

Ruse klopfte noch einmal mit den Fingern auf das Lenkrad und gab ein zufriedenes Geräusch von sich, als sich der Blinker des Lieferwagens einschaltete. Wir näherten uns einer großen Durchgangsstraße, deren vier Spuren in der Rushhour des Pendlerverkehrs versunken waren. Der Inkubus ignorierte die Linksabbiegerspur, in die der Minivan eingebogen war, und fuhr geradeaus.

Thorn stöhnte entsetzt auf. „Was machst du da?"

„Schau einfach zu. Ah, da kommt er."

Der blaue Wagen blieb uns auf den Fersen. Ruse raste

über die Kreuzung und den halben nächsten Block hinunter, bevor er mit einem Ruck in eine Tankstelle auswich.

„Ufff!" Mein Brustkorb prallte gegen den Sicherheitsgurt, den ich dieses Mal glücklicherweise angelegt hatte. Auch wenn meine Rippen alles andere als glücklich darüber waren.

Ich umklammerte die Kante des Sitzes, als Ruse zwischen den Zapfsäulenreihen durch die Tankstelle und auf eine andere Straße raste. Der Motor heulte auf, als er rechts abbog und quer über den Parkplatz vor einer Druckerei bretterte, bevor er ein paar weitere halsbrecherische Kurven nahm. Dann, mit einem letzten Quietschen der Reifen, rasten wir auf die große Straße, in die der Minivan abgebogen war.

Und siehe da, das verdammte Ding war nur einen Häuserblock weiter.

Ruse gluckste. „Der Dunkelheit sei Dank für den Berufsverkehr. Irgendein Zeichen von unserem Verfolger?"

Ich betrachtete die Straße hinter uns einige Sekunden lang, während wir den Minivan verfolgten. Der himmelblaue Schimmer hätte in dem Meer aus Schwarz und Silber auffallen müssen, doch ich konnte ihn nirgends entdecken. Eine merkwürdige Wahl für eine verdeckte Mission. Ich legte die Stirn in Falten und drehte mich wieder nach vorne.

„Du hast sie abgehängt – aber vielleicht haben sie auch nur zufällig dieselbe Route genommen und waren gar nicht hinter uns her. Sie schienen nicht ganz bei der Sache zu sein."

„Eigentlich egal, solange sie nicht hinter uns sind. Mal sehen, wohin Freudenhöhle unterwegs ist."

Wir fuhren am Stadtrand entlang, bis wir noch etwa zehn Blocks von dem Wohnhaus entfernt waren, in das wir vor nicht allzu langer Zeit eingebrochen – und anschließend durchgebrochen waren. Der Minivan bog noch ein paar weitere Male ab, bevor er das Hafengebiet erreichte, wo sich auf beiden Straßenseiten veraltete Fabriken abzeichneten und der Geruch von Algen durch das Gebläse ins Innere des Wagens drang. Der Fluss, der sich durch das östliche Ende der Stadt schlängelte, war früher ein wichtiger Schifffahrtsweg gewesen, bevor die Fertigungsindustrie nach Übersee abgewandert war.

Da auf diesen Straßen weniger Verkehr herrschte, war Ruse bis auf ein paar Blocks hinter den Minivan zurückgefallen. Ich rutschte unruhig auf meinem Sitz umher. Wie lange waren wir eigentlich schon unterwegs? Und warum hatte ich nicht mehr Snacks mitgebracht?

Der Minivan kam ruckartig am Bordstein zum Stehen. Eine hagere Gestalt mit glänzendem schwarzem Haar stieg aus und verschwand zwischen zwei Gebäuden aus dem Blickfeld.

Thorn fluchte. „Los! Wir müssen nachsehen, wo er hin ist."

Kaum war der Minivan weggefahren, gab Ruse Gas, wobei wir in unsere Sitze gedrückt wurden. Als er die letzte Seitenstraße vor der Ausstiegsstelle passierte, verschwand Thorn in den Schatten, vermutlich, um dem Mann auf einem Weg zu folgen, auf dem es das Auto nicht vermochte.

„Vielleicht braucht er mich, um die Gegend zu sondieren", meinte Snap und verschwand einen Augenblick später.

Als Ruse an der Gasse vorbeifuhr, in der Freudenhöhle meiner Meinung nach verschwunden war, spähte ich hinein, doch er war genauso unsichtbar wie die Schattenwesen. Am Ende des Blocks blieb der Inkubus stehen und verweilte dort.

Der Minivan war längst verschwunden. Soweit ich das beurteilen konnte, war niemand in der Nähe, der uns bemerkt haben könnte. Allerdings hatte ich das schon einmal gedacht und mich geirrt.

Ich drehte mich um und scannte die Straße. „Sollen wir einfach auf Thorn und Snap warten? Oder sollen wir auch nach Freudenhöhle suchen?"

Ruse überlegte kurz. „Lass uns weiterfahren – das sieht weniger verdächtig aus, falls uns jemand beobachtet, und vielleicht entdecken wir unsere Zielperson ja irgendwo in der Gegend."

Er fuhr um den Block, und ich lehnte mich näher an das Fenster, um jede Tür, jedes Fenster und jede Gasse zu inspizieren. Die düsteren Gebäude zeigten keinerlei Anzeichen von Leben. Sie sahen aus wie riesige, verrottende Kadaver von vor langer Zeit erschlagenen Bestien. In der Ferne dröhnte ein Motor, wir konnten jedoch kein Fahrzeug sehen.

Ruse fuhr einen Block weiter, bis zu einem rostigen Kran, der über dem Fluss im Wind knarrte. Mit einem schweren Seufzer kehrte er um. „Hoffentlich hatte Hulk mehr Glück."

Wir erreichten gerade die Straße, in der wir Thorn und Snap zurückgelassen hatten, als ein Luftzug im Wagen zu spüren war und beide aus dem Schatten in ihre Sitze glitten. Ruse fuhr an den Bordstein und stellte den Motor ab.

Thorn wartete nicht auf unsere Fragen. Verzweiflung lag in seiner Stimme. „Wir haben ihn verloren. Er ist spurlos verschwunden. Snap konnte nicht feststellen, wo er vorbeigekommen ist."

„Wenn er nichts mit seinem Körper berührt hat, hat er keine Eindrücke hinterlassen, die ich mit ihm in Verbindung bringen könnte", erklärte Snap bedauernd. „Über diesen Boden sind viele Schuhe gelaufen, doch ich konnte keinen schmecken, der eindeutig ihm gehörte."

„Diese Gruppe hat ein gutes System ausgearbeitet", sagte Ruse. „Ich wäre beeindruckt, wenn es nicht so ärgerlich wäre."

Thorns Schultern spannten sich an. „Es ist mehr als ärgerlich. Es ist inakzeptabel. Sie sind uns auf Schritt und Tritt überlegen und durchkreuzen jede Maßnahme, die wir ergreifen. Wir tappen im Dunkeln, während Omen wer weiß welche Qualen erleiden muss ..." Er versteifte sich noch mehr, als draußen Schritte ertönten.

Ein älterer Mann kam vom Fluss hinter uns auf unsere

Straße zu. Es war nicht Freudenhöhle – sein Haar war mausbraun und silbern und seine kleinere Statur war leicht gebeugt. Ohne ein Wort zu sagen, riss Thorn die Tür auf, sprang aus dem Auto und stürmte an meinem Fenster vorbei.

Ein Laut des Protests entwich mir und ich zuckte zusammen, als ich sah, wie das riesige Schattenwesen auf den Mann zustürmte, als wollte es ihn umhauen. Um der kleinen Elefantenbabys willen, was hatte er vor?

Ich zögerte nur eine Sekunde, bevor ich ihm hinterherrannte.

Der Mann hielt mitten im Schritt inne, als er den Koloss auf sich zukommen sah, doch Thorn wurde nicht langsamer. Er packte die Vorderseite des Poloshirts, das der Mann trug, und riss es ihm bis zum Kinn hoch. Der Mann taumelte rückwärts und stellte sich auf die Zehenspitzen, um die Füße auf dem Boden zu behalten.

„Was weißt du über den Mann, der hier rausgekommen ist?", fragte Thorn.

„Was?", krächzte sein Opfer mit brüchiger Stimme. „Welcher Mann? Wann? Ich weiß nicht, wovon Sie sprechen."

„Du musst *etwas* wissen."

„Ich schwöre, ich war nur zufällig in dieser Gegend. Die Straße runter gibt es einen Laden, in dem sie den einzigen Kaffee verkaufen, den meine Frau trinkt." Er hob eine Hand, an der eine raschelnde Plastiktüte baumelte. „Bitte. Ich würde Ihnen helfen, wenn ich könnte."

„Thorn!" Mit pochendem Herzen kam ich auf dem Bürgersteig neben ihm zum Stehen. „Lass ihn los. Er war nur zufällig hier."

„Das ist das, was sie uns glauben machen wollen." Thorn schüttelte den Mann. „Was immer du gesehen hast, was immer du weißt. Raus damit, und zwar *sofort*!" Seine Stimme war so hart und eisig wie Winterfrost.

Der Mann zitterte, seine Zehen berührten kaum noch den Boden. Er konnte nur noch ein ersticktes Quieken von sich geben. Auch wenn ich nicht glaubte, dass Thorn vorhatte, ihn umzubringen, könnte er es durch seine außergewöhnliche Kraft versehentlich tun. Vor allem, wenn er zu sehr von seinem Bedürfnis nach Antworten abgelenkt war, um sich des Schadens bewusst zu sein, den er einem sterblichen Körper zufügen konnte.

Ich war mir nicht sicher, ob der Krieger diese Kraft nicht auch gegen mich einsetzen würde, wenn ich ihm in diesem Moment in die Quere käme. Die Luft wich aus meiner Lunge, doch ich zwang mich, seinen Arm zu ergreifen.

„Thorn", sagte ich und war mir vage bewusst, dass die beiden anderen Schattenwesen auf uns zukamen. „Er hat keine Antworten. Ich weiß, dass du dir Vorwürfe machst, weil du Omen nicht beschützt hast und weil du ihn nicht früher gefunden hast, aber dadurch wirst du es nicht wieder gut machen. Außerdem war es nicht deine Schuld."

Schließlich richtete Thorn seinen Blick auf mich. Der Schmerz in seinen Augen war so stark, dass sich meine Kehle aus einem anderen Grund wieder zuschnürte. Es war, als ob sein Schmerz in mir widerhallte und das Echo der Schuldgefühle wachrief, die mich in den ersten Jahren nach Lunas Tod so oft gequält hatten – die unvorhersehbaren Rückblenden auf den Angriff, die unaufhörlichen Versuche, einen Weg zu finden, wie ich sie hätte retten können, als ob das damals einen Unterschied gemacht hätte.

„Woher wollt Ihr das wissen?", fragte Thorn mit rauer Stimme.

Ich zwang mich, seinen Blick zu erwidern, obwohl die Spannung, die von ihm ausging, meine Nerven zum Flattern brachte. Ich wusste, woher seine quälende Verzweiflung kam. Sie war nicht gegen mich oder gar den Mann gerichtet, den er festhielt. Nicht wirklich. Das wusste ich so sicher wie nur wenig in meinem Leben.

„Ich habe mit eigenen Augen gesehen, wie weit du gehen würdest, um die Leute unter deiner Aufsicht zu schützen, und zwar *verdammt* weit. Ohne dich wäre ich wahrscheinlich schon mindestens zweimal gestorben. Wir schaffen das schon. Da bin ich mir sicher. Nur … nicht auf diese Weise. Bitte."

Allmählich entspannte sich der Arm des Kriegers. Die Füße des Mannes berührten den Boden. Als er röchelnd zusammensackte, richtete Thorn erneut den Blick auf sein Opfer. Er betrachtete die zitternde Gestalt des Mannes, bevor er zu mir zurückblickte, und auf dem Gesicht des Kriegers flackerte ein Ausdruck auf, den man als verstört beschreiben könnte.

Unter seiner harten Schale verbargen sich tatsächlich Gefühle – sogar eine ganze Menge. Der Gedanke an die überwältigende Loyalität, die von seinen Schuldgefühlen hervorgerufen wurde, jagte mir einen Schauer über den Rücken, der nicht wirklich unangenehm war.

„Ich wollte nur herausfinden, was er weiß", sagte er.

Ich drückte seinen Arm, auf dem noch immer meine Hand ruhte. „Das hast du ja jetzt."

Ruse ging auf den Mann zu, fasste ihn am Ellbogen und klopfte ihm freundlich auf den Rücken. „Er ist verwirrt und verängstigt, und die Verwirrung ist echt", teilte uns der Inkubus mit. „Er hat wirklich keine Ahnung, worum es hier geht. Und ich denke, ich sollte besser dafür sorgen, dass er nicht weiter darüber nachdenkt, hm?"

Er nahm den Mann beiseite und sprach mit beruhigender, überzeugender Stimme auf ihn ein. Ich ließ meine Hand von Thorns Unterarm gleiten. Er beobachtete, wie ich sie sinken ließ, als wäre er sich nicht sicher, wie sie überhaupt auf seinem Arm gelandet war.

„Was sollen wir jetzt tun?", fragte Snap.

„Na ja …" Ich sah mich um. „Wir wissen, wo Freudenhöhle abgesetzt wird. Vermutlich haben sie jeden Tag einen ähnlichen Zeitplan – es wäre kompliziert, wenn sie ohne Grund ständig den Ort wechseln müssten."

Thorn spann meinen Gedanken weiter. „Wir werden

morgen früh direkt hierherkommen. Wenn er aussteigt, werden wir bereit sein, ihm zu folgen und den nächsten Teil der Spur aufzunehmen." Er hob den Kopf, seine übliche kühle Entschlossenheit kehrte zurück.

Ich ertappte mich dabei, wie ich ihn anlächelte – dieses brutale, hingebungsvolle Monster. „Guter Plan. So machen wir es."

SECHSUNDZWANZIG

Sorsha

Pickle war deutlich anzumerken, dass ihm unsere derzeitige Situation Unbehagen bereitete, da er sich ein riesiges Nest gebaut hatte. In der Badewanne des Motels befanden sich jetzt zwei Badetücher, ein Handtuch und mindestens vier Rollen zerrissenes Toilettenpapier. Er sah ein wenig lächerlich aus, wie er sich in einer Ecke zusammengerollt hatte, denn sein kleiner grüner Körper nahm kaum ein Zehntel des Platzes ein, doch ich hatte nicht vor, mich deswegen mit ihm zu streiten. Zumindest nicht, bis ich duschen musste.

„Schlaf gut", sagte ich und tätschelte ihm den Kopf. Als ich mit dem Zähneputzen fertig war, schnarchte er bereits, wobei er ab und zu hickste. Ich unterdrückte ein Lachen und schloss die Tür, um das Geräusch zu dämpfen.

Jetzt war nur noch das gelegentliche Brummen des vorbeifahrenden Verkehrs zu hören. Das gelbe Licht der Beleuchtung auf dem Parkplatz drang durch den dünnen

Stoff der Vorhänge. Ich tappte zum Bett, sprühte etwas Lavendelaroma in die Luft, das ich gekauft hatte, und kuschelte mich unter die Decke, in der Hoffnung, dass ich müde genug war, um mich nicht an den Unebenheiten in der Matratze zu stören. Die gepolsterte Oberfläche gab eine ziemlich gute Imitation der Sahara-Dünen ab.

Ich hatte die Augen geschlossen, war jedoch noch nicht eingeschlafen, als ein leichter Lufthauch mir plötzlich die Gewissheit gab, dass ich nicht mehr allein war. Einer meiner Schatten-Freunde hatte sich auf seine übernatürliche Art in den Raum geschlichen. Ich nahm an, dass es Ruse war, doch als ich mich umdrehte, war es nicht seine sanfte Stimme, die an mein Ohr drang.

„Sorsha?"

Snap stand vor der Tür zwischen unseren Zimmern, als wäre er auf normalem Weg hereingekommen, ohne die Tür tatsächlich zu öffnen. In dem schwachen Licht waren seine Locken bronzefarben statt golden, doch von seinem glatten Gesicht ging trotzdem ein leichter Schimmer aus.

Als ich mich aufsetzte, rührte er sich nicht. Ich konnte nicht sagen, ob das daran lag, dass er auf Abstand bleiben wollte, oder ob er dachte, ich würde es so wollen.

Mein Herz setzte einen Schlag aus. Hatten unsere Feinde uns trotz aller Vorsichtsmaßnahmen schon wieder aufgespürt? „Was ist los? Stimmt etwas nicht?"

„Nein. Ich meine, ich glaube nicht." Seine Zunge huschte über seine Lippen. „Du meintest gestern, dass ich es dir sagen soll, wenn ich mehr will."

Er senkte den Blick – nur für einen Moment, was jedoch ausreichte, um allein durch seine Aufmerksamkeit einen Hauch von Wärme durch mein Unterhemd über meine Brüste streichen zu lassen. Ich hatte nur das und ein Höschen zum Schlafen angezogen und als ich mich aufgesetzt hatte, war das Laken bis zu meiner Taille hinuntergerutscht.

Als mir die Bedeutung seiner Worte klar wurde, wanderte

die Wärme tiefer und sammelte sich zwischen meinen Beinen. Auf einmal fühlte sich mein ganzer Körper heiß an.

„Ja, das habe ich gesagt", stimmte ich zu. „Also ... willst du?"

Er zögerte, dann breitete sich das Lächeln auf seinem Gesicht aus, das ihn von gut aussehend in himmlisch verwandelte. „Ja. Sehr sogar."

Ich war mir nicht sicher, was ich als Nächstes tun sollte. Mit Ruse war es einfach gewesen. Er hatte genau gewusst, was er wollte und was er zu bieten hatte. Snap entdeckte das alles offensichtlich zum ersten Mal. Der Gedanke, dass ich diejenige war, die dieses Verlangen in ihm geweckt hatte, war aufregend ... wenngleich ein wenig einschüchternd.

Ich hatte keine allzu gute Erfolgsbilanz bei Männern. Irgendwie schien ich sie am Ende immer zu enttäuschen. Es wäre eine Schande, wenn ich den Kerl versehentlich so traumatisieren würde, dass er sich wieder in die Enthaltsamkeit flüchtete.

Wir mussten nichts überstürzen. Ich sollte erst einmal herausfinden, wie weit *ich* das Ganze überhaupt treiben wollte. Wenn man bedachte, wer und was wir waren, konnte es natürlich nicht mehr als eine Affäre sein – ebenso wie bei Ruse, wo es einfach nur darum gegangen war, den Moment zu genießen. Dennoch war es schwer vorstellbar, eine zwanglose Affäre mit einem Schattenwesen anzufangen.

Im Moment könnten wir einfach die Möglichkeiten ausloten. Ich rutschte auf dem Bett hinüber, um ihm Platz zu machen. „Warum kommst du nicht her, und wir sehen, wohin uns der Moment führt?"

So regungslos, wie er zuvor noch dagestanden hatte, so schnell flitzte Snap jetzt zum Bett und legte sich neben mich. Er sah mir in die Augen und ein begieriger Glanz blitzte darin auf. Seine Hand glitt über meine Wange und durch mein Haar. Sein Lächeln verblasste.

„Ich möchte, dass du weißt, dass ich dich nie verletzen

würde. Um meine Fähigkeiten zu nutzen, muss ich mich konzentrieren; es passiert nicht automatisch. Ich würde dich nie in Gefahr bringen."

In seiner Stimme lag so viel Entschlossenheit, dass mir das Herz in die Hose rutschte. Er dachte wirklich, ich hätte Angst vor ihm, davor, was er tun könnte. Verdammt, ich wusste nicht einmal, *was* das war, und trotzdem hatte ich nicht die geringste Sorge, dass er es mir jemals antun würde. Nicht nach seiner Reaktion neulich, als wir über den Einsatz seiner Kräfte bei Lebewesen gesprochen hatten.

Ich streckte meine Hand aus, um seine sanft zu drücken. „Ich weiß. Ich mache mir keine Sorgen."

„Gut." Sein Lächeln kehrte zurück wie die Sonne, die hinter einer vorbeiziehenden Wolke hervorkam.

Er lehnte sich näher heran, bis seine Nase fast meine Schläfe streifte. Sein Atem wehte heiß über mein Gesicht. Der Duft, der von seiner Haut ausging, war frisch und rein wie Frühlingsklee, mit einem stärkeren moosigen Unterton, der mich daran erinnerte, dass unter der Oberfläche noch mehr lauerte.

„Es gibt so viel, was ich tun möchte", murmelte er. „Ich weiß nicht, wo ich anfangen soll. Ich habe keine Ahnung, was dir gefällt."

Das Verlangen, das sich tief in meinem Bauch eingenistet hatte, zog sich zu etwas Schärferem zusammen. In diesem Moment hätte ich wohl in alles eingewilligt, was er mir angeboten hätte. „Warum fängst du nicht damit an, was dir gefällt, und ich sage dir, wenn ich etwas anderes möchte?"

Er antwortete mit einem zufriedenen Brummen, bei dem meine Haut kribbelte, und senkte den Kopf, als er tief einatmete. Er saugte *meinen* Duft ein, wurde mir klar. Heilige Perlenmutter, er hatte mich kaum berührt, und mein Höschen war bereits völlig durchnässt.

Seine Hand wanderte hinunter zu meinem Hals, wo seine Finger über mein Schlüsselbein strichen. Seine Lippen berührten sanft meine Wange, bevor sie sich einen Weg bis zu meiner Kieferbeuge bahnten. Bei jeder Berührung bebte mein Körper vor Glückseligkeit. Ich stieß einen zittrigen Atemzug aus.

Snap hielt inne. „Ist das in Ordnung?"

„Oh, ja", sagte ich. „Das war ein guter Seufzer. Weißt du, es gibt da eine Sache, die die meisten Menschen sehr mögen …"

Eigentlich wollte ich ihm die Führung bei dieser Erkundung überlassen, doch ich konnte nicht anders. Ich umfasste seinen Kopf mit beiden Händen, kippte ihn leicht und führte seinen Mund an meinen.

Ihm stockte der Atem, als sich unsere Lippen begegneten. Dann küsste er mich, als wäre ihm das Verständnis für diesen Akt in die Seele geschrieben worden. Ich fuhr mit den Fingern durch die seidigen Locken an seinem Hinterkopf. Die Hitze seines Mundes war hungrig und doch gleichzeitig zärtlich, sodass mir ein Wimmern entwich.

Als ich meine Lippen öffnete, vertiefte er den Kuss. Seine gegabelte Zunge fuhr über meine Mundwinkel, wo sofort Lust aufloderte. Oh ja, davon hätte ich gerne noch mehr, bitte.

Seine Hand war inzwischen weiter nach unten geglitten, wo sie jetzt meine Brüste erkundete – und nur knapp vor dem Anstecker, den ich an meinem Unterhemd befestigt hatte, ruckartig innehielt. Scheiße, das hatte ich ganz vergessen.

„Tut mir leid", murmelte ich an seinem Mund und wich gerade weit genug zurück, um das Unterhemd auszuziehen. Ich vertraute ihm – genug, um heute Abend auf diese kleine Schutzvorrichtung zu verzichten.

Snaps Blick ruhte auf meinen wiegenden Brüsten, als ich sie entblößte, und seine Augen blitzten neonfarben auf. Vorsichtig umfasste er eine, allerdings mit mehr Selbstvertrauen als zu Beginn, und schien ihre Form zu studieren, die rosa Nippel und die Art und Weise, wie sie steif wurden, wenn er mit seinem Daumen darüberstrich.

Sein Lächeln wurde breiter. Er ließ seine Hand dort verweilen und streichelte meine Brüste und Nippel gleichermaßen, während er mich erneut küsste. Ich hätte in der Süße dieses Kusses ertrinken können.

Er verweilte auf meinem Mund, bevor seine Lippen weiter nach unten wanderten. An meinem Kiefer vorbei, meinen Hals hinunter, über mein Schlüsselbein, und überall, wo er mich küsste, begann meine Haut zu glühen. Als er meine Brust erreichte, hob er sie an, als wäre sie eine der sterblichen Köstlichkeiten, die er so gerne genoss. Als er den Nippel in seinen Mund saugte, konnte ich ein Keuchen nicht unterdrücken. Dann schnippte er mit seiner Zunge darüber und die gegabelte Spitze umschloss den Nippel, was mir einen noch lauteren Lustschrei entlockte.

„Jetzt weiß ich, was Ruse meinte", murmelte Snap. „Mit deinem Geschmack. Er hatte recht. Du bist köstlicher als jeder Pfirsich."

„Wenn man bedenkt, wie sehr dir der Pfirsich geschmeckt hat, ist das ein ziemlich großes Kompliment."

Er kicherte und küsste meine Brust. „Er hat von dir gekostet – überall. Stimmt's?"

Die Hitze, die sich in mir ausgebreitet hatte, wurde noch intensiver. „Warum? Hat er etwas darüber gesagt?"

„Nein." Snap zog sich zurück, um mir in die Augen sehen zu können, und ein entschuldigender Blick trat in seine Augen. „In der ersten Nacht hast du uns gesagt, dass wir dich in Ruhe lassen sollen, doch Ruse ist nicht mit uns weggegangen. Nach einer Weile bin ich ihn suchen gegangen. Ich habe mich durch die Schatten in dein Schlafzimmer geschlichen und gesehen, dass er hier unten war." Seine Finger glitten zu meinem Schritt, und seine Wangen erröteten. „Ich wollte nicht spionieren. Ich bin sofort gegangen."

Wenigstens hatte er einen gewissen Sinn für Privatsphäre. Doch der Gedanke, dass er den Inkubus und mich in Aktion gesehen hatte, wenn auch nur für einen Moment, steigerte mein Verlangen nur noch.

„Ruse kann … sehr charmant sein", gab ich zu.

„Das liegt in seiner Natur." Snap zog das Laken beiseite und entblößte meine Oberschenkel. „Ich habe gesehen, wie sehr dir gefallen hat, was er mit dir gemacht hat." Er küsste meine Wange und dann wieder meinen Mund, länger und fester als zuvor. Ich konnte unserem Gespräch kaum folgen, so abgelenkt war ich von seinen weichen Lippen, als er sie von meinem Mund löste, um wieder zu sprechen.

„Ich möchte, dass du dich mit mir genauso gut fühlst wie mit ihm. Ich möchte dir auch diese Art von Vergnügen bereiten. Und noch mehr."

Nun, darüber würde ich mich sicher nicht beschweren. Dennoch hatte ich das Bedürfnis zu sagen: „Weißt du, Ruse hat seine Technik jahrhundertelang perfektioniert. Außerdem verfügt er über Kräfte und eine Form, die speziell der Kunst der Verführung dient. Ich will damit nicht sagen, dass du nicht ehrgeizig sein sollst, doch vielleicht sollten wir einfach einen Schritt nach dem anderen – *oh!*"

Seine Hand glitt über mein Höschen und streifte meinen Kitzler im perfekten Winkel, um ein weiteres Keuchen hervorzurufen. Snap schenkte mir ein Lächeln, das dem des Inkubus um nicht viel nachstand, und wiederholte die Bewegung. Dann wanderten seine langen, schlanken Finger weiter nach unten, und die Neugierde kehrte in sein Gesicht zurück. „Du bist feucht."

„Ja", sagte ich. „Das bedeutet, dass du deine Ambitionen bereits sehr gut umsetzt."

Er drückte fester zwischen meine Beine, was einen Lustimpuls auslöste, und ich biss mir auf die Lippe. Ich ließ meine Hand über seine Brust gleiten und erkundete seinen schlanken Körper. Dieses Hemd musste definitiv weg. Als ich daran zog, ließ er mich gerade lange genug los, um mir zu helfen, es auszuziehen.

Snap lehnte sich mit all seinen göttlich durchtrainierten Muskeln zu mir. Er brummte glücklich, als meine Finger über dieses Terrain strichen, und widmete seine Aufmerksamkeit wieder meiner empfindlichsten Stelle.

Der untrügliche Beweis seiner eigenen Erregung zeigte sich in der Beule unter dem Bund seiner Hose. Das war die ungewollte Reaktion, die uns überhaupt erst auf diesen unerwarteten Weg gebracht hatte. Sie sollte nicht unbeachtet bleiben.

Ich fuhr mit meinen Fingern über die Beule, und dieses Mal war es Snap, der seufzte. Seine Hüften drängten sich mir entgegen, auf der Suche nach Kontakt. Ich begann, ihn fester zu streicheln, und er vergrub sein Gesicht an meiner Halsbeuge. Er stieß einen zittrigen Atemzug aus und seine Zähne streiften die empfindliche Haut.

„Dieses Gefühl … macht es sehr schwer zu denken", sagte er.

Ich lachte leise. „Du sollst auch nicht denken. Du sollst fühlen. Und du kannst noch viel mehr fühlen als das hier, wenn du es mich dir zeigen lässt."

Er nickte an meinem Haar und hob dann seinen Kopf, um mich zu küssen. Sein leidenschaftlicher Kuss und die Reibung seiner Hand, die mich immer noch durch den Stoff meines Höschens hindurch streichelte, vernebelten mir den Verstand. Ich schaffte es, mich so weit zu konzentrieren, dass ich meine Finger durch den Stoff hindurch um seine Erektion legen konnte, um sie besser umfassen zu können.

Bei jedem Auf- und Abpumpen wiegte er sich in meiner Hand und jagte dem Vergnügen nach, das ich ihm bereitete. Als ich ihm einen leichten Schubs gab, kippte er mit mir um, sodass wir nebeneinander auf dem Bett lagen. Ich drängte mich seinem Kuss und seiner Berührung entgegen.

Vielleicht war es das Beste, in dieser ersten Runde bei den Händen zu bleiben. Das war viel einfacher, als sich mit der ganzen Mechanik von echtem Sex zu befassen, vor allem, wenn Snap nicht auf die Intensität *dieser* Empfindungen vorbereitet war. Ich merkte bereits, dass er mich auch so zum Orgasmus bringen würde. Verdammt, ich war mir ohnehin schon nicht sicher, wie lange ich das noch aushalten würde.

Ich fand die Kraft, den Reißverschluss seiner Hose herunterzuziehen, und stellte fest, dass Thorn nicht der Einzige war, für den Klamotten keine Selbstverständlichkeit waren. Snap trug keine Unterwäsche. Vermutlich war ihm nicht bewusst, dass dies zur normalen Kleidung eines Sterblichen gehörte. Woher sollte ein Schattenwesen das auch wissen, wenn es ihm nie jemand gesagt hatte? Dort, wo er herkam, musste er sich keine Gedanken über Kleidung machen.

Im Moment machte dies meine Absichten nur leichter. Ich umfasste seinen nackten Schwanz mit meinen Fingern, genoss das Gefühl der weichen Haut über seinem steifen Glied und Snap stieß einen gutturalen Laut aus. Seine Zunge verschlang sich in meinem Mund mit meiner, wobei mich ein schwindelerregender Schauer durchzuckte. Ich erwiderte seinen Kuss ebenso leidenschaftlich, während ich mit meinem Daumen über die Spitze seiner Erektion strich und den Lusttropfen auf der ganzen Länge verteilte.

Snap zerrte an meinem Höschen und schob seine Hand darunter. Meine Brust flatterte vor Lust, als er mit seinen Fingern über meinen Kitzler strich. Derselbe Instinkt, der ihn beim ersten Kuss geleitet haben muss, führte seine Finger hinunter zu meiner Öffnung, wo er die Nässe testete und dann einen in mich hineinschob. Er begann mit einer sanften Stoßbewegung, die mit jeder Wiederholung lustvoller wurde.

Ich stöhnte auf und wölbte mich ihm entgegen. „Das fühlt sich gut an. Unglaublich gut.“

Er legte seine andere Hand an meine Wange und beobachtete, wie mich die Bewegungen seiner Finger bis zur Ekstase brachten. Die Lust trieb ihm eine noch intensivere

Röte ins Gesicht, und er atmete röchelnd ein und aus, ohne den Blick von mir abzuwenden.

Nach einem weiteren Streichen seines Daumens über meine Klitoris und einem letzten Stoß seines Fingers rollte mein Orgasmus über mich hinweg. Meine Augen rollten nach oben und Sterne tauchten vor meinem Sichtfeld auf, während sich mein Körper um seine Finger herum zusammenzog.

Snap streichelte meine Wange und wiegte sich mit mir durch das Nachbeben der Lust. Seine Stimme war sanft und wild zugleich. „Mein Pfirsich. Meine Sorsha. Du gehörst *mir*.“

Ich war nicht in der Lage, mich gegen dieses Gefühl zu wehren, selbst wenn ich es gewollt hätte. Alles, was ich tun konnte, war seinen Schwanz festzuhalten und ihn schneller zu streicheln, um ihn mit mir mitzureißen.

Während der Rest meines Körpers erschlaffte, wurden seine Augen trüb und er gab sich der Lust hin, jetzt, da er mich befriedigt hatte. Ein Stöhnen drang aus seiner Brust. Seine Hüften zuckten.

Plötzlich drückte er mich an sich und küsste mich leidenschaftlich. Dann erzitterte er am ganzen Körper, als der heiße Schwall seiner Erlösung über meine Hand spritzte.

„Oh“, murmelte er.

Dann lachte er atemlos auf und küsste mich noch einmal. Bei diesem Kuss durchströmte mich erneut Verlangen von Kopf bis Fuß, sogar in meinem gesättigten Zustand. Instinktiv schmiegte ich mich enger an ihn und legte meine Hände auf seine warme Brust.

Nach dem Kuss blickte ich ihn schüchtern durch meine Wimpern an. „Also, war ‚mehr‘ die richtige Wahl?“

„Ja. Ja. Und für dich auch.“

Offensichtlich war mir mein Vergnügen so deutlich anzusehen gewesen, dass er es nicht für nötig hielt zu fragen.

Als ich meinen Kopf auf das Kissen legte, blickte Snap auf mich herab. Ein Hauch von Unsicherheit flackerte in seinem Gesicht auf. „Was passiert jetzt?“

Ah. Nun, das war in gewisser Weise ein schwierigeres Thema als der Sexualakt selbst.

Ich strich mit meinen Fingern über seinen straffen Bauch. „Manchmal betrachten die Leute die Sache als erledigt und jeder geht seiner Wege. Manchmal möchten sie noch eine Weile die Nähe genießen und schlafen miteinander ein."

„Dann bleibe ich", erklärte Snap entschlossen. Er schlang einen Arm um meine Schultern und legte seine Wange neben mich auf das Kissen, wobei er meinen Kopf unter sein Kinn klemmte. Seine Mischung aus hellen und dunklen Düften umhüllte mich. Ich entspannte mich in seinen Armen und bedauerte nur ein wenig, dass dies unsere einzige intime Begegnung gewesen sein könnte, bevor unser Leben zu einer noch größeren Hölle wurde.

SIEBENUNDZWANZIG

Sorsha

Die Schnittstelle in Ruse' schickem Auto war so kompliziert, dass ich nicht verstand, wie ich mein Handy anschließen konnte, also entschied ich mich, meinen eigenen Soundtrack zu singen, während wir vier hinter unseren getönten Scheiben versteckt zum Hafengebiet fuhren.

Ruse schenkte mir ein amüsiertes Lächeln, als er eine Kurve nahm. „Du hast Glück, dass du eine gute Stimme hast."

Ich streckte ihm die Zunge heraus und stützte meinen Arm auf der Fensterbank ab. Die Fabriken entlang des Flusses sahen heute noch düsterer aus, und ein Dunstschleier aus grauen Wolken bedeckte den Himmel. In diesem Teil der Stadt gab es keine Rushhour. Das Brummen unseres Motors war das einzige Geräusch auf der Straße.

Natürlich war das genau das, was Freudenhöhle und seine Mitverschwörer wollten.

Wir hatten bereits beschlossen, dass es zu riskant war, direkt an der Ausstiegsstelle zu parken. Ruse fuhr ein paar Blocks weiter und hielt hinter einer Ecke am Bordstein an. Der Plan war, dass Thorn sich im Schatten auf die Lauer legen würde, wo Freudenhöhle gestern ausgestiegen war, während Snap in der Nähe unserer Ecke auf Position gehen würde. Wenn der Minivan ankam, würde Snap uns alarmieren und Thorn würde zu Fuß die Verfolgung aufnehmen. Wir hofften, dass er hier entweder ein Gebäude entdecken würde, in dem Freudenhöhle seiner Arbeit nachging, oder dass wir es schafften, uns einem weitern Fahrzeug zu nähern, das den Kerl hier im Hafengebiet auflesen würde.

Zumindest würden wir mehr über seine Route herausfinden als beim letzten Mal.

Thorn drehte sich in seinem Sitz herum und winkte Snap zu. „Es ist eine Stunde früher als bei der gestrigen Übergabe. Wir haben Zeit, uns ein wenig umzusehen. Komm schon."

Snap zögerte, sein Blick glitt kurz zu mir, bevor er Thorn ansah. „Ich bleibe lieber in der Nähe des Wagens. Ist Sorshas Sicherheit nicht das Wichtigste?"

„Wir werden für ihre Sicherheit sorgen, indem wir uns vergewissern, dass keiner unserer Feinde in der Nähe ist", sagte der Krieger. „Außerdem kannst du die Umgebung auch auf Anzeichen untersuchen, wo sie schon einmal gewesen sein könnten."

„*Ich* werde hier im Auto bei ihr bleiben", erklärte Ruse. „Sie ist also nicht schutzlos. Nicht, dass sie alleine wehrlos wäre."

„Natürlich ist sie das nicht", erklärte Snap entschieden. „Allerdings haben wir gesehen, wie aggressiv diese Leute sind. Du bist die Einzige, die keine besonderen Kampffähigkeiten hat." Seine Hand glitt über den Sitz und drückte meine kurz, dann hob er das Kinn. Offenbar hatte das Intermezzo der letzten Nacht seinen Beschützerinstinkt geweckt. Damit hatte ich nicht gerechnet.

Ruse verdrehte die Augen. „Meinst du damit deine gefährliche Fähigkeit, bei der du schon zitterst, wenn du nur daran denkst, sie einzusetzen? Wie viele Angreifer könntest du überhaupt auf einmal ausschalten – zwei? Drei? Ich könnte sie so bezaubern, dass sie uns gar nicht mehr angreifen wollen."

„Ich kann mich nicht daran erinnern, dass diese Strategie uns bei den letzten Angriffen nützlich gewesen wäre."

„Schon gut, schon gut." Ich hob abwehrend die Hände. „Ich weiß es zu schätzen, dass ihr euch um mein Wohlergehen sorgt, doch soweit wir wissen, hat es eine ganze Miliz auf uns abgesehen, während wir uns hier streiten. Wenn jemand Ruse und mich angreifen sollte, können wir einfach *wegfahren*, was bisher tatsächlich nützlicher als alle anderen Kräfte war." Ich tätschelte Snaps Hand beruhigend. „Ich komme schon klar. Sieh dich ruhig da draußen um. Ohne deine Kräfte wären wir erst gar nicht so weit gekommen."

Meine Berührung und die Erinnerung an seine früheren Leistungen schienen meinen neuen Liebhaber zu besänftigen. Seine Haltung lockerte sich. Er nickte zustimmend und beugte sich dann, so plötzlich, dass ich es nicht kommen sah, vor, um mir einen schnellen Kuss auf den Mund zu hauchen.

Seine warmen Lippen pressten sich für eine Sekunde auf die meinen. Ich hatte kaum die Gelegenheit, die Geste zu erwidern, bevor er in die Schatten entschwand. Thorn gab ein wortloses Gemurmel von sich, das wie Bestürzung klang, bevor er ebenfalls verschwand.

Ruse rutschte auf seinem Sitz zur Seite, sodass er mich hinten sehen konnte. Er grinste mich an und hob die Augenbrauen. „Nun, das war wirklich interessant."

„Halt die Klappe", entgegnete ich, weil das bisher so gut funktioniert hatte.

„Mir ist aufgefallen, dass Snap gestern Abend eine ganze Weile abwesend war. Jetzt ahne ich langsam, wo er gewesen sein könnte."

„Welcher Teil bereitet dir Probleme: die Klappe oder das Halten?"

„Wer sagt, dass das eine Kritik war?" Ein durchtriebenes Funkeln hatte sich in seine Augen geschlichen. „Ich bin beeindruckt. Ich wusste nicht, dass er dazu in der Lage ist, doch du hast offensichtlich einen schlafenden Drachen geweckt."

Ich verschränkte meine Arme vor der Brust. „Ist das ein Problem? Denn ich kann es *wirklich nicht* gebrauchen, dass ihr euch den ganzen Tag streitet."

Der Inkubus lachte. „Ich bin wohl kaum jemand, der auf Monogamie drängt, Flamme. Meiner Meinung nach solltest du dich vergnügen, wo und mit wem auch immer du Lust hast. Ich wäre nur gerne weiterhin dabei, wenn das eine Option ist." Sein Blick wurde noch heißer.

Ich konnte nicht behaupten, dass ich nicht an eine Wiederholung unserer letzten Begegnung dachte, wenn er mich so ansah. „Wir werden sehen."

„Ich muss mich also ins Zeug legen. Das macht mich nur noch mehr an." Er zwinkerte. „Ich könnte dem Neuling ein paar Dinge beibringen, wenn du mich einlädst, mich zu euch zu gesellen. Zum Beispiel, wie man dich zum Orgasmus bringt, wie man das Vergnügen steigert ..." Er ließ einen Finger von meinem Knie bis zum Schienbein gleiten, wobei er eine Linie aus glühenden Funken hinterließ.

Von Ruse und Snap gemeinsam verwöhnt zu werden? Welchen Göttern hatte ich in einem früheren Leben Ziegen geopfert, um dieser Glückseligkeit würdig zu sein? Es war allerdings davon abhängig, ob Snap mit der Idee einverstanden wäre ...

Ruse' Grinsen wurde breiter. „Wie ich sehe, denkst du über die Möglichkeiten nach."

Ich schnaubte und stieß seine Hand mit einem spielerischen Tritt weg. Der Inkubus kicherte nur, als er sich zurückzog. „Das Angebot bleibt so lange auf dem Tisch, wie du willst. Oder wenn du wirklich willst, können wir auch dich auf einen Tisch legen. Das wäre ein herrliches Festmahl."

Wenn er so weitermachte, würde ich hier auf dem Sitz zu einer heißen, geilen Pfütze zerfließen. „Vielleicht sollten wir uns erst einmal darauf konzentrieren, euren Boss zu retten?"

„Spielverderberin", stichelte er und schaute aus dem Fenster. „Bis jetzt ist noch keine Truppe von Soldaten auf uns losgegangen. Ich frage mich, wie lange wir uns in diesem Motel verkriechen können, bevor sie …"

Snap schnitt ihm das Wort ab, als er mit einem Lufthauch aus dem Schatten auf seinem Sitz auftauchte. „Thorn ist bereits auf dem Weg zur Ausstiegsstelle", sagte er ohne Vorrede. „Er glaubt, er hat den Van in diese Richtung fahren sehen."

Ich schaute auf die Uhr am Armaturenbrett und runzelte die Stirn. „Es ist viel früher als gestern."

„Vielleicht ändern sie die Zeiten jeden Morgen ein wenig, um Leute wie uns zu verwirren", gab Ruse zu bedenken.

Das war durchaus möglich, dennoch kroch mir ein unbehaglicher Schauer über den Rücken. Ich biss mir auf die Lippe und lehnte mich zum Fenster, auch wenn ich von dort aus nicht viel von der Straße sehen konnte, die der Wagen genommen hatte. Wenn Thorn recht hatte, würden wir bald herausfinden, was hier vor sich ging.

Das Grollen eines Motors ertönte in der Ferne, wurde jedoch von Sekunde zu Sekunde lauter. Ruse legte seine Hand auf das Zündschloss. Snap schnallte sich hastig an. Wir wussten es besser, als uns auf eine ruhige Fahrt einzustellen.

Mit pochendem Herzen wartete ich darauf, dass Freudenhöhle aus dem Minivan stieg. Das dröhnende Motorengeräusch wurde lauter.

Dann raste der kornmetallgraue Minivan an uns vorbei und bretterte weiter die Straße entlang, ohne anzuhalten. Ein erschrockener Laut entwich meiner Kehle, als ein zweites Auto hinterherraste – der himmelblaue Kleinwagen, von dem wir gestern noch gedacht hatten, er würde uns folgen.

Ich glaub, mich beißt ein Pferd. Was zum Teufel war hier los?

„Ruse?", fragte ich.

Er war bereits dabei, den Motor zu starten. „Wenn wir verschwinden müssen, machen wir das, doch jetzt sollten wir lieber erst einmal sehen, wohin sie fahren."

Thorn würde zu Fuß nicht mit den Fahrzeugen mithalten können, selbst nicht im Schatten. Als Ruse auf die Straße einbog und wendete, griff ich nach dem Türgriff, mein Herz raste. Snap ergriff erneut meine Hand und hielt sie diesmal fest. Wider Erwarten empfand ich die Geste sogar als beruhigend.

Wir waren gerade um die Ecke gebogen, als der Minivan ein paar Blocks vor uns ruckartig zum Stehen kam. Eine Seitentür flog auf, und eine schlaksige Gestalt landete mit einem dumpfen Aufprall auf dem Bürgersteig. Noch bevor die Tür wieder zugeschlagen war, raste der Minivan davon.

Sie *hatten* ihn abgesetzt – doch der Anblick des zusammengekauerten Körpers gefiel mir nicht. Als wir auf ihn zufuhren, rührte er sich nicht.

„Sollen wir anhalten?", fragte Ruse. Das himmelblaue Auto war gerade den Block hinaufgefahren, wo der Minivan angehalten hatte. Eine schlanke Gestalt in einem weißen Velourstrainingsanzug und hochgezogener Kapuze sprang heraus. Als der Fahrer das Auto umrundete, zerrte der Wind den Stoff gerade so weit zurück, dass mich eine schreckliche Erkenntnis wie ein Blitz traf.

„Stopp. Stopp!", rief ich.

Die Reifen quietschten, als Ruse auf die Bremse trat. Ich stieg aus und sah mich meiner besten Freundin gegenüber.

Vivi war drei Meter von mir entfernt auf der anderen Seite des zusammengesunkenen Körpers zum Stehen gekommen. Eine Sekunde lang sah sie mich mit großen Augen an, bevor sie ihren Blick auf den Mann am Boden richtete. Ihre Schultern zitterten.

Alles, was ich erkennen konnte, war die tödliche Regungslosigkeit des Körpers und eine rötliche Färbung entlang seines Haaransatzes. Als ich seine gräuliche Gesichtsfarbe sah, machte ich mich auf das Schlimmste gefasst.

Ich war mir ziemlich sicher, dass es Freudenhöhle war. Sein Haar hatte die gleiche Farbe und den gleichen Schnitt wie das des Mannes, der gestern aus dem Minivan gestiegen war. Und auch sein Kleidungsstil, bestehend aus einer Jeans und einer Tweedjacke, war ähnlich. Dann kam sein Gesicht ins Blickfeld.

Wenn man es überhaupt so nennen konnte. Er hatte kaum noch ein Gesicht. Die Vorderseite seines Kopfes – zumindest das, was ich sehen konnte, da er mit dem Gesicht zum Bürgersteig lag – war ein Brei aus gesplitterten Knochen und blutigem Fleisch. Das Einzige, woran man erkennen konnte, dass es mal ein Gesicht gewesen war, war die Position im Verhältnis zu seinen Haaren und Ohren. Sein Kinn, seine Nase und seine Stirn waren eingedrückt, seine Wangenknochen zerschmettert, als ob jemand mit einem Baseballschläger auf ihn eingeschlagen hätte.

Mein Magen verkrampfte sich und eine kalte Erkenntnis durchdrang meine Übelkeit. Seine Mitarbeiter hatten ihn nicht nur bis zur Unkenntlichkeit entstellt, sondern auch seinen Kiefer und seine Zähne zerschmettert. Zahnärztliche Befunde würden nichts mehr ausrichten können. Mein Blick fiel auf die Hände, die sich eng um seinen mageren Körper geschlungen hatten, und ich zuckte zusammen. Kleine rote Rinnsale aus Blut strömten aus seinen Fingern, die aussahen, als hätte man sie bis zu den zweiten Fingerknöcheln in einen Holzhacker gesteckt. Fingerabdrücke konnte man also auch vergessen.

Die Leute, die ihn hier abgeladen hatten, hatten dafür

gesorgt, dass er nicht eindeutig zu identifizieren sein würde, und zwar nicht nur für uns, sondern auch nicht für die Polizei, es sei denn, sie hätten zufällig die DNA des Mannes in den Akten.

„Oh mein Gott", murmelte Vivi in die Hand, die sie sich vor den Mund gehalten hatte. „Oh mein Gott, oh mein Gott, oh mein Gott."

Keiner meiner Schatten-Begleiter war zu uns gekommen. Waren sie wegen der Zeugin in den Schatten geblieben? Ich war mir nicht sicher, ob ich für diese Diskretion dankbar sein sollte oder nicht. Ihre Anwesenheit würde weitere Fragen aufwerfen, allerdings gab es davon ohnehin bereits genug. Und ich hätte mich vielleicht sicherer gefühlt, wenn wenigstens einer meiner mächtigen Gefährten an meiner Seite gewesen wäre.

Ich riss meinen Blick von dem verstümmelten Mann los und konzentrierte mich auf meine beste Freundin. „Was *machst* du hier, Vivi? Wessen Auto ist das?" Es war kein Mietwagen, und als sie mich vor ein paar Monaten zu einem Ausflug abgeholt hatte, hatte sie noch ihren kirschroten Beamer gefahren, den sie schon seit Jahren hatte. Nicht, dass das Auto im Großen und Ganzen wichtig gewesen wäre, doch es war das Konkreteste, woran ich mich in dieser verrückten Situation klammern konnte.

„Es gehört meiner Oma", antwortete Vivi abwesend. „Sie hat es mir geliehen. Ich wusste, dass du mein Auto erkennen würdest ..." Ihre Augen weiteten sich und sie starrte mich an. „Und es war offensichtlich, dass du mich nicht dabeihaben wolltest. In was zum Teufel bist du da hineingeraten, Sorsha? Es ist eindeutig verdammt gefährlich – warum hast du nicht um Hilfe gebeten?"

Ich *hatte* Hilfe, doch das wollte ich nicht erwähnen. „*Weil* es unglaublich verdammt gefährlich ist. Offensichtlich." Ich wies mit der Hand auf die Leiche. „Glaubst du, ich will, dass Leute, die so etwas tun, dich ins Visier nehmen?"

„Aber es ist okay, dass sie *dich* ins Visier nehmen? Du hättest es mir sagen sollen, oder dem Bund, falls es etwas mit den Schattenwesen zu tun hat. Sind das die Jäger, die hinter Luna her waren? Hatte dieser Freudenhöhle etwas damit zu tun?“

Richtig, ich hatte ihr gesagt, dass ich an einer Sache dran war, die mit Luna zu tun hatte, um sie abzulenken. Etwas machte mich jedoch stutzig. Ich legte die Stirn in Falten. „Woher weißt du von Freudenhöhle?“

Ihre Lippen verzogen sich. „Ich habe es aus Jade herausbekommen, nachdem du mit ihr geredet hast. Ich habe so getan, als würden wir der Sache gemeinsam nachgehen. Sie hat keine Sekunde daran gezweifelt. Ich hatte allerdings keine Ahnung, dass Freudenhöhle ein Mensch ist, bis ich angefangen habe, mich in seiner Nachbarschaft umzuhören.“

Sie schlang die Arme um ihren Körper und wich einen Schritt von der Leiche zurück, doch ich starrte sie weiterhin an. „In seiner Nachbarschaft?“ Sie war gestern *dort* gewesen. „Wie lange spionierst du mir schon nach, Vivi?“

„Als ich dich vor ein paar Tagen angerufen habe, habe ich ein Mitglied des Bundes auf die Sache angesetzt“, gab sie zu. „Ich habe ihn gebeten, sich umzusehen, während ich mich etwas umgehört habe. Dann bin ich hingefahren, um alles zu überprüfen, und habe gesehen, wie das Auto den Lieferwagen verfolgt hat. Ich dachte mir schon, dass du das warst … Und da du heute nicht aufgetaucht bist, bin ich einfach dem Lieferwagen gefolgt.“

„Dir ist schon klar, wie verrückt das klingt, oder? Als wärst du eine durchgeknallte Stalkerin.“

„Ich wollte dir nur helfen“, platzte sie heraus. „Du hast mich ausgeschlossen, und ich habe gemerkt, dass du an etwas Großem dran bist und deswegen nervös bist. Ich weiß, dass du manches lieber für dich behältst, und das ist in Ordnung, aber normalerweise lügst du mich nicht an, Sorsh. Ich habe mir wirklich verdammt große Sorgen um dich gemacht, okay?“ Ein Zittern schlich sich in ihre Stimme. „Und es sieht so aus, als wären meine Sorgen berechtigt gewesen. Also, was ist hier los? Wir werden gemeinsam eine Lösung finden. Du musst es mir sagen.“

„Nein, das muss ich nicht.“ Eine weitere Erkenntnis traf mich, so kalt, dass meine Eingeweide erstarrten. Abgesehen von meinem Schattenwesen-Trio hatte ich den Namen Freudenhöhle keinem gegenüber erwähnt. Außer Jade, und damals dachte ich noch, es wäre ein Ort. Als wir seine Wohnung ausgekundschaftet hatten, hatten wir uns bedeckt gehalten. Doch Vivi … „Mit wie vielen Leuten hast du über Freudenhöhle gesprochen? Seid ihr direkt zu seinem Haus gefahren?“

Ihre Miene verzog sich. „Ich habe ein paar Leute im Bund und den Mann, der deinen Anruf zurückverfolgt hat, gebeten, der Sache nachzugehen – er hat mir die Adresse besorgt. Nachdem ich dich gestern verloren hatte, bin ich zurück und habe mit ein paar Nachbarn über ihn gesprochen. Nichts allzu Offensichtliches, natürlich.“

Es musste nicht offensichtlich sein, um die Leute, für die er arbeitete, zu warnen. Mein Kiefer verkrampfte sich. „Weil du herumgeschnüffelt hast, haben sie gemerkt, dass jemand hinter ihm her war. Deshalb haben sie ihn umgebracht. Das sind die Leute, mit denen wir es hier zu tun haben, Vivi, und du bist mitten in die Sache hineingeplatzt, mit deinem lächerlich auffälligen Auto, deinen Fragen, deiner Verfolgung …“

„Ich wusste nicht …“, begann sie zu protestieren, doch ich ließ sie nicht aussprechen.

„Das spielt keine Rolle. Wir werden in dieser Sache nicht zusammenarbeiten. Du musst aus der Stadt verschwinden, und deine Großmutter vielleicht auch, denn wahrscheinlich haben sie schon herausgefunden, wem das Auto gehört. Hoffentlich gelingt es mir, sie abzulenken, damit sie dich vergessen.“

„Auf keinen Fall. Ich werde nicht zulassen, dass du dich allein mit diesen Psychopathen anlegst."

„Mit deinen Aktionen wirst du dich oder uns beide eher umbringen, als mir zu helfen", schnauzte ich sie an.

Ihre Hände ballten sich zu Fäusten. „Ich hätte nicht herumschnüffeln müssen, wenn du mir einfach gesagt hättest, was du vorhast!"

„Ich wollte nicht, dass dir etwas zustößt. Aus gutem Grund, wie es scheint."

„Sorsha, was auch immer hier vor sich geht, du kannst das nicht allein bewältigen."

„Doch, das kann ich", stieß ich mit angespannter Stimme hervor. „Und es wird alles viel einfacher, wenn ich mir keine Sorgen darüber machen muss, ob dir etwas passiert, wenn du da mit drinhängst. Bitte, verschwinde einfach, geh irgendwohin, wo niemand nach dir suchen wird. Wenn das hier vorbei ist, verspreche ich dir, dass ich dir alles erzählen werde – aber erst dann."

Vivi schwankte leicht und ihre Miene verhärtete sich. Doch bevor sie ihren Standpunkt weiter verteidigen konnte, verdichtete sich eine imposante Präsenz in der Luft neben mir.

Thorn legte mir eine schwere Hand auf die Schulter. „Sorsha *ist nicht* allein", erklärte er mit seiner schroffen Stimme, die so tief war, dass sie an sich schon eine Drohung darstellte. „Und auch ich würde es vorziehen, wenn du es uns nicht noch schwerer machen würdest, sie zu beschützen. Sie hat gesagt, du sollst gehen. Also *geh*."

Meine beste Freundin starrte erst das Schattenwesen und dann mich an. „Du – Er – Du arbeitest mit einem von *ihnen* zusammen?"

Die Art und Weise, wie sie „ihnen" sagte, machte mich stutzig. Als wären alle Schattenwesen wirklich die Monster, als die sie in den Fabeln dargestellt wurden. Ich spürte, wie Thorns Hand sich verkrampfte. „Er weiß, was er tut", antwortete ich. „Im Gegensatz zu *dir*. Also bitte, verschwinde von hier und such dir einen sicheren Ort, wo du dich verstecken kannst, bis ich mich bei dir melde."

„Oder ich kann dafür sorgen, dass du es tust", fügte Thorn hinzu und sah sie finster an.

Vivis Mund öffnete sich und schloss sich dann wieder. Sie schluckte hörbar. Dann fiel ihr Blick auf Freudenhöhle und sein zerfetztes Gesicht, und sie sah aus, als müsste sie sich gleich übergeben. Sie warf mir einen letzten, verzweifelten Blick zu, und als meine Miene nicht weicher wurde, eilte sie zu ihrem Auto.

Der himmelblaue Kleinwagen brauste davon und ließ uns in der unheimlichen Stille des Hafengebiets zurück, wo wir über den Mann nachdachten, der uns nicht mehr an unser Ziel führen konnte, und über die Grausamkeit, mit der unsere Feinde dafür gesorgt hatten.

Snap und Ruse tauchten neben uns aus den Schatten auf. Ruse schnalzte missbilligend mit der Zunge, als er die Leiche betrachtete, doch selbst ihm schienen für einen Moment die Worte zu fehlen.

„Was jetzt?", fragte Snap leise.

In meinem Magen hatte sich ein riesiger Klumpen gebildet, der die Übelkeit noch verstärkte. Ich schluckte heftig. „Ich weiß es nicht." Unsere ganze Arbeit, all die Hinweise, die wir gesammelt hatten, und die Spur, der wir gefolgt waren – all das endete hier. Alles, was wir getan hatten, hatte uns nichts weiter gebracht als eine verstümmelte Leiche inmitten von leerstehenden Fabriken.

ACHTUNDZWANZIG

Thorn

Schon von Weitem, konnte ich erkennen, dass der Körper dieses Sterblichen mit einer gewissen Expertise verstümmelt worden war. Die Schläge waren sorgfältig ausgeführt worden, um eine maximale Wirkung zu erzielen und bestimmte Teile des Körpers zu zerstören. Warum sie diese Teile ausgewählt hatten, konnte ich mir nicht erklären. Sterbliche hatten seltsame Angewohnheiten.

Keiner der Schläge hatte das Leben dieses Menschen beendet. Als ich mich über die Leiche beugte, bemerkte ich einen schwachen, aber unverwechselbaren chemischen Geruch, der für menschliche Sinne nicht wahrnehmbar war. Er war vergiftet worden, ehe sie seinen Körper geschändet hatten.

Sorsha stand regungslos neben mir, bis ein kurzer Schauer ihren Körper durchfuhr. Ihr Kiefer verkrampfte sich.

„Er ist unseretwegen gestorben", sagte sie mit ungewohnt angespannter Stimme.

Ruse schüttelte den Kopf. „Wir haben alle möglichen Vorsichtsmaßnahmen getroffen. Und nach allem, was deine Freundin zugegeben hat, hattest du recht – ihre unbedarfte Herangehensweise muss die Schwertsternbande darauf aufmerksam gemacht haben, dass sich jemand für Freudenhöhle interessiert hat."

„Vivi hätte sich nicht für ihn interessiert, wenn sie nicht gemerkt hätte, dass ich etwas verheimliche. Wenn ich es geschickter angestellt hätte, oder ihr womöglich sogar die Wahrheit gesagt und sie davon überzeugt hätte, sich rauszuhalten …" Sie biss sich auf die Lippe.

Ich sah sie stirnrunzelnd an, während ich mich aufrichtete. Warum sah sie in diesem Mann etwas anderes als einen gefallenen Feind? Sein Tod schien sie zu treffen, nicht nur der praktischen Auswirkungen wegen, sondern auch um seiner selbst willen.

Sterbliche und ihre wechselhaften Gefühle.

„Was macht es schon, wenn *er* tot ist?", fragte ich. „Die Spur, der wir gefolgt sind, ist tot. Alle Antworten, die wir gefunden haben, drehten sich um diesen Mann. Ohne ihn haben wir nicht mehr als zu Beginn unserer Suche bei der Brücke."

Snap regte sich, als ob er etwas einwenden wollte, verzog dann jedoch das Gesicht. Dagegen ließ sich nichts sagen. Wir hatten uns von Anfang an auf Freudenhöhle konzentriert und waren diesem Ziel immer nähergekommen – und jetzt waren wir hier. Er hatte bereits die ganze Brücke abgesucht; dies war das einzige auffällige Detail, das wir gefunden hatten, dem wir nachgehen konnten. Nun hatten wir keinen Anhaltspunkt mehr.

Es wäre egal gewesen, wenn ich gestern schneller gewesen wäre, wenn es mir gelungen wäre, Freudenhöhle von hier aus zu folgen. Ich hatte *ihn* verloren und damit unsere letzte Chance verspielt, uns von ihm zu mehr Informationen führen zu lassen. Genauso wie ich Omen verloren hatte, und unsere Freiheit, als diese Jäger über uns hergefallen waren …

Dafür gab es keine Entschuldigung. Ich hatte erneut versagt, schlicht und einfach. Diese rücksichtslosen Sterblichen taten Omen wer weiß was an – während er sich möglicherweise gerade noch ans Leben klammerte – falls er nicht schon tot war. Wir alle, die wir um Freudenhöhle herumstanden, einschließlich der Lady, wussten, dass der, den wir retten wollten, vielleicht schon tot gewesen war, bevor Sorsha uns überhaupt aus unseren Käfigen befreit hatte.

Und selbst wenn nicht, würde er sicherlich trotzdem sterben, wenn er sich auf jemanden wie mich verlassen musste. Ich hatte mir vorgenommen, dass es dieses Mal anders sein würde. Ich musste nur auf drei Kollegen aufpassen. Das hätte eigentlich nicht sonderlich schwer sein sollen.

Sorsha schürzte die Lippen, was jedoch nichts an der Hoffnungslosigkeit änderte, die ihr ins Gesicht geschrieben stand. Der Inkubus holte tief Luft und blickte die Straße hinunter. Er versuchte, ein wenig Optimismus in seinen Tonfall zu zaubern. „Vielleicht wäre der Minivan ein Anhaltspunkt.“

„Glaubst du wirklich, dass sie nach heute noch dasselbe Fahrzeug benutzen werden?“, gab Sorsha zu bedenken. „Oder dass das Kennzeichen überhaupt registriert ist? Seht euch doch nur an, was sie mit Freudenhöhle gemacht haben, nur um ihre Spuren zu verwischen.“ Sie wies mit der Hand auf die geschändete Leiche.

Der Verschlinger rückte näher an sie heran. „Wenigstens bist du nicht diejenige, die da liegt.“ Seine gesteigerte Zuneigung zeigte sich in jedem Zentimeter seiner Körperhaltung, wie auch immer sie sich entwickelt hatte.

Doch er hatte recht. Ich hatte diesen einen kleinen Sieg errungen: Die Sterbliche, die uns aus der schmachvollen

Gefangenschaft gerettet hatte, war noch am Leben und einigermaßen wohlauf.

„Das ist vielleicht weit hergeholt, aber …" Ruse ging in die Hocke und durchsuchte die Taschen des Mannes, wobei er darauf achtete, die blutigen Körperteile nicht zu berühren. Als er nichts fand, seufzte er und richtete sich wieder auf. „Sie haben natürlich an alles gedacht."

Als ich gerade vorschlagen wollte, dass wir aufbrechen sollten, bevor unsere Feinde auf die Idee kamen, eine Meute von Soldaten auf uns zu hetzen, hob Sorsha ihr Kinn. Eine Wildheit blitzte in ihren Augen auf, die den größten Teil ihrer Niedergeschlagenheit überschattete.

„Nicht an alles. Sie konnten nicht *alles* vorhersehen, wozu wir in der Lage sind – die Verbindungen, die wir geknüpft haben, die Fähigkeiten, über die wir verfügen."

Sie wandte sich an Snap. „Du kannst Eindrücke von leblosen Objekten gewinnen. Ich weiß, dass du deine Fähigkeiten bei lebendigen Geschöpfen nicht einsetzen willst – aber er ist nicht mehr am Leben. Kannst du ihn testen? Thorn hat den betrunkenen Kerl, der mich angegriffen hat, doch auch in die Schatten befördert, nachdem er tot war."

Die Augen des Verschlingers weiteten sich. Er starrte auf die Leiche hinunter und schnalzte nervös mit der Zunge. „Ich weiß es nicht. Das habe ich noch nie versucht."

Ruse' Gesicht erhellte sich bei diesem Vorschlag. „Es kann doch nicht schaden, es einmal zu versuchen, oder? Es ist ja nicht so, dass du ihn verletzen könntest. Da er bereits tot ist, kannst du ihm nicht wirklich noch mehr Schaden zufügen."

Ich wusste nicht genau, wo Snaps Abneigung gegen seine eigene Macht herrührte, doch trotz der Worte des Inkubus war sein ganzer Körper angespannt. Ich straffte die Schultern und wollte gerade den vehementen Befehl aussprechen, dass er es versuchen sollte, da meldete sich Sorsha wieder zu Wort.

Sie berührte seinen Arm, und ihr Gesichtsausdruck wurde weicher, woraufhin ich einen unerklärlichen Stich in der Brust verspürte. „Der Gedanke, es zu tun, erinnert dich an etwas, das in der Vergangenheit passiert ist, stimmt's?"

Er nickte ruckartig, den Blick immer noch auf die Leiche gerichtet. „Ich weiß, dass es nicht dasselbe ist. Ruse hat mit allem, was er gesagt hat, recht. Ich sollte einfach …" Und doch schien er sich nicht bewegen zu können.

„Denk nicht an das andere Mal", riet Sorsha ihm. „Denk daran, wie es sich angefühlt hat, als du Freudenhöhles Namen oder sein Haus gefunden hast. Denk daran, wie viele nützliche Eindrücke mit ihm verbunden sein müssen. Dank deiner Fähigkeiten könnten wir herausfinden, wo Omen ist, und die Leute aufhalten, die in diesem Labor gearbeitet haben."

„Ja. Ja." Der Verschlinger sammelte sich, ein entschlossener Ausdruck trat in sein Gesicht und die feinen Linien verhärteten sich. Er kniete sich neben Freudenhöhle und beugte sich über ihn.

Sorsha stand mit einem sanften, aufmunternden Lächeln hinter ihm, bereit, ihn erneut zu motivieren. Die Entschlossenheit, die ich vorhin gesehen hatte, schimmerte noch immer in ihren Augen. Ruse beobachtete das Geschehen mit gespannter Erwartung.

Die Trostlosigkeit, die sich über unsere Gruppe gelegt hatte, war einfach so verschwunden. *Sie* hatte sie besiegt, und das, obwohl sie der Tod des Mannes stärker getroffen hatte als den Rest von uns.

In diesem Moment, während sie alle die Leiche untersuchten, konnte ich meinen Blick nicht von ihr abwenden – von ihrer beeindruckenden Stärke, die ich bis eben noch nie in vollem Ausmaß wahrgenommen hatte. Und es war nicht nur Stärke. Snap hätte meinen Befehl womöglich aus Angst befolgt, doch sie hatte erkannt, was er hören musste, um nicht nur überzeugt, sondern inspiriert zu werden.

Eigentlich war das nicht überraschend. Unsere Lady

mochte zwar eine Sterbliche sein, doch sie brach in Gefängnisse ein und befreite Schattenwesen unter Einsatz ihres eigenen Lebens. Wie könnte sie etwas anderes als außergewöhnlich sein? Sie hatte es geschafft, die Lücke, die Omens Verlust hinterlassen hatte, so sicher und doch so unauffällig zu füllen, dass ich es beinahe nicht bemerkt hätte.

Mit ihren albernen Liedern und den schrillen Klamotten brachte sie etwas Wesentliches in unsere Gruppe mit ein. Etwas, ohne das ich mir unser Dasein plötzlich nicht mehr vorstellen konnte, selbst wenn Omen uns wieder anführen würde.

Doch warum sollte sie etwas mit uns und der Gefahr, die wir in ihr Leben brachten, zu tun haben wollen, nachdem diese Mission beendet war?

Das anfängliche Kribbeln verwandelte sich in ein Stechen. Bevor ich es näher untersuchen und herausfinden konnte, was es zu bedeuten hatte, wippte Snap mit einem zittrigen Keuchen auf seinen Fersen zurück. Seine Pupillen waren geweitet, und das leuchtende Grün seiner wahren Gestalt schimmerte in seinen Augen.

„Ich habe so viel gesehen", keuchte er atemlos. „So viele Orte. Das Haus und die Straßen, die hellen, kalten Flure. Schattenwesen in kleinen Räumen mit verschlossenen Türen. Glänzende Tische wie in dem Büro, das wir durchsucht haben, Computer mit Reihen von Wörtern und Zahlen und sich windenden Linien ..."

„Wo?", fragte Ruse. „Das muss der Ort sein, an den sie Omen gebracht haben."

„Keine Ahnung ... Es waren nur Bruchstücke. Es ist schwer, sie zusammenzusetzen." Snap wurde still und seine Stirn legte sich in Falten, während er die Flut von Eindrücken sortierte, die diesem menschlichen Körper anzuhaften schienen. „Da war ein Haus, das noch nicht fertig gebaut war, sodass ich nur die Stahlträger und ein paar halb fertige Wände erkennen konnte – vielleicht liegt das weiter zurück.

Dann war da noch ein anderes Haus, das wie seins aussah, nur mit einer blauen Tür. Und ein Lebensmittelladen. Er hielt ein Stück Obst mit einer glatten Haut in seinen Händen. Ein Buch. Ein Gebäude, das sich aus der Erde erhob, mit Betonwänden und Türen, die glänzten wie diese Labortische. Musik erklang von einer hölzernen Plattform, auf der Menschen mit Instrumenten saßen. Und da war noch ein Gebäude – ich glaube, es war wichtig – er war nervös, als er hineingegangen ist."

Sorsha griff diese Bemerkung auf und ließ sich neben ihm nieder. „Als er wo hineingegangen ist, Snap?"

Er schnalzte wieder mit der Zunge, als könnte er noch mehr Gewissheit aus der Luft holen. „Große Glasfenster. Ein Laden. Helle Kästen in den Fenstern mit kleinen Figuren wie Menschen und Tiere und Autos. Ich glaube, ich kann das Schild sehen." Er kniff die Augen zusammen. „Fun Station Depot. Er war mehr als einmal dort – das erkenne ich daran, dass es dazwischen hell und dunkel wird. Er war besorgt. Er musste ihnen etwas sagen, etwas über seine Arbeit, er war sich nicht sicher, ob sie damit zufrieden sein würden."

„Hast du einen Eindruck davon bekommen, was das für eine Arbeit war?", fragte Ruse.

„Nein. Nur, dass es um Schattenwesen ging. Furcht und Ehrfurcht vor ihnen. Das Bedürfnis, sie in Schach zu halten." Wieder schnalzte er mit der Zunge. „Als er das Gebäude betrat, das ihn nervös machte, dachte er daran, dass der Weg dort hinein aus Eisen war. Ich weiß nicht, was das zu bedeuten hat."

Bei diesen letzten Worten ließ der Verschlinger die Schultern sinken, als ob die vielen Eindrücke die Energie aus seinem Körper gezogen hätten.

Sorsha schürzte die Lippen. „Eisen. Womöglich ein Schlüssel zu dem Ort, an dem sie ihre illegalen Geschäfte abwickeln."

„In diesem Fun Station Depot?", fragte ich. „Was ist *das*?"

Es klang nicht nach einem Militärstützpunkt oder einer Jägerhöhle.

Unsere Sterbliche hatte bereits ihr Handy hervorgeholt. Sie stieß ein Lachen aus. „Es ist ein Spielzeugladen", erklärte sie. „Ein großes Outlet, nicht weit von dort, wo ich mit Vivi auf Schnäppchenjagd nach Klamotten gegangen bin." Sie warf Snap einen Blick zu. „Du denkst, er war oft dort, weil es etwas mit seiner Arbeit zu tun hatte."

„Ja. So fühlte es sich an. Ich glaube nicht, dass die Schattenwesen dort waren ... doch wo auch immer *sie* waren, ihretwegen war er weniger nervös."

„Zumindest weiß ich ganz genau, wo sich dieser Laden befindet. Womöglich nutzt die Schwertsternbande ihn als Fassade für einen Teil ihrer Operationen. Sie brauchen finanzielle Mittel für die Ausrüstung und die Leute, die sie anheuern. Bestimmt mussten sie ein legales Unternehmen gründen, um das Geld zu waschen."

Nachdenklich knabberte sie an ihrer Lippe, bevor sie mit einem Funkeln in den Augen zu mir aufblickte, das ich am liebsten eingefangen hätte. „Was hältst du davon, wenn wir Spielzeug kaufen gehen?"

NEUNUNDZWANZIG

„Die Sache gefällt mir nicht", brummte Thorn zum ungefähr einmillionsten Mal.

Ich verzichtete darauf, ihn darauf hinzuweisen, dass ihm generell so ziemlich alles zu missfallen schien. „Es spielt keine Rolle, ob es dir gefällt oder nicht. Wie du uns erklärt hast, kommst du *nicht* in den Raum, in dem wir die wichtigen Dinge vermuten. Also liegt es an mir. Keine Sorge, ich habe mein ganzes Leben lang für diesen Moment trainiert."

Das war nur eine leichte Übertreibung. Ich schob meinen Pferdeschwanz unter die Strickmütze, unter der ich mein Haar versteckt hatte. Dann streckte ich meine Arme in dem dünnen schwarzen Oberteil aus, dem Herzstück meines Einbrecheroutfits, wobei ich darauf achtete, mir auf dem relativ engen Rücksitz des Autos nicht die Ellbogen zu stoßen. Ich hatte meine Taschen mit der gesamten Standardausrüstung – ohne Enterhaken und Seil, da das

Gebäude einstöckig war – an dem dünnen Gürtel um meine Taille befestigt. Das war ein Kinderspiel.

Das würde ich mir so lange einreden, bis ich es mit meiner Beute nach draußen geschafft hatte.

Der Krieger rutschte unruhig auf seinem Sitz herum. „Ich könnte die Wachen aus dem Weg räumen."

Ich nahm an, dass er mit „aus dem Weg räumen" meinte, ihnen die Kehle einzuschlagen, wie er es immer tat. Doch selbst wenn er das nicht täte ... „Nein. Wir wollen nicht, dass die Schwertsternbande mitbekommt, dass wir das mit dem Laden herausgefunden haben. Wenn sie merken, dass wir so weit gekommen sind, werden sie wahrscheinlich jede Spur verwischen, bevor wir auch nur den Hauch einer Chance haben, ihr zu folgen."

„Da muss irgendetwas Wichtiges drin sein", sagte Ruse. „Niemand füllt nur so zum Spaß ein paar Wände mit Silber und Eisen."

„Ich bin immer noch der Meinung, dass ich Euch wenigstens in das Hauptgebäude begleiten sollte", brummte Thorn. „Das Büro war der einzige Raum, der so gut geschützt war, dass ich nicht eindringen konnte."

Ich beugte mich vor und knuffte ihn in seine breite Schulter. „*Du* musst vor dem Laden Wache halten, falls Verstärkung auftaucht. Das Gebäude ist riesig – an zwei Wachen komme ich vorbei." Das Depot nahm einen ganzen Block ein. Über die eine Hälfte erstreckte sich das Gebäude, der Rest war ein riesiger Parkplatz. Thorns Beschreibung zufolge gab es im Inneren jede Menge Regale und Auslagen, hinter denen ich mich verstecken konnte.

Außerdem musste ich sicherstellen, dass er nicht ausrastete und die Wachen zusammenschlug, obwohl ich nicht in akuter Gefahr war.

Ruse klopfte auf das Lenkrad. „Ich bin startklar, sobald du zurückkommst, Flamme." Er warf Thorn einen verschmitzten

Blick zu. „Wenn du nicht zur gleichen Zeit wie sie zurück bist, lasse ich dich zurück."

Thorn sah nicht beleidigt aus. „Das solltest du auch. Ich kann notfalls durch die Schatten zum Motel zurückkehren."

„Ich auch", meinte Snap. „Gibt es denn gar nichts, was ich tun kann, um dir zu helfen, Sorsha?" Er sah mich mit seinen wunderschönen grünen Augen so flehend an, dass ich für einen Augenblick ins Wanken geriet.

Ich wollte mein Schattenwesen-Trio aus dem Weg haben, damit sie bei diesem Coup keine unerwarteten Probleme verursachten. Das war allerdings nicht der einzige Grund, warum ich vorhatte, allein hineinzugehen. Die Tatsache, dass es in dem Gebäude einen Raum gab, der gegen Schattenwesen geschützt war, zeigte, dass die Leute dort wussten, dass sie es mit monströsen Wesen zu tun haben könnten. Wer wusste schon, welche Art von Kugeln die Wachen in ihren Gewehren hatten – oder was sie sonst noch für Waffen bei sich trugen? In dem Gebäude könnte es noch weitere Schutzvorrichtungen geben, die meine Begleiter schwächen könnten.

Dieses Risiko wollte ich nicht eingehen. Ich war schon in viele Gebäude eingebrochen, ohne erwischt zu werden. Das war sozusagen meine Spezialität. Wenn ich da allein reinging, stand nur meine Haut auf dem Spiel. Wenn ich es vermasselte, musste niemand außer mir dafür bezahlen. Sonst wäre ich doppelt so nervös gewesen.

Ich drückte Snaps Hand. „Du hast diesen Laden bereits ausfindig gemacht – und ich weiß, dass dir das Einiges abverlangt hat." Es war mir nicht leichtgefallen, ihn zu ermutigen, seine Fähigkeiten trotz seiner Ängste einzusetzen. „Ich bin sicher, dass du mir bei den Dingen, die ich mitbringe, helfen kannst."

Thorn blickte finster drein, schien jedoch keine Lust auf weitere Diskussionen zu haben. „Ich werde die Gegend noch ein letztes Mal auskundschaften, bevor Ihr reingeht. Wartet auf mein Signal."

„Alles klar." Ich stupste ihn erneut an. „Und *wag es nicht*, mir dort hineinzufolgen. Was ist, wenn noch mehr Wachen auftauchen? Willst du wirklich riskieren, dass sie mir ins Gebäude folgen? Wenn du draußen jemanden siehst, kannst du ihn wenigstens gleich ausschalten." Wenn der Alarm bereits ausgelöst worden war, würde es nicht darauf ankommen, Leichen zurückzulassen, sondern nur darauf, lebend herauszukommen.

Seine Lippen verzogen sich zu einer schmalen Linie, doch er nickte. Ich nahm an, dass die Erinnerung an seine Verantwortung ausreichen würde, um ihn davon abzuhalten, dort zu patrouillieren, wo er in die Schusslinie geraten könnte. Wenn ich meine Sache gut machte, würde kein Alarm ausgelöst und keine Verstärkung gerufen werden, mit der er sich herumschlagen musste.

Nachdem er verschwunden war, stieg ich langsam aus dem Auto und schloss die Tür so leise, wie ich konnte. Wir hatten auf einem Parkplatz vor einem Laden für Küchenbedarf geparkt. Die Straßenlaterne, die den Parkplatz eigentlich beleuchten sollte, war ausgebrannt. In der Dämmerung war ich in meiner schwarzen Kleidung vor dem schwarzen Auto kaum zu erkennen.

Ich drehte mich zum Fun Station Depot um und wartete darauf, dass Thorn mir grünes Licht gab. Die kühle Brise kitzelte meine Wangen. Um mir die Zeit zu vertreiben, berührte ich nacheinander jedes Teil meiner Ausrüstung, um mich zu vergewissern, dass ich bei Bedarf alles parat hatte.

In der Ferne blitzte ein Licht auf, bevor es wieder verschwand. Thorn und die Mini-Taschenlampe, die er aus dem Laden mitgenommen hatte. Die Luft war rein.

Ich winkte den Jungs im Auto zu, auch wenn ich durch die getönten Scheiben nicht erkennen konnte, ob sie meinen Gruß erwiderten. Dann machte ich mich auf den Weg. Die

Sohlen meiner Turnschuhe knirschten leise auf dem Asphalt. Hinter dem Gebäude für Küchenbedarf bog ich ab und überquerte die Straße, wobei ich rasch durch den beleuchteten Bereich flitzte.

Mein Herz klopfte heftig, aber gleichmäßig. Um mich zu beruhigen legte ich in Gedanken meine Lieblings-CD auf, und als ich den Parkplatz hinter dem Spielzeugladen erreichte, wurde ich langsamer. Thorn hatte mir noch in einer anderen Hinsicht geholfen: Er hatte heimlich eine Tür im hinteren Teil des Ladens aufgeschlossen. Zwar musste ich trotzdem den Lagerraum und die Hauptverkaufsfläche durchqueren, um zum Büro am östlichen Ende zu gelangen, musste dabei allerdings nur noch ein Schloss knacken. *Der Weg hinein besteht aus Eisen.* Es spielte keine Rolle, welcher Schlüssel für diesen speziellen Raum nötig war – dank meiner Dietriche würde das kein Problem darstellen.

Der Parkplatz war leer, abgesehen von einem Kleidercontainer von der Größe eines kleinen Anhängers in einer Ecke. *Kleidung für die kürzlich Verstorbenen.* Das war ja mal eine gute Sache. Leichen sollten schließlich nicht nackt herumlaufen müssen.

Ich schlich um die Lichtquellen herum, öffnete vorsichtig die Hintertür und spähte mit gespitzten Ohren in den dunklen Lagerraum. Kein Geräusch drang an meine Ohren, außer dem entfernten Rauschen des Verkehrs irgendwo hinter mir. Zwei Sicherheitsleute waren übertrieben für die nächtliche Bewachung eines Spielwarendiscounters – was unsere Theorie, dass die Geschäftsleitung mehr als nur die Waren schützen wollte, bestätigte. Zumindest hielt sich keiner von ihnen hier hinten auf. Gut für mich.

Ich schlich zwischen den hohen Regalen hindurch, in denen sich Kisten mit Plüschtieren, Actionfiguren und Lego stapelten. Nur ein schwacher Lichtstreifen zeigte sich unter der Tür am anderen Ende, die zum Hauptverkaufsbereich führte. Ich blieb daneben stehen und verhielt mich ruhig.

Nach ein paar Minuten hörte ich Schritte an mir vorbeigehen. Die Wachen gaben sich keine Mühe, *ihre* Bewegungen zu verbergen – auch das war gut für mich. Wie viele Monate oder gar Jahre waren sie schon im Einsatz, ohne dass sie hier etwas bewachen mussten?

Ich lächelte. Nachlässigkeit war der beste Freund eines Diebes.

Nachdem sich die Schritte entfernt hatten, stieß ich die Tür einen Spalt weit auf, um mir einen Überblick zu verschaffen. Auf beiden Seiten des gegenüberliegenden Korridors befanden sich Regale, die randvoll mit Spielsachen waren. Auch zu meiner Linken standen in regelmäßigen Abständen Regale und versperrten mir den Weg dorthin, wo Thorn das Büro vermutet hatte.

Ich hielt mich in der Nähe der hinteren Auslagen auf, spähte in jeden Gang und huschte dann über die offene Fläche, um mir einen Weg durch den Laden zu bahnen. Als ich erneut Schritte hörte, die sich in meine Richtung bewegten, ging ich hinter einem Pappaufsteller mit Sammelkarten in Deckung. Mich würden sie auf keinen Fall in die Finger bekommen.

Als ich weiterschlich, fühlte ich mich für etwa fünf Sekunden besonders sicher. Ich schlüpfte an der nächsten Auslage vorbei – und auf einmal ertönten ein mechanisches Surren und ein elektronisches Bellen aus dem nächsten Regal.

Ich zuckte zusammen und konnte mich gerade noch zurückhalten, nach dem Ding zu schlagen. Ein kleines Roboterhündchen trippelte über das Regal und stieß direkt neben meiner Schulter diesen grässlichen Laut aus. Was könnte man sich mehr wünschen als einen kläffenden Hund, mit dem man nicht einmal kuscheln kann? Was für eine unglaublich geniale Erfindung.

Zwei Paar Schritte kamen auf mich zu, die jetzt eher polternd als tappend klangen. Ich rannte zum nächstgelegenen

Versteck in Form einer lebensgroßen Modepuppe, die neben mehreren rosafarbenen Packungen stand, in denen sich ihre kleineren Gegenstücke befanden. Zum Glück waren ihre üppigen Brüste und ihre Hüften mehr als breit genug, um meine dunkle Gestalt dahinter zu verbergen.

Während ich regungslos dastand, ließ ich meinen Blick über ihre Kurven schweifen. Ich hoffte, es stimmte, dass diese Puppen unmögliche Proportionen hatten, denn sonst konnte ich definitiv nicht mithalten.

Die Wachen blieben neben dem kläffenden Spielzeug stehen, das schließlich verstummte. Einer der Männer seufzte. „Blöder Köter. Ein kleiner Luftzug genügt, um ihn auszulösen. Ich hoffe, einer von ihnen sucht das Arschloch heim, das dieses Ding entworfen hat."

„Allerdings", pflichtete ihm der andere mit einem matten Kichern bei.

Sie schlenderten ein wenig herum, einer ging den Gang entlang, doch Miss Riesenbusen rettete mich. Als ich mich an ihrem Po festhielt und mich an sie presste, flüsterte ich ihr in Gedanken eine stumme Entschuldigung zu.

Als die Luft rein war, trat ich hinter ihr hervor und steuerte auf die Regale zu, die zwischen mir und meinem Ziel standen. Wie sich herausstellte, standen sie um einen Spielbereich mit einem Bällebad, einem Eisenbahntisch und ein paar fahrbaren Kinderautos herum. Gleich dahinter erblickte ich die Tür, die zum Büro führen musste. Bingo!

Als ich darauf zuging, rutschte mir das Herz in die Hose. Snap hatte gesagt, dass er bei Freudenhöhle den Eindruck gewonnen hatte, dass der Zugang aus Eisen sei. Wie konnte das etwas anderes sein als ein Schlüssel, den viele Schattenwesen nicht einmal berühren konnten? Doch vielleicht bezog sich der Eindruck auf die Außentür? Die Tür vor mir hatte nämlich kein Schlüsselloch, nichts, was ich mit einem Dietrich knacken könnte, nur eine flache, glatte Fläche neben einem Tastenfeld, wo man einen Code eingeben musste.

Verdammt. Ich hatte ein Codeknacker-Gerät, mit dem ich vielleicht reingekommen wäre, wenn ich die Zeit gehabt hätte, doch das konnte je nach Modell Stunden dauern – vorausgesetzt, es ließ sich überhaupt mit diesem Gerät verbinden. So lange konnte ich mich nicht vor diesem Duo verstecken. Selbst wenn die Wachen keine wirkliche Bedrohung darstellten, hatten sie jede Menge Freunde, die das übernehmen konnten.

Angespannt stand ich da und starrte auf die Tür. Warum zum Teufel war Freudenhöhle so überzeugt davon, sich mithilfe von Eisen Zutritt zu dem Raum zu verschaffen? Da es in den Wänden war, konnten die Schattenwesen nicht hineingelangen. Und es war zu spät, um zurückzugehen und Snap zu fragen, ob er zufällig auch eine Zahlenfolge wahrgenommen hatte, wobei …

Moment mal.

Mein Puls beschleunigte sich, als ich mich über das Schloss beugte. Bitte, bitte lass es klappen. E-I-S-E-N: 34736

Das Schloss piepte leise, woraufhin sich mein Herzschlag beschleunigte, und der Riegel ließ sich aufschieben. Ja!

Ich unterdrückte einen Siegesschrei und drückte gegen die Tür, die geräuschlos aufschwang. Und einfach so betrat ich den stillen, kühlen Raum, der von der künstlichen Kälte einer Klimaanlage erfüllt war.

Da ich nicht wusste, ob die Oberlichter unter der Tür zu sehen sein würden, entschied ich mich für den kleineren Schein meiner Taschenlampe. Er fiel auf einen Stahlschreibtisch, auf dem ein Computer und ein Monitor standen, einen ledernen Bürostuhl, einige Aktenschränke sowie eine Pinnwand mit einem Kalender und verschiedenen Werbeanzeigen.

Vermutlich war der Computer die wichtigste Informationsquelle. Vorsichtshalber nahm ich kurz die

Aktenschränke in Augenschein, die allesamt mit Bestellformularen und Verkaufsberichten gefüllt waren. Ich ließ mich in den Ledersessel sinken und tippte auf die Maus.

Der Monitor leuchtete auf und ein Fenster mit der Aufforderung, ein Passwort einzugeben, erschien.

Verdammt noch mal. Natürlich war er geschützt, und ich war keine Hackerin. Ich hatte noch nie Daten klauen müssen.

Ich tippte EISEN ein, doch dieser Glücksgriff hatte nur für einen Zugangspunkt funktioniert. Das Passwortfenster zitterte und teilte mir mit, dass ich es noch einmal versuchen sollte. Ich zog eine Grimasse. Wie oft konnte ich es noch versuchen, bevor ein Alarm ausgelöst oder der Computer komplett ausgesperrt wurde?

Die Wahrscheinlichkeit, dass ich das Passwort von Leuten erraten würde, über die ich absolut nichts wusste, stand etwa fünf Millionen zu eins. Ich könnte zwar zocken, doch ich wusste, wann es sich nicht lohnte, ein Risiko einzugehen.

Also würde ich wohl den ganzen verdammten Computer mitnehmen müssen, bis ich jemanden fand, der darin versierter war als ich.

Alles konnte ich jedoch auf keinen Fall mitnehmen. Ein Monitor ließ sich bestimmt irgendwo auftreiben. Ich zog die Stecker, die den Rechner mit dem Bildschirm verbanden, und klemmte ihn mir unter den Arm.

Uff, ja, ich sollte wirklich mehr Liegestütze machen. Mein Bizeps schmerzte schon, bevor ich überhaupt zwei Schritte gemacht hatte. Die Ecke des schweren Metallblocks stach in meine Hüfte.

Als ich um den Schreibtisch herumging, entdeckte ich eine durchsichtige Plastikbox mit einem Stapel CDs, die mit Edding beschriftet waren. Was, wenn sich darauf einige der benötigten Daten befanden? Ich klemmte mir die Schachtel unter den Arm und stellte sie auf den Rechner. Jetzt bohrten sich auch noch scharfe Kanten in meine Achselhöhle – herrlich.

Ich schlich mich zur Tür hinaus und zog sie mit einem leisen Klicken hinter mir zu. Jetzt musste ich nur noch den ganzen Kram nach draußen schleppen, dann war ich frei. Trotzdem war es ein Kinderspiel.

Nach gerade mal ein paar Schritten fing der Hund erneut an zu kläffen.

Das reichte allerdings nicht aus, um mich aus der Fassung zu bringen. Nein, meine Nerven waren stärker als das. Als ich jedoch herannahende Schritte hörte und in Deckung gehen wollte, rutschte die CD-Hülle, die bereits gefährlich weit hervorgestanden war, heraus. Mit einem Scheppern, das man unmöglich für einen winzigen Luftzug halten konnte, landete sie auf dem Boden. Ich stieß einen leisen Fluch aus und einer der Wachmänner schrie.

Scheiß auf die Tarnung. Ich musste so schnell wie möglich von hier verschwinden.

DREISSIG

Ich schnappte mir die Schachtel mit den CDs, klemmte sie mir wieder unter den Arm und rannte zur Hintertür. Leider stürmte im selben Moment einer der Wachmänner um die Regale des Spielbereichs herum und versperrte mir den Weg.

Was blieb mir da anderes übrig, als ein wenig kreativ zu werden? Meine Beute fest an meinen Körper gedrückt, eilte ich zum Bällebad.

Als ich meinen freien Arm hineinschob, stießen die Plastikkugeln gegeneinander und hüpften heraus. Ich schnappte mir eine und dann noch eine und schleuderte sie dem Wachmann, so fest ich konnte ins Gesicht. Er stolperte rückwärts, und eine Mischung aus Schmerz und – da es sich um Bälle für Kinder handelte, vermutlich hauptsächlich – Überraschung flackerte in seinen Augen auf.

Der andere Wachmann stürmte von hinten auf mich zu. Innerhalb von ein paar Sekunden würden sie mich in die

Enge treiben. Ich warf noch einen Ball, während ich mir einen Weg durch das Bällebad bahnte. Auf der anderen Seite angekommen, stellte ich einen Fuß auf einen der fahrbaren Untersätze: ein schickes rotes Cabrio.

Ich stieß mich mit dem anderen Fuß ab, als wäre es ein Roller, und raste an dem Wachmann vorbei in den nächsten Gang, wobei ich ihn mit dem Ellbogen zur Seite stieß. Mit einem kurzen *Uff* stürzte er hinter mir her.

Das leise Rattern der Räder des Autos auf dem gefliesten Boden musste den anderen Wachmann auf den Plan gerufen haben, denn plötzlich ertönten schlitternde Schritte im Nebengang. Ich stieß mich noch fester mit meinem Turnschuh vom Boden ab und trieb das Spielfahrzeug zur Höchstgeschwindigkeit an.

„Ist das eine von *denen*?", rief der zweite Wachmann seinem Kollegen zu, und sein entsetzter Tonfall verriet mir, dass sie wussten, in welche Geschäfte ihre Arbeitgeber verwickelt waren – und dass sie Schattenwesen nicht freundlicher gesonnen waren als der Rest der Schwertsternbande.

„Ich weiß es nicht – ist auch egal. Halt sie einfach auf!", rief der andere zurück.

Das konnten sie vergessen. Ich raste hinaus in den breiteren Gang zwischen den Regalen und den Kassentischen. Die Plastikräder gaben ein ohrenbetäubendes Quietschen von sich, als ich mit einem ruckartigen Fußtritt scharf auswich. Ich raste noch drei Gänge weiter, bevor ich das Fahrzeug erneut herumriss, um den Gang hinunterflitzen, der zur Ladentür führte. Plötzlich lösten sich zwei der Räder.

Offensichtlich war dieses Gefährt nicht für Verfolgungsjagden konzipiert. Ich sprang ab und schwankte kurz, während ich versuchte, das Gleichgewicht zu halten. Die Kante des Rechners bohrte sich erneut in meine Seite und ich zuckte zusammen. Hoffentlich fanden wir auf diesem Ding, was wir brauchten, oder ich würde sie ihrem Besitzer in den Arsch schieben. Vorausgesetzt, ich bekam überhaupt die Chance dazu, herauszufinden, was es enthielt.

Als ich mich aufrichtete, stieß ich mit dem Hintern gegen eine Auslage mit dunklen Actionfiguren am Ende des Ganges. „Eindringling entdeckt!", rief eine Schar von ihnen mit ihren blechernen digitalen Stimmen. „Feuer frei!"

Um Himmels willen, der ganze Laden hatte es auf mich abgesehen. Doch als ich den Gang hinuntersprintete, kam mir der Gedanke, dass ihr Vorschlag gar nicht so schlecht war. Mit meiner freien Hand schnappte ich mir einen Dart-Blaster aus dem Regal. Er war bereits mit fünf Schaumstoffpfeilen geladen – mein Glückstag.

Ein Wachmann hatte jetzt das Ende des Ganges erreicht. Ich blickte gerade lange genug zurück, um ein paar Schüsse hinter mich abzufeuern. Einer der Schaumstoffbolzen prallte von seiner Schulter ab, während der andere den Rand seiner Brille traf, sodass sie verrutschte. Treffer!

Ich war schon fast wieder gut gelaunt, als ein zweites Paar Schritte um die Ecke kam. Anstatt mich umzudrehen, schoss ich blindlings weiter, bis das Klicken einer Waffe unüberhörbar an mein Ohr drang.

Diese Jungs schienen das mit dem „Feuer frei!" verdammt ernst gemeint zu haben.

Mit einem flauen Gefühl im Magen rannte ich noch schneller weiter. Meine Füße polterten über die Fliesen, und bei jedem Schritt strahlte ein Schmerz durch meine Fußsohlen. Mein Arm, der den Computer hielt, pochte jetzt regelrecht.

„Stehenbleiben!", schrie einer der Wachmänner, die hinter mir her stürmten – als ob ich darauf hören würde. Ich schlug Haken, während ich weiterlief, um mich zu einem schwierigeren Ziel zu machen, was mich vermutlich tatsächlich rettete.

Ein Knall zerriss die Luft, und einen Augenblick später durchbohrte ein Schmerz meine Schulter, der intensiver war als alles, was ich bisher erlebt hatte. Zum Glück auf der rechten Seite, wäre es die linke gewesen, hätte ich den einzigen Grund meines Hierseins fallen gelassen. So aber zuckte mein Arm vor Schmerz, meine Finger verkrampften sich, und die Spielzeugpistole fiel zu Boden.

Ich biss die Zähne zusammen und lief weiter. Die Tür kam in Sicht. Ich konnte es schaffen – auch wenn ich mir nicht sicher war, ob das Verlassen des Gebäudes eine Garantie für meine Freiheit war.

Ich griff nach dem Knauf und zerrte daran. Es gelang mir nicht, den Schrei zu unterdrücken, der aus meiner Kehle hervorbrach, als ein Brennen meine Schulter durchzuckte. Mir schwirrte der Kopf, doch ich schaffte es, in den Lagerraum zu stolpern, gerade als ein weiterer Schuss ertönte. Die Tür vibrierte.

Scheiße, Scheiße, Scheiße. Meine Schulter schmerzte, Tränen brannten in meinen Augen. Ich rannte quer durch den Raum zur Außentür. Die Wachen stürmten schreiend hinter mir her.

Als ich mich mit meiner guten Schulter gegen die Tür warf und sie aufstieß, wobei erneut ein Schmerz in der verwundeten Schulter aufflackerte, kam mir mit einem Mal eine Erkenntnis.

Wir mussten die beiden verbrennen. Sie verdammt noch mal niederbrennen, bis nur noch ein Häufchen Asche von ihnen übrig war. Ich hatte mein Feuerzeug nicht dabei, doch die Hitze, die mit dem rasenden Pochen meines Herzschlags durch mich hindurchpulsierte, fühlte sich stark genug an, um als Stichflamme direkt aus meinen Fingern zu schießen.

Der Gedanke ließ mich einen Moment lang nicht los, dann schreckte ich mit einem Ruck des Entsetzens zurück, als ein Luftzug über mein Gesicht wehte. Selbst wenn ich dazu in der Lage gewesen *wäre* – was ich natürlich nicht war – wäre es verrückt, Menschen bei lebendigem Leibe zu verbrennen. Sogar wenn sie mich umbringen wollten.

Ich unterdrückte einen Schluchzer angesichts des Schmerzes, der jetzt durch meine Brust schoss, und rannte schnell zum Parkplatz.

Ich konnte ziemlich schnell rennen, selbst jetzt im Dunst des Schmerzes und mit dem schweren Rechner unter einem Arm. Doch es war ein großer Parkplatz ohne jegliche Deckung, abgesehen von dem Container für die *Kleiderspenden für die kürzlich Verstorbenen*, der sich viel zu weit entfernt auf dem offenen Asphalt befand. Da die Wachen bereits hinter mir herstürmten, war es nur eine Frage von Sekunden, bis ich einer der vorgesehenen Empfänger dieser Wohltätigkeitsaktion werden würde.

Ich rannte noch schneller, um diesen Hauch von Schutz zu erreichen. Ein weiterer Schuss ertönte hinter mir. Er verfehlte mich zwar, war jedoch nahe genug, dass ich den Lufthauch an meiner Wange vorbeizischen spürte. Noch sechs Meter, mein Atem rasselte in meiner Kehle … Fünf … Vier …

Peng. Eine Kugel, bei der ich mir sofort sicher war, dass sie mich ins Verderben stürzen würde, explodierte aus der Waffe – und ein massiver, rasender Körper stürzte aus dem Nichts auf mich zu, hob mich von den Füßen und riss mich mit sich hinter den Kleidercontainer.

Die kräftigen Arme, die mich gepackt hatten, schafften es, mich in der Luft umzudrehen, während wir hinter den Container stürzten, sodass ich mit dem Rücken statt mit dem Gesicht auf dem Boden aufschlug, wenngleich der Schmerz, der bei dem Aufprall durch meine Schulter schoss, kein Grund zum Feiern war. Ich verschluckte mich an einem Stöhnen und blickte in Thorns Gesicht.

Wegen der Narben in seinem Gesicht, und des struppigen weißblonden Haars, das sein Gesicht einrahmte, ganz zu schweigen von dem massigen Körper, der über mir aufragte, wusste ich, dass er es war. Doch seine Gesichtszüge waren noch härter als zuvor, und die Augen, die mich anstarrten, glommen, als wären sie aus Glut. Da waren keine Pupillen, kein Weiß, nur pures, dunkles Rot.

Und dann waren da noch die zwei riesigen, schwarz gefiederten Flügel, die aus seinem muskulösen Rücken ragten und sich wie ein Schild über uns spannten. Heilige Mutter der Mottenkugeln. Von allen Formen, die er hätte annehmen können, hätte ich niemals mit dieser gerechnet.

Die ersten unsinnigen Worte, die aus meinem Mund kamen, waren: „Du hättest erschossen werden können."

„*Ihr* wärt beinahe erschossen worden", entgegnete Thorn. Ein Echo schwang in seiner tiefen, grollenden Stimme mit, als würde sie in einer majestätischen Höhle widerhallen. Seine Augen schimmerten noch röter und als sich seine Lippen kräuselten, kamen seine Zähne zum Vorschein. „Sie hätten Euch beinahe getötet."

Stimmte etwas nicht mit mir, weil mir plötzlich ganz heiß wurde, da diese starken Muskeln nur wenige Zentimeter von mir entfernt waren, und er mich mit diesem intensiven Blick ansah? Vielleicht war es auch nur das Adrenalin, das mir den Verstand vernebelte.

Meine nächsten Worte waren nicht viel vernünftiger als die ersten. „Und ich dachte, du würdest mich nur als lästige Nervensäge betrachten."

Ich konnte den finsteren Blick des Kriegers nicht nur sehen, sondern auch spüren. Er überspülte mich in einer heißen Welle, doch ein Hauch von Sanftmut drang durch den Trotz in seiner Stimme. „Ihr seid respektlos und wahnsinnig stur, Mylady. Trotzdem weckt der Gedanke, dass Euch jemand wehtun könnte, den Drang in mir, ihm die Eingeweide herauszureißen und ihn damit zu ersticken."

Jetzt war es keine Hitze, sondern Wärme, die in mir aufwallte. Er hatte sozusagen ein Gedicht für mich geschrieben. Ich strahlte ihn an, leicht benebelt von den Schmerzen, dann sagte ich: „Gleichfalls."

Etwas flackerte in seinem Gesicht auf, und ich erwartete

fast, dass er sich zu mir beugen und mich küssen würde. Dann drangen dumpfe Schritte an mein Ohr, während das Blut durch meinen Kopf rauschte. Die Wachen hatten die Verfolgung noch nicht aufgegeben. Hatten sie überhaupt gesehen, was mich gerettet hatte?

Thorns Miene wurde tatsächlich noch härter. Er sprang von mir weg und stürmte mit einem Kampfschrei auf sie zu, der meine Trommelfelle erzittern ließ.

Einer der Männer brüllte. Jetzt hatten sie ihn gesehen. Dann hörte ich nur noch das grässliche Geräusch von zerquetschtem Fleisch und das Knirschen zersplitternder Knochen, gefolgt vom Zerreißen von Haut und Muskeln. Weder sie noch Thorn gaben einen weiteren Mucks von sich.

Ich hatte mich gerade aufgesetzt, als Thorn um den Kleidercontainer herumkam. Er hatte wieder seine sterbliche Gestalt angenommen, an die ich gewöhnt war, und außer dem kristallinen Glänzen seiner Fingerknöchel war nichts ungewöhnlich an ihm.

Zwei Köpfe, die von den jeweiligen Körpern abgerissen worden waren, baumelten an den Haaren von seiner großen Hand. Aus den Stümpfen ihrer Hälse tropfte Blut. Er hielt sie hoch. „Ich wusste nicht, welcher von ihnen dich angeschossen hat, also habe ich sie beide erledigt."

Mir drehte sich der Magen um, doch ich konnte nicht behaupten, dass ich die Geste nicht zu schätzen wusste. „Ähm, danke. Ich denke, wir können sie hierlassen. Ich stehe nicht so auf Trophäen." Zumindest nicht auf Trophäen in Form von blutigen Körperteilen. „Wir können sowieso nicht verhindern, dass die Leute, denen dieser Laden gehört, merken, dass hier heute Nacht etwas passiert ist."

Thorn betrachtete die abgetrennten Köpfe höhnisch und warf sie hinter sich. „Ihr meintet, ich könnte jeden ‚ausschalten', der Euch außerhalb des Gebäudes angreift", erinnerte er mich.

„Ja, das habe ich gesagt. Wie schlau von mir." Ich rieb mir

den Kopf. Es war einfacher, nicht an die zerstückelten Leichen zu denken, die weiter hinten auf dem Parkplatz lagen, wenn ich sie nicht sehen musste. Es war einfacher, mich nicht mit ihrem Tod auseinanderzusetzen, solange sich meine Schulter noch in den Klauen der Qualen befand.

Er hatte sie töten müssen. Hätten wir sie am Leben gelassen, hätten sie sofort Alarm geschlagen, damit ihre Kollegen Schadensbegrenzung betreiben konnten. So jedoch … hatten wir bis zum Schichtwechsel Zeit, das Beste aus der Beute zu machen, mit der ich geflohen war.

Aus dem *Rechner*.

Der fragliche Rechner war neben mir auf dem Boden gelandet. Ich untersuchte das Metallgehäuse und stellte fest, dass es nur leicht verbeult war. Meiner nicht gerade fachmännischen Meinung nach sollte er noch einwandfrei funktionieren.

Thorn hob das Gerät auf, als ob es nicht mehr als ein Kätzchen wiegen würde, womit er die Kraft in meinen Armen völlig in den Schatten stellte. Als ich nach der Schachtel mit den CDs greifen wollte, schnappte er sich auch diese.

„Wir sollten zu den anderen zurückkehren", sagte er und hielt mir eine Hand hin, um mir aufzuhelfen. Er war wieder zu seinem üblichen kühlen Verhalten übergegangen, doch ich war zu benommen, um beleidigt zu sein.

Er hatte mir im wahrsten Sinne des Wortes das Leben gerettet. Er hatte in meinem Namen Männer abgeschlachtet und mir ihre Köpfe als Geschenk dargeboten. Ganz gleich, wie er es drehte und wendete, er konnte nicht leugnen, dass er mich zumindest ein klein wenig mochte.

„Ich bin so weit!", erwiderte ich und schaffte es, nicht zu schwanken. „Machen wir diese Bastarde fertig."

EINUNDDREISSIG

Sorsha

Mich zusammenzuflicken wurde zu einer Gruppenaufgabe. Ruse holte die notwendigen Utensilien, während ich murrend und fluchend auf dem Motelbett lag und das einzige Handtuch, das Pickle sich nicht angeeignet hatte, auf die Eintrittswunde drückte. Der Drache schmiegte sich an meinen Kopf, um mich zu trösten. Als der Inkubus zurückkam, saßen Thorn und Snap neben mir. Nachdem ich ein paar Schmerztabletten geschluckt und einen Schluck Wodka getrunken hatte, den Ruse ebenfalls für nötig befunden hatte, erklärte der Krieger den anderen Schattenwesen, wie die Kugel entfernt und mein Fleisch wieder zusammengenäht werden sollte.

Snap erschauderte, als er die Metallkugel betrachtete, die in meiner Haut steckte. „Das ist Silber."

„Gut, dass ich kein Werwolf bin", murmelte ich. Die Wachen waren zumindest ein wenig auf übernatürliche Eindringlinge vorbereitet gewesen.

Thorn ignorierte meine trockene Bemerkung. „Andernfalls müssten wir sie nicht entfernen. Ich möchte nichts in ihr zurücklassen, was es uns erschweren könnte, sie zu versorgen. Die Wunde sollte problemlos verheilen. An der Eintrittsstelle befinden sich keine wichtigen Blutgefäße."

Snap holte tief Luft und zückte seine Pinzette.

Mit seinen schlanken Fingern erledigte er die Aufgabe anmutiger, als es Thorn mit seinen großen Händen vermocht hätte. Trotzdem fluchte ich ein wenig. Zwischen den pochenden Schmerzen musste ich immer wieder daran denken, woher der Krieger sein Wissen über Feldwunden haben musste. Vermutlich hatte er es vor langer Zeit und in fernen Ländern erworben.

Thorn wirkte nicht sonderlich beunruhigt über die Wunde oder die Blutung, die dank des Drucks, den er ausgeübt hatte, als wir am Auto angekommen waren, nur noch ein Rinnsal war. Obwohl Snap seine Hände ruhig hielt, war er deutlich nervöser. Immer, wenn ich zischte oder das Gesicht verzog, zuckte er vor Mitgefühl zusammen.

„Hast du diejenigen vernichtet, die das getan haben?", fragte er Thorn mit seiner neuen leidenschaftlichen Entschlossenheit.

Der Krieger schenkte ihm ein knappes, grimmiges Lächeln, das Antwort genug gewesen wäre. „Oh, ja."

Der Metallklumpen, den Snap herausholte, schien nicht groß genug zu sein, um auch nur die Hälfte der Qualen zu verursachen, die ich erlitten hatte. Doch jetzt, wo er weg war, ließ der Schmerz nach, abgesehen von den winzigen Stichen der Nadel. Ein paar Minuten später drückte ich einen Eisbeutel auf meinen verbundenen Arm, und der Muskel wurde langsam angenehm taub.

Ein Kinderspiel. Ha ha ha.

Ruse inspizierte inzwischen meine Beute. „Da sind also unsere Antworten drin?", fragte er und stupste den Computer an.

„Das hoffe ich", antwortete ich. „Nach der ganzen Sache sollten sie das verdammt noch mal besser sein. Das Problem wird sein, sie da herunterzuholen." Ich wandte mich an Snap. „Besteht die Möglichkeit, dass du das Passwort für dieses Ding erschmecken kannst?"

Snap betrachtete die Metallstruktur mit offensichtlicher Skepsis. Er beugte sich vor, wobei seine Zunge hier und da an der Oberfläche vorbeischnippte. Als er sich wieder aufrichtete, schüttelte er den Kopf. „Ich nehme hauptsächlich dich wahr, als du damit gelaufen bist. Die anderen Eindrücke sind viel dumpfer. Kein Anhaltspunkt, wie man an die Daten kommt."

Natürlich hat der Besitzer den Computer nicht gestreichelt, während er sich eingeloggt oder heimtückische Pläne geschmiedet hat. Wenn ich nur daran gedacht hätte, auch die Tastatur mitzunehmen … Allerdings hatte ich es mit den Sachen, die ich mitgenommen *hatte*, schon kaum aus dem Laden geschafft.

Ich rieb mir den Mund. „Also gut. Wir brauchen einen Monitor und eine Tastatur. Außerdem werde ich versuchen, einen Hacker aufzutreiben, der uns helfen kann, das Passwort zu knacken … und zwar schnell." Es war schon nach elf. Im besten Fall hatten wir noch acht oder neun Stunden Zeit, bevor die Schwertsternbande merkte, womit wir abgehauen waren, und den Laden dichtmachten.

Ruse legte den Kopf schief. „Wäre es nicht einfacher, den Computer zu den Hackern zu bringen und sie die Arbeit machen zu lassen?"

„Ich weiß nicht, wo sie sind. Wahrscheinlich kennen sie *jemanden*, der das machen kann." Ich runzelte die Stirn. „Falls sie sich überhaupt mit uns treffen. Falls das überhaupt sicher ist."

Die Augen des Inkubus funkelten. „Hol sie ans Telefon. Ich erledige den Rest."

Jede Minute, die ich auf eine Antwort warten musste,

fühlte sich wie Jahre an, tatsächlich dauerte es jedoch nur eine halbe Stunde, bis die Mitglieder des Bundes mich mit einem lokalen Mitarbeiter verbunden hatten, der sich widerwillig für ein Telefongespräch bereit erklärt hatte. Als der Anruf durchgestellt wurde, reichte ich Ruse den Hörer.

„Hallo", sagte er freundlich und warf mir einen amüsierten Blick zu, während er den Mikrofonbereich abdeckte. „Sie benutzen einen Stimmverzerrer – als ob das etwas bringen würde."

Er schlenderte durch den Raum, während er seine schmeichelnden Worte in den Hörer säuselte, bis er eine Adresse und das Versprechen bekommen hatte, dass unser neuer Freund niemandem von dem Besuch erzählen würde. „Ich bin so schnell wie möglich zurück", versicherte er, reichte mir mein Handy und hob den Rechner vom Boden auf.

„Nimm den Verschlinger mit", befahl Thorn.

Ruse sah Snap an, der den Krieger anblinzelte. „Was soll ich denn dort? Keine Ahnung, wie man etwas aus dieser Kiste herausbekommt."

Thorn nickte Ruse zu. „Er kann herausfinden, ob dieser ,Hacker' Kontakt zu unseren Feinden hatte. Wenn ja, solltest du ihr Haus und ihre Besitztümer auf nützliche Eindrücke untersuchen."

Die Erklärung klang dürftig, und Ruse' hochgezogenen Augenbrauen nach zu urteilen, war er ebenfalls dieser Meinung. Er schien jedoch keine Lust zu haben, sich mit dem größeren Schattenwesen darüber zu streiten. „Na dann komm. Mein Einfluss ist ohne optische Eindrücke nicht so stark. Wir sollten besser dort ankommen, bevor sie nachlassen."

Snap warf mir einen besorgten Blick zu, doch die Dringlichkeit machte alle Argumente zunichte, die er hätte vorbringen können. „Wir sind bald wieder da", versicherte er mir. „Versuch, dich ein wenig auszuruhen."

„Glaub mir, ich habe keinerlei Interesse daran, in den nächsten zehn Jahren einen Marathon zu laufen."

Sie verschwanden und ließen mich allein mit Thorn zurück, der neben dem Bett stand. Ich sah ihn mit hochgezogenen Augenbrauen an. „Du konntest es gar nicht erwarten, mit mir allein zu sein, was?"

Da war dieser vertraute Blick. Er schien auf etwas zu warten – das Dröhnen des Automotors, als die anderen Jungs wegfuhren. Dann verschränkte er die Arme über seiner breiten Brust, doch nachdem ich gesehen hatte, wie er *wirklich* aussah, war ich nicht mehr so sehr von seiner imposanten Erscheinung eingeschüchtert.

„Verratet den anderen nicht, was ich bin", sagte er.

Interessant. „Warum nicht?"

Sein Blick wurde noch finsterer. „Es ist einfacher, keine Fragen zu stellen. Selbst die anderen Schattenwesen sind meist … schockiert."

Also war mein Schock, dass seine spezielle Art überhaupt noch existierte, zumindest nachvollziehbar. Auf Pickles aufgebrachtes Schnauben hin machte ich Platz auf dem Kissen und gab dem Drachen einen beruhigenden Klaps, bevor ich wieder zu meinem rachsüchtigen Krieger aufblickte. „Na gut, ich werde schweigen – unter einer Bedingung. Ich möchte, dass du dich mir noch einmal zeigst."

Jetzt schien Thorn schockiert zu sein. „Was?"

„Du hast mich verstanden. Ich würde dich gerne sehen, wenn ich nicht halb im Delirium bin vor Schmerzen. Und dieser Moment scheint eine einmalige Gelegenheit zu sein."

Thorn öffnete den Mund und schloss ihn dann wieder, als hätte er in letzter Sekunde beschlossen, doch nicht zu widersprechen. Schließlich hatte er mich erst vor einer Stunde korrekterweise als stur bezeichnet. „Gut. Aber nur, wenn wir uns einig sind."

„Dein Geheimnis ist bei mir sicher – versprochen."

Ich bot ihm meine Hand an, und Thorn griff danach. Seine

Mundwinkel zuckten, wobei ich jedoch nicht wusste, ob vor Belustigung, Ärger oder einer Mischung aus beidem. Seine kräftigen Finger umschlossen die meinen, dann trat er vom Bett zurück, um mehr Platz zu haben.

Im Gegensatz zu Ruse musste er sich nicht einmal konzentrieren und die Augen schließen. Der Umriss seines Körpers flackerte, und mit einem Mal war er einen halben Kopf größer und sein Körper noch definierter und muskulöser. Das schwelende Rot verzehrte seine Augen. Die kristallin glänzenden Knöchel seiner Hände traten weiter und schärfer hervor, und die harten Linien seines vernarbten Gesichts fingen das Licht diamantenartig ein, was mir vorhin in der Dunkelheit des Parkplatzes nicht aufgefallen war.

Und diese Flügel. Obwohl sie teilweise gefaltet waren, streiften die dunklen Schwingen die Decke. Die gefiederten Spitzen hätten sich von einem Ende des Raumes bis zum anderen erstreckt, wenn er sie ausgebreitet hätte.

Bei ihnen hatte ich mich nicht getäuscht. Mir stockte der Atem. Ich wusste, dass ich starrte, doch wenn das jemals gerechtfertigt war, dann jetzt.

Eine Welle von Schwindelgefühlen entlockte mir meine nächsten Worte. „Du bist ein Engel."

Thorn presste die Lippen aufeinander. „Dieses Wort benutzen nur die Sterblichen. Nichts von den Eigenschaften, die sie damit assoziieren, entspricht der Realität. Wir bevorzugen die Bezeichnung ‚Geflügelte'."

Bei dem Nachhall seine Stimme kribbelte meine Haut.

Ich hatte auch vor seiner Bemerkung über die Eigenschaften noch nie einen Grund gehabt, an einen buchstäblichen Himmel zu glauben, doch wenn es jemanden gibt, der so klingt, als wäre er von dort oben gekommen, dann war er es.

„Ich wusste nicht, dass es noch welche deiner Art gibt", sagte ich. „Ich habe von einem Krieg gehört ..."

Die Informationen, die Schattenwesen untereinander und

an die Sterblichen, mit denen sie zu tun hatten, weitergaben, waren begrenzt. Und wenn sie etwas erzählten, dann waren die Details lückenhaft und meist durch Mythen und fehlerhafte Wahrnehmungen verzerrt. Das Wenige, was ich in Erfahrung bringen konnte, war, dass es vor einigen Jahrhunderten eine kurze, aber epische Schlacht gegeben hatte, in der die Engel – oder die Geflügelten – Seite an Seite mit menschlichen Fraktionen gekämpft hatten. Bei dem Aufeinandertreffen der übermächtigen Wesen waren die meisten, jedoch offensichtlich nicht alle, von ihnen gestorben. Niemand wusste, weshalb sie gekämpft hatten.

Wenn Thorn ein typischer Vertreter seiner Art war, nahm ich an, dass die Meinungsverschiedenheit ernster gewesen war als die Frage, wie man eine Klopapierrolle aufhängte.

Er äußerte sich jedoch nicht weiter dazu. „Die meisten haben sich gegenseitig abgeschlachtet. Ich habe überlebt. Ausführlicher möchte ich nicht über diese Zeit sprechen, Mylady.“

Na gut. „Und die anderen wissen es wirklich nicht?“

Er schüttelte den Kopf. „Nein, weder der Inkubus noch der Verschlinger. Omen weiß es. Er war dabei.“

Meine Augen weiteten sich. „Ist *er* auch ein Eng – äh, ein Geflügelter?“

Thorn kicherte – ein Laut, den ich noch nie von ihm gehört hatte und der mit einer himmlischen Resonanz aus seiner Kehle drang. „Nein. Er ist … Nun, das werdet ihr sehen, falls er sich Euch zeigen möchte.“

Irgendjemand hatte einmal erwähnt, dass der Mann Klauen hatte, oder? Ich hätte den Krieger noch weiter bedrängen können, doch seine gute Laune war mit den letzten paar Worten deutlich gesunken. Er hätte noch mehr sagen können, doch das war nicht nötig.

Falls wir ihn jemals finden.

Ich wollte nicht, dass Thorn jetzt darüber nachgrübelte.

Ich spürte ein Stechen in meiner Schulter, als ich mich aufrichtete und auf ihn zuging.

Thorn spannte sich an, doch er verbarg seine wahre Gestalt nicht. Als ich mit meinem guten Arm über einen seiner Flügel fuhr, hielt er vollkommen still.

Die Federn waren an der Oberfläche unerwartet weich, nur am Rand waren sie rau, und der Fleischkamm an der Unterseite strahlte Wärme aus. Ich konnte dem Drang nicht widerstehen, fester darüber zu streicheln. War das ein leichtes Ziehen in seiner Brust? War diese Stelle etwa besonders empfindlich für Berührungen?

Wann war er das letzte Mal jemandem so nahe gewesen, der ihn so gestreichelt hatte, wenn überhaupt?

„Sie sind wunderschön." Ich blickte auf und mein Herz setzte einen Schlag aus, als mir bewusstwurde, wie nahe ich seinem undurchdringlichen Gesicht war. *„Du* bist wunderschön."

Er sah mich mit seinen glühenden Augen an. „Normalerweise fliehen Sterbliche bei diesem Anblick vor Angst."

Ich grinste. Mein Herz klopfte immer noch wie wild, allerdings definitiv nicht vor Angst. Sein moschusartiger, rauchiger Geruch umhüllte mich, und jedes Wort, das wie ein leiser Donner aus seinem Mund kam, ließ Hitze in meinem Inneren aufsteigen. Der Schock der Lust, der mich auf dem Parkplatz durchströmt hatte, war definitiv nicht nur dem Adrenalin zuzuschreiben.

Meine Hand wanderte von seinem Flügel zu seinem prallen Bizeps. „Hast du noch nicht gemerkt, dass ich keine normale Sterbliche bin?"

„Es wäre äußerst schwierig, das nicht zu merken."

Neckisch ließ ich meinen Finger über seinen Ellbogen gleiten. „Und du magst mich, so respektlos und eigensinnig ich auch bin. So schwer es dir auch fällt, es zuzugeben."

Er gab einen Laut von sich, der nicht viel mehr als ein

wortloses Grummeln war, bevor er meine Aussage bestätigte, indem er in mein Haar griff und mich zu sich zog. Er presste seinen Mund auf meinen, heiß und fest und unerbittlich. Ich hielt mich an seiner Weste fest und erwiderte den Kuss, der meine Sinne überwältigte.

Vielleicht war das nicht die vernünftigste Entscheidung, die ich je getroffen hatte. Ich hatte bereits mit seinen beiden Begleitern geknutscht, und ein einziger monströser Liebhaber war mehr als genug. Doch – Gnade mir der Himmel, selbst wenn es ihn nicht gab – ich wollte sie alle, und nach heute Abend hatte ich ein wenig Nachsicht verdient. Außerdem war es schließlich nicht so, dass aus einem Techtelmechtel zwischen einem Menschen und einem Schattenwesen auf Dauer eine echte Beziehung werden könnte. Wer wusste schon, ob ich nach unserem Kampf mit der Schwertsternbande überhaupt einen von ihnen wiedersehen würde?

Thorn küsste mich noch einmal, mit entschlossener Sanftheit, bevor er sich ein paar Zentimeter zurückzog. Seine Hand glitt von meinem Haar zu meinem Kiefer.

„Ich wäre heute Abend fast nicht rechtzeitig bei Euch gewesen." Trotz des Widerhalls konnte ich die Schroffheit seiner Stimme hören. „Wir haben noch ein ganzes Stück Arbeit vor uns. Ich will Euch nicht beleidigen, indem ich Euch noch einmal auffordere, Euch zurückzuziehen, doch der Gedanke, Euch vielleicht beim nächsten Mal nicht beschützen zu können, ist unerträglich."

„Du hast mir jetzt schon mehrmals das Leben gerettet", entgegnete ich. „Ich bin mir ziemlich sicher, dass jegliche Schuld vollständig beglichen ist."

Er gab einen Laut der Bestürzung von sich. „Ihr seid mehr wert als jede Schuld. Ich habe Euch nicht als Gegenleistung geküsst."

Meine Brust flatterte und diesmal wurde mir auf eine angenehme Art schwindelig. „Dann bin ich froh, dass wir uns einig sind. Vielleicht übertreibst du es ein wenig mit dem Schutz? Alles, was Omen verlangt hat, war, dass du dein Bestes gibst, und ich habe überhaupt nichts von dir verlangt."

„Ich …" Sein Daumen, der an meinem Kinn entlanggeglitten war, hielt inne. „Ich hatte Freunde im Krieg. Brüder und Schwestern an den Waffen. Ich wäre für sie gestorben – ich *hätte* es tun sollen –, doch ich war nicht da, als die Not am größten war, und jetzt sind sie tot und ich bin immer noch hier. Diesen Fehler möchte ich nicht noch einmal machen."

Obwohl seine Ausdrucksweise so förmlich wie immer war, schwang das Gewicht des Verlustes in seinen Worten mit. Ein Kloß bildete sich in meiner Kehle. Wie lange hatte er das Schattenreich allein durchstreift, gefangen in Schuldgefühlen und Traurigkeit? Er trug diese Schuld schon seit Jahrhunderten mit sich herum, und Omens Mission hatte den Schmerz wieder an die Oberfläche befördert.

Ich berührte seinen Kiefer, so wie er es vorhin bei mir getan hatte, und stellte fest, dass sich seine harten Züge immer noch warm und weich unter meinen Fingern anfühlten. „Das verstehe ich, doch ich schwöre dir, dass *ich* dir nicht die Schuld gebe, falls mir etwas zustoßen sollte. In Ordnung?"

Wahrscheinlich war es egal, was ich dachte, da er sich sowieso selbst die Schuld gab, doch er neigte anerkennend den Kopf. Seine Flügel verschwanden, sein Körper schrumpfte auf seine normale, wenn auch immer noch imposante Größe. Das Rot verschwand aus seinen dunklen Augen.

„Die anderen können jeden Moment zurückkommen", sagte er mit seiner üblichen Schroffheit. „Snap hatte recht – Ihr solltet Euch ausruhen, solange Ihr könnt."

„Gut", murmelte ich, doch meine Schulter begann wieder stärker zu schmerzen. Vorerst würde ich mich mit ein paar Küssen begnügen. Ich würde später entscheiden, wie *vernünftig* es war, mich mit dem dritten Mitglied meines monströsen Trios einzulassen. Falls es nach heute Nacht überhaupt ein Später gab.

Ich ließ mich auf die Kante des Bettes sinken. Als Pickle auf meinen Schoß sprang und sich dort zusammenrollte, schweiften meine Gedanken zu meinen Freunden ab. Meiner besten Freundin, die mir unbedingt in diesem Kampf beistehen wollte, auch wenn diese Bemühungen in einer Katastrophe geendet hatten.

Ich griff nach meinem Handy. „Ich sollte Vivi anrufen. Mich vergewissern, dass sie einen sicheren Ort gefunden hat, an dem sie sich verstecken kann." Ein paar letzte Worte mit ihr wechseln, nur für den Fall, dass es wirklich meine letzten sein sollten. Es war schon spät, doch Vivi war eine Nachteule, selbst wenn sie nicht von der Erinnerung an einen Toten heimgesucht wurde, die ihr den Schlaf raubte.

„Ich werde jetzt gehen", teilte Thorn mir mit und verschwand in den Schatten, anstatt durch die Tür in sein Zimmer zu gehen.

Mein Finger schwebte über meinen häufigen Kontakten, wo mir Vivis Gesicht an der obersten Stelle entgegengrinste. Mein Magen verkrampfte sich.

Vor zehn Jahren, als ich noch ein Kind war und sie auch nicht viel älter, waren wir unzertrennlich gewesen. Ich war mir nicht sicher, ob ich so lange überlebt hätte, wenn die Freundschaft mit ihr nicht dafür gesorgt hätte, dass ich weder meinen Verstand noch meine Menschlichkeit verlor. Bei dem Gedanken, dass ihr jemand eine Kugel verpassen könnte, zogen sich meine Eingeweide panisch zusammen.

Doch vielleicht ging es ihr genauso bei der Vorstellung, dass ich mich in Gefahr begeben könnte. Sie hatte es vermasselt und Grenzen überschritten, und ich war immer noch sauer deswegen. Doch zumindest hatte sie es aus Liebe getan und nicht, weil sie mir schaden wollte.

Ich tippte auf den Bildschirm und hielt mir das Handy ans

Ohr. Ein paar Sekunden später ertönte die Stimme meiner besten Freundin.

„Sorsha! Geht es dir gut?"

Ich ignorierte den Schmerz in meiner Schulter. „Es ging mir schon mal besser, aber ja. Und dir? Hast du die Stadt verlassen, so wie ich es dir gesagt habe?"

„Oma und ich sind zu einem Haus ein paar Stunden außerhalb der Stadt gefahren, das Freunden der Familie gehört. Ich schaue die ganze Zeit aus dem Fenster, nur für den Fall, dass jemand kommt." Sie senkte die Stimme. „Ich war schon ganz verrückt vor Sorge um dich. Ich wollte anrufen, aber ich wollte dich nicht zu einem ungünstigen Zeitpunkt stören. Offensichtlich kann ich nicht gut einschätzen, wann und wie ich mich einmischen soll."

„Du hättest dich überhaupt nicht einmischen sollen." Obwohl ich nicht vorhatte, erneut einen Streit vom Zaun zu brechen, konnte ich mir die Bemerkung nicht verkneifen.

Vivi seufzte. „Okay, damit könntest du recht haben. Und es tut mir wirklich leid, dass ich mich wie eine Stalkerin verhalten habe. Trotzdem hättest *du* mich nicht anlügen sollen. Ich dachte, du wüsstest, dass du dich auf mich verlassen kannst ... Ich wünschte, du hättest mir mehr vertraut."

Die Niedergeschlagenheit in ihrer Stimme ließ mich zusammenzucken. Ich schluckte schwer. „Es ist nicht so, dass ich dir nicht vertraue oder auf dich zähle, Vivi. Das tue ich, bei allen möglichen Dingen. Aber du hast doch gesehen, wie gefährlich die Situation ist, und mit was für Leuten ich es zu tun habe ... Nach allem, was Luna mir beigebracht hat" – und mit dem Trio von Verbündeten, das plötzlich in meiner Wohnung aufgetaucht war – „bin ich besser gewappnet, um es mit ihnen aufzunehmen. Ich wollte dich *beschützen*."

Meine beste Freundin schwieg einen Moment lang. „Das verstehe ich. Ich kann den Gedanken sogar nachvollziehen. Aber Sorsh, was ist, wenn ich nicht beschützt werden *will*, wenn das bedeutet, dass ich dir nicht helfen kann, wenn du in Schwierigkeiten steckst? Was glaubst du, wie ich mich fühlen würde, wenn dir etwas zustößt und ich nichts unternommen hätte, um es zu verhindern? Wenn wir zusammenarbeiten, können wir die Gefahr wenigstens auf zwei Schultern verteilen, und du hast die Last nicht allein zu tragen."

„Ich denke nicht, dass das so funktioniert", sagte ich, doch ihre Worte versetzten mir trotzdem einen Stich. War es wirklich richtig von mir gewesen, ihr diese Wahl zu nehmen? Ich hatte mir eingeredet, dass sie das Ausmaß der Gefahr nicht ausreichend begreifen würde, um zu wissen, worauf sie sich einließ – was allerdings mitunter daran lag, dass ich ihr nicht alles erzählt hatte.

Ich war auch nicht begeistert gewesen, als Thorn mich um meiner eigenen Sicherheit willen wegschicken wollte. Dabei hatte er mich wenigstens über diese Entscheidung informiert, anstatt einfach über meinen Kopf hinweg zu entscheiden.

„Mir tut es auch leid", sagte ich schließlich. „Ich denke, im Moment ist es für uns beide am sichersten, wenn du dich versteckst, doch sobald die unmittelbare Krise vorbei ist, reden wir weiter. Okay?"

„Das klingt nach einem fairen Kompromiss. Passt du … passt du gut auf dich auf?"

„So gut ich kann. Und wie du gesehen hast, habe ich ein paar Freunde, die sich das ebenfalls zur Aufgabe gemacht haben." Ich lächelte verschmitzt. „Ihretwegen brauchst du dir auch keine Sorgen zu machen. Wir haben eine Abmachung getroffen."

„Wenn du das sagst." Sie lachte kurz auf. „Oma ruft nach mir. Ich sehe besser nach, was los ist. Rufst du mich morgen noch mal an, damit ich nicht verrückt werde und mich frage, was mit dir passiert ist?"

„Versprochen." Ich würde mir an ihrer Stelle auch Sorgen machen.

„Bis später. Ditto."

Mein Lächeln wurde schmerzlich bittersüß. „Ditto", antwortete ich.

Ich ließ mich auf das Kissen sinken, Pickle kuschelte sich an meine Halsbeuge und schloss die Augen. Trotz der immer wieder aufflackernden Schmerzen musste ich zumindest ein wenig gedöst haben. In der einen Sekunde ließ ich die Highlights der vergangenen Woche Revue passieren, und in der nächsten platzten alle drei Schattenwesen in mein Zimmer und redeten gleichzeitig auf mich ein.

Blinzelnd setzte ich mich auf und wischte mir über die Augen. Ein Blick auf den Wecker am Nachttisch verriet mir, dass es fast zwei Uhr morgens war.

Uns lief die Zeit davon.

Ich hob meine Hände. „Moment, Moment. Was ist los? Was habt ihr herausgefunden? Fangt von vorne an – und zwar immer nur einer auf einmal."

Ruse stellte sich neben das Bett und nahm eine meiner Hände in seine. Er hatte ein triumphierendes Grinsen im Gesicht.

„Der Hacker hat alle Codes geknackt, und wir sind fündig geworden. Wir wissen, wo Omen ist. Wir haben sogar seine Zellennummer und die Baupläne. Wir wissen also, wie wir zu ihm gelangen können, wenn wir erst einmal dort sind."

Snap hüpfte vor lauter Tatendrang auf und ab. „Zumindest glauben wir, dass er es ist. In den Akten werden sie alle als ‚Subjekte' bezeichnet. ‚Subjekt 26' war das Einzige, das zu der Zeit, als er entführt wurde, aufgenommen wurde, und einige Angaben klangen eindeutig nach ihm."

„Er lebt", fügte Thorn mit unverhohlener Erleichterung hinzu.

„Wir haben das Gebäude gefunden", fuhr Snap fort. „Es war einer der Eindrücke, die ich bei Freudenhöhle aufgenommen habe. Eigentlich sogar zwei Eindrücke. Es befindet sich inmitten einer großen Baustelle", er schaute Ruse an, um sich zu vergewissern, dass er den Begriff richtig verstanden hatte. „Das Gebäude mit den Betonwänden und den glänzenden Türen ist allerdings nur zu sehen, wenn man das Gelände betritt."

Ein geheimes Gebäude, versteckt auf einer Baustelle? Bei all den Bauprojekten, die in der Stadt entstanden und deren Fertigstellung ewig dauerte, musste ich den Verschwörern ein Lob aussprechen. Das war ziemlich genial.

„Du hast das Gelände also *betreten*?", fragte ich, nachdem ich alles, was er gesagt hatte, verdaut hatte. Ein nervöses Kribbeln durchfuhr mich, obwohl die beiden offensichtlich unversehrt zurückgekehrt waren. „Warst du auch in dem Gebäude?"

„Nicht ganz", antwortete Ruse. „Wir sind auf dem Rückweg dort vorbeigefahren, um uns einen Überblick zu verschaffen und konkretere Pläne schmieden zu können. Allerdings konnten wir nicht ohne Weiteres in das eigentliche Gebäude gelangen. Sie haben überall Flutlichter angebracht, sodass wir nicht nahe genug herankamen, um durch die Schatten zu einem der Eingänge zu gelangen. Und wir wollten nicht einfach hin spazieren und anklopfen."

„Außerdem gibt es viele Wachen." Snap verzog das Gesicht. „Einige von ihnen stehen herum, andere patrouillieren Silber und Eisen bestückter Schutzkleidung und diesen Waffen, die sie schon einmal gegen uns eingesetzt haben."

„Ich kann ihre mickrige Ausrüstung zerstören", brummte Thorn.

„Nicht bei so vielen, und nicht, wenn sie diese Waffen bei sich tragen." Ruse klopfte ihm auf die Schulter. „Wir müssen uns eine bessere Strategie einfallen lassen, als einfach hineinzustürmen und das Beste zu hoffen."

Ich dachte an den Aufbau des Büros im Spielzeugladen. „Was ist mit dem Gebäude selbst? Ist da Silber oder Eisen eingearbeitet?"

Ruse zögerte. „Von außen haben wir nichts bemerkt. Die

Baupläne deuten darauf hin, dass in den Zellen spezielle Materialien verwendet wurden, was durchaus Sinn macht. Der Rest des Gebäudes sah sauber aus."

Natürlich konnten wir nicht wissen, ob seither noch einmal Änderungen vorgenommen worden waren.

Wenn die Schattenwesen nicht einfach ungesehen hineinschlüpfen konnten, wäre mein Fachwissen erforderlich, um hineinzukommen. Mein erster Impuls war, ihnen zu sagen, dass sie mir den Weg zeigen sollten, damit ich Omen befreien konnte. Keiner von ihnen sollte riskieren, von denselben Arschlöchern gefangen und eingesperrt zu werden. Vor allem, wenn wir nicht wussten, wie sich das Betreten des Gebäudes auf sie auswirken würde.

Doch als ich mich nach den drei Männern – beziehungsweise Monstern – umsah, die vor Tagen uneingeladen in mein Leben getreten waren, wurde die bizarre Zuneigung, die in meiner Brust anschwoll, von einem Anflug von Scham getrübt.

Ich wäre vorhin fast erschossen worden, weil ich darauf bestanden hatte, allein in den Laden zu gehen. Vivi auszuschließen, hatte uns mehr Probleme beschert als verhindert. Der Gedanke, jemanden, der mir etwas bedeutete, in Gefahr zu bringen, ließ jede Zelle meines Körpers erzittern. Ich musste an die Schreie meiner Eltern denken und daran, wie Luna in bloße Partikel der Frau zerfallen war, die mich aufgezogen hatte.

Die Erinnerung daran raubte mir den Atem. Die Menschen um mich herum, die Menschen, die versuchten, sich um mich zu kümmern – sie starben.

Diese drei waren sich des Risikos jedoch bewusst, das sie eingingen. Wie konnte ich ihnen sagen, dass es nicht ihre Entscheidung war – oder versuchen, ihnen die Entscheidung komplett abzunehmen?

Wenn wir die Schwertsternbande ausmanövrieren und ihren Boss retten wollten, mussten wir unsere Fähigkeiten und unseren Verstand vereinen. Ein Alleingang könnte sowohl ein Selbstmordkommando als auch eine Garantie zum Scheitern sein.

„Wir sind schon so weit gekommen", sagte ich. „Da werden sie uns jetzt auf keinen Fall aufhalten. Beschreibt mir genau, wie das Gebäude aufgebaut ist und wohin wir gehen müssen, dann sehen wir weiter. Wir müssen die Sache durchziehen, bevor die Sonne aufgeht."

ZWEIUNDDREISSIG

Die Stahlstreben der Baustelle ragten über die niedrigeren Dächer der Nachbargebäude hinaus, und wegen des Mondlichts, das sich darin spiegelte, waren sie sogar aus zwei Blocks Entfernung sichtbar. Schwach schimmernd hoben sie sich von dem dunklen Nachthimmel ab, wie die Knochen einer riesigen Kreatur, die sich dort zum Sterben niedergelassen hatte und deren Kadaver abgefressen worden war. Dieses Bild passte perfekt zu meiner Stimmung, als Ruse den Wagen parkte.

„The end is nigh, but I'm holding on", sang ich, doch nicht einmal die Abwandlung von Blondies „The tide is high" konnte verhindern, dass meine Stimme in der Stille dünn klang. Zu dieser Stunde waren keine anderen Fahrzeuge auf der Straße. Nicht der geringste Windhauch rührte die warme Luft. Meine Schulter pochte noch immer von der silbernen Kugel, die Snap herausgeholt hatte.

Das Ende unserer Mission lag noch vor uns, so viel war klar. Doch soweit wir wussten, könnte es auch *unser* Ende sein.

Da ich als Einzige im Besitz eines sterblichen Körpers war, war die Wahrscheinlichkeit, dass mich ein schlimmes Schicksal ereilen würde, ziemlich hoch. Darauf war ich vorbereitet, dennoch fühlten sich meine Glieder plötzlich wie Blei an, als mein Schattenwesen-Trio Anstalten machte, auszusteigen.

Ich kraulte Pickle, der auf meinem Schoß saß, ein letztes Mal zwischen den Flügeln, bevor ich ihn auf den mittleren Sitz schob, damit ich ebenfalls aufstehen konnte, wobei ich dem Drang widerstand, ihn so fest an mich zu drücken, dass er quäkte. Wir hatten ihn und alle meine Habseligkeiten mitgenommen, denn egal, wie diese Nacht endete, es schien unklug, zum Motel zurückzukehren, nachdem wir gegen die Schwertsternbande angetreten waren. Ihn im Auto zurückzulassen, verstärkte das Gefühl der Beklemmung in meiner Kehle allerdings dennoch.

Die drei Männer hatten sich um mich herum auf dem Bürgersteig versammelt. Nachdem ich die Autotür geschlossen hatte, drehte ich mich zu ihnen um.

„Falls mir etwas zustoßen sollte", begann ich, „müsst ihr mir versprechen, dass ihr euch um Pickle kümmern werdet. Alleine wird er es nicht schaffen."

Snaps Gesichtsausdruck wurde traurig. „Deswegen brauchst du dir keine Sorgen zu machen", versicherte er mir mit Nachdruck.

Thorn hob sein Kinn, wodurch er noch größer wirkte. „Ich habe nicht die Absicht, ohne Euch zurückzukehren, doch wenn es Euch beruhigt, habt Ihr mein Wort, dass das kleine Wesen in guten Händen sein wird."

Mir sträubten sich die Nackenhaare angesichts der Tragweite seiner Aussage. Ich wusste, dass er damit nicht nur meinte, dass er hoffte, dass ich die Sache überleben würde, sondern auch, dass er vermutlich ebenfalls fallen würde, wenn dem nicht so sein sollte.

Wir hatten einen Plan, und ich glaubte nicht, dass uns ein besserer eingefallen wäre, zumindest nicht innerhalb der Stunde, die uns für die Planung geblieben war. Trotzdem war vieles ungewiss. Unsere Feinde hatten uns mehr als einmal überrumpelt. Heute Abend würden wir den Spieß umdrehen, auch wenn uns das bisher noch nie gelungen war.

Ein Impuls ergriff mich und ich gab ihm nach, denn wer wusste schon, ob wir noch einmal einen ruhigen Moment haben würden. Ich griff nach Thorns Hemd und stellte mich auf die Zehenspitzen, um ihm einen sanften Kuss auf die Lippen zu hauchen, schnell genug, dass er keine Gelegenheit hatte, ihn zu erwidern oder sich zurückzuziehen, wofür auch immer er sich entschieden hätte. Ich hatte keine Ahnung, wie er reagieren würde, wenn die anderen eine gewisse Sanftheit bei ihm sahen.

Der Krieger funkelte mich an, doch die Hitze in seinem Blick fühlte sich mindestens genauso lüstern wie verärgert an. Ruse' Grinsen wurde noch breiter, als ich mich ihm zuwandte. Er umfasste meine Taille und zog mich an sich, wobei sich seine Augenlider verführerisch senkten.

„Ich nehme ein bisschen mehr als das, Flamme", raunte er in dem schokoladigen Ton, der meine Haut nach wie vor kribbeln ließ. Doch er überließ es mir, die letzten paar Zentimeter zwischen uns zu überbrücken und meine Lippen auf seinen Mund zu pressen.

Ich hatte fast vergessen, wie viel Geschick der Inkubus in einen einfachen Kuss legen konnte. Der Druck seiner Lippen war sanft, als wollte er sich Zeit lassen, allerdings auch leidenschaftlich, als würde er jede Sekunde auskosten, und mein ganzer Körper stand unter Strom. Wäre es nicht einfach wunderbar, in seinem bittersüßen Kakao- und Karamellduft zu versinken und die tödlichen Kapriolen auf eine andere Nacht zu verschieben?

Doch wir hatten keine weiteren Nächte, bevor unsere Feinde herausfinden würden, wie dicht wir ihnen bereits auf der Spur waren. Widerstrebend wich ich zurück.

Snap hatte sich angespannt, als ich die anderen Jungs geküsst hatte. Seine Augen schimmerten hellgrün, so intensiv war die Reaktion, die er zu unterdrücken schien. „Mein Pfirsich", sagte er und warf den beiden anderen einen Blick zu, wie um sie herauszufordern, ihm diesen Anspruch zu verweigern. Der Trotz ließ sein himmlisches Gesicht noch heller leuchten.

Ich berührte seine weiche Wange. Genau aus diesem Grund hatte ich ihn mir bis zum Schluss aufgehoben. „Mein Verschlinger?", erwiderte ich. Ich war mir noch nicht ganz sicher, was diese Bezeichnung bedeutete, doch die Spannung in seinem Gesichtsausdruck löste sich bei diesen Worten.

„Ja", sagte er mit einem strahlenden Lächeln und neigte seinen Kopf, um erst meine Wange und dann meinen Mund zu küssen.

Ich hatte nichts als süße Zärtlichkeit erwartet, doch Snap war eindeutig entschlossen, sowohl ein Zeichen zu setzen als auch einen Anspruch zu erheben. Begierig teilte er meine Lippen und seine Zunge verschlang sich mit meiner, als er den Kuss vertiefte. Während seine gegabelte Spitze meine Zunge liebkoste, wurde mir schwindelig. Dann neigte er meinen Kopf etwas und verschlang meinen Mund geradezu.

Der Kuss war süß, verdammt, und auch wahnsinnig intensiv.

Als er mich losließ, strahlte er vor Genugtuung, einfach köstlich. Ein Lachen, das erfreut und zugleich erschrocken war, bahnte sich einen Weg aus meiner Kehle, bis ich es hinunterschluckte.

Ich hatte mir einen Engel, eine Art Sonnengott und einen

Kerl geangelt, den die meisten Sterblichen für einen Dämon halten würden. Was für ein Wesen wartete wohl in diesem Gefängnis auf uns, wenn es uns gelang, ihn zu befreien?

Es war an der Zeit, das herauszufinden. Ich trat zurück und deutete auf die Baustelle. „Lasst uns loslegen."

Während ich auf das Gelände zuging, verschwanden meine Begleiter in den Schatten, um weniger Aufmerksamkeit zu erregen, falls uns jemand hier sehen sollte. Das Gelände war von einem massiven, etwa zwei Meter hohen Zaun umgeben, doch mein Brandmesser machte kurzen Prozess mit der Kette, durch die einer der Eingänge gesichert war. Im Vertrauen darauf, dass das Trio mir dicht auf den Fersen war, zwängte ich mich hinein.

Ich schlich einen gewundenen Pfad zwischen Metallstreben und Holzstapeln entlang, bis ich an einer rohen Backsteinmauer vorbeikam und der Schein der Flutlichter vor mir in Sicht kam. Nach ein paar weiteren Schritten konnte ich die Betonwände des gedrungenen zweistöckigen Gebäudes ausmachen, von dem Snap Eindrücke aus Freudenhöhles Leiche gewonnen hatte.

Es erhob sich aus einem freien Stück Erde in der Mitte des größeren, halbfertigen Gebäudes. Die Tür auf dieser Seite war in der Tat glänzend – aus Edelstahl, wie es aussah – und die flachen grauen Wände um sie herum enthielten nur ein paar kleine Fenster im Erdgeschoss. Von den darüber liegenden Zellen aus konnte man nicht ins Freie blicken.

Gestalten schlichen an den Rändern des grellen Lichts entlang, das das Gebäude umgab. Ich zählte drei, die in meinem Blickfeld patrouillierten, und zwei weitere, die an der Tür standen. Ruse' und Snaps Bericht zufolge, müsste das gesamte Gelände von mindestens doppelt so vielen bewacht werden. Sie alle trugen Helme und Westen, an denen Silber- und Eisenanstecker schimmerten.

Ich ertappte mich dabei, wie ich über den Verband an meiner Schulter strich. Zwei Wachen waren schon problematisch gewesen. Doch diesmal war ich nicht allein – und wenn wir nicht bald etwas unternahmen, würden wir den Vorteil der Dunkelheit und der Überraschung verlieren.

Ich hob meine Hand und führte Daumen und Zeigefinger zusammen. Das war Thorns Zeichen. Ich drückte mich so nah an einen der Stützpfeiler, dass mir der metallische Geruch in die Nase stieg, und ich machte mich auf das Chaos gefasst.

Es begann mit einem dumpfen Geräusch, das sich anhörte, als würden mehrere Bretter von einem Stapel herunterfallen. Alle Wachen drehten die Köpfe und starrten in die Richtung, aus der das Geräusch gekommen war. Als einer der Männer hinüberlief, um nachzusehen, zerriss ein noch lauteres Poltern die Luft. Er zog seine Waffe und gab zwei seiner Kameraden ein Zeichen, ihm zu folgen.

Sobald sie aus dem Blickfeld verschwunden waren, ertönte aus der entgegengesetzten Richtung ein Krachen, gefolgt von einem Schrei an der Seite des Gebäudes. Offenbar waren weitere Wachen auf den Plan gerufen worden. Von mir aus, solange sie nicht in meine Nähe kamen.

Etwas weiter entfernt klirrte es, so als ob Glas zerspringen würde. Einer der Wachmänner an der Tür sprach in sein Funkgerät und eilte los, um seinen Kollegen zu helfen. Jetzt war nur noch einer zwischen uns und dem Eingang – doch es würde nicht reichen, ihn nur kurzzeitig abzulenken. Wenn wir genug Zeit haben wollten, um nicht nur in das Gebäude zu gelangen, sondern auch Omen und die anderen gefangenen Schattenwesen zu befreien, mussten wir so viele Feinde wie möglich in eine wilde Verfolgungsjagd verwickeln.

Thorn hatte diesen Teil des Plans nicht vergessen. Ein paar Sekunden später stürmte er auf mich zu. In der Hand hielt er eine benommene, jedoch glücklicherweise nicht zerschmetterte Gestalt, die an den Fußknöcheln herunterbaumelte, sodass er weder mit dem Helm noch mit der Weste in Berührung kam, die ihn verbrannt hätten.

Wortlos ließ er den Mann vor mir auf den Boden fallen. Bevor er sein Gleichgewicht wiedererlangen konnte, riss ich ihm den Helm vom Kopf und machte mich an den Schnallen seiner Weste zu schaffen, wobei ich mit den Zähnen knirschte, als der Schmerz in meiner Schulter stärker wurde. Auch wenn Silber und Eisendie physische Kraft des Kriegers nicht beeinträchtigten, würden übernatürlichen Kräfte meiner Verbündeten keine Wirkung zeigen, bis ich das Metall beseitigt hatte.

Die Verschlüsse der Weste öffneten sich und gaben den Blick auf ein verblichenes Guns 'N Roses-T-Shirt frei. „Et tu, Brute?", murmelte ich.

Als ich die Weste zur Seite warf, tauchte Ruse aus dem Schatten auf. Der Wachmann schlug nach mir, während er sich schwankend aufrichtete. Thorn hielt ihm die Hand vor den Mund, sobald er zu schreien anfing. Bevor er noch mehr tun konnte, begann der Inkubus zu sprechen und blickte dem Mann tief in die aufgerissenen Augen.

„Schön, dich kennenzulernen", sagte er mit seiner schmeichelnden Stimme. „Verrate mir doch bitte, wie viele Wachen noch im Gebäude sind?"

Die Pupillen des Mannes hatten sich geweitet. Thorn lockerte seinen Griff, damit er sprechen konnte. „Ich – ihr –", krächzte er.

Ruse kniete sich vor ihm auf den Boden. Die Macht in seiner Stimme war so überwältigend, dass meine Ohren kribbelten, obwohl sie nicht an mich gerichtet war. „Wir sind doch Freunde. Du kannst es mir also ruhig sagen."

Die Haltung des Wachmannes lockerte sich. „Zwei Leute überwachen die Sicherheitskameras. Ein weiterer patrouilliert durch die Korridore. Eigentlich haben wir nie so viel Personal auf dem Gelände gebraucht, bis …"

Ruse machte eine schnelle Geste, um die Aufmerksamkeit des Mannes zurückzugewinnen, und schaute ihn noch eindringlicher an. „Bis jetzt. In der Tat. Eine Katastrophe, die sich hier draußen abspielt. Stell dir nur mal vor, wie verärgert deine Auftraggeber sein werden, wenn sie herausfinden, dass du alle diese Eindringlinge entkommen lassen hast. Sie versuchen, die Mauern einzureißen, damit alle hereinkommen und eure geheime Basis sehen können."

„Nein. Das darf nicht passieren."

„Ganz genau. Weißt du, was du tun musst? Gib eine Meldung über dein Funkgerät ab und ruf alle hierher. Die Eindringlinge sind über die gesamte Wand verteilt – ihr müsst in Bewegung bleiben, wenn ihr sie abwehren wollt. Gebt nicht auf und bleibt ihnen auf den Fersen, bis ihr sie geschnappt habt."

Der Wachmann nickte langsam. Dann wandte er den Blick ab und sein Körper versteifte sich erneut. Er richtete sich auf. „Du hast recht – ich höre, wie sie da drüben gegen die Wand hämmern. Verdammt."

Er griff nach seinem Funkgerät und rannte auf die äußere Begrenzung des Geländes zu, wobei er alle Wachen auf dem Gelände aufforderte, sich ihm sofort anzuschließen, und immer wieder nach Luft schnappte, was die Dramatik des Ganzen noch steigerte.

Ruse schenkte mir ein Grinsen. „Und jetzt ..."

Der letzte Wachmann an der Tür zögerte kurz, bevor er herbeieilte. Erst einer, dann ein Zweiter und schließlich ein Dritter stürmten durch die Tür, um sich der Verteidigung anzuschließen. Bingo!

Thorn stürzte über die festgetretene Erde und knallte die Kamera über der Tür gegen die Betonwand, an der sie befestigt war. Ich sprintete ihm hinterher. Snap trat aus dem Schatten und traf mich am Eingang. Er fuhr mit seiner Zunge durch die Luft über das elektronische Schloss, lächelte und tippte dann den Code ein, den er ermittelt hatte. Der Riegel bewegte sich, und ich riss die Tür auf.

Während der Krieger zurück in den Schatten sprintete, um die Wachen draußen weiter abzulenken, schlichen Snap,

Ruse und ich uns geduckt in das Gebäude. Wir fanden uns in einem Eingangsbereich mit lindgrünen Wänden und einem stechenden, antiseptischen Geruch wieder.

Ruse deutete auf eine weitere Tür am gegenüberliegenden Ende. „Zur Treppe geht's dort entlang."

Wir eilten den Korridor entlang, als eine Frau im Kittel aus einem der Labore auftauchte und verwirrt blinzelte. Sie konnte nur nach Luft zu schnappen, als ich das Abzeichen aus Silber und Eisen entdeckte, das an ihrer Bluse befestigt war und wie eine größere Version meines eigenen aussah. Das Geräusch von reißendem Stoff ertönte, als ich es ihr herunterriss.

„Es ist alles in Ordnung", versicherte ihr Ruse mit einer lächerlich beruhigenden Stimme. „Du hast noch so viel zu tun. Du solltest dich wieder an die Arbeit machen. Nichts ist wichtiger als das."

Sie nahm einen zittrigen Atemzug und starrte ihn wie gebannt an. „Aber …"

„Vertrau mir. Was hier draußen vor sich geht, interessiert dich überhaupt nicht. Konzentriere dich darauf, was du noch alles erreichen willst, bevor es Zeit ist zu gehen."

Er schubste sie in Richtung ihres Labors, und sie ging entschlossen, wenn auch etwas verwirrt, hinein. Als wir drei weiter den Flur entlangjoggten, knuffte ich Ruse mit dem Ellbogen an die Seite. „Sehr beeindruckend. Ich habe dich noch nie in Aktion gesehen."

Er gluckste. „Normalerweise muss ich nicht so viel vom Vorspiel weglassen. Wenn ich in dem Tempo weitermache, bekomme ich irgendwann ein Magengeschwür. Hoffentlich muss ich nicht noch mehr Leute um den Finger wickeln."

Auf dem Flur und im Treppenhaus begegneten wir niemandem mehr, doch als wir den ersten Stock erreichten, wurden sowohl Ruse als auch Snap langsamer. Ruse' Kiefer verkrampfte sich.

Snap erschauderte, als ich die Tür zu dem Korridor

aufstieß, in dem Schattenwesen gefangen gehalten wurden. „Hier gibt es eine ganze Menge unangenehmer Metalle.“

Mein Magen verkrampfte sich. „Könnt ihr weitergehen?“ Wir wussten, dass die Wände der Zellen aus Silber und Eisen bestanden, hatten jedoch gehofft, dass sich die Wirkung nicht bis in den Raum außerhalb der Zellen erstrecken würde. Wie sollten wir Omen und die anderen Schattenwesen befreien, wenn Snap nicht an die Schlösser herankam? Verdammt, wenn ich die Gelegenheit hätte, würde ich nicht nur die Schattenwesen befreien, sondern auch alle Akten mitnehmen, die wir in die Finger bekommen konnten, um herauszufinden, was die Schwertsternbande hier trieb.

Snap straffte die Schultern und marschierte los, seine Hände, die zu Fäusten geballt waren, verrieten mir jedoch, wie viel Anstrengung es ihn kostete. Ruse, der ihm folgte, zeigte ähnliche Anzeichen von Anspannung.

Die leeren Wände und massiven Metalltüren gewährten keinen Blick auf die Kreaturen im Inneren der Zellen. Rasch überprüfte ich die Nummern an den Türen. „Omen ist in Zelle 11, richtig?“ Er war unsere oberste Priorität. Ich wollte nicht darüber nachdenken, was es bedeutete, dass Subjekt 27 in der elften Zelle war – oder was mit mindestens sechzehn der Subjekte vor ihm geschehen sein könnte.

Der Inkubus nickte knapp. „Wir sollten uns beeilen. Die Atmosphäre hier gefällt mir ganz und gar nicht.“

Dort. Ich stürmte los, dicht gefolgt von Snap. Schaudernd beugte er sich über das Tastenfeld am Schloss. Bei seinem ersten Versuch verschwand seine Zunge rasch wieder in seinem Mund, bevor er etwas aufzunehmen schien. Sein Gesichtsausdruck wurde noch entschlossener, und er testete die Luft erneut.

„4-9-7-2“, stieß er hervor, bevor er sich rasch von der für ihn giftigen Oberfläche zurückzog.

Ich tippte die Zahlen ein, wobei ich mich bemühte, meine Hand ruhig zu halten. Wie lange konnten Ruse’ List und

Thorns Tricks wohl verhindern, dass die Wachen bemerkten, was wir hier drin trieben?

Wie sollten wir es hier *rausschaffen*, wenn sie zu früh zurückkamen?

Das Schloss öffnete sich surrend. Halleluja. Sobald wir uns vergewissert hatten, dass es tatsächlich Omen war – und dass er wusste, dass wir seine Leute waren, die ihn retten wollten – sollte Snap zur nächsten Zelle gehen. Sofern er es ertragen konnte, die restlichen Schlösser, die aus den gefährlichen Metallen bestanden, zu testen.

Ich riss die Tür auf. Die gesamte Decke der Zelle war eine einzige riesige Fläche aus Licht, das von den spiegelnden Wänden und dem Boden reflektiert wurde. In der Mitte befand sich eine zuckende Gestalt, nicht mehr als eine schemenhafte Rauchfahne.

„Omen?", fragte ich. „Brauchst du Hilfe, um …"

Bevor ich die Frage beenden konnte, stürzte sich der dunkle Fleck mit einem gutturalen Brüllen auf mich. Gelborangefarbene Augen loderten wie Zwillingsflammen auf; eine krallenbewehrte Hand – oder war es eine *Pranke*? – schleuderte mich beiseite, wobei mich ein Schmerz durchzuckte, der in meiner verletzten Schulter widerhallte. Ich stolperte gegen Snap, der mich festhielt und mich in eine Umarmung schloss.

„Omen!", protestierte er. „Sie ist …"

Das Aufheulen eines Alarms übertönte alles andere, was er möglicherweise noch sagte. Mir drehte sich der Magen um. Verdammter Mist. Es musste noch eine weitere Vorrichtung gegeben haben, die wir hätten deaktivieren müssen, um den Gefangenen unbemerkt zu befreien.

Die Deckenlichter waren jetzt doppelt so hell und weiter unten im Flur in der Nähe des Treppenhauses senkte sich ratternd ein Gitter aus Silber- und Eisenstäben und schnitt uns den Fluchtweg ab.

„Scheiße", murmelte Ruse. Trotzdem rannten wir in

Richtung Treppenhaus. Die schemenhafte Gestalt, die wir befreit hatten, wirbelte immer noch um uns herum, zu schnell und verschwommen, um sie klar erkennen zu können. Einmal sah sie aus wie ein gebückter Mensch, dann wieder wie eine muskulöse Bestie, deren dunkles Fleisch von einem feurigen Schimmer durchsetzt war. Hinter ihr peitschte ein langer Schwanz mit einer dreieckigen Spitze durch die Luft.

Ein Teufelsschwanz.

Daran durfte ich jetzt nicht denken. Es spielte keine Rolle, was Omen war, wenn wir heute Nacht alle starben oder in einer Zelle landeten.

Uns blieb keine Zeit mehr, um zu versuchen, noch jemanden zu befreien. Ich ignorierte die Schuldgefühle, die sich durch meine Panik bohrten, riss das Brandmesser von meinem Gürtel, schaltete es ein und rammte es gegen die Gitterstäbe, sobald ich sie erreicht hatte.

Die Erbauer dieses Gebäudes hatten dieses Gitter so konzipiert, dass es Schattenwesen aufgrund seiner metallenen Beschaffenheit aufhalten sollte, nicht durch die Breite der Stäbe. Innerhalb von Sekunden hatte ich den ersten durchtrennt und machte mich an einem Stab weiter unten zu schaffen. Ich sägte einen langen Stab durch, der klappernd zu Boden fiel. Mir schlug das Herz bis zum Hals und das Rauschen meines Blutes in meinen Ohren war fast so laut wie der Alarm.

Als ich mich dem nächsten Stab zuwandte, hörte ich Ruse' Stimme hinter mir. „Omen, reiß dich zusammen. Wir sind ja da. Und wir werden dich aus diesem Höllenloch rausbringen, doch es wird einfacher sein, wenn du dich zusammenreißt."

„Sie haben hier schreckliche Dinge getan", erklärte Snap mit einem Anflug von Wut in der Stimme. „Sie haben ihm schreckliche Dinge angetan. Ich muss nicht einmal versuchen, es zu erschmecken."

Ich hatte erst drei Stäbe herausgeschnitten, als unten eine Tür aufgerissen wurde. Ich biss mir fast auf die Zunge, als

Panik in mir aufstieg, und säbelte noch kräftiger an dem vierten Stab herum. Noch einer, und das Loch sollte groß genug sein, dass mir die Schattenwesen hindurch folgen konnten ...

Eine Wache stürmte auf den Treppenabsatz, gerade als ich das untere Ende der Stange durchtrennte. Ich schlug ihr den Stab direkt ins Gesicht. Als sie mit einem schmerzerfüllten Grunzen nach hinten stolperte, sprang eine Gestalt, die jetzt wie ein Mann aussah, durch die Öffnung auf sie zu.

Das Schattenwesen, bei dem es sich um Omen handeln musste, schlug den Kopf der Frau gegen den Boden, woraufhin ihr Schädel knackte. Dann stürmte seine kräftige Gestalt die Treppe hinunter, und wir drei stürzten ihm hinterher.

Eine weitere Wache hatte gerade den unteren Treppenabsatz erreicht. Mit einem Knurren sprang Omen auf ihn zu, stieß ihn gegen den Türrahmen und brach ihm eine Sekunde später das Genick. Er schleuderte die Leiche beiseite und rannte weiter.

Am anderen Ende des Flurs, durch den wir hereingekommen waren, kam ein halbes Dutzend Wachen hereingestürmt. Waffen aus Metall und Licht blitzten in ihren Händen auf. Wir blieben alle wie angewurzelt stehen.

Sie kamen auf uns zu, vorsichtig, aber entschlossen. Hinter ihnen stürmten noch mehr von ihren Kollegen herein. Mein Herz pochte wie wild.

Sie waren jetzt auf uns vorbereitet, und es waren zu viele. Ich konnte mir nicht vorstellen, dass wir es schaffen würden, an ihnen vorbeizukommen, egal, was Omen war.

Meine Hände schossen instinktiv in die Höhe, als könnte ich sie abwehren – und eine der Wachen an der Spitze der Truppe zuckte zurück, als hätte ich etwas nach ihm geworfen. Schreckhafter, als ich erwartet hatte. Omen blickte mich mit eisblauen Augen an, als hätte er gerade erst bemerkt, dass ich immer noch bei ihm und seinem Gefolge war.

Doch mein unkontrolliertes Herumgefuchtel brachte uns nicht mehr als diese kleine Ablenkung. Die Wachen kamen mit zunehmender Geschwindigkeit auf uns zu.

„Sorsha!" Thorns Gebrüll drang durch die Wände, gefolgt vom Klirren von zerbrochenem Glas. Omen zuckte bei dem Geräusch zusammen. Er stürzte auf die Tür zu, die sich zwischen uns und ihm befand, und stieß sie auf.

Wir rannten ihm hinterher und sahen, dass eines der kleinen Fenster, die ich von draußen gesehen hatte, von Scherben eingerahmt wurde. Thorn stand dahinter, seine markanten Wangenknochen waren mit Blut bespritzt.

„Omen", krächzte er heiser, als er seinen Boss erblickte. „Kommt schon! Ihr alle, ab in die Schatten! Sorsha, ich helfe dir."

Es ging nicht annähernd so weit in die Tiefe wie bei meinem Wohnhaus. Er strich mit dem Arm über den Fensterrahmen, um die Glassplitter zu beseitigen. Omen stürzte sich als Erster hindurch und seine Gestalt verblasste, als er draußen durch die Flutlichter schwebte. Der Inkubus stieß mich hinter ihm her. Als Thorn mich auffing und mich auf seinen Rücken schwang, stürzten Ruse und Snap auf uns zu. Ihre Gestalten rasten durch das Licht, bevor sie in den Schatten der Baustelle verschwanden.

Der Alarm schrillte immer noch, unterbrochen von verzweifelten Schreien. Ein Schuss, der wie ein gleißender Lichtblitz aussah, schlug nur wenige Zentimeter von uns entfernt in die Wand ein.

Thorn riskierte es nicht, sich mit allen Angreifern anzulegen. Ich klammerte mich an seine Schultern und war zu dankbar, ihn zu haben, um mich über die Demütigung zu beschweren. Er steuerte auf dieselbe Richtung zu, in die unsere Begleiter verschwunden waren. Er wich Balken und Platten aus, durchbrach eines der Tore am Rande des Geländes und preschte die Straße hinunter zum Auto.

Ruse hatte bereits den Motor angelassen, die Scheinwerfer

leuchteten in der Dunkelheit auf. Sobald Thorn und ich auf den Rücksitz stürzten, fuhr er mit quietschenden Reifen los.

Das Heulen der Alarmanlage drang aus dem Inneren des riesigen Stahlskeletts an meine Ohren. Ich konnte erst wieder Luft holen, als die Kakofonie unserer Flucht schließlich in der Dunkelheit der Nacht verklang.

DREIUNDDREISSIG

Sorsha

Das Feuer knisterte in einem Ring aus Steinen auf dem verlassenen Campingplatz, den wir einige Kilometer außerhalb der Stadt entdeckt hatten. Die Hitze des Feuers glühte in der warmen Sommernacht, und streifte mein Gesicht, während ich mit dem Rücken gegen den Wagen gelehnt auf dem Boden saß. Wir alle hatten uns um die Feuerstelle versammelt und der Schein der Flammen flackerte über unsere Gesichter, einschließlich das des Mannes, für dessen Rettung wir Leib und Leben riskiert hatten.

Omen stand mir fast direkt gegenüber, die Arme vor der Brust verschränkt, während er Snap beobachtete, der mit einem langen Stock im Feuer herumstocherte. Ich konnte nicht behaupten, dass er genauso umwerfend war wie das Team, das er um sich geschart hatte, wenngleich er auch nicht gerade unattraktiv war. Wäre ich eine gewöhnliche Sterbliche gewesen und ihm auf der Straße begegnet, hätte ich ihn keines zweiten Blickes gewürdigt, außer vielleicht, um zu überprüfen, ob sein Hintern genauso durchtrainiert war wie der Rest seines Körpers. Doch das war ich nicht, und irgendetwas an seiner Anwesenheit zog meine Aufmerksamkeit an wie die Flammen unseres Feuers die Motten.

Flammen, die mich daran erinnerten, wie seine Augen aufgeblitzt waren, als er zum ersten Mal aus seiner Zelle gesprungen war. Er war eindeutig ein Gestaltwandler, wenn auch kein gewöhnlicher Werwolf oder Kitsune, wie ich sie schon gesehen hatte. Und das war noch nicht alles. Ich dachte an seine Augen, und dann war da noch der Schwanz.

Seine Augen, die jetzt eisblau waren, blitzten unter seiner kantigen Stirn hervor. Seine geschwungenen Lippen hätten ihm ein beinahe graziles Aussehen verliehen, wäre da nicht sein markanter Kiefer gewesen. Er strahlte so viel Macht und Autorität aus, dass ich es fast schmecken konnte, wie einen Adrenalinrausch und einen Hauch von Blut. Er war schon vor mehreren Jahrhunderten während des Krieges der Engel hier gewesen, und vermutlich sogar schon lange davor.

Er fuhr sich mit der Hand über sein kurzes, hellbraunes Haar, und sah auf, um meinem Blick zu begegnen. Mein Herz klopfte unter seinem durchdringenden Blick, doch ich tat so, als würde es mich nicht kümmern und rührte mich nicht. Er hatte sich nicht einmal dafür entschuldigt, dass er mich angegriffen hatte, als ich ihn befreit hatte, auch wenn er mir durch mein Hemd hindurch nur einen oberflächlichen Kratzer verpasst hatte. Pickle, der auf meiner Schulter hockte, rückte mit einem nervösen Zirpen näher an mein Gesicht heran.

Omens Mund verzog sich zu einem Lächeln, das genauso kühl war wie seine Augen. „Würdet ihr drei mich bitte über die Sterbliche in unserer Mitte aufklären?" Bei dem Wort „Sterbliche" trat ein verächtlicher Unterton in seine Stimme.

„Sie brauchten Hilfe, um sich in der Stadt zurechtzufinden

und um herauszufinden, wo du gefangen gehalten wurdest“, erklärte ich, damit die anderen nicht zugeben mussten, wie wir uns kennengelernt hatten. Ein Beschützerinstinkt stieg in mir auf. Er brauchte nicht zu wissen, dass man sie ebenfalls gefangen genommen hatte – und auch noch gewöhnliche Jäger dafür verantwortlich waren. „Ich habe gerne geholfen. Ich wurde von einem Schattenwesen aufgezogen. Also helfe ich, wo ich kann.“

Ich habe keine Angst vor dir. Na ja, vielleicht ein klitzekleines Bisschen, doch das brauchte er nicht zu wissen.

„Sie gehört zu einer Gruppe von Menschen, die sich auf der Seite der Sterblichen für die Schattenwesen einsetzen“, fügte Ruse hinzu. „Sie ist Teil dieses Bundes.“

Omen schnitt eine Grimasse. „Die Weltverbesserer, die nicht den Mumm haben, auch nur halb so viel Gutes zu tun, um wirklich etwas zu bewirken. Ich weiß von ihnen.“

Seine abweisende Haltung ärgerte mich, doch Snap nahm mich in Schutz, bevor ich mich verteidigen musste. „Ich weiß nichts über die Leute, mit denen Sorsha zusammenarbeitet, doch an Mut mangelt es *ihr* keineswegs. Ebenso wenig wie an anderen nützlichen Eigenschaften. Ohne sie hätten wir es nicht geschafft, dich zu finden, geschweige denn, dich zu befreien.“

Thorn, der neben der Motorhaube des Wagens stand, neigte den Kopf. „Sie hat im Dienste unserer Sache viel verloren und dennoch nicht aufgegeben. Ich würde, ohne zu zögern, wieder an ihrer Seite zu kämpfen.“

Omen betrachtete seine drei Mitstreiter mit demselben scharfen Blick, mit dem er mich vorhin angesehen hatte. Ich war mir nicht sicher, was sie über die sonstigen Entwicklungen unserer Beziehung verraten hatten. Womöglich ärgerte ihn die Tatsache, dass sie mich in irgendeiner Form respektierten.

„Danke“, sagte er schließlich und wandte seine Aufmerksamkeit für einen kurzen Moment wieder mir zu, auch wenn er nicht besonders dankbar klang. „Entschuldige meine Skepsis. Ich wurde die letzten Wochen von euresgleichen gefoltert und bin Sterblichen im Moment nicht gerade freundlich gesinnt."

Sein Blick verweilte noch ein wenig länger auf mir, als würde er auf eine Reaktion warten, die über mein zustimmendes Lächeln hinausging. Meine Haut kribbelte.

„Ist das alles, was sie wollten?", fragte Ruse. „Ein höheres Schattenwesen foltern? Es scheint mir eine Menge Aufwand dafür zu sein."

„Oh nein, ich bin sicher, dass sie eine weitaus komplexere Agenda hatten." Omen kratzte sich an der Wange. „Durch die Folter haben sie versucht, etwas zu *erfahren*. Allerdings waren sie darauf bedacht, in meiner Gegenwart nicht viel darüber zu sagen, also weiß ich nicht, um was genau es ihnen ging. Ich weiß nur, dass es in Anbetracht ihrer Methoden nichts Gutes für uns verheißen kann. Wie ich bereits vermutet habe, versuchen einige Menschen, das Machtgleichgewicht zwischen Sterblichen und Schattenwesen zu stören."

Mein Magen verkrampfte sich. Wir waren einfach aus diesem Gebäude geflohen, ohne die anderen gefangenen Wesen da drin zu befreien, die nun weiterhin diesen Qualen ausgesetzt sein würden. Die nächsten Worte sprudelten förmlich aus mir heraus. „Wir müssen sie aufhalten."

Omen zog die Augenbrauen hoch. „Du klingst, als würdest du dich selbst in dieses ‚wir' einschließen."

Ich hob mein Kinn. „Natürlich tue ich das. Diese Mistkerle haben die Frau *getötet*, die mich aufgezogen hat. Und selbst wenn nicht, verdienen sie es, unterzugehen. Ich stecke schon mittendrin. Der Bund zum Schutz der Schattenwesen wird ebenfalls helfen, so gut sie können, egal, was du von ihnen hältst."

„Also hast du vor, zu ihnen zurückzulaufen. Oder dachtest du, du könntest dich unserer kleinen Truppe anschließen? Vergiss nicht, dass der Weg, den wir gehen, selbst für uns nicht einfach sein wird."

Die Wahrheit war, dass ich nicht viel Zeit hatte, meine Optionen abzuwägen. Ich zögerte eine Sekunde lang, bevor mir die Antwort mit einem Schwall von Gewissheit einfiel.

Vielleicht lag es an der Verbundenheit, die ich langsam zu allen drei Mitgliedern des Trios spürte. Möglicherweise auch daran, dass ich ahnte, dass ich den Mann, der die Frage gestellt hatte, *wirklich* verärgern würde, wenn ich mich ihnen anschloss. Doch je mehr er redete, desto mehr reizte mich der Gedanke, ihn zu ärgern.

Oder vielleicht lag es einfach daran, dass ich annahm, dass es besser wäre, den Teufel im Kampf auf meiner Seite zu haben.

Die anderen drei Schattenwesen beobachteten mich ebenfalls: Thorn ernst und schweigsam, Ruse mit einem verschmitzten, schiefen Grinsen und Snap mit einer hoffnungsvollen Miene, die erahnen ließ, dass er mich daran hindern würde, falls ich tatsächlich Anstalten machte, zu gehen.

Nicht, dass das nötig wäre. Ich zuckte mit den Schultern, als wäre es mir egal, welche Gefahr mir drohte, und sagte: „Ich bin jetzt hier. Und wir sind ein ziemlich gutes Team geworden."

Omen lächelte und seine gleichmäßigen, weißen Zähne blitzten auf. Noch hatte ich nicht herausgefunden, welcher Teil des Schattenwesens sich auch in seiner menschlichen Gestalt zeigte. „Willkommen im Team", sagte er in einem Tonfall, der anzudeuten schien: *Das wird sich noch zeigen.*

In diesem Moment war ich mir nicht sicher, ob mir von den Kerkermeistern, die wir gerade abgewehrt hatten, oder dem Schattenwesen, das wir vor ihnen gerettet hatten, mehr Gefahr drohte.

ÜBER DEN AUTOR

Eva Chase ist eine Amazon Top 100-Bestsellerautorin für Urban Fantasy und paranormale Liebesromane. Sie ist mit Magie, Chaos und Herzschmerz aufgewachsen und bringt alle drei Elemente in ihre Geschichten ein. Aber keine Angst vor dem gefürchteten Liebesdreieck - Evas Heldinnen müssen sich nie entscheiden. Online findet man sie unter www.evachase.com.